À COUTEAUX TIRÉS

DICK FRANCIS

À COUTEAUX TIRÉS

roman

Traduit de l'anglais
par Évelyne Châtelain

QUÉBEC·**LIVRES**

Titre original : WILD HORSES
(Première publication : Michael Joseph, Londres, 1994)
ISBN 2.0000.7128.7
© Dick Francis, 1994
© Calmann-Lévy, 1996, pour la traduction française
© 1996, Québec-Livres pour l'édition canadienne
Tous droits réservés
Dépôt légal : 2ᵉ trimestre 1996

Nous sommes des esprits, vêtus de voiles ;
Homme, nul homme n'a percé ton secret ;
Nos âmes impuissantes
ne peuvent lever le voile ombrageux.

Christopher Pearse Cranch
(1813-1893)

1

EN PHASE TERMINALE d'un cancer des os, le vieil homme un peu tremblant était installé dans son fauteuil préféré ; des larmes de douleur et de solitude roulaient sur son visage crépusculaire.

Ce mardi-là, le dernier pour lui, dans un long silence, sa main se resserra autour de mon poignet tandis que j'observais ses lèvres qui tentaient de prononcer quelques mots.

— Mon père…

Les mots sortirent enfin, simple murmure, chuchotement désespéré qui répondait à une nécessité impérative.

Surpris, empreint de compassion, je lui répondis :

— Valentine, je ne suis pas prêtre.

Il n'y prêta aucune attention.

La voix faible qui traduisait mieux l'état du malade que la pression ferme de la main poursuivit :

— Pardonnez-moi mon père…

— Valentine, je suis Thomas. Thomas Lyon, tu te souviens ? Je suis venu te faire la lecture.

Bien qu'ayant conservé une vision périphérique partielle, il ne pouvait plus lire, ni voir de face. Je lui rendais visite presque toutes les semaines, à la fois pour le tenir au courant des derniers événements hippiques et pour permettre à sa sœur dévouée mais éternellement épuisée d'aller faire quelques courses et de papoter avec ses amies.

Ce jour-là, je ne lui avais pas vraiment fait la lecture. À mon arrivée, il était en proie à un de ses accès de douleur intermittents, et sa sœur lui faisait boire une cuillerée de morphine, avec un peu de whisky et d'eau pour accélérer l'engourdissement.

Il n'était pas assez en forme pour que je lui lise les journaux de turfistes.

— Restez un peu avec lui, m'avait demandé Dorothea. De combien de temps disposez-vous ?

— Deux heures.

Un peu enrobée à l'approche de ses quatre-vingts ans mais parfaitement lucide, Dorothea m'embrassa sur la joue, reconnaissante, et sortit sur la pointe des pieds.

Je m'installai sur le tabouret de tapisserie près de lui, car il aimait le contact physique, comme pour compenser sa vue défaillante.

Déterminée, intime, la voix chevrotante s'infiltrait avec peine dans la pièce silencieuse.

— Pardonnez-moi mon père parce que j'ai péché... Je confesse à Dieu tout-puissant que j'ai péché, par pensée, par parole... Je dois me confesser avant de...

— Valentine... ! Je ne suis pas prêtre...

C'était comme s'il ne m'avait pas entendu. Toute son énergie se concentrait dans un extraordinaire pari spirituel, dernier lancer de dés à la face de l'enfer...

— Que Dieu me pardonne mes péchés mortels... Je veux partir en paix...

Je cessai de protester. Il savait qu'il allait mourir, que la mort était proche. Quelques semaines auparavant, nous avions parlé calmement, avec même une pointe d'humour, de son absence d'avenir. Il avait évoqué de vieux souvenirs et m'avait confié qu'il me léguait tous ses livres par testament. Il n'avait jamais fait mention d'une quelconque foi religieuse, si rudimentaire fût-elle, sauf pour me dire un jour que le concept de vie éternelle n'était que superstition débile.

Je ne savais pas qu'il était catholique.

— Je confesse... je l'ai tué... Mon Dieu, pardonnez-moi. J'implore humblement votre pardon. Je prie pour que Dieu tout-puissant ait pitié de moi.

— Valentine…

— J'ai confié le couteau à Derry, et j'ai tué le môme de Cornouailles. À l'époque, je n'ai rien dit, mais j'avoue… J'ai menti… C'est ma faute, c'est ma très grande faute… J'ai fait beaucoup de mal, j'ai détruit toute leur vie. Personne n'a rien su, tout le monde m'aimait bien. J'ai honte… j'ai toujours eu honte. Mon père, je ferai pénitence… Vous n'avez qu'un mot à prononcer…. Dites-le… *ego te absolvo*… Au nom du père, je te pardonne tous tes péchés… donnez-moi l'absolution… Je vous en prie, je vous en supplie…

Je n'avais jamais entendu parler des péchés qu'il évoquait. À la limite du délire, les mots se bousculaient, sans qu'on puisse en déduire une signification cohérente. Il rêvait sans doute, inventant des péchés là où il n'y en avait pas.

Pourtant, on ne pouvait se tromper sur la nature impérieuse de sa supplique.

— Mon père, donnez-moi l'absolution… Mon père, je vous en prie…

Je ne voyais pas quel mal cela pourrait faire. Il avait envie de mourir en paix. N'importe quel prêtre la lui aurait accordée, quel droit avais-je de la lui refuser ? Je n'appartenais pas à sa foi, mais je m'arrangerais plus tard avec mon âme immortelle.

Je prononçai donc les mots que j'allais chercher au fond de ma mémoire. Je les dis en latin, car il les comprendrait sans aucun doute, et pour moi cela aurait moins l'air d'un sacrilège que dans ma langue maternelle.

— *Ego te absolvo.*

Tout mon corps trembla. Superstition, sans doute.

D'autres mots me revinrent à l'esprit et flottèrent sur ma langue. *Ego te absolvo a peccatis tuis, In nomine Patris et Filii et Spiritus Sancti. Amen.*

Au nom du Père, et du Fils, et du Saint-Esprit, je te pardonne tous tes péchés.

Le plus grand blasphème que j'aie jamais commis. Mon Dieu, pardonne-moi mes péchés.

L'horrible tension se relâcha un peu. Les yeux embrumés et presque aveugles se fermèrent. La pression sur mon poignet se fit plus légère, la main du vieil homme retomba, son visage se détendit. Il sourit faiblement et resta immobile.

Inquiet, je lui pris le pouls sur la carotide et fus soulagé de sentir un faible battement. Il ne bougeait pas. Je le secouai un peu, mais il ne se réveilla pas. Cinq minutes plus tard, je le secouai encore, un peu plus fermement, mais sans résultat. Indécis, je quittai mon tabouret pour aller décrocher le téléphone et composer le numéro du médecin noté bien visiblement sur un carnet juste à côté.

Le docteur n'était vraiment pas content.

— Combien de fois lui ai-je répété qu'il devrait être à l'hôpital ! Je ne peux pas constamment venir lui tenir la main. Et puis, qui êtes-vous ? Où est Mme Pannier ?

— Je suis un ami. Mme Pannier est partie faire des courses.

— Il gémit ? demanda le médecin.

— Tout à l'heure, oui. Mme Pannier lui a donné des analgésiques avant de partir. Ensuite, il a parlé. Maintenant, il a l'air d'être plongé dans un profond sommeil dont on ne peut le sortir.

Le docteur grommela une insulte et reposa le récepteur, me laissant deviner ses intentions.

J'espérais qu'il n'allait pas envoyer une ambulance toutes sirènes dehors, avec infirmiers et brancard, et tout le manège qui terrifie les mourants. Le vieux Valentine voulait mourir tranquillement dans son lit. Je regrettais déjà de l'avoir appelé, car je craignais d'avoir, dans mon inquiétude, déclenché ce que Valentine redoutait le plus. Me sentant stupide, rongé de remords, je m'assis en face de lui, dans un fauteuil plus confortable que mon tabouret.

La pièce était chaude. Une couverture sur les genoux, Valentine portait un pyjama de coton bleu. Derrière la fenêtre toute proche, les branches dénudées offraient déjà la promesse d'un printemps qu'il ne connaîtrait jamais.

La pièce où il avait imprimé sa marque retraçait les

étapes d'un étrange voyage qui avait commencé dans le travail manuel et s'était terminé par le journalisme. Fils de maréchal-ferrant, Valentine avait été apprenti à la forge pendant son enfance et, les yeux rougis par le feu et le bruit, il avait manié le soufflet pour son père de ses bras maigrichons et courbatus. Il n'avait jamais été question qu'il fasse autre chose que reprendre la suite, d'ailleurs il avait suivi cette voie fort longtemps avant de songer à autre chose.

Les photographies encadrées accrochées aux murs montraient un jeune Valentine aux bras et aux pectoraux de géant, incarnation de sa puissance musculaire, arborant un sourire béat et innocent. Mais le mythe du maréchal-ferrant, heureux sous son marronnier, avait fait long feu. Au milieu de sa carrière, Valentine se rendait d'un endroit à l'autre en camionnette, avec son brasero portatif.

Pendant des années, il avait ferré les chevaux de l'écurie de courses de mon grand-père. Il s'occupait des sabots des poneys que je montais. Il me paraissait déjà être un sage d'un âge canonique, mais je sais aujourd'hui qu'il avait à peine soixante-cinq ans quand j'en avais dix.

Son éducation avait consisté à lire (les journaux hippiques), à écrire (les factures de ses clients) et à compter (les coûts des matériaux et de la main-d'œuvre afin de pouvoir réaliser un peu de bénéfices). Ce fut seulement vers la quarantaine que ses capacités intellectuelles commencèrent à concurrencer ses muscles. Pas avant, m'avait-il confié lors de ces dernières semaines de déclin, qu'on ne lui demande plus de fabriquer des fers adaptés aux sabots des chevaux, mais d'adapter aux sabots des fers fabriqués industriellement. Il ne battait plus des barres de fer chauffées à blanc, mais modelait à froid des métaux plus tendres.

Il avait commencé à lire des livres d'histoire et des biographies, toujours en rapport avec les courses au début, touchant des horizons plus vastes ensuite. Dans un timide anonymat, il avait commencé à transmettre des observations et des anecdotes aux journaux qu'il épluchait quotidiennement. Il écrivait sur les chevaux, les gens, les événements, les opinions. Un magazine lui proposa de tenir une rubrique régulière, contre une petite rémunération, ce qui lui permit de se faire une certaine réputation. Tout en pratiquant son ancien métier, Valentine devenait une plume célèbre, qu'on admirait pour ses analyses et son esprit.

Avec le déclin de sa forme physique, ses talents journalistiques s'épanouirent. Il avait continué à écrire jusqu'à plus de quatre-vingts ans, malgré sa demi-cécité. En fait, il n'avait cessé que depuis un mois, alors que sa bataille contre le cancer basculait vers la défaite.

Et c'était ce vieil homme, amusant, sage et vénéré qui, dans un instant de panique, venait de confier un secret intolérable.

— J'ai tué le môme de Cornouailles...

Il se reprochait sans doute une erreur de ferrage, un clou perdu pendant une course, qui, par un coup de malchance, avait provoqué un accident fatal au jockey.

Ce n'était pas pour rien que Valentine ne faisait jamais les choses à moitié, citant souvent la fable du clou du fer à cheval : « Et parce qu'il manquait un clou... le royaume fut perdu[1]. » Les petites négligences peuvent causer de gros dégâts.

À l'approche de la mort, les petites culpabilités se transformaient en montagnes terrifiantes. Pauvre Valentine ! Je le regardais dormir, avec ses cheveux blancs ébouriffés sur son crâne et les larges tavelures qui marquaient son visage.

Pendant longtemps, personne ne vint. La respiration de Valentine se faisait plus lourde, mais pas au point de le faire ronfler. Je regardais tous les objets qui m'étaient devenus familiers depuis quelques mois : les photographies de chevaux, les trophées encadrés devant le mur vert sombre, les rideaux fleuris, le tapis brun râpé, les fauteuils de cuir rembourrés, la petite machine à écrire

1. Benjamin Franklin, préface à *Poor Richard's Almanach*.

portative primitive sur le bureau discret et les plantes vertes qui faisaient triste mine.

D'une semaine à l'autre, rien ne changeait. Seule la vie du vieil homme s'échappait.

Sur les étagères qui couvraient le mur du sol au plafond, se trouvaient les livres qui seraient bientôt à moi. Ils représentaient des années et des années d'annales, des milliers et des milliers de courses avec un petit point rouge devant les noms des chevaux que Valentine avait ferrés pour l'épreuve.

Des gagnants, des centaines de gagnants avaient droit à leur point d'exclamation dans la marge.

Au-dessous des annales, il y avait de nombreux volumes d'anciennes encyclopédies, des rangées de biographies avec leurs couvertures sur papier glacé, racontant la vie de géants des courses dont la vigueur frustre et enthousiaste se trouvait réduite à de pâles souvenirs. J'avais rencontré la plupart de ces gens. Mon grand-père appartenait à ce monde. Mais les passions, les succès d'antan étaient tombés dans l'oubli et les jeunes jockeys que j'admirais à dix ans étaient aujourd'hui grands-pères.

Je me demandais qui écrirait la biographie de Valentine, personnage fascinant s'il en était. Il avait refusé de l'écrire lui-même, malgré les sollicitations de toutes parts. « Trop ennuyeux », disait-il. Le monde de demain, c'était ça qui l'intéressait.

À son retour, Dorothea s'excusa pour sa demi-heure de retard et essaya, en vain, de réveiller son frère. Je lui dis avoir téléphoné au médecin, sans succès, ce qui ne la surprit guère.

— Il trouve que Valentine devrait être à l'hôpital. Mais Valentine ne veut pas. Ils ne font que se disputer, lui et le docteur, dit-elle en haussant les épaules, résignée. J'espère qu'il arrivera à temps. En général, c'est le cas.

— Il faut que je vous quitte, répondis-je à regret. Je suis déjà en retard à ma réunion. Euh, hésitai-je, êtes-vous catholiques ? Euh… Valentine a demandé un prêtre…

15

— Un prêtre ! répéta-t-elle, abasourdie. Il a déliré toute la matinée… Il perd la tête… Mais ce vieux fou ne demanderait jamais de prêtre !

Dorothea me lança un regard de sœur exaspérée.

— Notre mère était catholique, mais pas notre père. Il considérait cela comme des bêtises. Nous avons été élevés en dehors de l'Église et nous ne nous en sommes pas portés plus mal. Quand ma mère est morte, Valentine avait seize ans et moi onze. On a dit une messe en son honneur. Papa nous y a emmenés, mais cela le faisait suer, disait-il. De toute façon, à part pour ses jurons, Valentine n'est pas un grand pécheur, et même dans son état de faiblesse, je ne le vois vraiment pas se soucier d'un prêtre.

— Je pensais qu'il valait mieux vous le dire.

— Vous êtes très gentil de venir, Thomas, mais vous vous trompez. Le pauvre chou est très mal ? Pire que tout à l'heure ? demanda-t-elle inquiète.

— J'en ai bien peur.

— Il s'en va, dit-elle, les larmes aux yeux. Je savais que cela devait arriver, mais le moment venu… Oh, mon Dieu !

— Il a bien vécu.

Sans se soucier du manque d'adéquation de mes propos, elle poursuivit :

— Je vais me retrouver tellement seule.

— Vous ne pouvez pas vivre avec votre fils ?

— Ah non ! dit-elle en se redressant d'un air méprisant. Paul a quarante-cinq ans, c'est un être prétentieux et dominateur, même si cela ne me fait pas plaisir de l'avouer, et je ne m'entends pas du tout avec sa femme. Ils ont trois enfants adolescents épouvantables qui font hurler la radio à en faire trembler les murs.

Elle se tut et caressa doucement les cheveux de son frère endormi.

— Non, moi et mon Valentine, on s'est installés ici quand sa Cathy est morte et que mon Bill est parti. Oh, vous le savez… On s'est toujours très bien entendus, mon frère et moi. Il me manquera. Il me manquera terri-

16

blement, mais je resterai ici. Je m'habituerai à vivre seule, comme quand mon Bill est parti.

Comme beaucoup de vieilles dames, me semblait-il, Dorothea avait gardé le sens de l'indépendance de sa jeunesse. Avec l'aide d'une infirmière qui passait une fois par jour, elle s'occupait de son frère, s'exténuait à lui apporter réconfort et tranquillisants pendant ses insomnies nocturnes. Elle pleurerait sa mort, mais ses yeux cernés montraient à quel point elle manquait de sommeil.

Épuisée, elle s'assit sur le tabouret de tapisserie et prit la main de son frère. Il respirait lentement, lourdement, comme dans un râle. La lumière déclinante tombant de la fenêtre éclairait faiblement le couple vieillissant, ombres et lumière soulignant les rondeurs dévouées de l'une et la dépendance squelettique de l'autre, avec l'imminence de la mort suspendue comme une épée au-dessus de leurs têtes.

J'aurais aimé avoir une caméra... toute une équipe de tournage plutôt. Ma vie quotidienne, c'était saisir les émotions au vol, enregistrer les images éphémères afin d'illuminer les tréfonds de la vérité. Je m'attaquais à l'imaginaire pour donner à l'illusion la profondeur de la révélation.

J'étais réalisateur.

Sachant qu'un jour ou l'autre j'utiliserais et recréerais le drame qui se déroulait sous mes yeux, je regardai ma montre et demandai à Dorothea la permission de passer un coup de fil.

— Bien sûr, le téléphone est sur le bureau.

Je demandai Ed, mon plus fidèle assistant, qui semblait perdu, comme toujours en mon absence.

— Je n'y peux rien. J'arriverai en retard. Ils sont tous là ? Bon, fais-leur apporter des boissons. Débrouille-toi pour que tout le monde soit content, mais ne laisse pas Jimmy boire plus de deux gins tonic, et assure-toi qu'on ait assez d'exemplaires de la dernière mouture du scénario. D'accord ? Parfait. À plus tard.

J'étais désolé d'avoir à quitter Dorothea dans un tel moment, mais en fait, j'avais glissé cette visite dans un emploi du temps déjà surchargé pour tenir la promesse que je renouvelais de semaine en semaine.

Trois mois plus tôt, quand le film n'en était encore qu'au stade de la préproduction, j'avais rendu une petite visite de courtoisie à Valentine, pour lui dire que je me souvenais toujours de lui, que je n'avais pas oublié l'époque de mon grand-père, et que, même de loin, j'avais toujours admiré sa grande sagesse.

— Sagesse ! Mon œil ! dit-il, repoussant le compliment qui lui faisait malgré tout plaisir. Je ne vois plus très clair ces temps-ci, si tu venais me faire la lecture ?

Il habitait à la lisière de Newmarket, le cœur de l'activité et de l'industrie hippique du monde entier. Le « Quartier général », comme disait la presse. Quinze cents des meilleurs chevaux de l'élite galopaient ici, sur les pistes balayées par les vents, et donnaient parfois un nouveau prodige qui prêtait ses gènes aux générations fougueuses de l'avenir. L'élevage des chevaux de courses était une activité florissante depuis des lustres.

J'étais sur le point de partir quand on sonna à la porte, et, pour soulager les pieds fatigués de Dorothea, j'allai répondre.

Un petit homme d'une trentaine d'années regardait impatiemment sa montre.

— Que puis-je pour vous ?

Il me regarda brièvement avant d'appeler : « Dorothea ? »

Oubliant sa fatigue, elle sortit de la chambre de Valentine et dit, l'air malheureux :

— Il est... Il est dans le coma, je crois. Entrez. Je vous présente Thomas Lyon, c'est lui qui fait la lecture à Valentine.

Puis, comme suivant une arrière-pensée, elle compléta les présentations.

— Robbie Gill, notre médecin de famille.

Robbie Gill avait un accent écossais, qu'il ne gaspillait pas en bavardages inutiles, les cheveux roux, et des manières un peu frustes. Il emporta sa sacoche dans la chambre et l'ouvrit. Il fit rouler les paupières du vieil homme sous son pouce, tout en tenant pensivement un des fragiles poignets dans sa main. En silence, il mania stéthoscope, seringues et coton.

— Nous ferions mieux de le mettre au lit.

Inutile de préciser que je me réjouissais de ne pas entendre parler d'hôpital.

— Il est... ? demanda Dorothea d'une voix inquiète, laissant la question en suspens, de peur d'obtenir une réponse affirmative.

— Mourant ? dit Robbie Gill, assez gentiment, à sa façon un peu brusque. C'est une question de jours. Un ou deux. Impossible à dire. Son cœur est toujours solide. Je ne pense pas qu'il reprenne connaissance, mais ce n'est pas impossible. Cela dépend partiellement de ce qu'il veut.

— Qu'est-ce que cela veut dire ? demandai-je, surpris.

Il prit le temps de me répondre, pour le bien de Dorothea plus que pour le mien, pensai-je, mais aussi pour le plaisir didactique de transmettre une information.

— Les gens âgés restent souvent en vie s'ils ont quelque chose d'important à faire, et ils s'en vont souvent rapidement, une fois cette tâche accomplie. Cette semaine, j'ai perdu une patiente qui voulait à tout prix voir son petit-fils se marier. Elle est allée à la noce, elle s'y est bien amusée... et elle est morte deux jours plus tard. C'est fréquent. Si Valentine n'a pas laissé d'affaire en cours, il risque de partir très vite. S'il s'attendait à recevoir un prix, ou quelque chose de ce genre, la situation pourrait être très différente. C'est un fort tempérament, et il peut se produire des choses étranges, même à un stade aussi avancé de la maladie.

— Pas de prix en perspective, dit Dorothea en hochant la tête.

— Alors, faisons pour le mieux. J'ai demandé à Mme Davies, l'infirmière, de passer en fin de soirée. Elle lui fera une piqûre qui l'empêchera de souffrir pour la nuit, et je reviendrai de bonne heure demain matin. Ce vieux loustic a fini par m'avoir. Il a gagné ! Je ne le déplacerai plus maintenant. Il mourra dans son lit.

19

Dorothea versa quelques larmes reconnaissantes.

— Il a de la chance de vous avoir, lui dit le médecin, mais ne vous rendez pas malade. (Il contempla ma stature d'un air approbateur et poursuivit :) Vous avez l'air plus fort que nous deux, vous pouvez le porter ? D'habitude, l'infirmière aide Dorothea, mais généralement, il est conscient, et il s'efforce de marcher. Vous pourrez vous débrouiller seul ?

J'acquiesçai. Il était dramatiquement léger pour un homme qui avait eu la force d'un cheval. Je soulevai la longue silhouette endormie dans mes bras, traversai le petit couloir qui menait à la chambre et reposai doucement Valentine sur le lit. Sa respiration était rauque. J'arrangeai son pyjama et aidai Dorothea à le couvrir. Il ne se réveilla pas. Intérieurement, il était mort au moment où je lui avais donné l'absolution.

Je ne reparlai pas du prêtre à Dorothea, pas plus que je n'en fis mention au médecin. J'étais persuadé qu'ils désapprouveraient tous les deux ce que j'avais fait, même si, grâce à cela, Valentine mourrait en paix. Mieux valait laisser les choses en l'état. Inutile d'aggraver la détresse de Dorothea.

J'embrassai la vieille dame, serrai la main du médecin, proposai sincèrement mon aide pour l'avenir, avant de reprendre le chemin du travail.

La vie, réelle ou imaginaire, est toujours agitée et bruyante à Newmarket, où la maison de production pour laquelle je travaillais avait loué pour trois mois des écuries vides, à un prix qui permettrait à l'ancien propriétaire, un entraîneur ruiné, de payer toutes les traites et pensions alimentaires imaginables jusqu'à la fin de ses jours !

J'avais une bonne heure de retard pour la réunion que j'avais convoquée à cinq heures et demie, mais je ne m'excusai pas, car j'avais compris que, en proie à leurs propres tourments, mes collaborateurs prenaient les regrets pour de la faiblesse. Il fallait qu'ils me croient solide comme le roc, même si, à mes yeux, la roche pouvait se révéler tout aussi friable que du sable comprimé.

Rassemblés dans l'ancienne salle à manger de la maison caverneuse de l'entraîneur, ils s'étaient installés sur des chaises de jardin en plastique autour d'une table à tréteaux rudimentaire posée sur le plancher dénudé (tous les meubles ayant disparu sous le marteau de l'huissier, il ne restait plus que le luxueux papier peint satiné vert et or). Les boissons du traiteur avaient à peine tenu l'heure : à la production, personne ne gaspillait d'argent pour les dépenses de confort.

— Bien, dis-je, chassant Ed du siège que je convoitais, au milieu d'un des grands côtés de la table. Vous avez pris connaissance des modifications ?

C'était fait. Il y avait trois acteurs, un cameraman, le directeur de production, une scripte, l'assistant-réalisateur, Ed, et un scénariste dont je me serais bien passé. Il avait opéré ces changements sur mon insistance, mais en était contrarié. Il estimait que je donnais au film une tournure qui s'écartait à quatre-vingt-dix degrés du texte original.

Il avait raison.

C'est terriblement facile de faire de mauvais films sur les courses, et, à mon avis, il n'était possible d'en faire un film rentable que si ces courses servaient d'arrière-plan à un drame humain. On m'avait confié ce travail pour trois bonnes raisons, bien connues de tous, par ordre d'importance croissante : j'avais déjà réussi à faire tenir debout deux films animaliers, qui avaient rapporté des bénéfices confortables ; j'avais appris mon métier à Hollywood — source de financement de notre épopée ; et surtout, comme j'avais passé mon enfance et mon adolescence dans un haras, on pouvait considérer que j'étais l'homme de la situation.

Nous en étions au dixième jour de production, ce qui signifiait que nous avions tourné environ un sixième du film, ou, pour présenter les choses différemment, environ vingt minutes de pellicule exploitable dont on tirerait le montage final. Nous devions tout boucler en soixante jours ouvrables, c'est-à-dire moins de dix semaines, car les jours de repos étaient aussi précieux que rares. En tant que réalisateur, je décidais quelles scènes seraient tournées tel ou tel jour, bien que j'eusse distribué à l'avance un programme auquel nous nous tenions généralement.

— Comme vous l'avez vu, dis-je, ces modifications signifient que nous tournerons demain sur la piste qui fait face au Jockey-Club, sur High Street. Les voitures entreront et sortiront par le portail. La police ne bloquera la circulation normale que de onze à douze, alors toutes les arrivées et tous les départs seront filmés à ce moment-là. Le Jockey-Club a accepté que nous utilisions son portail. Les scènes d'intérieur, bien entendu, seront tournées ici, en studio. Tous les trois, dis-je aux acteurs, vous pouvez un peu envenimer vos rencontres. George, tu es sournois, un vrai Iago qui œuvre en secret à la chute de Cibber.

— Ce n'est pas la bonne interprétation, grommela le scénariste. Je n'aime pas du tout ce que vous faites. Ces personnages sont bons amis.

— En attendant l'occasion de se trahir, dis-je.

Howard Tyler, notre auteur, s'était déjà plaint des menus changements auprès du producteur, du comptable, et des grands pontes des studios sans réussir à me faire virer. Je pouvais très bien m'accommoder de son animosité, tout comme je pouvais maîtriser mon irritation en voyant ses lunettes rondes de grand-père, sa bouche toujours pincée, quand il insistait pour insérer de longs silences inutiles alors que seuls l'action et le mouvement remplissent les salles de cinéma. Il adorait disserter sur des subtilités indicibles, hors de portée de la plupart des acteurs. Il aurait dû s'en tenir au monde des romans psychologiques volumineux auquel il appartenait.

Son livre, qu'il avait adapté pour le film, était vaguement inspiré d'un fait divers : un scandale hippique vieux de vingt-six ans que Newmarket avait réussi à étouffer. Sa version romancée était censée révéler la vérité, mais ce n'était sûrement pas le cas, car aucun des protagonistes

22

encore en vie n'avait manifesté le moindre signe d'indignation.

— Vous avez sans doute tous regardé le plan de la cour du Jockey-Club qu'on vous a fourni, dis-je. (Ils hochèrent la tête en feuilletant les pages.) Vous avez également la liste des séquences, dans l'ordre de tournage, avec l'horaire approximatif. Les trois voitures impliquées seront amenées dans la cour à la première heure demain matin. Arrangez-vous pour que les éclairages et les caméras soient disposés comme indiqué sur le plan. Si tout le monde y met du sien, nous pourrons finir bien avant que la lumière décline. Des questions ?

Il y avait toujours des questions. Poser une question, cela signifie qu'on a fait attention et, comme souvent, ce sont les acteurs mineurs qui en posent le plus. Cette fois, George voulait savoir comment son personnage allait évoluer après cette scène supplémentaire. Il ne serait qu'un ennui de plus dans les difficultés de Cibber, lui précisai-je. Ce dernier finirait par craquer. Le Big Bang. Un véritable feu d'artifice. Cibber poussa un « Alléluia » reconnaissant. George serra un peu plus les lèvres.

— Mais ils sont amis ! répéta obstinément Howard.

— Comme nous en avons déjà discuté, répondis-je gentiment, si Cibber craque, cela donne plus de poids à l'intrigue.

Il ouvrit sa petite bouche, et, voyant que tout le monde acquiesçait, referma les lèvres et commença à se comporter comme si l'idée venait de lui.

— S'il pleut demain, dis-je, nous tournerons les scènes d'intérieur du Jockey-Club en espérant qu'il fera beau jeudi. Nous devons avoir terminé la première partie de tout ce que nous avons à faire à Newmarket pour la fin de la semaine. Dimanche, comme vous le savez sans doute déjà, nous emmenons les chevaux à soixante kilomètres à l'ouest, pour qu'ils rejoignent l'hippodrome et les écuries de Huntingdon. Les acteurs et les techniciens partiront lundi matin de bonne heure. Répétition lundi à partir de midi. Tournage de mardi à jeudi, et on revient ici pour le week-end suivant. Ed distribuera les emplois du temps et le plan de tournage à tous ceux qui sont concernés. D'accord ? Oh, à propos, les rushes d'hier sont parfaits. Je pensais que cela vous ferait plaisir de le savoir. Le travail a été dur, mais cela en valait la peine.

Les soupirs exprimaient un grand soulagement. Nous avions passé toute la journée dans la cour de l'écurie, où la scène se déroulait sur un arrière-plan de la vie quotidienne du haras. Jamais chevaux n'avaient été bouchonnés, étrillés, nourris, abreuvés et pansés autant en une journée, mais nous avions assez d'images pour donner à notre écurie fictive une vie éternelle.

La réunion de travail terminée, tout le monde se dispersa, à l'exception d'un petit homme bancal, à la barbe hirsute et aux vêtements négligés, dont la piteuse apparence cachait une confiance en ses talents aussi solide que le granite. Il leva les sourcils. Je hochai la tête. Il s'avachit dans son siège et attendit que tout le monde, à part nous, ait franchi la porte.

— Tu voulais me voir ? C'est Ed qui me l'a dit.

— Oui.

Tout film ayant quelques chances de succès a besoin d'un œil qui voie la vie comme à travers l'objectif. Quelqu'un pour qui la mise au point, l'intensité de la lumière et la température de couleur ne sont que des dimensions extrasensorielles qui ne posent aucun problème. Au générique, on le nomme chef opérateur, ou, à présent, directeur de la photographie. J'avais un ami mathématicien qui affirmait penser en algèbre ; Moncrieff, directeur de la photographie, pensait en ombres et lumières.

Nous étions habitués l'un à l'autre, c'était notre troisième film commun. Au début, j'avais été un peu déconcerté par son sens de l'humour surréaliste, mais j'avais vite compris que ce n'était que l'équivalent verbal de son génie visuel. Très vite, j'avais senti que travailler sans lui revenait à me retrouver tout nu dans un royaume où je devais traduire mes propres perceptions en images sur un écran. Quand j'expliquais à Moncrieff ce que je voulais faire comprendre au public, il trouvait d'instinct l'angle de la caméra nécessaire pour y parvenir. Un jour, nous avions mis en scène les « derniers rites » pour un homme qui allait être exécuté par des terroristes : Moncrieff avait souligné l'ultime cruauté de la scène par l'éclairage des visages : la victime pétrifiée, le prêtre en sueur et l'expression impitoyable des bourreaux. *Ego te absolvo...* J'en avais reçu des menaces de mort par la poste à cause de cela !

Ce mardi-là à Newmarket je lui demandai :

— Tu as remarqué la palissade à l'extérieur du Jockey-Club ? Autour du parking privé de la cour ?

— La grande noire ? Oui.

— Je veux un plan qui mette en valeur sa qualité de barrière. Je veux montrer qu'elle se ferme à tous, sauf à l'élite. À l'intérieur, les mandarins des courses, dehors, le tout-venant.

Moncrieff hocha la tête.

— Et prends un plan de cinq secondes des charnières du portail quand il s'ouvre et quand il se ferme.

— D'accord.

— Au début, la scène entre Cibber et George sera vue de l'extérieur de la palissade. Je veux que l'allusion au zoo soit limpide. Ensuite, le plan se resserre et précise l'endroit où ils se trouvent, à travers les barreaux. Le reste de la conversation, on le fera en gros plans.

Moncrieff acquiesça. Il ne prenait presque jamais de notes lorsque nous discutions, mais il établissait un plan de travail méticuleux le soir avant de s'endormir.

— Nous ne portons aucun jugement. On n'a pas la main lourde. Pas de couplet social. Une vague impression seulement.

— Légère comme une plume. Oui, j'ai compris.

— ... Qui va contribuer à faire craquer Cibber.

— Hum hum.

— Je ferai écrire la scène demain à Howard. Il suffit d'ajouter un peu d'intensité aux dialogues bien tranquilles qui existent déjà. Il n'y a qu'à mettre un peu de piment.

— Le piment d'Howard, c'est du jus d'airelles !

Moncrieff prit une bouteille sur un plateau et la regarda à travers dans la lumière.

— Vide, dit-il d'un ton morose. Tu as déjà essayé la vodka au jus d'airelles ? C'est ignoble !

Howard ne buvait que cela.

— Howard, c'est un déchet radioactif. On ne peut pas s'en débarrasser sans danger, ajouta Moncrieff.

Il savait aussi bien que moi que le nom d'Howard Tyler au générique nous apporterait à la fois le public des lecteurs et l'attention des critiques en vue. Howard Tyler avait remporté des prix prestigieux et reçu des titres honorifiques des deux côtés de l'Atlantique. Tout le monde estimait que nous avions de la chance, Moncrieff et moi, de travailler avec une figure aussi éminente.

Peu d'auteurs sont capables de tirer des scénarios de leurs propres romans. La plupart du temps, ils ne veulent même pas tenter l'expérience : Howard Tyler avait été nominé aux Oscars dès son premier essai et refusait donc de vendre ses droits cinématographiques s'il n'était pas lui-même le scénariste. Nous étions liés à Howard aussi solidement qu'il était lié à moi.

Notre producteur, un Américain de la soixantaine, chauve et bien bâti, s'était concocté une affaire en or. Un auteur renommé (Howard), un sorcier de la caméra éprouvé (Moncrieff), un producteur à succès (lui-même), et un réalisateur jeune mais expérimenté (Thomas Lyon), le tout allié à une superstar (un homme), et une jeune actrice ravissante ; les économies réalisées sur l'actrice et sur moi compensaient les sommes dépensées pour les grands noms. O'Hara, le producteur en question, m'avait confié un jour qu'en matière d'acteurs c'était du gaspillage d'embaucher cinq vedettes sur le même film. Une seule amène tout autant de spectateurs, on peut à la rigueur s'en offrir deux. Plus, c'est faire monter les enchères inutilement.

O'Hara m'en avait beaucoup appris sur la finance, et Moncrieff beaucoup sur l'illusion. Il me semblait que je venais enfin de comprendre mon métier — mais j'étais assez réaliste pour savoir qu'à tout moment je pouvais me tromper et faire un flop. Si l'on pouvait réellement prévoir les réactions des spectateurs, il n'y aurait jamais d'échec. Personne n'est jamais sûr de rien en matière de goût du public, c'est un peu comme avoir de la chance aux courses.

Ce jour-là, O'Hara était déjà dans la salle à manger du Bedford Lodge Hotel quand je le rejoignis. Les grands patrons des studios aimaient qu'il garde l'œil sur moi et leur fasse son rapport. Toutes les semaines, de Londres ou de Californie parfois, il venait suivre la production, observer le tournage un jour ou deux, vérifier le budget et l'avancement des travaux. Grâce à l'emploi du temps très raisonnable qu'il avait établi dès le début, j'espérais que nous resterions au-dessous des limites du budget et que nous aurions un jour ou deux d'avance, ce qui encouragerait mes futurs employeurs à croire que j'avais des talents d'organisateur.

— Les rushes d'hier sont excellents, et ce matin, tout s'est bien passé, dit O'Hara, très objectif. Où aviez-vous disparu cette après-midi ? Ed n'a pas pu vous mettre la main dessus.

Un verre de Perrier destiné à impressionner les studios trop puritains au bord des lèvres, je marquai une pause en repensant à la respiration rauque de Valentine.

— J'étais là, à Newmarket. J'ai un ami mourant, je suis passé le voir.

— Ha bon.

O'Hara n'y voyait aucun inconvénient et prenait mes explications comme une raison, non comme une excuse. Il savait déjà que j'étais sur le pied de guerre depuis six heures du matin et que je travaillerais dix-huit heures par jour la plupart du temps jusqu'à la fin du tournage — ce qu'il considérait comme parfaitement normal.

— C'est un cinéaste ? demanda O'Hara.

— Non. Un auteur..., un journaliste hippique.

— Ah. Rien à voir avec nous, alors.

— Non, rien.

Comme on peut se tromper !

2

P AR CHANCE, ce mercredi-là, l'aube fut radieuse et
 claire. Moncrieff, son équipe et moi-même attendions
le lever du soleil près des palissades du Jockey-Club,
tout en tournant des scènes d'ambiance, striées par les
ombres des barrières.

Plus tard, dans la cour, la répétition avec Cibber et
George se déroula sans encombre. Moncrieff put facilement compléter la lumière du soleil avec celle des projecteurs, et je collai l'œil au viseur de la caméra pour m'assurer que les angles de prises de vues soulignaient bien
le mépris qui commençait à poindre dans cette amitié de
toujours. À onze heures, nous étions prêts pour les scènes
d'entrées et de sorties de voitures, auxquelles la police
apporta une collaboration efficace.

Aussi laconique que jamais, sans se plaindre, notre superstar fit trois entrées au volant de sa voiture, quatre
passages sous le portail, avec l'allure d'un type marchant
à l'échafaud. D'un air absent, il me donna finalement
une tape amicale sur l'épaule avant de s'en aller dans sa
Rolls Royce personnelle.

À midi, nous marquâmes une pause déjeuner bien mé-
ritée.

Dans l'après-midi, O'Hara vint admirer la touche Iago
de George (qui ne demandait guère qu'un petit « n'en
rajoute pas trop » de ma part) et passa une bonne partie
de la journée dans le fauteuil du réalisateur, sourire aux

28

lèvres. Bien que je n'aie jamais su si O'Hara en était conscient, son sourire agissait comme un onguent sur les acteurs et l'équipe technique : dès qu'il souriait, tout se passait comme sur des roulettes ; lorsqu'il lançait l'un de ses rares regards désapprobateurs, les problèmes se multipliaient selon une croissance exponentielle.

Après les scènes de la cour, O'Hara et moi allâmes prendre un verre au Bedford Lodge (toujours sans alcool, pour respecter l'éthique puritaine de la maison), afin de discuter de l'avance du tournage et des projets avant que le film quitte le monde de l'imaginaire pour se retrouver entre les mains des services marketing et publicité de Londres. Il ne suffit pas de faire un film, encore faut-il le vendre.

— Vous avez engagé notre meilleur cascadeur pour lundi, dit O'Hara en se levant, prêt à partir. Qu'avez-vous en tête ?

— Des chevaux sauvages sur la plage.

Je lui avais parlé d'un ton léger, lui laissant la possibilité de me croire ou non.

— Ah bon ? Ce n'est pas dans le scénario.

— Je pourrais faire les repérages avec le cascadeur lundi matin de très bonne heure. À l'aube, en fait. Je serais de retour pour les répétitions. Mais…, dis-je, hésitant.

— Mais quoi ?

— Parfois, vous m'avez accordé un jour supplémentaire ici ou là. Si je pouvais en avoir un de plus ? Au cas où j'aie une bonne idée.

Par deux fois déjà, lorsqu'on m'en avait laissé la latitude, j'avais donné aux films une orientation inattendue que le public avait appréciée. Sans exiger de détails sur ce qui n'était qu'une inspiration du moment, il me regarda longuement et hocha brièvement la tête, m'accordant virtuellement carte blanche.

— D'accord. Trois jours.

Le temps coûte très cher. Trois jours, c'est une marque de confiance.

— Splendide !

— Si vous n'aviez rien demandé, je crois que nous aurions eu des ennuis.

— Vous trouvez que cela ne va pas ? demandai-je, toujours anxieux.

— Professionnellement, si. Mais si je vous ai embauché, c'est pour avoir quelque chose de plus.

Je me sentais moins flatté qu'écrasé sous le poids de la responsabilité. Tant que l'on n'attendait pas grand-chose de moi, j'avais été relativement tranquille : le succès m'avait entraîné dans une spirale ascendante de petits miracles mais, l'un de ces jours, pensai-je, si je tombais du sommet de cette tour aussi bancale que la tour de Pise, plus aucun service financier un peu raisonnable ne voudrait entendre parler de moi.

Devant la porte de l'hôtel où son chauffeur l'attendait, O'Hara poursuivit :

— Vous savez pertinemment qu'en matière de film, il y a le pouvoir, et il y a l'argent. Sur les grosses productions, c'est l'argent qui prime sur les désirs du réalisateur. Mais sur les budgets modestes, comme celui-ci, c'est le réalisateur qui détient le pouvoir. Alors, servez-vous-en, de ce pouvoir ! Servez-vous-en !

Hébété, je le regardai. Je le considérais comme le *deus ex machina* de ce film, comme l'incarnation du pouvoir. Après tout, c'était lui qui avait rendu le projet possible. Je compris soudain que j'avais essayé de lui faire plaisir avant tout, à lui plus qu'à moi, et il me disait que ce n'était pas ce qu'il voulait.

— Battez-vous, ou cassez-vous la gueule, après tout c'est votre film.

Je pensais que si je devais filmer cette scène, quoi qu'il dise, il serait évident que le pouvoir se trouvait du côté du plus vieux, plein d'assurance, au visage marqué par l'expérience, un peu corpulent, mais parfaitement à l'aise dans son corps, et non du côté de ce jeunot de trente ans qu'on pourrait trop facilement confondre avec un simple figurant.

— C'est vous qui avez le pouvoir, croyez-moi.

Il me fit un signe de tête qui n'autorisait aucun compromis, aucune excuse, avant de se diriger vers sa voiture et de s'éloigner sur un regard d'adieu.

Je descendis l'allée pour rejoindre mon propre véhicule et pris la route de chez Valentine, conscient d'être à la fois tout puissant et totalement obscur. Mélange bien étrange. Je ne pouvais pas me cacher que j'avais du talent ; souvent, je produisais de bonnes choses d'instinct, mais d'un instant à l'autre, je pouvais basculer dans les doutes les plus affreux. J'avais besoin de confiance en moi pour donner quelque chose de bon, et pourtant, je redoutais l'arrogance qui risquait de conduire à la folie des grandeurs. Pourquoi, me demandais-je souvent, n'avais-je pas eu la bonne idée de faire un métier utile qui ne reposait pas entièrement sur l'évaluation du public, facteur par exemple ?

Valentine et Dorothea avaient acheté une maison de plain-pied de quatre pièces, où chacun avait installé sa chambre et son salon — ils avaient même aménagé une salle de bains supplémentaire pour préserver leur intimité. Ils partageaient une cuisine spacieuse, meublée d'une grande table. D'après eux, cet arrangement était idéal pour supporter leur veuvage, car cette vie commune et indépendante à la fois leur apportait compagnie et tranquillité.

Tout semblait paisible lorsque j'empruntai l'allée de ciment après m'être garé devant le portail. Dorothea ouvrit sans me laisser le temps de sonner ; elle pleurait.

— Valentine ? demandai-je, mal à l'aise.

Elle hocha misérablement la tête.

— Il est toujours en vie, le pauvre chou. Entrez, mon ami. Il ne vous reconnaîtra pas, mais allez le voir.

Je la suivis dans la chambre où elle avait passé la soirée sur un fauteuil près de la fenêtre, afin de voir la route et les éventuels visiteurs.

Livide, le teint jaune, immobile sur son lit, Valentine avait une respiration lente, rauque et régulière, qui approchait inexorablement de sa fin.

— Il ne s'est pas réveillé et il n'a pas parlé depuis votre départ, hier. Inutile de chuchoter, nous ne le dérangeons

31

pas. Robbie Gill est venu à l'heure du déjeuner, oh, ce n'est pas pour ce que j'ai mangé, je n'y arrive pas. Bon, de toute façon, Robbie dit que Valentine respire difficilement parce qu'il y a du liquide dans ses poumons. Il s'en va, c'est pour cette nuit, ou pour demain, il m'a demandé de me tenir prête. Comment pourrais-je être prête ?

— Qu'est-ce qu'il entend par là ?

— Oh, moralement, je suppose. Il m'a dit de lui faire savoir où en serait la situation demain matin. Il m'a plus ou moins demandé de ne pas le déranger en pleine nuit et de le tenir au courant à sept heures, si Valentine mourait. Il n'est pas vraiment sans cœur, mais il pense toujours que les choses seraient plus faciles si Valentine était à l'hôpital. Mais le pauvre chou est plus heureux ici, je le sais. Il est en paix, cela se voit. Je le sais.

— Oui.

Elle insista pour me préparer une tasse de thé et je ne la dissuadai pas, car je pensais qu'elle en avait grand besoin elle-même. Je la suivis dans la cuisine peinte en bleu et jaune vif et m'installai à la table pendant qu'elle sortait les tasses de porcelaine et le sucrier. On entendait Valentine respirer, son lent halètement ressemblant presque à un gémissement. L'infirmière, Mme Davies, avait été très chic selon Dorothea, elle lui avait injecté assez d'analgésiques pour qu'il ne souffre pas, pas même dans le plus profond coma.

— C'est gentil.

— Elle aime beaucoup Valentine.

Je bus le liquide chaud et pâle, que je n'appréciais guère.

— C'est extraordinaire, dit Dorothea, assise en face de moi, vous savez, vous m'avez dit que Valentine voulait un prêtre ?

— Oui.

— Eh bien, je vous ai répondu qu'il ne parlait pas sérieusement, mais là, je n'y aurais jamais cru, une de nos voisines, Betty, qui habite juste en face… Vous l'avez déjà rencontrée, elle est venue nous voir… Enfin, Betty m'a demandé s'il avait vu son prêtre ! Je l'ai regardée comme une imbécile et elle m'a dit que Valentine avait marmonné des histoires à propos d'un prêtre à qui notre mère avait demandé l'absolution avant sa mort. Valentine voulait qu'elle aille le chercher. Betty a demandé de quel prêtre il s'agissait. Elle n'avait jamais vu de prêtre ici, et je lui ai dit que nous n'en fréquentions pas, même au temps de ma mère, c'était rare. Mais il paraît que Valentine parlait comme s'il était encore enfant, il disait qu'il aimait entendre sonner les cloches. Il devait délirer. Elle n'y comprenait rien. Qu'en pensez-vous ?

— Les gens se penchent souvent sur leur enfance quand ils sont très vieux.

— Vous croyez que je devrais aller chercher un prêtre pour Valentine ? Je n'en connais pas. Que dois-je faire ?

Je regardai son visage ridé et fatigué, marqué par le souci et le chagrin. Je ressentais l'épuisement qui l'avait conduite à cette indécision comme si j'en souffrais personnellement.

— Le médecin doit connaître un prêtre, si vous voulez.

— Mais cela n'ira pas ! Valentine ne se rendra compte de rien. Il n'entend plus !

— Je crois que cela n'a pas d'importance, qu'il entende ou pas. Mais si vous n'allez pas chercher de prêtre, vous passerez le restant de vos jours à vous demander si vous n'auriez pas dû le faire. Alors oui, le médecin ou moi, on vous en trouvera un, sur-le-champ, si vous voulez.

Des larmes roulèrent lentement sur ses joues, tandis qu'elle hochait la tête. Elle m'était visiblement reconnaissante d'avoir pris la décision pour elle. J'allai dans le salon de Valentine et décrochai le téléphone. Je revins vite annoncer à Dorothea qu'un prêtre de l'église de quartier arrivait.

— Restez avec moi, supplia-t-elle. Euh..., il ne sera peut-être pas très content d'être appelé par un non-pratiquant.

C'était effectivement le cas, j'avais dû déployer tous mes talents de persuasion. J'acceptai donc sans hésiter, ne serait-ce que pour avoir la version officielle de ce que j'avais accompli si approximativement.

Nous n'attendîmes qu'une petite demi-heure, mais cela suffit pour que la nuit s'installe et que Dorothea soit obligée d'allumer les lumières. Ensuite, le véritable prêtre, un gros bonhomme d'âge mûr, l'air négligé et manquant désespérément de charisme, gara sa voiture derrière la mienne et s'approcha sans enthousiasme.

Dorothea le fit entrer dans la chambre de Valentine. Sans perdre de temps en débordements d'émotions, il sortit une étole violette de sa sacoche qui rappelait celle du médecin, la passa autour de son cou, tache de couleur luxuriante qui se détachait sur le noir de sa veste et le blanc du col. Il prit également un petit récipient, l'ouvrit, y plongea le pouce et dessina une croix sur le front de Valentine en disant : « Par cette onction sainte... »

— Oh, s'exclama Dorothea, vous ne pourriez pas le dire en latin ? Euh, avec notre mère, c'était toujours en latin. Valentine aurait voulu que ce soit en latin.

Il avait l'air de vouloir refuser, mais il se contenta de hausser les épaules avant de prendre un petit livre dans son sac.

« *Misereatur tui omnipotens Deus, et dimissis peccatis tuis, perducat te ad vitam aeternam. Amen.* »

Que Dieu tout-puissant ait pitié de toi, qu'il te pardonne tous tes péchés et t'accorde le repos éternel.

« *Dominus noster Jesus Christus te absolvat...*

Notre Seigneur Jésus-Christ te pardonne...

Il prononçait ces mots sans passion, simple tâche accomplie au bénéfice d'un étranger, et donna une absolution neutre, car il ne savait rien des péchés en question. Il marmonna ainsi un moment, répétant plus ou moins les mots que j'avais employés, mais sans les sentiments que j'avais éprouvés.

« *Ego te absolvo ab omnibus censuris, et peccatis tuis, in nomine Patris et Filii et Spiritus Sancti. Amen.* »

Il dessina le signe de la croix sur le corps de Valentine qui continuait à respirer sans faire le moindre mouvement, puis marqua une brève pause avant d'ôter son étole et de la ranger dans son sac avec le missel et l'onguent.

— C'est tout ? demanda Dorothea, livide.

— Ma fille, par l'autorité qui m'est conférée, je l'ai lavé de tous ses péchés. Il a reçu l'absolution, je ne peux rien faire de plus.

Je le raccompagnai jusqu'à la porte et lui fis une donation fort généreuse pour ses œuvres. Il me remercia d'un air las et s'en alla avant que j'aie eu le temps de lui parler du service funèbre, une messe de requiem, à prévoir avant la fin de la semaine.

Sa visite n'avait guère apporté de réconfort à Dorothea.

— Il se fichait complètement de Valentine.

— Il ne le connaît pas.

— J'aurais préféré qu'il ne vienne pas.

— Ne réagissez pas comme ça. Valentine a vraiment eu ce qu'il désirait.

— Mais il ne le sait pas.

— Je suis sûr et certain, dis-je avec conviction, que Valentine est en paix.

Elle hocha la tête, soulagée. Elle le pensait elle aussi, que ce fut ou non grâce au secours de la religion. Je lui donnai le numéro du Bedford Lodge ainsi que celui de ma chambre en lui promettant de revenir à tout moment, si elle avait besoin de moi.

Elle sourit tristement.

— Valentine m'a dit que vous étiez un vrai petit diable quand vous étiez jeune. Un vrai sauvage.

— Parfois, oui.

Elle se haussa sur la pointe des pieds pour m'embrasser sur la joue, et je la pris chaleureusement dans mes bras. Elle n'habitait pas à Newmarket quand j'étais jeune, et je ne l'avais rencontrée qu'en venant ici pour le tournage, mais il me semblait déjà que c'était une vieille tante que j'avais toujours connue.

— Je suis debout à six heures, précisai-je.

— Je vous tiendrai au courant, répondit-elle en soupirant.

Je m'éloignai, et lui fis un signe alors qu'elle était déjà derrière la fenêtre de Valentine, à tenir sa triste veille.

Je retournai dans la cour du haras qui nous servait de décor et restai dans le noir, à respirer l'air frais de cette soirée de mars, en regardant le ciel. Le beau temps s'était prolongé durant la nuit et les étoiles brillaient intensément, si bien que l'on percevait les profondeurs infinies de l'espace.

Faire un film sur les obscures passions terrestres paraissait bien frivole dans ce contexte d'éternité, mais nous sommes des corps, et non de purs esprits, nous ne pouvons guère faire autre chose que de révéler nos âmes. *Spiritus Sanctus. Spiritus* signifie « souffle » en latin. Souffle sacré. *In nomine Spiritus Sancti.* Au nom du Saint-Esprit, le Souffle Sacré, le Fantôme Sacré. Enfant, j'aimais la logique et la discipline qu'imposait le latin. Homme, j'y trouvais du mystère et de la majesté. En tant que réalisateur, je m'en servais pour inspirer la terreur. Pour Valentine, j'avais usurpé son pouvoir. Que Dieu me pardonne… s'il y a un Dieu quelque part.

La Rolls de notre superstar murmura doucement en entrant dans la cour ; comme d'habitude, son chauffeur attentionné lui ouvrit la porte. En général, les grandes vedettes arrivent avec chauffeur, valet de chambre, secrétaire/assistant, et parfois, garde du corps, masseur ou majordome. Pour les femmes, il fallait ajouter un coiffeur. Hommes et femmes peuvent avoir un maquilleur personnel. Toute cette suite doit être hébergée, nourrie, dotée de véhicules de location, ce qui explique en partie pourquoi les jours supplémentaires font dramatiquement grimper les coûts.

— Thomas ? demanda-t-il en m'apercevant dans l'ombre. Je suis en retard.

— Non.

Une superstar n'est *jamais* en retard, même si elle vous fait attendre des heures. Les superstars sont des feux verts ambulants, ce qui signifie, dans le monde du cinéma, que leur présence vous apporte crédit et confiance dans votre projet, et garantit que rien ne pourra mal tourner. Leurs désirs sont donc des ordres.

Ce feu vert avait jusque-là fait mentir à tel point la

réputation d'enquiquineur qu'on leur attribue généralement et avait donné des résultats si impressionnants qu'on l'avait engagé de bon cœur et avec suffisamment de panache pour que ses fans soient contents.

À cinquante ans, il en paraissait à peine quarante, et me regardait droit dans les yeux, du haut de son bon mètre quatre-vingts.

Bien qu'en dehors de l'écran, il soit beau, sans plus, il avait la faculté inestimable de pouvoir jouer rien qu'avec les yeux. Grâce à d'imperceptibles mouvements musculaires, il faisait passer un message en gros plan, et le sourire qu'il dessinait avec sa paupière inférieure lui avait valu l'honneur d'être considéré comme l'acteur le plus séduisant du cinéma, bien qu'à mes yeux cette capacité ne soit en fait que le début de son talent.

Je n'avais jamais eu l'occasion de diriger un tel acteur, il le savait et en tenait compte, pourtant il m'avait conseillé, un peu comme O'Hara, de ne pas déroger à mes habitudes et d'user de mon autorité.

Cette superstar, Nash Rourke, était à l'initiative de ce rendez-vous nocturne.

— Un peu de calme, Thomas, c'est ce qu'il me faut. Et puis, je dois m'imprégner de l'ambiance du salon du Jockey-Club que vous avez fait reconstituer.

Nous passâmes donc par la porte arrière où le gardien de nuit nous ouvrit et nota l'heure de notre arrivée.

— Rien à signaler, monsieur Lyon, annonça-t-il.

— Bien.

Avec mon approbation et celle d'O'Hara, le directeur de production avait reconstitué le salon original, ainsi que l'ancien bureau de l'entraîneur qui donnait sur les stalles.

En haut, en faisant tomber un mur ou deux, à l'aide de photographies et en nous fondant sur l'observation des lieux, nous avions reconstruit la grande salle qui existait toujours au Jockey-Club de High Street, la pièce où, dans un passé lointain, on menait les enquêtes publiques, alors que des réputations et des vies étaient en jeu.

Depuis quarante ans au moins, les enquêtes officielles

se déroulaient dans les bureaux de Londres, mais, dans le livre d'Howard Tyler, comme dans notre film, un tribunal tout à fait illégal s'était installé dans cette ambiance macabre, où il menait son enquête.

J'allumai quelques lumières, ce qui ne donna qu'une vue sinistre du plancher richement ciré, des tentures luxueuses sur les murs et des fauteuils de cuir disposés tout autour d'une grande table en forme de fer à cheval.

Pour laisser de la place aux caméras, la réplique reconstituée était beaucoup plus vaste que l'original. Les murs, de solide apparence, avec leurs corniches et leurs peintures, pouvaient coulisser à loisir selon nos besoins. Au plafond, les ampoules, toutes éteintes, attendaient dans un méli-mélo de projecteurs, de spots, de câbles, qui reprendrait vie dès le lendemain matin.

Nash Rourke s'approcha de la table, tira un fauteuil de cuir vert et s'assit. J'allai le rejoindre. Il avait apporté quelques pages de la dernière mouture du scénario, qu'il posa sur le bois ciré en disant :

— La scène de demain, c'est la grande scène, non ?

— L'une des grandes scènes.

— L'homme est accusé, insulté, il est en colère et il est innocent.

— Oui.

— Bien. Notre ami Howard Tyler me rend fou.

L'accent de Nash Rourke, Américain cultivé aux intonations bostoniennes, ne correspondait pas exactement à celui de l'élite des entraîneurs britanniques qu'il était censé incarner, mais pour tous, moi y compris, ce n'était qu'un détail mineur. Sauf pour Howard, bien entendu.

— Il veut que je change ma façon de dire la scène, il veut que je prononce tout dans un murmure étouffé.

— Ah, oui ? C'est ce qu'il a dit ?

— Pas vraiment. Il veut ce qu'il appelle « une lèvre supérieure pincée ».

— Et vous ?

— Mais ce type va hurler, nom d'une pipe ! C'est un homme puissant qu'on accuse du meurtre de sa femme, non ?

38

— Si.

— Il est innocent et il se trouve en face de toute une bande de vieux schnocks qui ne pensent qu'à le ruiner, d'une manière ou d'une autre, non ?

— Exact.

— Et le président est marié à la sœur de sa femme, exact ?

— Hum hum. Le président, Cibber, finira par craquer, nous avons mis cela au point ce matin.

— C'est ce qui met Howard dans une rage folle.

— Demain, dis-je en montrant d'un geste de la main la salle de tribunal reconstituée, vous crierez tout votre saoul.

Nash sourit.

— Et puis, vous vous montrerez passablement menaçant envers Cibber. Vous convaincrez les membres du Jockey-Club *et* le public que vous avez assez de force de personnalité pour tuer. Semez une graine ou deux. Ne soyez pas une victime passive.

Nash se détendit dans son fauteuil.

— Howard va en crever. Il est furieux de voir ce que vous faites.

— Je me charge de le calmer.

Comme moi, Nash portait un pantalon sans pli, une chemise à col ouvert, et un sweat-shirt ample. Il feuilleta les pages qu'il prit sur la table et posa une autre question.

— À quel point ce scénario est-il différent de celui du début ?

— Il y a plus d'action, plus d'amertume, et bien plus de suspense.

— Mais mon personnage, il est toujours innocent ?

— Oui, mais à présent, on garde des doutes jusqu'à la fin.

Nash semblait plongé dans une réflexion philosophique.

— O'Hara m'a baratiné pour que j'accepte ce film. J'avais trois mois libres entre deux projets. « Comble-les, m'a-t-il dit. Un gentil petit film sur les courses. » O'Hara connaît ma passion des chevaux. Une histoire vraie, un vieux scandale, sur un scénario du célèbre Howard, dont j'avais forcément entendu parler. Un film de prestige, pas un navet qui ne laisse pas de traces. Le réalisateur ? ai-je demandé. Un jeune, avec lequel je n'avais encore jamais travaillé. Cela, c'était bien vrai ! Il a insisté : « Fais-moi confiance. »

— Faites-moi confiance, dis-je.

Nash me lança un sourire que n'aurait pas renié un alligator, le genre de sourire devant lequel les méchants des westerns se jettent par terre dans les scènes de tuerie.

— Demain, c'est l'ouverture de la saison des grandes courses de plat en Angleterre.

— Je sais.

— Samedi, on court le handicap Lincoln.

— Hum hum, à Doncaster. Où est-ce ?

— À un peu plus d'une centaine de kilomètres au nord. Moins d'une heure par hélicoptère. Cela vous dirait ?

— C'est du chantage ?

— Euh, oui !

— Et les assurances ?

— Je m'arrangerai avec O'Hara.

— Ça marche !

Il se leva brusquement, de fort joyeuse humeur, et se mit à arpenter la pièce, pour en prendre les mesures.

— Dans le scénario, il est dit que je me tiens sur le tapis. C'est ce truc, du côté ouvert de la table ?

— Oui, sacré tapis ! Historiquement, les gens qui faisaient l'objet d'une enquête hippique à Newmarket devaient se tenir là, sur ce tapis. C'est de là, je crois, que vient l'expression être au tapis.

— Pauvres types !

Il se plaça sur le tapis, et dit son texte calmement. Il répétait les dialogues, marquait les pauses, ajoutait les gestes, passant d'un pied sur l'autre, comme sous le coup de la frustration, puis avançait vers l'intérieur du fer à cheval, pour se pencher d'un air menaçant vers la chaise où serait installé Cibber, l'inquisiteur.

— Et je hurle, dit-il.

— Oui.

Animé d'une fureur silencieuse pour le moment, il murmura les cris de protestation, et revint s'asseoir près de moi.

— Qu'est-il arrivé à ces gens dans la réalité ? Howard jure qu'il relate la pure vérité. O'Hara m'affirme que vous êtes sûr du contraire, parce que personne ne se manifeste. Alors, que s'est-il passé ?

— Howard fait des suppositions. Et puis, il joue la sécurité. D'abord, aucun des personnages ne porte son véritable nom, et puis, je n'en sais pas plus que les autres, car tout cela s'est produit il y a vingt-six ans. J'avais quatre ans à l'époque. Je ne me souviens même pas en avoir entendu parler, et de toute façon, maintenant, l'affaire est close. Votre rôle, c'est celui de Jackson Wells, un entraîneur. On a retrouvé sa femme pendue dans la cour de l'écurie, et la plupart des gens croyaient le mari coupable. La femme avait un amant, et la sœur de sa femme était mariée à un membre du Jockey-Club. Les faits se limitent à ça. Personne n'a jamais pu prouver que Jackson Wells avait tué son épouse, et il a toujours juré son innocence.

— Howard prétend qu'il est toujours en vie.

— Oui. Le scandale a mis fin à sa carrière. Il n'a jamais pu prouver son innocence, et bien que le Jockey-Club ne lui ait jamais retiré sa licence, on a cessé de lui confier des chevaux. Il a vendu son écurie pour acheter une ferme dans l'Oxfordshire, je crois, et il s'est remarié. Il doit friser la soixantaine à présent. Apparemment, il n'y a eu aucune réaction de sa part, et cela fait plus d'un an que le livre d'Howard est sorti.

— Alors, il ne va pas s'amener sur le plateau avec sa fronde pour me lyncher ?

— Croyez en son innocence.

— Oh, j'en suis convaincu.

— Notre film est une fiction, dis-je. Le véritable Jackson Wells était un entraîneur moyennement doué, sans grande personnalité, à la tête d'une écurie modeste. Il n'avait rien à voir avec l'homme de la haute société du livre d'Howard, et encore moins avec le dur conquérant envers lequel on commet une injustice qu'on aura fait de vous avant la fin.

— O'Hara m'a promis une happy end.

— Il l'aura.

— Le scénario ne dit pas qui a tué la femme, mais seulement qui ne l'a pas tué.

— Parce que Howard n'a pas su se décider. Vous n'avez pas lu son livre ?

— Je ne lis jamais les livres dont sont inspirés les scénarios. C'est souvent contradictoire et source de confusion.

— C'est aussi bien. Dans le livre d'Howard, l'entraîneur n'a pas d'aventure avec sa belle-sœur.

— Ah bon ?

Il semblait surpris. Il avait passé toute une journée à se rouler dans des draps, à moitié nu, avec l'actrice qui tenait le rôle de la belle-sœur.

— Comment Howard a-t-il accepté ça ?

— Howard a également accepté que Cibber, le mari de la belle-sœur, découvre tout sur cette liaison, pour qu'il ait un motif sérieux pour persécuter votre personnage. En fait, pour la scène de demain.

— Et ce n'était pas dans le roman ? demanda Nash, incrédule.

Je hochai la tête.

Dès le début, O'Hara avait compté sur Howard pour qu'il pimente un peu son récit et s'était contenté de lui donner un simple avertissement : « Pas de changements, pas de film. » Les modifications des humeurs et de l'intrigue que j'avais récemment opérées n'étaient rien comparées aux manipulations antérieures d'O'Hara. Avec moi, Howard menait un combat d'arrière-garde et, avec un peu de chance, il le perdrait aussi.

— Le véritable Cibber, il est vivant, lui aussi ? demanda Nash, sidéré. Et la belle-sœur ?

— Elle, je ne sais pas. Le véritable Cibber est mort il y a deux ou trois ans. Apparemment, quelqu'un a ramené cette vieille histoire sur le tapis à ce moment-là, c'est ce qui a inspiré Howard. Mais le véritable Cibber ne persécutait pas Jackson Wells aussi impitoyablement que dans le film. Il n'avait que peu de pouvoirs. En fait, ce n'était qu'un banal fait divers. Rien à voir avec la version d'O'Hara.

— Ou la vôtre.

— Ou la mienne.

Au bord du soupçon, Nash me regarda droit dans les yeux.

— Qu'est-ce que vous me cachez, à propos de ces changements ?

Je l'aimais bien. J'aurais même pu lui faire confiance. Mais j'avais appris à mes dépens que rien ne restait jamais secret. Il fallait que je résiste au besoin de me confier. Même avec O'Hara, j'avais éprouvé des réticences. « Sacré farceur ! m'avait dit O'Hara. Un véritable illusionniste ! »

— Ils étaient nécessaires.

— J'en conviens, mais expliquez-moi l'astuce.

Les magiciens n'expliquent jamais leurs trucs. Les cris de stupéfaction restent leur plus belle récompense.

— Je vous dirai toujours ce que le personnage doit ressentir, dans toutes les scènes.

Il comprit que j'éludais la question. Il réfléchit pendant une longue minute pour savoir s'il allait demander des détails que je risquais de lui refuser.

— La confiance, c'est beaucoup demander, finit-il par dire.

Je ne le contredis pas. Il marqua une pause et soupira profondément, comme pour signifier son accord tacite, et je suppose qu'il me faisait une confiance aveugle, afin de garder moyen de tirer son épingle du jeu si l'affaire devait lamentablement échouer.

— On ne devrait *jamais* faire confiance à un réalisateur !

Finalement, il se pencha sur son scénario, le relut rapidement, puis se leva en laissant les feuillets sur la table et répéta toute la scène. Il dit son texte soigneusement, avec une seule erreur.

Ensuite, sans commentaire, il recommença. Même avec un faible niveau sonore, l'émotion était stupéfiante ; et lors de sa dernière avancée vers la chaise de son accusateur, il réussit à faire sentir qu'il pouvait être un meurtrier, un assassin, malgré ses protestations d'innocence forcenées.

C'était cette force mentale, cette concentration qui avait transformé un bon acteur en superstar.

— Merci, dit Nash, en terminant.

— De rien.

— Il paraît que je suis le feu vert, ici, dit-il avec un sourire ironique.

— Vos désirs sont des ordres...

— Inutile de me lécher les bottes.

Nous quittâmes le plateau et la maison et je signai le registre du gardien de nuit. Nash repartit dans sa Rolls avec son chauffeur, et je retournai au Bedford Lodge pour une dernière discussion avec Moncrieff, afin de mettre au point l'impact visuel et les angles de prises de vues du lendemain.

À minuit, j'étais au lit. À cinq heures, le téléphone sonna à côté de ma tête.

— Thomas ?

La voix tremblante de Dorothea.

— J'arrive.

3

VALENTINE était mort.
M'attendant à trouver une maison silencieuse, plongée dans le chagrin, je fus surpris de voir une voiture tape-à-l'œil garée le long du trottoir, qui n'était ni celle du médecin, ni celle du prêtre. Derrière les rideaux, toutes les lumières étaient allumées.

J'avançai dans l'allée et sonnai à la porte.

Après un long moment, on vint m'ouvrir, mais ce n'était pas Dorothea. L'homme qui obstruait l'entrée était large, mou et peu aimable. Me toisant d'un œil suspicieux, il me demanda, presque insultant :

— Vous êtes le médecin ?

— Euh… non.

— Alors que venez-vous faire à cette heure-ci ?

Un petit fonctionnaire, diagnostiquai-je, un de ceux qui se plaisent à dire non. Il avait de vagues intonations du Norfolk, estompées par un fort accent des faubourgs londoniens très affecté.

— Mme Pannier m'a demandé de venir, dis-je sans la moindre provocation. Elle m'a téléphoné.

— À cette heure ? Impossible !

— J'aimerais lui parler.

— Je lui dirai que vous êtes venu.

Derrière lui, dans le couloir, Dorothea sortit de la salle de bains et se précipita vers la porte.

— Thomas, entrez, je vous en prie, me dit-elle, en me

faisant signe de contourner l'obstacle. C'est mon fils, Paul. Paul, je te présente Thomas, l'ami de Valentine dont je t'ai parlé.

— Comment va-t-il ?

À son expression, je connus la réponse.

— Il est parti, le pauvre. Entrez, j'ai besoin de vous.

Elle semblait un peu désarçonnée par ce fils qu'elle disait prétentieux et dominateur. Sa description n'avait rien d'exagéré. Il avait un regard noir autoritaire, une fine moustache et un gros nez retroussé qui laissait voir l'intérieur des narines. Avec son menton en avant censé intimider, il portait un costume trois pièces bleu marine et une cravate rayée, même à cette heure de la nuit. Mesurant environ un mètre soixante-quinze, il devait peser dans les cent dix kilos.

— Mère, je suis là, tu n'as besoin de personne d'autre. Je m'en tirerai très bien tout seul.

Il me fit signe de partir ; sans en tenir compte, je passai à côté de lui pour aller embrasser Dorothea sur la joue en lui suggérant de préparer du thé.

— Bien sûr, mon cher. À quoi pensais-je ? Venez à la cuisine.

Elle portait la même jupe verte et le même pull que la veille, j'en déduisis qu'elle ne s'était donc pas couchée. Les cernes noirs s'étaient creusés sous les yeux et son corps rondouillard semblait s'affaisser.

— J'ai téléphoné à Paul plus tard, longtemps après votre départ, dit-elle sur un ton d'excuse en mettant de l'eau dans la bouilloire électrique. Je me sentais si seule. Je voulais simplement le prévenir que son oncle allait bientôt… Alors bien sûr, il s'est mis en route tout de suite, pourtant, il était déjà tard.

— C'est tout à fait normal, dit Paul ostensiblement, je n'ai fait que mon devoir. Tu n'aurais jamais dû rester seule avec un mourant, mère, il aurait dû être à l'hôpital.

Je pris la bouilloire des mains de Dorothea et la priai de s'asseoir en lui promettant de m'occuper des tasses et du sucrier. Reconnaissante, elle me laissa prendre la suite pendant que son maquignon de fils continuait à se balancer sur ses talons en vantant ses propres mérites.

— Valentine était déjà mort quand je suis arrivé. (Il semblait chagriné.) Bien sûr, j'ai insisté pour téléphoner au médecin tout de suite, même si mère voulait absolument le laisser dormir. Non mais, je vous demande un peu, à quoi servirait-il, alors !

Désespérée, Dorothea leva les yeux au ciel.

— Quel malpoli celui-là, se plaignit Paul. On devrait le radier ! Il a dit que Valentine aurait dû être à l'hôpital et qu'il passerait à sept heures, pas avant.

— Cela n'aurait servi à rien qu'il vienne, dit Dorothea, d'un ton misérable. Valentine voulait mourir dans son lit. Ça pouvait aller.

Paul répéta obstinément son opinion contraire. Comme il m'ennuyait profondément, je demandai à Dorothea l'autorisation d'aller rendre hommage à Valentine.

— Allez-y. Il est très paisible.

La laissant écouter les récriminations de son rejeton, je me rendis dans la chambre de Valentine, brutalement illuminée par une ampoule suspendue au plafond, protégée d'un abat-jour peu adéquat. J'allumai une lampe à l'éclairage plus feutré sur la table de chevet.

Le vieux visage était plus pâle et plus lisse avec la mort et, déjà, le front s'était refroidi. La respiration laborieuse avait laissé place au silence éternel. Valentine avait les yeux fermés, et la bouche entrouverte était recouverte d'un pan de drap, sans doute par les soins de Dorothea. Effectivement, il semblait étrangement paisible.

Je retournai près de la porte et éteignis la lumière crue du plafonnier. Dorothea, qui sortait de la cuisine, vint près de moi pour jeter un dernier regard affectueux à son frère.

— Il est mort dans le noir.

— Je suis sûr que cela ne l'a pas dérangé.

— Non, mais… j'avais éteint la lampe de chevet pour que les gens ne voient pas à l'intérieur, j'étais assise à la fenêtre en attendant l'arrivée de Paul. J'écoutais la respiration de Valentine, et je me suis endormie. Sans m'en apercevoir, dit-elle, les larmes aux yeux. Je ne savais pas… je n'ai pas pu m'en empêcher.

— Vous étiez très fatiguée.

— Oui, mais lorsque je me suis réveillée, il faisait si noir… Tout était absolument silencieux… Soudain, j'ai compris… C'était affreux. Il avait cessé de respirer. Il était mort pendant mon sommeil, et je n'étais pas là pour lui tenir la main ou…

La voix tremblante, elle éclata en sanglots et s'essuya le visage avec les poings.

Je passai le bras autour de son épaule et nous restâmes ainsi au chevet de Valentine. Finalement, elle avait eu de la chance de ne pas voir le dernier sursaut de vie de son frère, de ne pas entendre son dernier râle. J'avais vu ma mère mourir, et je ne l'oublierais jamais.

— À quelle heure votre fils est-il arrivé ?

— Oh, il devait être près de trois heures. Il habite dans le Surrey, la route est longue, et il était sur le point de se coucher. Je lui ai dit de ne pas venir. J'avais simplement envie de parler à quelqu'un, mais il a insisté… C'est gentil de sa part.

— Oui.

— Il a fermé les rideaux, bien sûr, et il a allumé toutes les lumières. Il était furieux que je sois restée dans le noir, et que je n'aie pas fait venir Robbie Gill. Enfin, Robbie ne pouvait que constater la mort de Valentine. Paul n'a pas compris que je voulais simplement rester dans le noir avec Valentine. C'était une sorte de réconfort, un adieu, si vous voulez. Tous les deux, tout seuls, comme lorsque nous étions enfants.

— Oui.

— Paul a de bonnes intentions, mais il me fatigue vraiment. Je suis désolée de vous avoir fait lever si tôt. Mais Paul était si en colère… Alors, j'ai profité de l'instant où il est allé aux toilettes pour vous appeler, sinon, il m'en aurait empêchée. Je ne suis plus moi-même, tant je me sens faible.

— Je suis content d'être venu, la rassurai-je, mais il faut aller vous reposer.

— Oh, je ne pourrais pas. Je dois rester éveillée pour Robbie. J'ai trop peur que Paul ne soit pas correct avec lui.

Ses craintes étaient parfaitement justifiées.

Le grand Paul en personne entra dans la chambre et ralluma le plafonnier.

— Qu'est-ce que vous faites-là, tous les deux ? Mère, sors de là et arrête de geindre. Ton vieux frère a eu une belle fin, nous le savons tous. Maintenant, il faut parler de l'avenir, et j'ai des projets pour toi.

La silhouette de Dorothea se raidit sous mon bras. Je l'enlevai de son épaule et la suivis à la cuisine, éteignant de nouveau la lumière criarde au passage et me retournant une dernière fois sur le visage paisible qui dormait dans la pénombre. Une pénombre éternelle.

— Tu ne peux pas rester ici, disait Paul. Tu as près de quatre-vingts ans, je ne pourrai pas m'occuper de toi si tu habites si loin. J'ai pris des dispositions auprès d'une maison de retraite pour que tu t'y installes à la mort de Valentine. Je leur dirai que tu arrives dans la semaine. C'est à moins de deux kilomètres de la maison, Janet passera te voir tous les jours.

Dorothea paraissait presque terrifiée.

— Je n'irai pas, Paul. Je reste ici.

— Tu ferais mieux de préparer ta valise tout de suite, ajouta Paul sans l'écouter. Pourquoi perdre du temps ? Je mettrai la maison en vente dès demain, et on fera le déménagement aussitôt après l'enterrement.

— Non.

— Je t'aiderai tant que je serai là, offrit généreusement son fils. Il faudra trier les affaires de Valentine et s'en débarrasser. En fait, je ferais aussi bien de commencer par les livres, j'ai amené deux ou trois cartons vides.

— Non, pas les livres, dis-je d'un ton ferme. Il me les a donnés.

— Quoi ! s'exclama Paul, bouche grande ouverte. C'est impossible, il a légué tous ses biens à Mère. Tout le monde le sait.

— Tout, sauf les livres.

Dorothea hocha la tête.

— Valentine a fait rédiger un codicille à son testament

il y a environ deux mois, pour léguer ses livres à Thomas.

— Il était gaga, je contesterai.

— Vous ne pouvez pas, fis-je sagement remarquer. C'est à votre mère que Valentine a légué ses biens, pas à vous.

— Alors mère contestera.

— Oh que non ! répondit doucement Dorothea. Quand Valentine m'a demandé mon avis, j'ai répondu que c'était une très bonne idée. Je ne les aurais jamais lus, et Valentine savait qu'ils seraient précieux pour Thomas. Il a donc fait venir son avocat pour qu'il rédige le codicille, et c'est Betty, une de mes amies, et Robbie Gill, notre médecin, qui ont servi de témoins, en présence de l'avocat. Valentine a signé ici, dans son salon, et personne n'a jamais dit qu'il était gaga, l'avocat et le médecin te le confirmeront. Je ne vois pas ce qui t'ennuie tant, ce ne sont que des registres, des cahiers de brouillon et des livres sur les courses.

À mon avis, Paul semblait plus déconcerté que la situation ne le méritait. Il se rendit compte de mon étonnement, car il avança une explication des plus spécieuses, tout en me lançant des regards de haine.

— Valentine m'a dit un jour que cela pouvait avoir de la valeur. J'ai l'intention de les faire évaluer et de les vendre... au bénéfice de Mère, bien entendu.

— Les livres appartiennent à Thomas, répéta Dorothea, et je n'ai jamais entendu Valentine dire qu'ils avaient une quelconque valeur. Il voulait que Thomas les ait en souvenir du bon vieux temps, et pour le remercier d'être gentiment venu lui faire la lecture.

— Ah ah ! s'exclama Paul, triomphal. Le codicille sera invalidé, parce que Valentine ne pouvait plus lire ce qu'il signait !

— Mais il savait ce qu'il signait, protesta Dorothea.

— Et comment ? J'aimerais le savoir !

— Excusez-moi, dis-je, mettant fin à cette vilaine dispute. Si le codicille est invalidé, ce dont je doute puisque l'avocat l'a rédigé lui-même et qu'il a été signé devant lui, alors les livres appartiennent à Dorothea, et c'est à elle de décider ce qu'elle en fera.

— Oh, merci, Thomas, dit-elle, un peu plus détendue. Eh bien, dans ce cas, je vous les donne, car je sais que telle était la volonté de Valentine.

— Mais c'est impossible ! s'écria Paul, éberlué.

— Et pourquoi donc, mon cher ?

— Ils... ils ont peut-être de la valeur.

— Je les ferai évaluer, dis-je et s'ils représentent une somme respectable, je remettrai l'équivalent à Dorothea.

— Il n'en est pas question, protesta Dorothea.

— Chut, lui murmurai-je à l'oreille, nous verrons cela plus tard.

En furie, Paul qui faisait les cent pas s'arrêta de l'autre côté de la table où j'étais assis près de Dorothea et me demanda :

— De quel droit venez-vous dépouiller les pauvres biens d'un vieillard ? C'est criminel !

Je ne ressentais aucun besoin de me justifier, mais Dorothea se donna ce mal.

— Valentine ferrait les chevaux que le grand-père de Thomas entraînait. Il connaissait Thomas depuis plus de vingt ans, et il l'a toujours beaucoup aimé.

Incapable de se maîtriser, Paul recula face à cette mauvaise nouvelle et son énorme masse disparut dans le couloir. On aurait pu le décrire simplement comme un gros prétentieux, s'il n'avait laissé une impression sous-jacente de prédateur tapi dans l'ombre. Je n'aurais pas aimé me trouver dans une situation de faiblesse face à lui.

— Je ne veux pas aller habiter près de chez lui, je ne supporterai pas que Janet passe me voir tous les jours. Elle est toujours à me commander !

— Vous n'êtes pas obligée de partir. Paul ne peut pas mettre la maison en vente, ce n'est pas la sienne, mais ma chère Dorothea..., surtout...

— Quoi ?

— Ne... ne signez rien du tout.

— Que voulez-vous dire ?

51

— Ne signez rien, aucun papier. Parlez-en avant à votre ami avocat.

— Je risque d'avoir des papiers à signer, avec la mort de Valentine.

— Oui, mais ne signez rien, simplement parce que Paul vous le demande.

— Bien, dit-elle, incrédule.

— Vous savez ce qu'est une procuration ?

— Cela donne l'autorisation d'agir en votre nom ?

— Hum hum.

— Vous me conseillez de ne pas signer de procuration à Paul, pour qu'il ne vende pas la maison ?

— Très exactement.

— Merci, Thomas, dit-elle en me prenant la main. Je vous promets de tout lire attentivement. Cela ne me fait pas plaisir de dire cela, mais parfois, Paul insiste lourdement pour arriver à ses fins.

À mon humble avis, depuis un certain temps, Paul était bien trop silencieux pour être honnête. Je partis à sa recherche et le trouvai dans le salon de Valentine, en train de vider les étagères.

— Qu'est-ce que vous faites ? Laissez ces livres tranquilles !

— Je cherche un livre que j'ai prêté à Valentine. J'aimerais le récupérer.

— Lequel est-ce ?

Le mensonge impromptu n'était pas assez élaboré pour intégrer un titre.

— Je le reconnaîtrai.

— Si je vois un livre avec votre nom à l'intérieur, dis-je poliment, je vous le ferai parvenir.

— Cela ne me suffit pas.

Dorothea apparut dans l'encadrement de la porte. En voyant les livres par terre, elle sembla à la fois éberluée et inquiète.

— Paul ! Arrête ! Ces livres sont à Thomas. Si tu les prends, c'est du vol !

Paul ne semblait guère troublé par une accusation aussi dérisoire.

— Il ne les prendra pas, dis-je d'un ton rassurant.

En faisant la moue, Paul me bouscula d'un coup d'épaule et se dirigea vers la porte d'entrée.

— Que fait-il ? demanda Dorothea, perplexe, en le regardant descendre l'allée.

— On dirait qu'il va chercher les cartons dont il parlait.

Je fermai la porte et les deux verrous, en haut et en bas, allai faire de même à celle de la cuisine, et vérifiai rapidement que les fenêtres des deux salles de bains étaient bien closes.

— Mais c'est mon fils !

— Oui, et il essaie de voler les livres de Valentine.

— Oh, mon Dieu !

Paul martelait la porte de coups de poing.

— Mère, laisse-moi entrer, tout de suite !

— Je devrais peut-être ouvrir, non ?

— Il ne lui arrivera rien de mal. Il ne fait pas froid, il peut rester dans sa voiture. Ou rentrer chez lui, bien sûr !

— Parfois, il est vraiment insupportable, dit Dorothea tristement.

Je remis les livres sur leurs étagères. Paul avait décidé de prendre en premier ceux qui avaient les plus belles couvertures, les biographies récentes, qui, en termes commerciaux, ne valaient pratiquement rien. Je pensais qu'il avait réagi par vanité, qu'il se vengeait de s'être fait houspiller par sa mère et moi-même.

Je n'ai jamais sous-estimé la virulence de la dignité offensée, car j'avais réalisé un film basé sur un fait divers : un fanatique de culturisme avait assassiné sa fiancée qui l'avait quitté pour un gringalet. Il avait fallu que je tente de le comprendre, que je m'infiltre dans son esprit, et ce que j'y avais vu m'avait épouvanté.

Paul commença à tambouriner à la porte et à sonner furieusement. Ce dernier mouvement d'humeur ne produisit pas le tintement strident attendu mais un petit ding-dong plus tolérable, car Dorothea avait baissé le volume au maximum pour ne pas déranger Valentine.

Je regardai ma montre : six heures moins cinq. Encore

une heure avant l'arrivée du médecin, mais pas plus de trente minutes avant que je sois obligé de partir.

— Oh, mon dieu, répéta Dorothea une bonne dizaine de fois, il n'arrêtera donc jamais.

— Dites-lui que vous le laisserez entrer s'il promet de ne plus toucher aux livres.

— Vous croyez qu'il acceptera ?

— Il y a des chances.

Il ne voudrait pas perdre la face devant les voisins qui se réveillaient : seul un imbécile pouvait se faire ainsi fermer la porte au nez par sa vieille mère comme un méchant garçon.

Soulagée, elle fit donc la proposition que son fils accepta de mauvaise grâce. Quand Dorothea déverrouilla la porte et le laissa entrer, je fis bien attention à regarder ailleurs car le moindre sourire aurait été interprété comme une manifestation de joie qu'il ne manquerait pas de me faire payer. Des automobilistes se font bien tirer dessus pour une malheureuse queue de poisson ! Je restai un moment dans le salon de Valentine dont j'avais fermé la porte pendant que mère et fils s'expliquaient à la cuisine. Assis dans le fauteuil en face de celui que mon vieil ami n'occuperait plus, je me disais qu'il était vraiment facile de se laisser embarquer dans des querelles inutiles. Sans le vouloir, je m'étais fait un ennemi de Paul Pannier. À mon avis, ce n'étaient pas les livres qu'il désirait, il tenait simplement à m'éloigner de sa mère afin de pouvoir contrôler et agencer l'avenir à sa façon.

Enfin, du moins espérais-je que cela s'arrêtait là. Je ne me voyais pas devoir résoudre des problèmes plus graves en plein tournage.

Les yeux vides, je regardai le mur de livres, me demandant s'ils avaient de la valeur. Si c'était le cas, j'étais sûr que Valentine n'en savait rien. Lorsque je lui avais parlé de son éventuelle autobiographie, il s'y était opposé, il n'avait mentionné aucun journal intime, aucune note qui aurait pu servir de source. Paul aurait-il par hasard passé un accord avec un auteur ou un éditeur pour monnayer les papiers de Valentine ? La biographie de

Valentine ne rapporterait jamais des fortunes, mais à mon avis, Paul se serait contenté de quelques modestes fruits. C'était toujours mieux que rien, sans doute, dans son esprit.

Le livre d'Howard Tyler ne se trouvait pas sur les étagères.

La première fois que je l'avais appelé, Valentine m'avait demandé ce qui m'avait amené à Newmarket, et lorsque je lui avais parlé du livre d'Howard, *Temps instables*, et du film qu'on en tirait, il m'avait confié qu'il en avait entendu parler, mais qu'il ne l'avait pas lu, car à l'époque sa vue se détériorait déjà rapidement.

— Il paraît que c'est un tas de boue.

— Ah bon ?

— Je connaissais Jacksy Wells. Je ferrais souvent ses chevaux. Ce n'est pas lui qui l'a tuée, sa poupée, il n'avait pas assez de tripes.

— Le livre ne l'accuse pas.

— Mais le livre ne le disculpe pas non plus.

— Euh, non…

— Alors, cela ne valait pas la peine d'écrire un livre. Et c'est une perte de temps d'en faire un film.

J'avais souri. Les réalisateurs sont bien connus pour distordre les faits à loisir. Des films fondés sur des mensonges incontestables pouvaient malgré tout recevoir des Oscars.

— Comment était-elle ?

— Qui ?

— La femme de Jackson Wells.

— Banale. C'est drôle, je ne m'en souviens pas vraiment. Ce n'était pas le genre de femme d'entraîneur à diriger toute l'écurie. Pourtant, y en avait des langues de vipère à l'époque ! La femme de Jackson, on ne savait même pas qu'elle existait. Il paraît qu'on en a presque fait une pute dans le livre, pauvre fille !

— Elle s'est pendue ?

— Ah ça ! Moi, je ferrais les chevaux. L'affaire est vite retombée, par manque de preuves, mais Jackson

Wells était fini comme entraîneur. Enfin, tu confierais tes chevaux à un mec qui a peut-être tué sa femme ?

— Non.

— Eh bien, les autres non plus.

— Dans le livre, elle a un amant.

— Elle en avait un ? demanda Valentine. C'est la première fois que j'en entends parler. Mais à l'époque, Dorothea aurait pu prendre un amant sous mon nez sans que je m'en aperçoive. Eh bien, tant mieux pour elle, si c'est vrai.

— Vieux cochon !

— Personne n'est parfait.

En regardant son fauteuil vide, je me souvins du murmure désespéré... « J'ai tué le môme de Cornouailles... »

Le Môme de Cornouailles était peut-être un cheval ?

J'entendis des pas dehors et on sonna à la porte. J'attendis pour ne pas avoir l'air d'usurper le rôle de chef de famille si cher à Paul, mais ce fut Dorothea qui alla ouvrir.

— Entrez Robbie, dit-elle, visiblement fort soulagée. Comme c'est gentil d'être venu.

— Oh ! Votre fils ! dit le médecin d'une voix haineuse.

— Je suis désolée, vraiment désolée.

— Ce n'est pas votre faute.

Dorothea le fit entrer, ferma la porte et je sortis du salon de Valentine pour saluer le médecin.

Robbie Gill me serra courtoisement la main.

— Je suis content de voir que vous avez de la compagnie, dit-il à Dorothea. Et Valentine ?

Nous allâmes tous trois dans la chambre obscure, suivis par Paul qui inonda de nouveau la pièce de lumière. Peut-être que c'était ma sensibilité de réalisateur qui me rendait cette insistance insupportable. Sans émettre la moindre protestation, Robbie Gill se mit à établir médicalement ce qui était une évidence aux yeux de tous ; celui qui habitait cette coquille chimique l'avait quittée pour toujours.

— À quelle heure est-il mort ? demanda-t-il à Doro-thea, le stylo en suspens au-dessus de son carnet.

— Je ne sais pas à la minute près.

— Vers une heure du matin, dis-je.

— Mère était endormie, dit Paul d'un ton accusateur. Elle me l'a avoué. Elle ne sait pas quand il est mort.

Robbie Gill lui lança un regard dépourvu d'expression, et, sans commentaire, écrivit 1 h 00 sur son carnet, qu'il montra à Dorothea et moi.

— Je m'occuperai des formalités pour vous, proposa-t-il à Dorothea. Mais il faudra que vous contactiez les pompes funèbres.

— Je m'en chargerai, intervint Paul. Je me charge de tout.

Personne ne protesta. Accorder une importance pri-mordiale à des choses mineures correspondait parfaite-ment à sa personnalité, et peut-être cette tâche le comble-rait-elle suffisamment pour qu'il en oublie les livres. Pourtant, je ne voyais aucun mal à fournir à Dorothea une bonne ligne de remparts.

— Et si vous me laissiez aller chez Betty, pour que je lui demande de vous tenir compagnie ?

— Excellente idée, souligna immédiatement Robbie Gill.

— Inutile, objecta Paul.

— Il est un peu tôt, dit Dorothea en regardant sa mon-tre, mais néanmoins pleine d'espoir.

Je traversai la rue pour aller chez Betty, et réveillai son mari dont l'irritation initiale se transforma en un haussement d'épaules résigné.

— Pauvre vieux, dit-il, parlant sans doute de Valen-tine. On s'occupera de Dorothea.

— Son fils Paul est avec elle.

— Bon, Betty arrive tout de suite, dit-il avec véhé-mence.

Je souris au mari avec son menton mal rasé, en pyjama froissé et robe de chambre. Paul semblait avoir un effet dévastateur sur la bonne humeur des autres.

Je restai jusqu'à l'arrivée de Betty, une vieille dame

toute ronde, adorable, comme Dorothea, et attendis le départ de Robbie Gill. Paul avait bien dû me conseiller de partir une bonne dizaine de fois. Tandis qu'il houspillait encore le médecin, Dorothea me dit qu'elle avait fermé le salon de Valentine et caché la clé dans le vase rose de son salon.

Je l'embrassai sur la joue avant de retourner au travail avec une demi-heure de retard, mais je ne m'excusai pas.

Les répétitions et la mise au point des éclairages prirent toute la matinée. Les figurants — les membres du Jockey-Club — étaient installés sur leurs fauteuils, et on devait filmer leurs réactions pendant la longue diatribe de Nash Rourke.

— Paraissez scandalisés, leur dis-je, et ensuite incrédules. Levez les bras au ciel, jetez vos crayons de colère. Vous êtes persuadés qu'il est coupable et qu'il ment. Bien, on recommence.

Encore et encore, Nash répéta son discours, marquant une pause à chaque pas pour que Moncrieff puisse fignoler ses éclairages. En tête de table, comme à son habitude, Cibber se lançait dans de grosses plaisanteries et fulminait contre le gouvernement sur le ton las d'un vieil acteur de composition qui avait depuis longtemps renoncé à tout espoir d'interpréter Hamlet. Cibber — la plupart du temps je nommais les acteurs par le nom de leur personnage, car je trouvais cela plus simple — Cibber allait se lancer dans une scène de colère paroxystique si intense de vérité qu'il récolterait les éloges de la critique, et me haïrait pendant longtemps de lui avoir imposé pareille torture, mais pour l'instant, il en était toujours à « Tu connais celle du sperme et de l'avocat ? »

Cibber avait été choisi par le directeur du casting parce qu'il avait une allure et un accent de la haute société. Je n'avais pas à m'en plaindre, mais il estimait un peu rapidement que cela suffisait, alors que pour moi ce n'était qu'un point de départ.

Nous fîmes une brève pause déjeuner. Nash Rourke arriva à temps pour le maquillage et fit un passage silencieux sous les projecteurs pour que Moncrieff s'assure que la température de couleur était bien la même qu'avec sa doublure.

Comme Nash avait répété en privé la veille au soir, les « membres du Jockey-Club » n'étaient pas préparés à ce qu'ils allaient voir, et je tenais tout particulièrement à capter leurs réactions spontanées. J'annonçai donc que, cette fois, la première prise n'était pas à considérer comme un essai mais comme une prise réelle : l'action, qu'on n'interromprait que si le décor s'écroulait, se poursuivrait tout au long de la scène, même si cela avait l'air de ne pas très bien marcher.

— Un plan continu, dis-je. Aucune coupure. D'accord ?

Tout le monde hocha la tête, même si, çà et là, on pouvait remarquer un regard incrédule. À part pour les scènes invraisemblables avec cinq cents figurants, la première prise est rarement celle qu'on voit à l'écran.

Avec toute la lassitude d'une expérience sans égale, Nash comprit ce que je voulais, mais rien ne garantissait qu'il réussirait du premier coup. Ce jour-là, pourtant, pour une raison connue de lui seul, il décida de se prêter généreusement à cette prise unique, et joua avec une telle intensité que, tout autour de la table, les autres en restèrent bouche bée. Moncrieff me dit qu'il en avait eu la chair de poule, quant aux acteurs... Lorsque, furieux et fulminant, Nash se pencha vers lui, Cibber se recroquevilla instinctivement dans son fauteuil ; et, quand je finis par dire : « Coupez, c'est bon », après un instant d'un silence de mort, comme d'un commun accord, toute l'équipe applaudit.

— Oh, le texte est très fort, dit Nash en haussant les épaules.

Il revint sur ses pas pour quitter le centre du fer à cheval et s'approcha de moi.

— Alors ?

J'étais incapable de parler.

— Mais, dites-le donc ! C'est à refaire ?

— On la refait, dis-je.

On rechargea les caméras pour les deux nouvelles pri-

59

ses. Tout se passa miraculeusement bien et les trois
étaient utilisables, mais je n'étais pas le seul à trouver
que la première avait une puissance foudroyante.

— Cet homme est parfaitement capable de tuer, dit
Moncrieff en parlant pensivement de Nash.

— Il jouait.

— Non, dit-il en tremblant légèrement, vraiment.

4

HOWARD avait entendu dire que la scène de l'enquête publique avait galvanisé et animé toute la production. Bien qu'on lui ait répété une bonne dizaine de fois que Nash avait proclamé : « Le texte est très fort », Howard savait pertinemment ne jamais avoir écrit ce que Nash avait hurlé.

— Ah, vous ! cria-t-il après le dîner de l'autre côté d'une petite table du bar de l'hôtel, endroit trop fréquenté pour ce genre de débordements, vous avez encore changé le scénario !

— Oh, répondis-je paisiblement, pas beaucoup. Pour l'essentiel, j'ai repris votre texte mot pour mot.

— Pas l'idée ! se plaignit-il. Vous avez volontairement mal interprété mes intentions. Vous avez demandé à Nash de perdre son sang-froid et de menacer Cibber. C'est vous qui lui avez dit de se mettre dans la peau d'un assassin, sinon, il n'y aurait pas pensé seul, pas avec *mon* scénario.

— Écoutez Howard, dis-je, autant qu'on mette les choses au point une bonne fois pour toutes. Je n'ai aucune envie de me disputer avec vous. Je veux simplement que nous travaillions ensemble pour produire un bon film, mais vous avez signé un contrat...

— Ce que vous estimez être un bon film et ce que j'estime être un film fidèle à mon livre, ce n'est pas la même chose ! Tout ce qui compte pour vous, c'est combien cela va rapporter.

J'avalai une bonne gorgée de cognac (au diable l'antialcoolisme des studios !) et décidai d'expliquer quelques réalités fondamentales à l'idéaliste en face de moi, avec ses lunettes rondes qui brillaient devant ses yeux bruns sérieux et sa petite bouche pincée.

— Je suis un nom ! Mes lecteurs s'attendent à une certaine subtilité, à des sous-entendus, à une grande profondeur psychologique. Et vous, vous leur donnez du sexe et de la violence !

— Vous voulez une vodka au jus d'airelles ?

— Non !

— Howard, dis-je, vous ne comprenez pas que nous avons passé un accord. O'Hara s'est arrangé pour nous faire financer par l'un des sept grands studios. Et que cela vous plaise ou non, on ne trouve pas un sou pour les films sentimentaux. Tout le monde fait ce métier pour l'argent. L'éternel chiffre en bas de la colonne, Howard !

— C'est obscène, s'écria-t-il, outré.

— Lors des négociations avec les studios, O'Hara a avant tout promis qu'on ne leur ferait pas perdre d'argent. Votre analyse sentimentale d'un vieux scandale marchait parfaitement pour un roman, et j'ai insisté pour qu'on s'en inspire au maximum. Je me suis battu pour vous, contrairement à ce que vous croyez.

— Ah oui, et qu'est-ce qu'il en reste ? demanda-t-il, blessé.

— Vous avez écrit le début comme une sorte d'histoire de fantômes, avec les amants imaginaires d'une femme qu'on a retrouvée pendue.

— Oui.

— Ses rêves et ses illusions sont dans le scénario, je vous le rappelle. Ses amants imaginaires sont des jockeys, c'est bien cela ? Mais qui étaient les véritables jockeys ? Ils montaient les chevaux que son mari entraînait ?

— Tout se passait dans son imagination.

— Alors pourquoi l'a-t-on retrouvée pendue, Howard ? A-t-elle été pendue par un de ses amants illusoires ? Est-ce que son mari l'a tuée ?

— Personne ne sait, répondit-il après un instant de silence.

— Je sais, enfin, du moins personne n'a jamais rien dit. Mais une fin sans aucune explication, ce n'est pas ce qui va remplir les salles.

— Ah, votre fameux chiffre en bas de la colonne !

— Vous les aurez, vos amants imaginaires. Et vous me laisserez donner une explication sensée.

— C'est pas juste !

Je le regardai, ébahi. Il était assez grand pour savoir que la justice, ça n'existait pas. La plupart des enfants de cinq ans le savent déjà.

— En fait, dis-je, changeant de voix, nous avons trois versions de la même histoire.

— Comment ça ?

— Nous avons l'histoire de votre livre. Nous avons le scénario du film, et quelque part, bien cachée, il y a bien longtemps, il y a eu l'histoire vraie. Trois versions des mêmes faits.

Howard ne répliqua pas.

— Euh, Howard, pour dimanche, j'aimerais que vous arriviez avec une explication plausible de la mort de la femme.

— Mais nous sommes jeudi !

— Vous avez eu des années pour y penser !

— Mais personne ne sait rien !

— Alors, inventez !

— C'est impossible, protesta-t-il, belliqueux. J'ai déjà essayé.

— Bien, je m'en chargerai. Je travaillerai avec vous sur les dialogues. Je retiens l'essentiel du scénario, mais cette fin évasive, c'est impossible.

— C'est pourtant comme cela que ça c'est passé ! On n'a jamais su le fin mot de l'histoire.

— Pour le film, il faudra le connaître.

— Et les faits, vous vous en moquez ?

— Peut-être qu'en y regardant bien, dis-je sans y songer sérieusement, c'est nous qui le trouverons ce fin mot de l'histoire. Et si nous découvrions la vérité ?

— Impossible, dit Howard froidement, personne ne sait rien.

— Personne ne dit rien, ce n'est pas la même chose. Que vous a raconté Jackson Wells quand vous êtes allé le voir ?

Quand O'Hara lui avait posé la même question, à sa grande consternation, il s'était aperçu qu'Howard ne l'avait jamais rencontré. Il ne l'avait pas estimé nécessaire. Il ne voulait pas risquer d'affronter d'éventuelles révélations aussi mal venues que décevantes, qui auraient pu perturber son récit lyrique sur les amants imaginaires et une mort semi-mystique.

Moncrieff entra dans le bar et se dirigea immédiatement vers nous, évitant à Howard d'avoir à répondre.

Sans le montrer ouvertement, Howard et Moncrieff se détestaient. Moncrieff, qui ne lisait guère de romans, considérait Howard comme un pseudo-intellectuel tatillon, qui n'avait aucun sens des impératifs sur un plateau. Howard ne faisait pas le moindre effort pour dissimuler son mépris devant l'apparence peu soignée de Moncrieff dont la barbe hirsute se situait à mi-chemin entre l'affectation d'artiste et la paresse.

Ni Howard ni Moncrieff ne comprenaient, même de loin, le rôle de l'autre. Toujours créatif avec ses lumières, Moncrieff n'avait besoin que des acteurs, du décor, et des grandes lignes du scénario, mais l'immensité de son apport était à des années lumière de l'entendement d'Howard. L'un comme l'autre, célèbres pour leur talent, pensaient être chacun le seul à pouvoir donner des chances de succès au film terminé.

Nash Rourke ayant tendance à croire la même chose, tout comme O'Hara, moi-même, et le monteur qui lui aussi ajouterait sa touche à notre travail, il était improbable que quelqu'un soit entièrement satisfait, même si le film recevait les acclamations du public. Bien qu'il ne semblât pas s'en rendre vraiment compte, Howard avait en fait bien plus de contrôle sur son propre travail que la plupart des auteurs.

— Et les amants imaginaires ? demanda Moncrieff d'un ton agressif.

Immédiatement, Howard se mit sur la défensive.

— C'est la femme qui les imagine, vous n'avez pas besoin de vous en occuper.

— Oh mais si, rectifiai-je doucement, elle imagine peut-être les jockeys, mais nous, les spectateurs, nous allons les voir se promener dans sa chambre.

Au ravissement de Moncrieff, Howard resta bouche bée.

— Un par un, expliquai-je. Elle en voit un dans sa chambre, et plus tard un autre. Nous avons trois grands figurants très beaux qui tiendront le rôle. Ils ne ressembleront pas à de vrais jockeys. Ils ne parleront pas, et ne vous inquiétez pas, Howard, on ne les verra pas au lit. La femme regarde son mari par la fenêtre de sa chambre lorsqu'il conduit les chevaux à l'exercice matinal, puis se retourne vers le lit et invoque son amant imaginaire. Avec l'éclairage de Moncrieff, il sera évident que c'est un fantasme. Une autre fois, elle fera un petit signe à son mari et, en se retournant, elle verra un autre jockey.

— Rien de plus facile, acquiesça Moncrieff.

— Avec le troisième, elle dansera. Lentement, avec sensualité... Elle sera transportée, dis-je.

De nouveau, Moncrieff acquiesça joyeusement.

— Alors, voilà, les amants seront tels que vous les avez décrits. Pas de sexe.

— Ce serait dur ! s'exclama Moncrieff en riant. Aucun jockey avec trois sous de bon sens ne lui retrousserait sa chemise de nuit avant que le mari soit sorti de la cour !

— On l'a retrouvée pendue, ce n'est pas un rêve.

Tous deux me regardèrent en silence.

Pourquoi s'est-elle pendue ? me demandai-je. Plus nous avancions dans le tournage, plus je voulais savoir, pourtant jusque-là, c'étaient les conséquences de la mort, les accusations formulées contre son mari et sa manière de les surmonter qui avaient constitué le sujet du livre d'Howard, et surtout de notre film.

Je haussai les épaules. Je n'avais pas de temps à perdre à jouer les détectives en herbe pour déterrer un secret vieux de vingt-six ans. Il fallait simplement que je pousse Howard à m'inventer un bon mobile et à donner à Nash une dernière scène au cours de laquelle la vérité éclaterait enfin, la vérité selon Howard, qui permettrait peut-être de terminer en beauté dans un accès d'héroïsme cynique, pourquoi pas ?

— Pourquoi avez-vous écrit ce livre ? demandai-je à Howard.

— Vous le savez. À cause d'un article de journal.

— Vous l'avez toujours ?

— Je ne vois pas quel intérêt cela présente.

Par le silence qui s'ensuivit, Howard lui-même reconnaissait implicitement que son agressivité était injustifiée.

— Le *Daily Cable*. La nécrologie d'un membre du Jockey-Club que j'appelle Cibber dans le livre.

Jusque-là, j'étais au courant.

— Quel était le véritable nom de Cibber ?

— Visborough, dit-il avant d'épeler le nom.

— Et qui était l'auteur de cette nécro ?

— Aucune idée, répondit Howard, toujours avec réticence, mais cette fois, son expression de surprise donnait un peu de crédit à ses propos.

— Vous n'avez pas suivi l'affaire ?

— Bien sûr que non, répondit Howard, devenu condescendant. Vous ne savez pas comment un auteur travaille ! C'est le caractère évasif de la nécrologie qui m'a inspiré. C'est ce qui m'a donné l'idée, et le livre a germé dans mon esprit.

— Alors, dit Moncrieff, vous n'avez jamais essayé de savoir ce qui s'était passé ?

— Non ! Mais je n'ai pas déformé ce que disait la nécrologie, pas comme O'Hara et Thomas m'obligent à le faire pour le film ! Mes lecteurs détesteront ce film !

— Oh, que non ! Et des centaines de milliers de nouveaux lecteurs achèteront votre livre en édition de poche.

Quoi qu'il en dise, cette idée lui plaisait. Il se gonfla d'orgueil et laissa poindre un sourire satisfait. La haine de Moncrieff commençait à croître visiblement.

Howard, en ayant sans doute plus qu'assez de Moncrieff et de moi, se leva et nous quitta sans fausses civilités.

— Quel enfoiré ! dit Moncrieff. Toujours en train de se lamenter auprès de qui veut l'entendre qu'on lui massacre son film. Ce ne sont pas quelques amants imaginaires qui réussiront à lui clouer le bec.

— À qui s'est-il plaint ?

— Ça a de l'importance ?

— Oui. Son contrat lui interdit de formuler la moindre critique en public pendant le tournage et les six mois qui suivront la sortie du film. S'il confine ses jérémiades aux acteurs et à l'équipe, ça va, mais s'il se plaint devant des étrangers au bar, il faudra qu'on le fasse taire.

— C'est possible ? demanda Moncrieff, dubitatif.

— Il y a des clauses assez répressives dans son contrat. Je l'ai regardé pour savoir ce que je pouvais exiger de lui ou non.

Moncrieff siffla doucement entre ses dents.

— C'est O'Hara qui a rédigé le contrat ?

— Entre autres. Il est assez banal dans l'ensemble. L'agent d'Howard a accepté, et Howard a signé. Je le lui rappellerai gentiment demain.

Moncrieff se lassait du sujet.

— À propos, on a toujours rendez-vous à six heures et demie dans la cour de l'écurie ?

— Oui, toujours. Il faut bien entraîner les chevaux. J'ai prévenu tous les lads ce soir qu'on les filmerait pendant qu'ils franchiraient le portail pour aller vers la piste. Ils porteront leurs vêtements habituels, jeans, anoraks, bombes. Je leur ai demandé de ne pas regarder la caméra. On prendra un plan général des lads sur leurs chevaux. Nash sortira du Club et on lui fera la courte échelle pour le mettre en selle. On répétera deux ou trois fois, pas plus. Je ne veux pas qu'on fasse tourner les chevaux trop longtemps. Quand Nash sera à cheval, l'assistant-entraîneur conduira la file vers la piste. Nash attendra et finira par suivre. En partant, il se retournera et lèvera les yeux vers la fenêtre d'où sa femme est censée le regarder. Tu as installé une caméra là-haut pour le point de vue de la femme ? Ed y sera, pour superviser les choses.

Moncrieff hocha la tête.

— On coupera le plan principal une fois que Nash aura passé le portail. J'espère qu'on n'aura pas trop de prises à faire, mais cela devrait aller, les chevaux partiront à leur entraînement habituel et Nash reviendra. On répétera toute la scène samedi. On aura besoin de nouvelles images de la chambre et de tenues différentes pour Nash, les lads, etc. Il nous faudra des gros plans de sabots sur les graviers, ce genre de choses.

— Et dimanche ?

— La direction du Jockey-Club nous a autorisés à filmer nos scènes de galop sur la lande ; il n'y aura pas beaucoup de véritables entraînements ce jour-là. Tu viendras avec moi faire des repérages en voiture pour choisir les positions des caméras. J'ai déjà ma petite idée.

— Normal, tu es né ici !

— Hum hum. Dimanche après-midi, les chevaux vont courir à Huntingdon. J'espère qu'il fera beau pendant les trois jours.

— Et s'il pleut ?

— S'il bruine, on continue à tourner. Tu sais, les chevaux sortent par tous les temps.

— À qui le dis-tu !

— Demain après-midi, on sera de nouveau dans la salle d'enquête, comme aujourd'hui. L'emploi du temps n'a pas changé. Il y a un peu plus de dialogues entre Cibber, Nash et les autres. On tournera essentiellement des gros plans des conversations. La routine. On commencera par Nash. Si les autres ne bégaient pas trop, on aura fini l'essentiel demain. Sinon, il faudra terminer samedi après-midi.

— D'accord.

Nous finîmes nos verres et je le quittai pour aller téléphoner à O'Hara, déjà reparti à Londres.

— Alors, comment s'est passée la scène du Jockey-Club ? demanda-t-il, tout de suite.

— Nash les a ensorcelés.

— Bien.

— Je crois… Nous aurons les rushes demain, mais je crois que c'était un exploit.

— Beau travail !

— Oui, et tout le mérite lui en revient.

— Non, je voulais dire, bon, peu importe. Comment ça va dans l'ensemble ?

— Bien, mais il nous faut une meilleure fin.

— Oui, je suis d'accord, celle-là est trop faible. Howard n'a pas d'idée ?

— Il aime cette fin fadasse.

— Forcez-lui la main.

— Hum hum. Vous saviez qu'il s'était inspiré d'une nécrologie du personnage qu'il appelle Cibber ? Visborough de son vrai nom. (Comme Howard, je l'épelais.) Est-ce que vous pourriez m'en procurer une copie ? Elle a été publiée dans le *Daily Cable*, d'après Howard. Il y a au moins trois ans. Howard ne sait pas qui l'a rédigée. Il n'est jamais allé au fond des choses. Il prétend que c'est cette nécrologie qui a stimulé son imagination, et ce, d'autant plus qu'elle était évasive.

— Mais où vais-je dégotter ça ?

— Le *Daily Cable* doit avoir des archives. Vous la trouverez sans doute. Vous pourriez me la faxer au Bedford Lodge ? Si je savais exactement ce qui avait inspiré Howard, je pourrais peut-être l'aider à trouver un dénouement explosif.

— Vous l'aurez demain, promit O'Hara.

— Merci.

— Comment va votre ami ?

— Quel ami ?

— Celui qui est mourant ?

— Oh… Il est mort cette nuit.

— Pas de chance.

— Il était vieux. Plus de quatre-vingts ans. Un maréchal-ferrant qui était devenu un grand chroniqueur hippique. Un sacré personnage, une vie formidable. Dommage qu'on ne puisse pas faire un film sur lui !

— Les braves gens ne donnent pas souvent de bons films.

— Ça, c'est bien vrai.

— Comment s'appelait-il ?

— Valentine Clark. Le *Daily Cable* passera peut-être une nécrologie, il écrivait pour la *Racing Gazette*. Il est très connu dans le monde des courses. Et il connaissait le véritable entraîneur… Jackson Wells, le rôle que Nash interprète.

— Ah oui ? s'exclama O'Hara soudain très intéressé. Alors, vous lui avez sûrement demandé ce qu'il savait de la pendaison ?

— Oui, bien sûr. Il n'en savait pas plus que les autres. La police a clos le dossier par manque de preuves. Valentine trouvait que la femme de Jackson Wells était absolument dépourvue d'intérêt. Il n'a rien pu m'apprendre. Mais c'était il y a si longtemps !

O'Hara faillit éclater de rire.

— Il y a longtemps pour vous, Thomas, parce que vous êtes jeune, mais vingt-six ans, c'était hier, même pour Jackson Wells.

— Euh…, commençai-je prudemment. En fait, je pensais aller le voir.

— Qui ? Jackson Wells ?

— Oui. Valentine, mon ami, était maréchal-ferrant à l'origine, comme je vous l'ai dit. Il ferrait les chevaux de mon grand-père, et parfois, ceux de Jackson Wells aussi. Alors, je pourrais peut-être trouver une excuse… après la mort de Valentine, pour lui rendre une petite visite de courtoisie. Qu'en pensez-vous ?

— Ça devrait déjà être fait !

— Il ne voudra peut-être pas parler de sa première femme. Il est remarié aujourd'hui.

— Essayez quand même.

— Oui, j'en avais l'intention. Mais il habite près d'Oxford. Cela me prendra une demi-journée.

— Ça vaut le coup ! Je donne mon accord pour le temps supplémentaire.

— Bien.

— Bonsoir, il y a une dame qui m'attend…

— Bonne chance !

Il me traita d'enfoiré et raccrocha.

J'ai toujours aimé l'aube dans les écuries. Pendant des années, de bon matin, aux côtés de mon grand-père, j'avais déjà vécu la moitié de ma journée avant même que la cloche de l'école n'eût sonné. Au cours du tournage, j'avais tendance à accorder plus d'attention aux chevaux que je ne l'aurais dû, restant en contact étroit avec les créatures près desquelles j'avais grandi et avec lesquelles je me sentais parfaitement à l'aise.

J'avais été jockey dans des courses amateurs dès l'âge de seize ans, et ma famille espérait plus ou moins que je consacrerais ma vie au cheval, mais le destin et les finances, ou plutôt le manque de finances, m'avaient poussé à m'occuper de chevaux de cavalerie en Arizona lors du tournage d'un western. À vingt et un ans, j'avais réalisé un mauvais film à petit budget sur les cavaliers de rodéo, mais cela m'avait donné l'occasion d'interpréter l'un d'entre eux dans une grande saga américaine qui avait bien marché. Ensuite, j'avais passé un an à travailler pour des réalisateurs, afin d'apprendre le métier, puis une autre année à m'occuper de bandes-son et de musique. À vingt-six ans, on m'avait enfin laissé carte blanche pour réaliser une histoire d'amitié insignifiante entre un garçon et un puma qui avait étonnamment attiré les foules. C'était O'Hara qui avait produit le film. Depuis, je n'étais jamais resté longtemps sans travail. « Il a de la chance ce type, disait O'Hara pour me placer. La chance, cela n'a pas de prix, croyez-moi. »

Pour ce film, j'avais dès le début suggéré à O'Hara d'acheter les chevaux dont nous aurions besoin, et non de les louer ou de les emprunter.

— C'est trop cher ! avait-il riposté, machinalement.

— Pas forcément. On peut acheter des chevaux bon marché. Il y en a des centaines qui n'ont jamais gagné de courses mais qui donneront l'air d'être de vrais cracks, c'est l'essentiel. Et comme cela on n'aura pas de problèmes avec les assurances ou les indemnités en cas de blessures, on pourra les emmener où on voudra, et les faire travailler sans avoir les propriétaires sur le dos, à surveiller sans arrêt leurs exercices et leur alimentation. On les revendra après.

L'une des grandes qualités d'O'Hara, c'était de savoir évaluer les situations très rapidement et de prendre des décisions en conséquence. Il m'avait donc simplement répondu : « Achetez-les ! » et avait libéré les fonds nécessaires pour qu'une agence spécialisée dans ces transactions puisse nous trouver quatorze toquards magnifiques qui aujourd'hui mangeaient de l'avoine et du foin dans nos paddocks.

Comme le Syndicat des acteurs avait accepté que nous embauchions du personnel spécialisé pour s'occuper des chevaux, j'avais recruté un jeune assistant-entraîneur d'un haras prestigieux de Newmarket auquel j'avais donné le titre de maître-palefrenier, pour qu'il s'occupe de toutes les opérations hippiques, et qu'il joue le rôle d'entraîneur-cavalier — muet — dans le film.

Il s'affairait déjà autour des lads et des chevaux pour préparer la scène du matin quand j'arrivai. L'équipe de Moncrieff avait posé un tapis de feutre sur les graviers pour assourdir le bruit des mouvements de la dolly. Il avait déjà positionné ses éclairages. Ed, me dit-il, était en place à l'étage.

Il soufflait un vent froid, et le ciel se couvrait d'épais nuages noirs. Moncrieff, qui aimait cette mélancolie, chantonnait joyeusement en disposant ses éclairages pour que des ombres menaçantes tombent sur Nash, qui, en tenue d'équitation, ressemblait désespérément à tout sauf à un entraîneur. Mais quand Nash l'acteur sortait de la maison et hurlait férocement ses instructions aux lads, il était plus réel que le plus réel des entraîneurs que j'aie jamais connu.

Nous avions des ennuis avec le chariot de la caméra. Une roue s'obstinait à grincer malgré le tapis de feutre. Un peu d'huile et quelques jurons résolurent le problème.

Moncrieff et moi pestions contre ce retard, à cause de la lumière, alors que Nash semblait plus résigné qu'irrité. Il nous suffit de deux prises pour la scène dans laquelle l'assistant aide Nash à monter en selle. Incroyablement, le cheval ne broncha pas. Nash s'écarta et traversa le champ de la caméra pendant que l'entraîneur conduisait la file de chevaux montés par leurs lads vers les pistes de Newmarket, de l'autre côté du portail. Nash suivit en dernier, sans oublier de se retourner vers la fenêtre de la chambre. Quand il disparut hors du champ, je criai : « Coupez » et toute la file revint dans la cour, dans le vacarme des sabots sur les graviers et des bousculades des lads qui se conduisaient comme des gosses dans une cour de récréation.

— Comment ça a marché ? demandai-je à Moncrieff.
— Parfait.
— Alors, c'est bon pour moi aussi.

Je m'approchai des chevaux pour m'adresser aux cavaliers.

— C'était parfait, mais on va le refaire quand même, deux prises valent mieux qu'une.

Ils hochèrent la tête. Ils se considéraient déjà tous comme des professionnels. La seconde prise ne se passa pas aussi bien, mais cela n'avait pas forcément d'importance. Je choisirais la version qui paraîtrait la plus naturelle à l'écran.

À pied, je les rejoignis de l'autre côté du portail où Nash attendait mon verdict.

— On refera la même chose demain, dis-je en flattant l'encolure de son cheval. Avec des vêtements différents. Bon, allez-y les autres, souvenez-vous, ne dérangez pas les chevaux de course. Ne galopez que sur les zones autorisées.

Les lads partirent entraîner les chevaux et Nash revint dans la cour où il descendit de cheval et confia les rênes au lad qui l'attendait.

— Ça marche toujours pour demain ?
— À Doncaster ?

Il fit un signe affirmatif.

— Bien sûr !

— Les commissaires sportifs vous ont invité à déjeuner, comme cela, vous pourrez utiliser leur tribune tout l'après-midi et profiter d'autant ou d'aussi peu d'intimité que vous le voudrez. Ils ont envoyé deux billets, pour que vous puissiez vous faire accompagner.

— Par qui ?

— Qui vous voudrez.

— Vous, alors.

— Quoi ? Non, je voulais dire un ami, ou Silva, peut-être.

Silva était l'actrice ensorcelante avec laquelle il s'était roulé dans les draps la veille.

— Oh, non, pas elle, dit-il, véhément. Vous. Pourquoi pas ? Et ne dites pas que vous avez encore des gros plans à faire dans la salle d'enquête. Arrangez-vous pour que cela soit fini cette après-midi. Vous connaissez tout sur les courses en Angleterre et je suis sûr que dans ce milieu, votre présence sera précieuse.

Les désirs des feux verts étaient des ordres, et d'ailleurs je m'aperçus que j'avais très envie d'y aller.

— Parfait. L'hélicoptère décolle à onze heures et demie.

Tout en observant sa démarche à présent familière alors qu'il rejoignait son éternelle Rolls, j'appelai Bedford Lodge de mon téléphone mobile, et, à force de persuasion, réussis à me faire passer Howard Tyler qui était au bar.

— Juste un mot…

— Il n'y aura plus de modifications du scénario, c'est ça ? répondit-il, sarcastique.

— Euh non, un petit conseil, simplement.

— Je n'ai que faire de vos conseils !

— Bon, très bien, mais je pensais que, connaissant vos sentiments, il serait bon de vous rappeler que vous avez accepté de ne pas prononcer un mot contre le film pendant le tournage et les six mois qui suivront sa sortie.

— Je dirai ce qu'il me plaira !

— C'est votre droit. Je suppose que les pénalités prévues au contrat sont le dernier de vos soucis ?

— Quelles pénalités ?

— Il y en a dans la plupart des contrats. Je suis sûr qu'il y en a dans le vôtre. Les studios cherchent généralement à empêcher les auteurs mécontents de saboter tout le film sous prétexte qu'ils n'apprécient pas qu'on ose toucher à leur travail original. Les clauses prévues permettent de compenser les pertes.

— Je n'ai jamais rien signé de tel, répondit Howard après un long silence.

— Tant mieux, mais vérifiez quand même auprès de votre agent.

— Vous essayez de me ficher la trouille !

— Je vous conseille simplement d'être prudent.

Silence. Howard raccrocha. Au temps pour les conseils judicieux !

Fidèle à ses intentions, Nash s'assura que nous terminions tous les gros plans de la salle d'enquête ce jour-là, même si cela nous obligea à travailler jusqu'à huit heures du soir. Impatient de prendre une douche et un bon remontant, je retournai au Bedford Lodge où je trouvai un long fax d'O'Hara qui commmençait par la nécrologie du *Daily Cable*.

Rupert Visborough a consacré sa vie à servir son pays, sa région, et le plus noble des animaux.

Intégré à la Garde écossaise, il fut démobilisé avec le rang de major, et entra dans la vie politique dans son Cambridgeshire natal. De nombreuses associations ont bénéficié de sa présidence expérimentée, parmi lesquelles...

Suivait une longue liste, aussi édifiante que fastidieuse.

En tant que propriétaire d'un haras, il fut élu membre du Jockey-Club à la mort de son père, sir Ralph Visborough, élevé au rang de chevalier pour son action dans les associations de protection des animaux.

À la suite d'un drame inexpliqué qui a touché sa proche famille, Rupert Visborough, respecté par tous ceux qui le connaissaient, se sentit obligé de retirer sa candidature aux élections parlementaires.

La sœur de sa femme, épouse du célèbre entraîneur de Newmarket, Jackson Wells, fut retrouvée pendue dans l'un des boxes de l'écurie de son mari. L'enquête minutieuse de la police n'a jamais réussi à élucider les raisons d'un suicide ou les mobiles d'éventuels meurtriers. Jackson Wells a toujours clamé son innocence. Après avoir mené sa propre enquête, le Jockey-Club avait conclu qu'il n'y avait aucun motif de lui retirer sa licence d'entraîneur. Comme on pouvait s'y attendre, Rupert Visborough, présent lors de l'enquête, s'était montré très amer devant les conséquences néfastes que cette mort risquait d'avoir sur sa carrière.

Les rumeurs selon lesquelles l'épouse de Jackson Wells aurait eu des amants n'ont jamais été confirmées. La sœur de la défunte, épouse de Rupert Visborough, la décrivait comme une grande « rêveuse sentimentale ». N'étant pas très proche de sa parente, elle n'eut aucune explication utile à fournir.

Qui sait jusqu'où serait allé Rupert Visborough sans ce drame ? Malgré ses protestations, tout le monde a toujours pensé qu'il en savait plus sur cette affaire qu'il ne voulait bien le dire. Aujourd'hui encore, la mort de sa belle-sœur reste inexpliquée.

Visborough est décédé mercredi dernier d'une hémorragie cérébrale à l'âge de soixante-seize ans, laissant derrière lui un potentiel inaccompli.

Sa femme, son fils et sa fille sont toujours en vie.

En bas, O'Hara avait griffonné : « Un tas de nunucheries bien pensantes. Personne ne sait qui a écrit l'article. Les nécrologies viennent souvent de l'extérieur. »

Il y avait une deuxième page.

L'écriture d'O'Hara précisait : « Ce paragraphe a été

publié dans la rubrique des potins mondains du *Cable* le même jour » :

La famille Visborough va-t-elle enterrer son secret ? Il semblerait que Rupert Visborough, âgé de soixante-seize ans, membre du Jockey-Club, mort mercredi d'une attaque cérébrale, n'ait jamais découvert les raisons de la pendaison de sa belle-sœur, il y a vingt-trois ans, dans des circonstances des plus mystérieuses. Le mari, Jackson Wells, à présent remarié, qui cultive du colza dans la région d'Oxford, n'a « aucun commentaire » à faire. Pourtant, ce mystère doit bien avoir une solution. Envoyez-nous les informations dont vous disposez.

De nouveau l'écriture d'O'Hara. « Le *Cable* a obtenu six réponses, sans aucune valeur. Fin de l'histoire en ce qui les concerne. Mais ils ont recherché leurs microfilms et ont trouvé ces textes publiés au moment de la pendaison. Ça va nous coûter une petite fortune ! »

La première parution se contentait d'un paragraphe intitulé « La femme d'un entraîneur de Newmarket retrouvée pendue ». Pendant une quinzaine de jours ensuite, il y eut des révélations successives du genre « a-t-elle sauté ou l'a-t-on poussée ? » ainsi que des commentaires sur les conséquences désastreuses de ce drame sur la carrière politique naissante de Visborough.

Une pendaison dans la famille, semblait-il, n'avait pas seulement découragé les propriétaires de chevaux ; les électeurs potentiels avaient eux aussi été contaminés.

L'affaire s'était éteinte d'elle-même par manque de carburant. La dernière fois qu'il était fait mention de Jackson Wells c'était en ces termes mensongers : « La police espère procéder à une arrestation dans les jours à venir. » Ensuite, le silence.

La grande question restait sans réponse : pourquoi était-elle morte ?

J'allai dîner avant de me coucher et de rêver de Visborough, de Cibber, de sa femme volage, incarnée par la jolie Silva, et de Nash, dans la tenue de Jackson Wells, de la rêveuse sentimentale, pendue à sa corde tandis qu'aux fenêtres, les rideaux de voile s'envolaient au vent.

Pas d'intuition, pas d'inspiration, pas de solution.

5

L E LENDEMAIN MATIN, le tournage des scènes de la sortie à l'entraînement subit retard après retard. D'humeur belliqueuse, un des chevaux éjecta son cavalier et botta l'un des cameramen. Un projecteur s'éteignit en plein milieu d'une prise ; l'un des lads posa une question idiote pendant que les caméras tournaient et un ingénieur du son, qui aurait pourtant dû être plus malin, traversa le champ, cigarette au bec.

En sortant du Club, Nash oublia de prendre la bombe qu'il devait mettre avant de monter à cheval. Furieux, il claqua des doigts et fit demi-tour.

Quand nous obtînmes enfin la première prise exploitable, l'aube s'était levée depuis belle lurette. Jurant, Moncrieff jongla avec ses filtres de couleur pour atténuer la lumière d'un soleil trop exubérant. Songeant à l'hélicoptère, je regardai ma montre.

— On en refait une dernière, criai-je. Et faites attention, nom d'un chien ! Ne revenez pas, partez directement à l'exercice. Tout le monde est prêt ?

— Moteur ! cria Moncrieff.

— Action !

Une fois de plus, les lads sortirent leurs montures corvéables à merci et se mirent en selle, formant une ligne hésitante avant de franchir le portail. En les suivant, Nash oublia de regarder vers la fenêtre.

— Coupez, dis-je à Moncrieff, c'est bon.

Nash revint en jurant.

— Ce n'est rien. On arrangera ça au montage. Recommencez, retournez-vous et levez les yeux vers la fenêtre *après* avoir passé le portail, comme si les autres chevaux étaient déjà loin devant, hors du champ. On fera un gros plan de ce regard.

— Tout de suite ?

— Oui, pour avoir la même lumière. Et si vous ajoutiez une touche d'exaspération envers cette jeune femme ?

Le gros plan du regard énervé compensa largement le temps perdu à surélever une caméra. Même Moncrieff sourit.

— J'espère que les commissaires de Doncaster nous attendront pour déjeuner.

Il fila dans sa Rolls, mais quand je le rejoignis dans le hall de l'hôtel une ou deux minutes plus tard, je le trouvai plongé dans la lecture du journal, l'air inquiet.

— Nash ? demandai-je, hésitant.

Il baissa le journal, me le jeta dans les mains et hurla : « Quelle merde ! » avant de tourner les talons, me laissant découvrir ce qui venait de le bouleverser.

Je lus l'article et me sentis moi aussi d'humeur meurtrière.

Un navet sur le turf
Les premiers échos du film Temps instables, *actuellement en tournage à Newmarket ne parlent que de disputes, discordes et cris.*

D'après une source bien informée, le récit poignant d'Howard Tyler, resté dix semaines sur la liste des dix meilleures ventes, est dénaturé au plus haut point. L'acteur, Nash Rourke, qui regrette amèrement d'avoir accepté le rôle, dit que « le réalisateur, Thomas Lyon (âgé de trente ans) est un homme arrogant, brouillon, qui ne cesse de procéder à des changements de dernière minute. »

Lyon a la prétention de vouloir élucider le mystère vieux de vingt-six ans, qui a servi de base au chef

d'œuvre de Tyler. À l'époque, après une enquête infruc-
tueuse, la police avait clos le dossier. Pour qui Lyon se
prend-il ?

Bien entendu, ceux qui ont été touchés de près par
la pendaison tragique de la femme d'un entraîneur de
Newmarket sont désespérés de voir attiser inutilement les
braises pour donner une version aussi mensongère des
faits.

Dans le film de Lyon, l'entraîneur et époux de l'infor-
tunée jeune femme — Rourke — a une aventure avec la
sœur de cette dernière, déclenchant ainsi la vengeance
foudroyante du mari jaloux, membre éminent du Jockey-
Club, qui sombrera ensuite dans la folie. Rien de tel ne
s'est jamais produit.

Pourquoi les géants d'Hollywood confient-ils l'adap-
tation cinématographique d'un livre aussi prestigieux
aux mains d'un cow-boy surexcité ? Pourquoi ce bouffon
est-il encore autorisé à pavoiser sur les pistes ? Qui lui
permet de gaspiller des millions de dollars pour cette
minable parodie d'un chef-d'œuvre ?

Maître Thomas Lyon ne mérite-t-il pas qu'on lui rue
dans les brancards ?

L'article était illustré d'une grande photographie de
Nash faisant grise mine.

En proie à une colère noire, je montai dans ma chambre où le téléphone sonnait déjà.

Avant que je puisse ouvrir la bouche, la voix de Nash
me dit :

— Thomas, je n'ai jamais rien dit de pareil !

— Je m'en doute.

— Je vais le démolir, ce salaud de Tyler.

— O'Hara s'en chargera.

— On va toujours à Doncaster ?

— Plus que jamais, je ne reste pas à Newmarket pour
un empire. Dans une demi-heure ? Ça va ?

— Je vous attends dans le hall.

J'appelai O'Hara sur son téléphone mobile, mais je
n'obtins que son répondeur.

« Lisez le *Daily Drumbeat*, page seize, la rubrique "En direct des stars". Nash et moi, nous allons aux courses. J'aurai mon téléphone portable. Prenez du Prozac ! »

Le téléphone d'Howard Tyler ne cessait de sonner, en vain.

Je me douchai à toute vitesse, m'habillai pour le déjeuner avec les commissaires et descendis poser des questions à l'âme généreuse qui se trouvait derrière le comptoir de la réception.

— M. Tyler n'est pas là, m'annonça-t-elle. Il est parti.

— Parti ? quand ?

— En fait, il a pris le journal avant de se rendre à la salle à manger pour le petit déjeuner, comme d'habitude. C'est si agréable de l'avoir avec nous... et M. Rourke aussi, on a du mal à y croire... Mais cinq minutes plus tard, il est sorti en trombe, il n'avait même pas bu son thé, il est remonté et il est redescendu aussitôt avec sa valise en disant qu'il ne savait pas quand il reviendrait. (Elle paraissait soucieuse.) Je ne lui ai pas demandé de régler la note. J'espère que je n'ai pas eu tort, mais il me semblait que tout devait être payé par la maison de production.

— Ne vous inquiétez pas. M. Tyler a-t-il dit où il allait ?

Bien sûr que non, il était trop pressé. La réceptionniste lui avait demandé s'il était malade, mais il n'avait pas répondu non plus. Il avait emporté le journal avec lui, mais il y en avait un autre exemplaire. Tout le monde avait lu l'article. Elle avait préféré le montrer à M. Rourke. Son sens du devoir l'étouffait presque.

— Que va-t-il se passer ? me demanda Nash, prêt pour les courses, en écoutant le récit que la réceptionniste refit pour lui.

— À court terme ? On n'a plus Howard sur le dos.

Nous prîmes la Rolls pour rejoindre l'hélicoptère.

— Je vais lui faire un procès, à cet imbécile ! dit Nash, toujours furieux, en fixant sa ceinture de sécurité. Oser dire que je regrette d'avoir accepté le rôle !

— C'est vrai ?

— Quoi ?

— Vous l'avez dit ?

— Voyons, Thomas, j'ai simplement dit que j'aurais préféré rester auprès de ma femme. Et encore, le premier jour ! Je n'ai plus le moindre regret aujourd'hui.

— Elle aurait pu venir avec vous.

Il haussa les épaules. Nous connaissions tous deux les raisons de son absence : une grossesse difficile de quatre mois qui l'inquiétait beaucoup. Elle était furieuse qu'il ait accepté ce contrat à Newmarket. Et il lui avait sans doute présenté des excuses un peu trop publiques.

— Et ces propos que j'aurais rapportés sur vous !

— C'est du Howard tout craché, ne vous inquiétez pas.

L'hélicoptère quitta le turf de Newmarket et s'envola vers le nord-ouest.

Même si je lui avais dit de ne pas s'en faire sur un ton badin, j'avais la désagréable impression que la maison-mère, notre source de financement, allait me tomber dessus à bras raccourcis et me lyncher. Toute mauvaise odeur qui risquait de planer sur ses investissements demandait un sacrifice expiatoire immédiat.

Adieu, carrière ! Tout avait été formidable pendant le temps que cela avait duré. Je n'arrivais pas à croire à ce qui m'arrivait. Howard avait bien fait de filer, j'aurais pu le tuer. En silence, je regardais le paysage du Lincolnshire qui défilait sous nos yeux, mais mon inquiétude me révulsait l'estomac.

J'admets aisément que la personne la plus détestée sur un tournage soit le réalisateur. Il demande toujours de faire des choses que les autres considèrent comme ridicules, inutiles, idiotes. Il est toujours trop exigeant avec les acteurs, et il ne tient jamais compte de leur inspiration. Jamais content, il se perd dans les détails, fait travailler son équipe jusqu'à l'épuisement, ne ménage aucune susceptibilité, ne veut pas entendre parler de difficultés techniques. En bref, il demande la lune et hurle parce qu'on ne la lui offre pas sur un plateau d'argent.

Mais je sais aussi que le réalisateur a besoin d'une

vision globale du travail en cours, même si les détails se modifient par la suite. Et il doit veiller à ce que cette vision ne soit pas révélée au grand jour. Trop de sympathie et de tolérance sur le plateau sont source d'improductivité ; les décisions hasardeuses coûtent cher, la moindre incohérence prive le navire de gouvernail. Un film, c'est un bateau en péril.

De nature, j'étais plus un séducteur persuasif qu'un ogre tyrannique, mais parfois, avec Howard, là où charme et persuasion échouaient, l'ogre refaisait surface. En fait, c'était ce qu'O'Hara attendait de moi, exigeait même. « C'est vous qui avez le pouvoir », m'avait-il dit.

À présent, tous les membres de l'équipe auraient lu l'article. Et la moitié de Newmarket aussi. Même si O'Hara me maintenait en poste, ma tâche deviendrait impossible, je perdrais toute autorité. L'hélicoptère se posa près du poteau d'arrivée, où un officiel nous attendait pour accueillir Nash et le présenter aux mandarins des courses. Dès l'instant où je posai un pied au sol, mon téléphone mobile sonna. Je fis signe à Nash d'avancer, je le rejoindrais après avoir discuté avec O'Hara, s'il s'agissait bien d'O'Hara.

— Thomas Lyon, dis-je machinalement.

— Thomas ! s'écria la voix furieuse d'O'Hara. Où êtes-vous ?

Nash l'entendit crier de loin et tressaillit.

— Aux courses, à Doncaster.

— J'ai eu Hollywood en ligne. Il n'est même pas cinq heures du matin chez eux, mais toute la baraque est déjà en ébullition. Quelqu'un les a appelés et leur a faxé l'article du *Drumbeat*.

— Faxé ? dis-je, bêtement.

— Oui, faxé.

— Qui ?

— Ça, on ne s'est pas donné la peine de me le dire.

J'avalai ma salive. Mon cœur tambourinait. La main qui tenait l'appareil tremblait sous mes yeux. « Allez, calme-toi. »

— À qui Tyler a-t-il parlé ? demanda O'Hara, toujours en furie.

— Je ne sais pas.

— Comment ça, vous ne savez pas !

— Non, il se plaignait à qui voulait bien l'entendre. Il ne s'est peut-être pas aperçu qu'il parlait à un journaliste…, ou à quelqu'un qui connaît un journaliste.

— Qu'est-ce qu'il en pense ?

— Il a filé de l'hôtel dès qu'il a lu l'article. Personne ne sait où il a disparu.

— J'ai appelé chez lui, cria O'Hara. On m'a répondu qu'il était à Newmarket.

— Sur la lune, plutôt !

— Le type auquel j'ai parlé, c'est le numéro trois ou quatre, et je vous assure qu'il veut votre peau.

Et voilà, pensai-je, abasourdi. Je ne savais que dire. Il m'aurait fallu un plaidoyer passionné pour ma défense. Je restai muet.

— Thomas ? Vous êtes toujours là ?

— Oui.

— Il paraît que vous êtes viré.

Je gardai le silence.

— Mais nom d'un chien, Thomas ! Défendez-vous !

— Hier, j'ai demandé à Howard de ne pas aller crier ses griefs sur tous les toits, mais je crois qu'il était déjà trop tard.

— Il y a quinze jours, il a déjà essayé de vous faire virer, si vous vous en souvenez. J'ai réussi à rattraper le coup, mais là !

Les mots lui manquaient.

Finalement, je me mis à protester.

— On est dans les temps, on n'a pas dépassé le budget. C'est la maison de production elle-même qui a insisté sur la nécessité des modifications. Je fais un film commercial, et il n'y a aucune mésentente et aucune discorde, à part avec Howard.

— Qu'est-ce qu'il dit ? demanda Nash, impatiemment.

— Que je suis viré.

Nash m'arracha le téléphone des mains.

— O'Hara ? C'est Nash. Dis à ces cervelles de moineaux de chefs qui nous gouvernent que je n'ai pas prononcé un seul mot des propos qu'on m'attribue dans le *Drumbeat*. Ton type fait du bon boulot, et si tu le vires maintenant, tu vas te retrouver avec un beau navet sur les bras, et tes studios pourront toujours courir pour que je travaille encore avec eux !

Abasourdi, je repris l'appareil.

— Nash, vous ne pouvez pas faire ça ! O'Hara, ne l'écoutez pas.

— Repassez-le-moi.

Je tendis le téléphone à Nash en hochant la tête. Nash écouta O'Hara parler pendant un moment avant de dire :

— Tu m'as demandé de lui faire confiance. Ce film est bien parti. Alors, maintenant, fais-moi confiance, tu sais que j'ai du flair en la matière.

Il écouta encore, répondit « D'accord » et coupa la communication.

— O'Hara vous rappellera dans cinq heures, quand tout le monde en aura discuté, il y a un petit déjeuner de travail à neuf heures, avec les huiles. O'Hara sera en ligne avec eux.

— Merci, dis-je.

— Moi aussi, j'ai ma réputation en jeu dans cette affaire. Je n'ai pas envie que mon feu vert passe à l'orange.

— Cela ne risque pas !

— Les mauvaises critiques me donnent des ulcères à l'estomac.

Nous suivîmes l'homme qui nous attendait patiemment de l'autre côté de la piste pour aller rejoindre le confort des tribunes privées. Au fur et à mesure que les turfistes le reconnaissaient, l'une après l'autre, les têtes se retournaient sur Nash. Nous avions demandé que notre arrivée soit gardée secrète — les studios étaient très pointilleux sur les problèmes de sécurité —, si bien que seule la direction des courses savait à quoi s'attendre. En voyant l'accueil réservé à Nash, j'étais heureux d'avoir un visage anonyme.

On ne nous avait pas attendu pour déjeuner. Même pour les superstars, on ne pouvait pas modifier les horaires des courses. Une vingtaine de commissaires et leurs amis s'attaquaient à leur rosbif et au Yorkshire pudding.

Derrière leur assiette, ils nous adressèrent des saluts chaleureux et impressionnés, qui auraient satisfait l'ego le plus gonflé qui soit, mais celui de Nash, comme je le découvrais petit à petit, était plus normal et plus modeste que ne le laissait supposer l'éminence de l'acteur.

Avant de le connaître, il m'impressionnait tant que, métaphoriquement, je m'étais approché de lui à genoux, mais au lieu de trouver le perfectionniste caractériel qu'à ma grande frayeur on m'avait décrit, j'avais découvert le personnage que j'avais vu et revu à l'écran, quel que soit l'habit ou le maquillage, un homme intelligent et sensé, très solide.

J'espérais vaguement que les commissaires et leurs épouses ne soient pas d'ardents lecteurs du *Drumbeat*, et, soulagé, je m'aperçus que les deux journaux en évidence étaient la *Racing Gazette* et le *Daily Cable*, ouverts tous deux à la page de la nécrologie de Valentine.

Après avoir échangé un nombre incalculable de poignées de main, Nash et moi nous installâmes aux places d'honneur. Tandis que Nash commandait une eau gazeuse à une serveuse qui faillit s'évanouir en croisant le regard le plus charmeur du cinéma, je lus les deux adieux à mon ami dont le vieil homme aurait pu s'enorgueillir. La crémation, notait la *Gazette*, était prévue pour onze heures le lundi, le service aurait lieu plus tard. Si je me retrouvais vraiment au chômage, j'aurais le temps d'aller aux deux.

Au moment du café, les pages du *Drumbeat* firent le tour de la table et, inévitablement, quelqu'un plaignit Nash d'avoir affaire à un réalisateur aussi incompétent. Ma propre identité, murmurée autour de la table derrière les mains des convives, suscitait des regards unanimement désapprobateurs.

De toute son autorité, avec sa voix de professionnel largement capable de faire taire toute autre conversation, Nash déclara :

— Ne croyez pas ce que vous lisez dans les journaux.

Nous faisons du très bon travail à Newmarket. Mais il y a un petit homme méprisable qui nous dénigre. Je n'ai jamais tenu les propos qu'on me prête, et j'ai une confiance absolue en Thomas, ici présent. Je protesterai, et j'exigerai que le journal publie un démenti.

— Intentez un procès, suggéra quelqu'un.

— Toi aussi, me dit l'un des commissaires que je connaissais personnellement. Il faut les poursuivre.

— Je ne suis pas sûr que cela soit possible.

— Bien sûr que si, dit-il en tapant du poing sur les pages. C'est de la diffamation !

— C'est difficile de poursuivre quelqu'un pour avoir posé des questions.

— Quoi ?

— Ces propos sont soigneusement rédigés à la forme interrogative. Avec les points d'interrogation, on n'affirme rien.

— C'est incroyable !

Un peu plus loin, quelqu'un hochait gravement la tête.

— Une suggestion, exprimée à la forme interrogative, n'est pas toujours considérée comme calomnieuse, il y a des zones de flou.

— C'est injuste ! s'exclama mon ami.

— C'est la loi.

— Vous le saviez ? me demanda Nash.

— Hum hum.

— Et Howard ?

— En tout cas, celui qui a écrit cet article le savait.

— Merde ! s'exclama Nash, sans s'attirer la moindre réprobation des convives.

— En fait, ce que Nash voudrait, c'est un bon tuyau sur le prix Lincoln.

L'assemblée se mit à rire et, soulagée, se tourna vers la grande préoccupation du jour. Comme en sourdine, j'entendais les discutions prévisibles à Hollywood, pensant que cinq heures d'attente, c'était une véritable torture. Il s'était à peine écoulé quarante minutes, mais j'avais déjà le cœur battant. Ma carrière allait probablement se jouer sur la manière dont avaient dormi les grands manitous qui se réuniraient au déjeuner. Samedi matin, le jour du golf ! Ce n'était pas fait pour arranger mon cas.

Je suivis Nash et quelques autres invités qui se dirigeaient vers le rond de présentation avant la première course. Nash regardait les chevaux et, peu à peu, le public regardait Nash. Habitué à ces regards, comme à Hollywood, il signa quelques autographes pour des adolescents aux yeux écarquillés, qui se montraient d'une politesse fort agréable.

— Comment parie-t-on ? me demanda-t-il, toujours en signant.

— Je le ferai à votre place, si vous voulez. Quel cheval ? Et combien ?

— Oh, si je le savais !

Il leva brièvement les yeux et me montra un cheval monté par un jockey en casaque rayée rouge et jaune.

— Celui-là. Vingt livres.

— Cela ira, si je vous abandonne ?

— Je suis un grand garçon, vous savez.

En souriant, je m'approchai des guichets et misai vingt livres sur Wasp avant de rejoindre Nash qui m'attendait pour regagner la tribune des commissaires d'où nous vîmes notre cheval finir gentiment cinquième.

— Je vous dois de l'argent, dit Nash. Choisissez-le-moi vous-même pour la prochaine course.

Comme toujours, nous pouvions regarder les courses sur le circuit vidéo installé dans le bar et les tribunes. La télévision de la salle des commissaires repassait la course qui venait de se terminer. Wasp finissait toujours cinquième, et son jockey essayait de le pousser jusqu'au bout.

Soudain, le souffle coupé, je fixai l'écran.

— Thomas ? Thomas ! cria Nash, où êtes-vous passé ?

— Devant la télévision.

— On a déjà vu le spectacle, dit-il, ironique.

— Oui, mais...

Je pris un exemplaire de la *Racing Gazette* posé sur la

table et tournai les pages pour consulter le programme de télévision. La retransmission de l'événement du jour était, comme je l'espérais, prise en charge par une chaîne commerciale qui couvrait les courses au jour le jour. Pour l'ouverture de la saison du plat, les équipes seraient là en force.

— Thomas, répéta Nash.

— Euh…. À quel point avez-vous envie de sauver le film ? Ou… moi plutôt ?

— Pas au point de me jeter d'une falaise.

— Et une interview à la télé ?

Il me regarda.

— Si vous pouviez dire à la télévision que nous ne faisons pas un navet ? Cela vous irait ?

— Bien sûr, mais cela ne parviendrait pas aux oreilles de tous les lecteurs du *Drumbeat*.

— Non, mais si on pouvait transmettre l'interview à Hollywood ? Hein, si les grands pontes voyaient ça au petit déjeuner ? Votre visage à l'écran pourrait redresser les torts plus facilement que toutes les protestations d'O'Hara. Enfin, si vous avez envie de le faire.

— Eh bien, Thomas, qu'attendez-vous ?

Je passai sur le balcon pour appeler O'Hara, en souhaitant de ne pas tomber sur le répondeur !

— C'est Thomas.

— Il est encore trop tôt pour avoir des nouvelles.

— Je sais, j'ai une idée.

Je lui parlai de la proposition que j'avais faite à Nash, mais immédiatement, il mit le doigt sur les obstacles.

— D'abord, il faudrait que la chaîne veuille bien interviewer Nash.

— Ça, je m'en charge. C'est transmettre l'interview dans la salle de conférence qui m'inquiète. On transmet des images en direct d'Angleterre aux États-Unis tous les jours, mais je ne connais pas la filière. Si nous pouvions communiquer avec une chaîne de Los Angeles, nous pourrions faire passer la cassette à nos grands manitous, pour qu'ils la visionnent sur un magnétoscope…

90

— Thomas, arrêtez ! Je peux m'occuper de Los Angeles. Mais l'Angleterre... De quelle chaîne s'agit-il ?

Je lui donnai la réponse.

— Ils ont envoyé une unité de tournage extérieur. Ils ont des ingénieurs, des cameramen, un ou deux réalisateurs, quatre journalistes, mais ils n'ont ni l'autorité nécessaire ni l'équipement qui leur permettraient de transmettre outre-Atlantique. Il leur faut l'accord de leur direction à Londres. Les courses de Doncaster seront sur tous les moniteurs, et à Londres, il y a le matériel requis pour diffuser dans le monde entier. On doit pouvoir trouver leur numéro dans l'annuaire...

— Et vous voulez que j'use de mon influence ? dit-il résigné, envisageant toutes les difficultés.

— Hum, si vous voulez que *Temps instables* arrive dans les salles, cela vaut peut-être le coup. Enfin, c'est votre film aussi. Vous risquez votre tête pour m'avoir engagé.

— Je vois. Bon, je vais essayer. Mais ce ne sera pas une mince affaire !

— On a fait pire.

— Nash est là ?

— À deux pas.

— Passez-le-moi, vous voulez bien ?

Nash sortit et prit l'appareil.

— Je donnerai l'interview, Thomas m'a dit qu'il pouvait arranger ça, ça ne posera pas de problème. (Il écouta.) Oui, puisqu'il le dit, je crois que c'est possible. En général, il tient ses promesses. O'Hara, magne-toi, et arrange-toi pour qu'on nous voie à cette réunion, Thomas et moi. Ce serait trop bête de laisser ce crétin de Tyler faire couler le navire. O'Hara, débrouille-toi ! Tant pis pour l'argent ! Je ne veux pas me laisser faire par ce scribouillard !

Impressionné, j'écoutais la démonstration de puissance du feu vert et remerciai humblement les dieux qu'il me considère comme un allié et non un ennemi.

Il coupa la communication, me rendit l'appareil et demanda :

— Où va-t-on trouver un journaliste ?

— Suivez-moi.

J'essayais de parler d'un cœur léger, mais je ne suis pas très bon acteur. Nash me suivit silencieusement en direction de la salle de pesage que les jockeys de la dernière course venaient tout juste de quitter.

— Vous cherchez quelqu'un de précis ? demanda-t-il, en voyant que je regardais en tous sens.

— Ne vous en faites pas, dis-je, conscient que, même si Nash ne s'en apercevait pas, tout le monde le regardait. Cette chaîne se déplace toujours avec toute son équipe, un journaliste dans le paddock qui interviewe les partants de la course suivante, et un autre qui s'occupe des vainqueurs et des entraîneurs à l'arrivée, c'est lui que je cherche, je le connais.

— C'est déjà ça.

— Ah, le voilà, vous venez ? dis-je en me faufilant parmi les groupes qui discutaient derrière les balustrades de la salle de pesage.

À notre approche, la foule s'écartait, telle la mer Rouge, afin de laisser le passage à Nash. Le journaliste que je connaissais me fit un petit signe, puis resta bouche bée en voyant par qui j'étais accompagné.

— Nash, voici Greg Compass. Greg, je te présente Nash Rourke.

Greg reprit vite ses esprits, comme le devait tout intervenant à la télévision, et serra chaleureusement la main qui avait tiré une centaine de coups de feu inoffensifs.

— Il est venu assister au prix Lincoln. Tu as des tuyaux ?

— Gallico, suggéra Greg promptement. Il fait des étincelles, paraît-il. (Pensif, il regarda Nash et, sans forcer la main, demanda :) Cela vous ennuierait que je signale votre présence ? Je suppose que Thomas vous l'a dit, je m'occupe des potins mondains pour les accros de la télé.

— Oui, je lui ai dit.

— Thomas et moi, expliqua Greg, nous faisions souvent la course, quand j'étais jockey dans ma jeunesse.

— Mais vous êtes grand !

— Dans les courses d'obstacles, les jockeys sont souvent plus grands. Et les anciens jockeys deviennent journalistes ou commentateurs. On vit les choses d'abord, on en parle ensuite.

Malgré cette autodérision affichée, il avait été un jockey de première classe, et non un simple amateur comme moi. À quarante ans, il était très mince, très élégant. Il prit sa respiration.

— Euh...

— Oui, bien sûr, vous pouvez signaler ma présence.

— Parfait. Euh...

— Demande-lui, dis-je souriant à demi.

Le regard de Greg passa de Nash à moi.

— Je suppose que vous n'avez pas envie de vous trouver devant une caméra... ?

Nash me lança un long regard en coin et, dans sa voix profonde de basse, répondit qu'il n'y voyait aucun inconvénient.

— On m'a dit que vous tourniez un film à Newmarket, dit Greg, je suppose qu'on peut en parler ?

— Bien sûr, c'est Thomas le réalisateur.

— Oui, tout finit par se savoir !

Je sortis un *Drumbeat* de ma poche et le tendis à Greg.

— Si tu veux bien, Nash aimerait contredire brièvement ce « En direct des stars ».

Greg parcourut l'article, son expression passant de la simple curiosité à l'indignation.

— Difficile de poursuivre, s'exclama-t-il, il n'y a que des points d'interrogation. C'est vrai ?

— Il est vrai que le film est très différent du livre.

— Je n'ai rien dit de pareil, et je ne le pense même pas, précisa Nash. Le tournage se passe bien. Et j'aimerais dire, si vous le voulez bien, qu'il ne faut pas croire ce qu'on écrit dans les journaux.

— Thomas ! dit Greg en levant les sourcils. Tu te sers de moi !

— Exact, mais cet article, c'est ma mort. Si Nash peut dire à la télévision que ce ne sont que des mensonges, on enverra la cassette aux financiers des studios, en espérant qu'ils ne prendront pas le *Drumbeat* trop au sérieux.

Il soupira et réfléchit un instant.

— Bon, d'accord, mais pas de polémique. Je vous mettrai tous les deux sur l'image.

— Association d'innocents ! dis-je, reconnaissant.

— T'as toujours été malin ! Après le prix Lincoln, ça vous va ? Dans une heure. Quand j'aurai fini d'interviewer le jockey et les propriétaires, s'ils sont là. On pourrait vous insérer à ce moment-là. J'en parlerai au producteur. Thomas, tu sais où est la caméra ? Venez directement après la course. Et Thomas, j'espère que tu me revaudras ça !

— Deux places pour la première. Sans toi, il risque de ne pas y en avoir.

— Quatre !

— Toute une rangée !

— D'accord. Qu'est-que donne ce bouffon prétentieux qui ne vaut rien comme jockey en réalisateur ?

— Pire encore ! dit Nash.

Nous donnâmes une interview côte à côte. Greg nous présenta, demanda à Nash s'il avait parié sur le gagnant, Gallico, le félicita de son choix et lui dit qu'il espérait que son séjour en Angleterre lui donnait toute satisfaction.

— Je tourne un film. C'est très agréable, dit-il en souriant très poliment.

Il ajouta quelques détails, comme le voulait Greg, mais les auditeurs ne pouvaient pas douter un instant que tout se passait à merveille.

— N'aurais-je pas lu une critique peu élogieuse…

— Si, dit Nash. On m'a attribué des propos que je n'ai jamais tenus. Mais il n'y a rien de nouveau, il ne faut jamais croire ce qu'on lit dans la presse.

— Vous jouez le rôle d'un entraîneur, je crois ?

Greg venait de poser la question que nous lui avions demandé de poser comme s'il venait d'y songer sur l'instant. Comment vous sentez-vous à cheval ?

— Oh, je sais monter... enfin, pas aussi bien que Thomas !

— Vous montez, dans le film ? me demanda judicieusement Greg, me vouvoyant devant la caméra.

— Non, pas dans le film, dit Nash à ma place, mais parfois, il prend un cheval pour galoper sur la piste. De toute façon, je me vengerai au golf !

Les accents affectueux de sa voix en disaient plus qu'un millier de mots. Greg termina l'interview dans la bonne humeur et passa habilement la parole au commentateur qui se trouvait dans le paddock en attendant la prochaine course.

— Merci, merci beaucoup.

— Toute une rangée, n'oublie pas ! Au fait, tu joues au golf, maintenant ? demanda-t-il cyniquement.

— Non.

— Eh bien ce sera encore plus facile pour moi de le battre, confirma Nash.

— Tricheur ! plaisanta Greg.

O'Hara, qui avait regardé l'interview à la télévision au quartier général de Londres, appela avant même que j'ai trouvé un coin tranquille pour lui téléphoner.

— Génial ! dit-il en riant presque aux éclats. L'amour fraternel plein l'écran ! À vous en donner les larmes aux yeux !

— Cela marchera ?

— Bien sûr que cela marchera !

— Ça parviendra à la réunion à temps ?

— Ne vous inquiétez pas, Thomas. Les gens ont été formidables ici. Ça coûte aussi cher que le lancement du télescope Hubble, mais les grands pontes auront l'émission avec leurs corn flakes.

— Merci, O'Hara.

— Passez-moi Nash.

Je tendis le téléphone à Nash et le regardai hocher la tête et acquiescer.

— Oui, bien sûr. Oui, c'est lui qui m'a suggéré ce que

je devais dire. Et il a trouvé un copain pour poser les bonnes questions. Comment ? Dieu seul le sait. La grande famille du cheval, je suppose.

Après les dernières courses, nous remerciâmes nos hôtes avant de rentrer à Newmarket sans avoir d'autres nouvelles d'O'Hara. L'heure du petit déjeuner était passée à Los Angeles. Qu'est-ce qu'ils fabriquaient ?

— Cessez de vous ronger les ongles, me dit Nash.

Son chauffeur nous conduisit au Bedford Lodge, où Nash m'invita à venir dans sa suite pour que nous puissions tous deux avoir des nouvelles d'O'Hara.

La maison de production avait loué quatre suites confortables à l'hôtel : la plus luxueuse pour Nash, une autre pour Silva, une pour moi, et la dernière, souvent vide, pour O'Hara ou les autres grands pontes. Moncrieff et Howard avaient également une chambre à l'hôtel. Les autres, une soixantaine de personnes en tout, étaient dispersés dans d'autres hôtels ou appartements. Grâce à Dieu, ce n'était pas moi qui devais veiller à ce que cette logistique soit bien conforme aux exigences des syndicats !

La chambre de Nash donnait sur les jardins très agréables, et les grands fauteuils étaient très réconfortants pour soulager les membres fatigués de ceux qui passaient des heures à faire semblant d'être un autre, ou plutôt attendaient des heures afin de faire semblant d'être un autre pendant quelques minutes par-ci par-là. Moncrieff et moi pouvions bien travailler comme des forcenés toute la journée, les acteurs passaient des heures et des heures à s'ennuyer avant que nous soyons prêts. Après de longues journées d'immobilité, ils étaient exténués, alors que Moncrieff et moi ne ressentions pas la fatigue.

Nash s'affala dans un fauteuil et regarda sa montre pour la cinq centième fois au moins.

Les cinq heures étaient écoulées. Presque six à présent. J'avais passé tout ce temps à transpirer d'angoisse.

Mon téléphone mobile sonna enfin. J'avais la bouche sèche.

— Répondez ! ordonna Nash véhément en voyant mes hésitations.

— Allô… ?

On aurait dit un croassement.

— Thomas ? Vous n'êtes pas viré.

Silence.

— Thomas ? Vous m'entendez ? On continue.

— Euh… Je…

— Nom d'un chien, Nash est là ?

Je passai l'appareil au feu vert qui répondit d'un ton ferme :

— J'en étais sûr !… Évidemment qu'il s'inquiétait ! C'est un homme !

Il me rendit le téléphone.

— Il y a des conditions. Il faudra que je passe plus de temps à Newmarket pour superviser le tournage. Un grand ponte va venir nous voir, pour s'assurer qu'on ne gaspille pas son argent. Ils ont discuté pendant des heures pour savoir par qui ils allaient pouvoir vous remplacer, mais l'interview à la télévision les a convaincus. Nash a gagné la partie. Ils sont toujours persuadés qu'il ne peut pas se tromper. Ils vous gardent.

— Merci.

— Je serai à Newmarket demain. Ça m'embête, parce que je voulais rentrer à Los Angeles, mais c'est comme ça. Comme vous dites, ma tête est en jeu, tout autant que la vôtre. Qu'est-ce qu'on tourne demain ?

— Les chevaux au galop sur la lande.

— Et Nash ?

— Il sera à cheval, il observe. Dans l'après-midi, on envoie les chevaux à Huntingdon. Lundi, on tourne les scènes d'ambiance aux courses. Une partie de l'équipe s'installera dans des hôtels sur place, mais Nash, moi et quelques autres, nous restons à Newmarket.

— C'est loin ?

— Non, une cinquantaine de kilomètres. Où voulez-vous loger ?

— Newmarket, sans hésitation. Prenez un chauffeur, Thomas. Je n'ai pas envie que vous vous endormiez au volant, vous êtes surmené.

— Je préfère conduire moi-même, ce n'est pas très loin.

— Prenez un chauffeur !

C'était un ordre. Je finis donc par accepter, trop content de ne pas être fichu à la porte.

— Bon, à bientôt les gars.

— Merci, O'Hara.

— Maintenant, Howard sera muselé, finit-il par dire. Quel idiot !

— Eh bien voilà, dit Nash en souriant. Je vous offre un verre ? Vous voulez dîner avec moi ?

Nash prenait la plupart de ses repas seul dans sa chambre. Contrairement à nombre d'acteurs, il avait un besoin de solitude auquel il donnait libre cours en l'absence de son épouse. Agréablement surpris, content de ne pas dîner seul, je partageai avec lui soupe, agneau, et une bouteille de bordeaux, faisant un véritable pas dans une amitié que je n'aurais même pas crue possible une quinzaine de jours plus tôt.

Libéré des soucis de la journée, je décidai d'aller rendre une petite visite à Dorothea, pour m'assurer qu'elle n'avait besoin de rien avant ma réunion avec Moncrieff au cours de laquelle nous devions mettre au point les activités du lendemain.

Je pensais trouver une maisonnée silencieuse et recueillie, mais, à mon arrivée, je fus accueilli par les gyrophares d'une voiture de police et d'une ambulance.

6

DEVANT L'ALLÉE, un policier me barra le chemin.
— Mais que s'est-il passé ?
— Circulez, s'il vous plaît.

Jeune, grand, efficace, il ne se montrait guère compréhensif avec le public. Il empêchait un groupe de curieux de s'approcher trop près.

— Je suis un ami de la famille.

— Reculez, s'il vous plaît, dit-il sans me regarder, se voulant impressionnant, formant à lui seul une immense barrière que je n'avais guère envie de franchir.

Je me retirai parmi la foule et, derrière ce rempart protecteur, j'eus recours à mon éternel compagnon, mon téléphone portable et appelai Dorothea. Après une longue attente, me sembla-t-il, une voix de femme en détresse répondit.

— Allô ?

— Dorothea ? C'est moi, Thomas.

— Oh, non, ici, c'est Betty. Où êtes-vous Thomas ? Pouvez-vous venir ?

Je lui expliquai la situation et elle vint immédiatement me chercher. Le policier s'écarta, en haussant les épaules, indifférent. En hâte, je suivis Betty.

— Que s'est-il passé ?

— Quelqu'un s'est introduit dans la maison. C'est affreux... Ils ont failli tuer Dorothea. C'est inimaginable ! Le Dr Gill vient d'arriver, la police aussi, il y a du sang partout, ils prennent des photos, c'est incroyable...

On aurait dit qu'une tornade avait tout balayé à l'intérieur.

La chambre de Valentine n'était plus qu'un capharnaüm : tiroirs renversés sur le sol, garde-robe ouverte, et vide, tableaux arrachés, cadres brisés, matelas et oreillers éventrés.

— Tout a été saccagé, gémit Betty, même la salle de bains et la cuisine. J'ai peur qu'elle meure.

Elle me laissa et disparut dans la chambre de Dorothea où je la suivis, un peu hésitant, contournant une mare de sang à demi séché dans le couloir.

Je n'aurais pas dû avoir peur de gêner, la pièce était comble. Robbie Gill me cachait en grande partie Dorothea qui était étendue, silencieuse, portant encore chaussures et bas sur ce qui restait de son lit. Deux ambulanciers obstruaient la moitié de l'espace disponible avec un brancard. Une femme policier en uniforme et un photographe s'agitaient. Betty se faufila parmi eux, me faisant signe de suivre.

Robbie Gill leva les yeux, me fit un petit signe, et recula d'un pas, si bien que je vis le visage de Dorothea. Le cœur serré, je fulminai de colère !

Inconsciente et tuméfiée, elle saignait, le visage et le front lacérés, et sa bouche n'était plus qu'une tache de sang.

— Le bras droit est cassé, dit Robbie Gill à la femme policier qui prenait des notes, il y a des hémorragies internes…

Il s'arrêta. Même pour un médecin, c'était insupportable. Les vêtements déchirés laissaient voir le ventre et les seins nus. Sur le corps, deux blessures saignaient abondamment, l'une était si profonde qu'un morceau d'intestin sortait de la paroi de l'abdomen, îlot rose pâle dans une flaque rouge. L'odeur du sang prenait à la gorge.

Robbie Gill sortit des compresses stériles de sa sacoche et demanda à tout le monde, sauf à la femme policier, de partir. Très pâle, cette dernière resta malgré tout à sa place tandis que les autres obéissaient silencieusement.

Les larmes aux yeux, Betty tremblait.

— Je suis venue m'assurer qu'elle avait quelque chose à manger. Elle ne fait plus très attention à elle, maintenant que Valentine est parti. Je suis passée par la porte de la cuisine, et tout était sens dessus dessous... C'était horrible... et je l'ai trouvée par terre, dans le couloir, allongée dans une mare de sang. J'ai cru qu'elle était morte. J'ai téléphoné au docteur Gill parce que son numéro est près du téléphone dans la cuisine, c'est lui qui a fait venir les policiers et l'ambulance, et ils l'ont portée dans la chambre. Vous croyez qu'elle s'en tirera ? Elle ne va pas mourir ? Pas comme ça, dit-elle horrifiée. Comment peut-on faire des choses pareilles ?

J'avais imaginé ou filmé des scènes tout aussi horribles, plus peut-être, mais notre sang était souvent du rouge à lèvres dissous dans de l'huile, pour qu'il paraisse visqueux, les intestins de la peau de saucisson gonflée, la sueur de l'eau vaporisée sur des visages peints en gris.

D'autres personnes arrivèrent, des policiers en civil, apparemment. Betty et moi nous nous retirâmes dans le salon de Dorothea où, là aussi, le chaos interdisait toute réflexion.

— Comment peut-on faire des choses pareilles, murmurait Betty, et pourquoi ?

— Avait-elle des objets de valeur ? demandai-je.

— Bien sûr que non, ses petites affaires, c'est tout. Des babioles, des souvenirs. Ils ont été jusqu'à déchirer sa photo de mariage avec Bill. Comment ont-ils pu ?

Elle ramassa un cadre brisé, pleurant sur la douleur de son amie.

— Et son joli vase rose... En mille morceaux. Elle l'aimait tant !

Je regardai les morceaux éparpillés et m'agenouillai pour chercher tout autour, en vain.

« J'ai caché la clé dans le vase rose de mon salon. »

La voix de Dorothea était parfaitement claire dans ma mémoire. La clé du bureau de Valentine, afin que son fils Paul ne vole pas les livres.

Jurant amèrement, mais silencieusement, je longeai le

couloir jusqu'à la porte entrouverte du bureau. La clé était dans la serrure. Le sanctuaire de Valentine avait été saccagé, comme le reste de la maison ; tout ce qui pouvait être cassé l'était, tout était lacéré, déchiré.

Les livres avaient disparu.

J'ouvris l'armoire où Valentine rangeait ses cahiers de brouillon, avec tous les articles qu'il avait écrit.

Les étagères étaient vides.

— Dorothea m'a dit que Valentine voulait vous léguer ses documents, me dit Betty en posant une main tremblante sur mon bras. Où sont-ils passés ?

Partis avec Paul, pensai-je, mais il n'aurait jamais pu infliger de telles blessures à sa mère. Prétentieux, pompeux, oui, mais pas pervers à ce point.

— Où est Paul ? son fils, demandai-je.

— Oh, mon Dieu ! Il est rentré hier, il n'est pas au courant… Et je ne connais pas son numéro… (Elle vacilla.) Je ne peux pas le sentir.

— Ne vous inquiétez pas. Asseyez-vous. Je trouverai son numéro. Je vais vous préparer du thé. Où est votre mari ?

— Il fait sa partie de fléchettes. Au pub.

— Quel pub ?

— Oh, mon Dieu… Le Dragon.

Tout d'abord, du thé bien chaud, pour empêcher les nerfs fragiles de craquer. Aucune silhouette policière ne tenta de m'en empêcher, pourtant la maison était littéralement envahie. J'apportai une tasse à Betty, qui la but en la tenant à deux mains, dans la chambre de Valentine.

Dans le carnet d'adresses miraculeusement épargné, je trouvai le numéro du Dragon et gâchai le splendide triple vingt de son mari en lui demandant de venir immédiatement. Je finis par trouver celui de Paul sur le carnet de notes attaché au combiné qui se trouvait dans la cuisine.

Soulagé, j'entendis l'odieuse voix de Paul me répondre. S'il était dans le Surrey, il n'avait pu attaquer sa mère à Newmarket, à cent cinquante kilomètres de chez lui. Les blessures étaient trop fraîches. Même si elle avait des chances de survie, moralement, elle ne se remettrait jamais d'avoir été agressée par son propre fils.

Comme il se devait, il parut scandalisé. Il m'annonça qu'il venait immédiatement.

— Je ne sais pas dans quel hôpital on va l'emmener.

— Elle va mourir ? demanda-t-il.

— Je ne sais pas, je vous l'ai dit. Attendez un instant, je vais chercher le docteur Gill.

— Ce fantoche !

— Restez en ligne. Ne quittez pas.

Dans la maison, les policiers en civil mettaient de la poudre partout, pour relever les empreintes. J'attendis que la chambre de Dorothea s'ouvre et que la femme policier fasse signe aux brancardiers d'approcher.

— Le fils de Mme Pannier est au téléphone, est-ce que le docteur Gill voudrait bien lui parler ?

Elle me regarda d'un air vague et rentra dans la chambre de Dorothea, mais elle dut transmettre le message car Robbie Gill ouvrit la porte et me demanda si Paul était toujours en ligne.

— Oui, il vous attend.

— Dites-lui que cela ne sera pas long.

Je passai le relais. Impatient, Paul était fort mécontent. Je lui dis d'attendre et l'abandonnai. Rongé d'inquiétude pour Dorothea comme je l'étais, soucieux pour les livres, apporter le moindre réconfort à Paul me semblait au-dessus de mes forces. Je ne pouvais même pas être poli. J'étais sûr qu'il ne rendrait jamais les livres sans que je le traîne devant les tribunaux, et je ne disposais d'aucune liste de ce que j'avais perdu.

Robbie Gill accompagna Dorothea jusqu'à l'ambulance, s'assurant qu'elle était traitée avec la plus grande douceur. L'air sombre, il revint vers la maison, longea le couloir où je l'attendais et prit l'appareil sur la grande table.

— Monsieur Pannier ? demanda-t-il avant de faire la grimace tandis que Paul répondait à l'autre bout du fil.

— Monsieur Pannier, répondit Robbie, lui coupant la parole, votre mère est blessée à la tête. Elle a perdu connaissance. Elle a le bras droit cassé. De plus, elle porte les marques de coups de couteau sur le ventre. Je l'envoie à Cambridge (Il nomma l'hôpital…) où elle recevra les meilleurs soins. On ne peut pas affirmer qu'elle s'en sortira. (Dégoûté, il écouta la réponse de Paul.) Non, elle n'a pas été violée. J'ai fait tout mon possible. Je vous suggère de vérifier avec l'hôpital plus tard. Maintenant, elle ne dépend plus de moi.

Les lèvres pincées, comme s'il se retenait de jurer, Robbie Gill se frotta les yeux et reposa le combiné.

— Comment va-t-elle ? demandai-je.

Exténué, il haussa les épaules, mais son visage se détendit.

— Honnêtement, je ne sais pas. Je crois qu'elle a tenté de résister. Elle a essayé de se protéger avec ses bras. C'est bizarre… On dirait presque qu'elle a eu deux agresseurs… Un qui l'a frappée à la tête avec un objet dur et lui a cassé le bras, et un autre, armé d'un couteau. À moins qu'il ne s'agisse d'un seul agresseur, mais avec deux armes.

— C'est une question inutile, mais pourquoi s'en prendre à elle ? dis-je.

— Une charmante vieille dame ! Le monde est fou ! Les vieilles dames se font attaquer. Son fils me fait horreur ! Excusez-moi, je n'aurais pas dû dire cela. Il m'a demandé si on l'avait violée !

— Il ne mérite que trois lettres pour le définir.

— La police aimerait savoir pourquoi la maison est dans cet état ! s'exclama-t-il en montrant le chaos d'un geste du bras. Mais qu'est-ce que j'en sais ? Ils n'étaient pas pauvres, mais ils n'étaient pas riches. Pauvres vieux. Vous savez, ces derniers temps, ils comptaient beaucoup sur vous. Ils vous aimaient, d'une certaine manière. Dommage que vous ne soyez pas leur fils.

— J'ai connu Valentine dans mon enfance.

— Oui, il me l'a dit.

— Euh… Qu'est-ce qui va se passer ?

— La police parle de tentative de meurtre, à cause des coups de couteau. Mais… je ne sais pas…

— Comment ça ? demandai-je en le voyant hésiter.

— Je me fais peut-être des idées... Je ne sais pas si j'en parlerai à la police.... Mais il n'aurait pas fallu grand-chose pour l'achever. Un coup de couteau bien placé... Vous l'avez vue...

— Un peu quand vous vous êtes écarté du lit.

— C'est ce qui me semblait. Vous avez vu les blessures, l'une est relativement superficielle, mais l'autre est très profonde. La première a déchiré les vêtements. Pourquoi pas une troisième ? Vous savez que je pense ? C'est un meurtre avorté... Je crois qu'il a changé d'avis.

Je le regardai fixement.

— Vous êtes en droit de me prendre pour un fou.

— Non, au contraire.

— J'en ai vu, des meurtres. Souvent, on dirait de la folie. Des dizaines de coups de couteau. L'œuvre d'un esprit dérangé. Ils n'arrivent pas à s'arrêter. Vous comprenez ?

— Oui.

— Je ne sais pas pourquoi je vous raconte ça, n'y prêtez pas attention. Avec un peu de chance, Dorothea pourra nous le raconter elle-même.

— Combien de chance lui faudra-t-elle ?

— Franchement ? dit-il, déprimé. Pas mal. Avec les traumatismes crâniens, on ne peut pas savoir. Je ne crois pas qu'il y ait d'hémorragie interne grave, je ne peux pas l'affirmer. Mais cette blessure abdominale... Il y a des risques d'infection... Et elle a quatre-vingts ans le mois prochain. Oh, elle est en bonne santé... pour son âge. Je les aimais bien tous les deux, même si, superficiellement, je me battais toujours avec ce bougre de Valentine.

Comme je pensais que Robbie Gill était un bon médecin, je le lui dis, mais il repoussa le compliment d'un geste de la main.

— Je peux vous demander quelque chose ?

— Bien sûr.

— Quand a-t-elle été agressée ?

— Quand ?

— Oui, avant ou après le saccage de la maison ? Cela

a dû prendre un certain temps ? Peut-être qu'elle était sortie, et qu'elle est revenue au mauvais moment ? À moins qu'on ait essayé de lui arracher des informations, qu'on soit allé un peu trop loin et qu'on ait saccagé l'appartement après pour faire croire à un cambriolage.

— Hé, du calme, vous réagissez comme un policier !

Comme un réalisateur, pensai-je.

— Quand a-t-elle été blessée ?

Il fit la moue.

— La maison a été saccagée d'abord.

Nous digérâmes l'information en silence.

— Vous en êtes sûr ?

— À en juger par la taille des tuméfactions et par la vitesse de saignement, Dorothea n'était pas dans cet état depuis longtemps quand son amie Betty l'a découverte. Je suis venu dès qu'elle m'a appelé, je n'ai pas dû mettre plus de cinq minutes. Betty a peut-être eu de la chance de ne pas arriver dix minutes plus tôt. Mais ce n'est pas notre problème, on peut laisser ça à la police.

— Oui.

Il regarda sa montre, dit que la journée avait été longue, et j'étais parfaitement d'accord avec lui. Quand il annonça à la police qu'il s'en allait, on releva ses empreintes digitales, ainsi que les miennes et celles de Betty : pour opérer par élimination. Ils prirent une brève déclaration de Betty et nous leur signalâmes qu'ils devraient également trouver les empreintes de Paul un peu partout.

Le mari de Betty vint la prendre dans ses bras réconfortants ; je retournai au Bedford Lodge et pris moi-même un bon remontant avec Moncrieff.

Convoqués par Ed en mon nom, tous les membres de l'équipe disponibles, techniciens, habilleuses et acteurs (à l'exception de Nash) se retrouvèrent dès l'aube du dimanche matin dans la cour de l'écurie.

En m'adressant à eux, debout sur ma chaise de bois, dans l'air frais de l'East Anglia, je me demandai comment Shakespeare pouvait espérer que les paroles d'Henri V devant Azincourt fussent entendues de tous, sauf des rois étrangers bien sûr, avec le cliquetis des armures et les bruits de fond, et ce, sans l'aide du moindre micro !

Moi, au moins, je disposais d'un mégaphone, appareil peut-être trop familier pour mon public.

— Je suppose, dis-je quand les mouvements de foule se furent changés en une impatience agitée, que vous avez tous lu « En direct des stars » dans le *Drumbeat* ?

J'obtins quelques regards, des hochements de tête et pas mal de sourires sardoniques. Pas de ricanements méprisants. C'était toujours ça.

— Comme vous l'imaginez aisément, cet article a perturbé les studios à Hollywood. Par chance, notre producteur leur a affirmé que vous faisiez du très bon travail. Cela ne plaira peut-être pas à tout le monde, mais Hollywood m'a confirmé dans mon poste. Nash Rourke leur a dit qu'il était en faveur de cette solution. Par conséquent, rien n'a changé. Que vous soyez d'accord ou pas avec l'analyse du *Drumbeat* sur mon comportement, si vous voulez continuer à travailler sur ce film, je vous demande de faire de votre mieux pour que ce soit une réussite. Pour notre bien à tous, faire un bon film, que le public prendra plaisir à voir, doit passer avant tous les sentiments personnels. Je veux qu'un jour vous soyez fiers de dire que vous avez collaboré à cette entreprise. Donc, on se remet au travail, comme d'habitude, ce qui signifie que les lads vont seller les chevaux, et que tous les autres suivront l'emploi du temps qu'Ed vous a distribué. D'accord ? Bon, parfait.

Je baissai le mégaphone, descendit de ma chaise et tournai le dos à l'assemblée afin de rejoindre Moncrieff qui se tenait derrière moi, pour prouver son soutien.

— Bien fait pour eux ! approuva-t-il, ironiquement. On pourrait tirer un film de ce tournage !

— Ou un livre.

Notre vedette féminine, Silva Shawn, traversa la cour pour venir vers nous. Comme d'habitude, quand elle n'était pas habillée pour le rôle, elle portait de volumineuses couches de vêtements sombres qui descendaient sur des Doc Martens noires ; son chapeau couleur charbon, qui lui tombait sur les sourcils, faisait penser à un haut-de-forme écrasé et ramolli. Marchant à grands pas, elle arrivait généralement aux réunions menton en avant, comme pour dire : « Approchez si vous osez. »

O'Hara m'avait bien prévenu, ne jamais lui faire de compliment qu'elle pourrait prendre pour du harcèlement sexuel, ce que je trouvais particulièrement difficile car les adjectifs qui me venaient tout naturellement à l'esprit, à part délicieuse, étaient divine, ensorcelante et désirable. Surtout, ne l'appelez jamais « chérie », avait ordonné O'Hara.

— Pourquoi la prendre si elle est si susceptible ?

— Elle sait jouer, avait-il répondu brièvement.

Jusque-là, son rôle avait consisté en scènes de chambre à coucher des plus explicites (scandées par les « Non, non, non, pas ça » d'Howard), que nous avions tournées la semaine précédente. En fait, quant au texte, nous nous en étions strictement tenus au scénario d'Howard : mais dans son intention, Nash et Silva échangeaient ces propos habillés de la tête aux pieds. Il avait confiné leurs démonstrations d'affection dans le salon et ne supportait pas que je les aie transposées dans la chambre à coucher. J'avais gardé la pudeur verbale, qui s'opposait à un désir charnel grandissant. Silva, sans la moindre gêne (« les corps sont naturels »), avait autorisé des scènes de nu délicatement éclairées dans la salle de bains.

Les rushes avaient fait palpiter plus d'un cœur, le mien y compris. Qu'elle le veuille ou non, il y avait dans son jeu une sensualité diamétralement opposée à son attitude stricte hors du plateau.

La semaine précédente, elle avait dû quitter Newmarket pour satisfaire à d'autres engagements dont elle n'avait pu se libérer, mais ce matin-là, elle devait monter un cheval sur la lande, mettant à profit des talents de cavalière dont elle s'enorgueillissait. Comme dans la plupart des films, nous ne travaillions pas en ordre chronologique ; nous allions tourner la première rencontre de l'entraîneur et de la femme de Cibber, innocente au début, mais avec une promesse qui allait en un rien de temps illuminer leurs regards.

— J'espère que vous m'avez trouvé un bon cheval, dit-elle, d'un air de reproche.

— Il est rapide, dis-je en hochant la tête.

— Il est beau ?

— Évidemment.

— Et bien dressé ?

— Je l'ai monté moi-même.

Sans commentaire, elle dirigea sa désapprobation quasi universelle contre Moncrieff, qu'elle considérait comme un macho, même s'il avait le don de transformer le pire des laiderons en déesse à l'écran.

Après avoir passé tant d'années à étudier les courbes féminines, Moncrieff aurait dû se forger une carapace impénétrable, mais chaque fois que nous avions travaillé ensemble, il était tombé amoureux de la vedette féminine, et Silva ne semblait pas faire exception.

— Platonique ! lui avais-je conseillé. Bas les pattes ! OK ?

— Elle a besoin de moi, avait-il supplié.

— Éclaire-la et laisse-la tranquille.

— Ah, ces pommettes !

Par chance, Silva ne lui avait pas donné le moindre signe d'encouragement. Dès le premier jour, j'avais remarqué qu'elle semblait préférer les hommes en costume-cravate, aux cheveux courts et aux visages imberbes, inclination qui devrait assurer la quasi-invisibilité d'un être mal soigné, à la barbe hirsute, et aux vêtements avachis tel que Moncrieff.

— Je crois qu'on vous attend au maquillage, dis-je à Silva.

— Vous voulez dire que je suis en retard ?

Je hochai la tête.

— La réunion a retardé tout le monde, mais j'espère en avoir fini avec les scènes de la lande pour le déjeuner.

Elle s'éloigna dans un battement de jupes, faisant à sa manière sa propre déclaration.

— Somptueuse, dit Moncrieff.

— Dangereuse.

Nash arriva dans sa Rolls en bâillant et entra dans la maison pour passer entre les mains des maquilleuses et des habilleuses. Presque aussitôt, un homme de la même stature arriva en bicyclette et freina brusquement, faisant gicler les graviers près de nous.

— Bonjour, dit le nouveau venu, sans le moindre signe de déférence.

— Bonjour Ivan.

— On est toujours dans le coup ? demanda-t-il.

— Tu es en retard, dis-je.

Il comprit parfaitement le commentaire et la nuance de désapprobation qu'il contenait et, en silence, partit vers la maison en poussant sa bicyclette.

— Je ne l'aime pas, dit Moncrieff. Ce n'est qu'un sale effronté.

— Peu importe. Arrange-toi pour qu'il ressemble à saint Georges, fais-en un champion.

Nash avait beaucoup de présence en selle, mais au pas seulement. Si l'allure accélérait, tous ses défauts se voyaient, si bien que pour les plans éloignés au trot ou au galop, nous utilisions un cascadeur, Ivan. Il gagnait sa vie en montant à cheval devant les caméras et avait contracté des manières quelque peu bourrues qui l'empêcheraient d'aller plus loin dans la profession. Il se plaisait, m'avait-on dit, à se vanter au pub auprès de qui voulait bien l'entendre qu'il était très intime avec Nash Rourke, qu'il avait déjà eu l'occasion de doubler. Nash par ci, Nash par là, Nash et moi… En fait, ils se rencontraient rarement et se parlaient encore moins. Ivan avait créé une amitié imaginaire à partir de quelques échanges de politesse.

Dans de nombreux haras, les entraîneurs se rendent sur les pistes en Land Rover pour observer le travail de leurs poulains, mais à Newmarket, sur la lande, pratiquement dépourvue de routes, il est dans les habitudes d'al-

ler partout à cheval, et Nash était beaucoup plus impo-
sant en selle qu'au volant d'un quatre-quatre. Le sex-
appeal de la superstar faisait tinter les espèces sonnantes
et trébuchantes. Mon travail consistait à le rendre impress-
sionnant, sans lui faire perdre son naturel, ce qui, avec
Nash du moins, était un jeu d'enfant.

Moncrieff se rendit sur la lande par l'une des rares
routes dans la voiture-travelling, devançant une seconde
équipe qui prenait les positions sur lesquelles nous nous
étions mis d'accord la veille. Les chevaux galoperaient
sur la colline, suivis par une caméra et précédés par une
autre qui les filmerait quand ils arriveraient sur la crête,
éclairés par un soleil encore bas. Une apothéose orches-
trale de cuivres après une introduction lyrique en sourdine. J'entends souvent mentalement la bande sonore,
bien avant qu'un compositeur ne s'y attelle.

Ed, sachant à quel moment précis déclencher l'action,
resta en bas, près des écuries. J'aurais pu moi aussi prendre la voiture, mais je préférai rejoindre Moncrieff à cheval ; je pris donc celui qu'on avait attribué à Silva, pour
l'échauffer un peu afin qu'il file doux avec elle. Silva
avait beau être fière de ses talents équestres, O'Hara ne
me le pardonnerait jamais si son joli derrière se retrou-
vait par terre.

Ivan le Terrible devait galoper seul jusqu'à la crête,
sur la monture de Nash. Là, il s'arrêterait, ferait demi-
tour et resterait immobile, sa silhouette se détachant sur
le soleil levant. Je lui avais bien demandé de ne pas se
tromper afin de ne pas gaspiller cette précieuse lumière.

Il avait considéré cela comme une insulte.

— Alors, que tout soit parfait.

Je rejoignis Moncrieff près de la voiture, située à mi-
pente, et soupirai de soulagement en voyant Ivan nous
gratifier d'un magnifique galop, avant de s'arrêter et de
se retourner, exactement à l'endroit prévu, cheval et cavalier formant une parfaite silhouette noire se détachant
sur un halo d'or.

— Doux Jésus ! s'exclama Moncrieff, l'œil toujours
collé à son objectif. C'est splendide !

111

Il fit tourner la caméra encore quinze secondes avant de couper.

— Une autre ? demandai-je.

Moncrieff vérifia que le film s'était bien déroulé et hocha la tête.

— Inutile, c'était parfait.

— C'est bon. Bien, on met une nouvelle bobine pour les plans des autres chevaux.

J'appelai Ed par notre système de talkie-walkie, lui dis de s'en tenir au programme, fis donner le clap, comme d'habitude, et regardai la file des chevaux qui montaient la colline au grand galop. J'appelai également la caméra hors de vue de l'autre côté de la crête pour que l'équipe se mette en route, mais la perfection est une qualité bien fuyante, et ce ne fut qu'après être moi-même passé de l'autre côté, pour organiser les choses à ma façon avec force transpiration, que j'obtins enfin mes trompettes flamboyantes.

La scène de foule en boîte, tout ceux qui étaient à cheval attendaient les instructions. Ivan était toujours sur le cheval de Nash, mais un peu à l'écart du groupe pendant que, à pied à présent, je discutai avec Moncrieff, les yeux fixés sur son journal de bord.

Je ne vis rien de la scène. J'entendis Ivan pousser un cri indigné, suivi d'une clameur de voix confuses. Je sentis que cela bougeait beaucoup du côté des cavaliers, mais au début, je pensais simplement que c'était le genre d'incident habituel qui se produit lorsqu'un jockey imprudent laisse son cheval en botter un autre.

Jurant, Ivan se releva. Un cheval et son cavalier se détachèrent du groupe et grimpèrent précipitamment la colline en direction de Newmarket. Irrité, je pensais qu'il faudrait que je tape sur les doigts de certains, et cette perte de temps me mettait en colère.

Ivan s'approcha de moi, bouillonnant.

— Ce cinglé ! Il m'a donné un coup de couteau !

— C'est impossible.

— Eh bien, regardez !

Il leva le bras gauche, me montra sa veste de tweed,

identique à celle de Nash. Au niveau de la taille, le vêtement était lacéré sur près de vingt centimètres.

— Puisque je vous le dis ! hurla Ivan, aussi effrayé qu'indigné. Il avait un poignard !

Convaincu, affolé, je regardai instinctivement le cheval que j'avais monté, mais on l'emmenait déjà plus loin. Plus près de moi, le seul moyen de transport était la voiture, mais elle pointait dans la mauvaise direction. Je me glissai derrière le volant, fis un demi-tour digne d'une véritable cascade et filai droit vers Newmarket. Au sommet de la colline, j'aperçus vite le cheval et son cavalier qui s'enfuyaient au loin.

Ils avaient trop d'avance pour que j'espère les rattraper. Sur l'herbe, le cheval était aussi rapide que la voiture : il lui suffisait d'arriver en ville et de se mettre au pas pour devenir immédiatement invisible, car Newmarket était sillonnée de pistes cavalières, spécialement conçues pour que les chevaux puissent aller de la lande à leurs écuries sans perturber la circulation. Un cavalier se promenant tranquillement sur un chemin faisait partie du paysage habituel, même un dimanche matin.

Soudain, j'eus l'idée de le filmer, mais la caméra embarquée était dirigée vers l'arrière, car en général la voiture roulait devant le sujet à prendre, d'autres voitures, ou des chevaux, par exemple. Si je m'arrêtais et que je faisais demi-tour pour manier la caméra, ma proie serait trop loin même pour les plans éloignés, à moins qu'elle ne soit déjà hors de vue.

J'allais abandonner quand le cheval s'arrêta brusquement, sur ordre de son cavalier, et fit volte-face, revenant vers moi. Le moteur s'emballait. J'aperçus la tête du cavalier qui sembla me voir dévaler la colline. Il fit demi-tour et galopa vers Newmarket à une allure encore plus rapide.

Même si la distance qui nous séparait s'était réduite, il était en sécurité. J'avais déjà du mal à distinguer sa silhouette sur les bâtiments lointains. Comme il me fallait admettre que je ne le rattraperais pas, je me contentai de ce qui me restait et essayai de découvrir ce qui l'avait arrêté.

Je freinai et arrêtai la voiture aussi près que possible de l'endroit où le cavalier avait rebroussé chemin, puis sautai dans l'herbe pour découvrir ce qu'il avait pu voir, ce qui avait assez d'importance pour retarder sa fuite.

À ce moment-là, le cavalier faisait face à la ville. Je regardai dans cette direction sans rien voir d'alarmant. Apparemment, il s'était arrêté sans raison, mais lorsqu'on s'enfuit à cette allure on ne s'arrête pas pour rien, à moins d'y être forcé.

Si j'avais filmé... Pourquoi s'était-il arrêté ?

Parce qu'il avait perdu quelque chose !

L'étendue d'herbe était aussi large qu'une piste d'aéroport, et presque aussi longue. Je ne pouvais pas être certain de me trouver au bon endroit. Si le cavalier avait perdu un petit objet, je pouvais bien chercher toute la journée. S'il avait perdu un objet insignifiant, je ne le reconnaîtrais peut-être pas si je tombais dessus. Mais il s'était arrêté.

Je fis quelques pas, sans idée précise. Il y avait tout simplement trop d'espace. De l'herbe partout, sur des centaines d'hectares. Je regardai vers le sommet de la colline et vis tous nos chevaux, montés par leurs cavaliers, tels des Indiens dans un vieux western. Le soleil se levait derrière eux.

Dans ma hâte, j'avais oublié mon talkie-walkie. Je décidai de remonter en voiture, en laissant une marque à l'endroit où je me trouvais, et de demander aux lads de faire une sorte de battue, pour voir s'ils découvraient quelque chose.

J'enlevai donc mon pull bleu ciel et le fis tomber en tas : si je laissais quelque chose de plus petit, on risquait de ne pas le voir. Je retournai vers le camion.

Le soleil s'élevait dans le ciel et, à une vingtaine de pas, soudain, un objet étincela.

J'allai voir immédiatement, puisqu'il n'y avait rien de brillant là où passaient des chevaux de course ! J'en eus le souffle coupé. Le cavalier avait laissé tomber son couteau !

Pas étonnant qu'il ait tenté de le retrouver ! Je regardai

114

plein d'épouvante l'objet qui gisait dans l'herbe à mes pieds. Ce n'était pas un couteau ordinaire. Sa double lame d'environ vingt centimètres de long était fixée à un manche muni de quatre anneaux pour les doigts sur un côté. La lame était en acier, et le manche jaunâtre faisait penser à du laiton terni. Le couteau d'une trentaine de centimètres de long était solide, compact, terrifiant, une arme mortelle, sans aucun doute.

Je levai les yeux vers la colline. Les lads étaient toujours en place, attendant les ordres.

On a les réflexes qu'on peut, j'imagine. Je retournai vers la voiture, et la plaçai au-dessus du couteau, pour que personne ne le ramasse ou ne le déplace, pour qu'aucun cheval ne marche dessus au risque de se blesser.

Ensuite, je montai à l'arrière, fis tourner la caméra et filmai la ligne de cavaliers qui se détachait sur le soleil levant.

Même si, une fois de plus, je me trouvais face à la menace implacable du chômage, cela aurait été une honte de gâcher un tel plan !

7

J E DUS RÉORGANISER la journée.
Tout le monde retourna dans la cour, à l'exception de
Moncrieff que je laissai derrière le volant de la voiture-
travelling, avec ordre de ne la déplacer sous aucun prétexte, même si le service d'ordre chargé d'interdire tout
véhicule sur la lande le lui demandait expressément.
J'avais enfreint les règles, lui dis-je, en roulant sur les
espaces réservés aux chevaux, mais je ne voulais pas
qu'il bouge le véhicule d'un seul centimètre.

— Pourquoi ?

Je le lui expliquai.

— Un couteau ? dit-il, dubitatif.

— Oui, quelqu'un a vraiment tenté de blesser Nash.

— C'est impossible ! s'exclama Moncrieff, mais
c'était un cri d'indignation plutôt qu'une affirmation.

— Les joueuses de tennis, les patineuses, John Len-
non, plus personne n'est à l'abri !

— Quelle merde !

N'ayant guère le choix, à contrecœur, je téléphonai à
la police, imaginant déjà les gros titres de la presse du
lendemain : « Nouveau coup de malchance sur le tournage à Newmarket ». Oui, quelle merde ! Je retournai
dans la cour où tous les lads attendaient par petits groupes autour d'Ivan, pour qui cette quasi-blessure avait pris
des proportions phénoménales.

Les policiers qui arrivaient n'étaient pas les mêmes

que ceux qui s'étaient occupés de Dorothea. Je me demandai si la police s'étonnerait d'avoir été appelée deux fois en vingt-quatre heures pour des coups de couteau, même si les deux histoires semblaient sans liens apparents. Se rendrait-elle compte qu'à chaque fois, j'étais sur les lieux ?

Nash, qu'Ed était allé chercher, sortit de la maison, maquillé et en costume, et se plaça près d'Ivan. Les policiers les regardèrent tous les deux et, comme nous, en arrivèrent à la seule conclusion possible. En culotte de cheval et veste parfaitement identiques, avec une bombe, à dix pas, il était impossible de les différencier. À présent, seule la déchirure de la veste d'Ivan les distinguait.

— C'est peut-être la fin du film, dis-je à Nash.

— Personne n'est blessé.

— Quelqu'un voulait s'en prendre à vous.

— On n'y est pas arrivé.

— Quel sang-froid !

— Thomas, pendant des années, j'ai connu des dangers de la sorte. C'est notre lot à tous. Le monde est plein de dingues fanatiques. Si l'on s'en occupait, on ne mettrait plus le nez dehors.

Il se tourna vers les policiers qui prenaient les dépositions des lads.

— On continue le travail aujourd'hui ?

J'hésitai.

— Comment réagit Silva ?

— En brave !

J'esquissai un sourire.

— Vous voulez venir avec moi sur la lande pour que je vous montre ce qu'on avait l'intention de vous enfoncer dans le corps ? J'espère que vous vous rendez compte qu'à partir de maintenant, il va vous falloir un garde du corps.

— Non, je n'en ai jamais eu.

— Pas de garde du corps, pas de film. Enfin, pour le film, quand les studios apprendront la nouvelle, ce sera sans doute terminé.

Il regarda sa montre.

— C'est le beau milieu de la nuit, là-bas.

— Vous continuez, alors ?

— Oui.

— Dans ce cas, le plus vite sera le mieux.

Ed approcha et vint me dire que la police voulait parler au responsable. J'allais vers eux : plus âgés que moi, les deux hommes semblaient s'attendre à une figure plus patriarcale. Je ne correspondais pas à leur conception de l'autorité ; O'Hara leur aurait mieux convenu.

Les lads leur avaient raconté comment un nouveau cavalier s'était joint à eux alors qu'ils tournaient un peu au hasard après leur troisième galop. Cela ne les avaient guère surpris, car avec le tournage, la routine de l'entraînement était souvent bouleversée. Le nouveau venu, en jean et anorak, qui portait lui aussi une bombe, s'était mêlé au groupe. Ce ne fut que lorsque le cheval d'Ivan s'était mis à ruer, et qu'Ivan lui-même avait crié puis était tombé, qu'ils avaient commencé à comprendre que quelque chose n'allait pas. Personne ne semblait avoir vu l'arme.

Ils n'avaient pas grand-chose à dire du cavalier. Avec la bombe et la large jugulaire qui lui passait sous le menton, la moitié du visage disparaissait. De plus, il portait des lunettes, comme le faisaient souvent les jockeys pour se protéger des poussières soulevées par les sabots. Il avait peut-être aussi des gants ; là non plus, rien d'anormal.

La police voulait savoir si j'avais quelque chose à ajouter.

— C'était un bon cavalier.

Ce détail parut sans importance à ces habitués de Newmarket, mais je le trouvais significatif.

— Ce n'était pas un jockey, il était trop lourd, trop trapu.

Ses traits ? Non, je ne l'avais vu que de dos, quand il s'éloignait au galop.

J'attendis qu'ils laissent les lads et l'équipe technique s'éloigner pour leur parler du couteau.

Nous prîmes la voiture pour nous approcher le plus

possible du véhicule, toujours garé sur la lande, aussi incongru qu'un bouton sur le nez. Par chance, comme c'était dimanche, aucun garde en furie ne tournait autour. Nash était dans la même voiture que moi, contrairement à toutes les règles de sécurité que la maison mère nous imposait. Au point où nous en étions, quelle importance ?

Moncrieff recula la voiture de deux ou trois mètres. En silence, les policiers regardèrent l'arme ainsi révélée. Moncrieff paraissait choqué ; Nash en resta muet.

— Il l'a perdu en route. Il a fait demi-tour pour venir le chercher, mais quand il s'est aperçu que je le poursuivais, il a renoncé.

— C'est avec ça qu'il a attaqué Ivan ?

J'acquiesçai d'un signe de tête et affirmai :

— Maintenant, vous aurez un garde du corps.

Il me regarda sans protester. Un des policiers sortit un sac en papier et ramassa le couteau en prenant garde de ne pas effacer les empreintes éventuelles.

— Il n'y avait pas d'informateurs, fis-je remarquer.

— Comment ? demanda Nash.

— Tous les jours, sauf le dimanche, il y a des observateurs, à la lisière de la ville, munis de grosses jumelles. Ce sont des espions. Ils connaissent tous les chevaux. Et ils communiquent des informations sur les progrès de chacun aux journalistes, aux parieurs. S'il y en avait eu aujourd'hui, notre cavalier ne se serait pas évanoui dans la nature aussi facilement.

Un des policiers hocha la tête.

— Alors, qui savait que M. Rourke serait ici ce matin ?

— Une soixantaine de personnes. Tous ceux qui travaillent sur le film connaissent l'emploi du temps quelques jours à l'avance. Il y a bien quelques curieux, comme toujours pour un tournage, mais l'équipe essaie de les éloigner autant que possible, pour qu'ils ne traversent pas le champ. Et ce matin, on a commencé avant l'aube.

Je regardai autour de moi. Malgré notre activité, il y

avait peu de monde. La lande, vaste et paisible, semblait le dernier endroit pour mourir.

Et, comme Nash l'avait fait remarquer, personne n'était blessé. La police prit des notes, emporta le couteau et s'en alla avec de vagues hypothèses. Sur l'impression que le destin allait frapper bientôt, je remis toute l'équipe au travail et donnai vie à la première rencontre magique entre Nash et Silva.

Il était près de trois heures de l'après-midi quand nous en eûmes terminé avec les scènes de la lande. J'arrivai aux écuries en même temps que trois grands vans à bestiaux qui devaient transporter animaux, selles, rênes, couvertures, matériel et nourriture à Huntingdon, en plus des lads et de leur sacs de voyage. Notre maître-palefrenier semblait s'en tirer à merveille. Bien que tout le monde se fût levé à l'aube, tous chantonnaient, comme pour un départ en vacances.

O'Hara gâcha cette euphorie temporaire en criant dès qu'il sortit de sa voiture :

— Bon sang, qu'est-ce qui se passe encore ?

— On va à Huntingdon, répondis-je.

— Thomas ! Je ne parle pas de ce foutu voyage à Huntingdon. J'ai entendu à la radio qu'une espèce de maniaque avait agressé Nash à coups de couteau ! Que s'est-il passé ?

J'essayai de lui répondre mais il était trop agité pour m'écouter.

— Où est Nash ?

— Dans la maison, on le démaquille.

Impatient, il se dirigea vers la porte arrière. Même si plus personne ne chantonnait, je donnai ordre à la caravane de se mettre en route.

Pour une fois, Moncrieff avait l'après-midi libre. Comme il le méritait bien, je lui avais conseillé de filer, ce qu'il avait fait sans attendre, espérant qu'O'Hara n'arriverait pas trop vite pour l'en empêcher.

Seul pour une fois, j'étais appuyé sur la porte d'un box, écoutant le silence inhabituel en songeant encore au couteau. « *J'ai confié le couteau à Derry...* », murmurait encore la voix de Valentine à mon oreille.

Décidément, les couteaux pullulaient en ce bas monde. Qui était Derry ?

O'Hara et Nash sortirent ensemble, l'air plus joyeux que je ne le craignais.

— J'ai passé la moitié de la nuit en ligne avec les studios, dit O'Hara. Je leur ai rappelé que virer le réalisateur en plein milieu de tournage, c'est le meilleur moyen de se faire éreinter par les critiques qui passeront leur temps à dire que cela aurait été bien meilleur si on avait laissé les choses se faire.

— Même si ce n'est pas vrai, commenta sèchement Nash.

— Dans ce cas, répondit O'Hara fermement, si je me souviens bien, tu as dit que si on virait Thomas, tu partais aussi ?

— Ouais, un coup de folie.

O'Hara hocha la tête.

— Bon, de toute façon j'insisterai sur le fait que l'agression du cascadeur, c'est de la publicité positive. Quand le film en sera au stade de la distribution, le public se battra pour aller le voir.

On aurait dit qu'il cherchait avant tout à se convaincre lui-même, mais je n'allais certainement pas le contredire.

— Est-ce que vous avez besoin de moi, dans les heures à venir ? demandai-je.

— Je ne pense pas.

Apparemment, rien n'était moins sûr, mais j'avais éveillé sa curiosité.

— Le dimanche après-midi, c'est un bon jour pour aller chez un fermier à l'improviste.

— Jackson Wells ! comprit immédiatement O'Hara.

— Oui. Vous voulez rencontrer l'homme que vous interprétez ? demandai-je à Nash.

— Oh que non ! dit-il, sûr de lui. Je n'ai pas envie d'adopter les manières bourrues d'un vieux paysan amer.

Comme je n'avais pas envie qu'il m'accompagne, je me sentis plutôt soulagé.

— Je serai de retour ce soir vers dix heures. J'ai une réunion avec Moncrieff et Ziggy Keene.

— Ziggy qui ? demanda Nash.

— Un cascadeur. Un cavalier hors pair.

— Meilleur qu'Ivan ?

— Il coûte dix fois plus cher, et vaut vingt fois plus, dis-je en souriant.

— Ce truc sur la plage ? demanda O'Hara.

J'acquiesçai.

— Quel truc sur la plage ? demanda Nash.

— Ne pose pas de question, lui dit O'Hara, jovial. Notre petit a eu des visions. Parfois, ça marche.

— Quelle vision ?

— Il ne peut pas te le dire, répondit O'Hara à ma place, mais quand il en a, nous aussi.

Nash soupira.

— En parlant de vision, poursuivit O'Hara, quand les rushes d'aujourd'hui seront-ils prêts ?

— Demain matin, comme d'habitude. Quand la camionnette sera de retour.

— Bien.

Nous envoyions les bobines à Londres tous les jours, par coursier, pour qu'on les développe la nuit même dans un laboratoire spécialisé dans le technicolor. Elles partaient tous les jours en camionnette, avec un chauffeur et un garde qui passaient la nuit chez eux dans la capitale et la journée à Newmarket. Jusque-là, nous n'avions eu aucune anicroche.

Tous les jours, après avoir visionné les rushes de la veille, je notais sur une charte compliquée les scènes et les prises que je pensais conserver à l'écran, effectuant par la même occasion un montage grossier. Cela me clarifiait les idées, et faisait gagner du temps ultérieurement pour le montage final. Certains réalisateurs travaillent avec le monteur toujours à portée de main, pour décider de la manière dont ils utiliseront les rushes, mais je préférais exécuter le travail moi-même, même si je devais parfois y passer la moitié de la nuit, car cela me donnait plus de contrôle sur le produit final. Le gros du montage, l'ossature et la forme du film terminé auraient ainsi ma marque.

Bon ou mauvais, je n'aurais à m'en prendre qu'à moi. Ou mon travail tiendrait, ou il s'écroulerait. C'était sur la corde raide.

De Newmarket, je pris la direction de l'ouest, avec une vague idée de l'endroit où j'allais, et une idée plus vague encore de ce que je dirais quand j'y serai arrivé.

Pour retarder le moment fatidique peut-être, mais aussi parce que la ville était sur ma route, je m'arrêtai à Cambridge pour rendre visite à Dorothea à l'hôpital. Au téléphone, mes questions n'avaient reçu que des « Elle ne souffre pas » pour toute réponse, ce qui pouvait signifier qu'elle était proche de la mort, ou simplement droguée au dernier degré. Comme j'aurais dû m'y attendre, il me fut impossible de voir la malade.

— Excusez-nous, aucune visite.

Rien ne semblait pouvoir les faire changer d'avis. Aucune visite, à part son fils. Je pouvais sans doute lui parler, si je voulais.

— Il est là ? dis-je, me demandant pourquoi j'étais si surpris.

Après tout, rien ne pouvait écarter Paul d'une crise déclarée.

Obligeamment, une des infirmières alla l'avertir de ma présence et revint avec lui.

— Mère n'est pas en état de recevoir des visites, dit-il d'un ton possessif. Et puis, elle dort.

Nous nous lançâmes des regards hostiles.

— Comment va-t-elle ? Que disent les médecins ?

— Elle est en réanimation.

Sa voix semblait excessivement pompeuse, même pour lui. J'attendis. À la fin, il poursuivit :

— À moins qu'il n'y ait des complications, elle s'en sortira.

Ouf ! pensai-je.

— A-t-elle dit qui l'avait attaquée ?

— Elle n'a pas encore repris toute sa conscience.

De nouveau, j'attendis, mais en vain cette fois. Quand

123

il eut manifesté les premiers signes montrant qu'il voulait mettre fin à la conversation, je lui dis :

— Avez-vous vu l'état de la maison ?

— J'y suis allé ce matin. La police a pris mes empreintes, dit-il d'un ton outragé.

— À moi aussi, dis-je doucement. S'il vous plaît, rendez-moi les livres.

— Quoi ?

— Rendez-moi les livres et les notes de Valentine.

Il me regarda avec un mélange d'indignation et de haine.

— Ce n'est pas moi qui ai les livres de Valentine, c'est vous !

— Non.

Il me fixait, offusqué.

— Mère a fermé la porte et a refusé… refusé de me donner la clé ! À moi, son propre fils !

— La clé était dans la serrure hier soir, et les livres avaient disparu.

— Parce que vous les avez pris. En tout cas, ce n'est pas moi !

Je commençais à croire en ses protestations d'innocence, aussi invraisemblables fussent-elles. Mais si ce n'était pas lui, qui alors ? Les dégâts et les blessures de Dorothea traduisaient violence et précipitation. Déménager un mur couvert de livres et une armoire pleine de papiers exigeait au contraire temps et méticulosité. Et Robbie Gill était sûr que la maison avait été saccagée avant l'agression contre Dorothea.

Cela n'avait ni queue ni tête.

— Pourquoi teniez-vous tant à mettre la main sur ces livres ? demandai-je.

Quelque part dans son esprit, une clochette d'alarme retentit. J'avais dirigé trop d'acteurs pour ne pas reconnaître ce petit battement de cils que je demandais souvent. Paul avait un autre mobile que la seule cupidité, je l'aurais parié, mais je ne voyais pas lequel.

— Mieux vaut garder les objets de famille dans la famille, dit-il, pontifiant, avant de me lancer un dernier regard assassin. Étant donné l'état de ma mère, la crémation prévue pour demain matin a été reportée à une date ultérieure. Et puis, inutile de nous ennuyer en revenant ici. Elle est vieille et fragile, et je m'occuperai d'elle.

Je le regardais s'éloigner. Avec son large dos et les pans de sa veste qui se balançaient avec le mouvement, sa démarche trahissait son orgueil à chaque pas.

— Paul ! l'appelai-je bruyamment.

À contrecœur, il s'arrêta, se retourna, bloquant tout le couloir de l'hôpital, mais il ne revint pas.

— Quoi encore ?

Au moins un mètre de tour de taille, pensai-je. Une lourde ceinture de cuir retenait son pantalon gris. Une chemise crème, une cravate rayée. Le menton en l'air, agressif.

— Qu'est-ce que vous voulez ?

— Rien. Excusez-moi.

Exaspéré, il haussa les épaules, et je retournai à la voiture en pensant à mon téléphone. J'avais toujours mon appareil portatif attaché à ma ceinture. Paul avait le même, attaché à la sienne.

Hier, je m'étais réjoui de l'entendre répondre du Surrey quand je l'avais appelé. Le Surrey, c'était un alibi en béton.

Si j'avais bien aimé Paul, ou si je lui avais simplement fait confiance, je n'aurais même pas songé à vérifier. Mais là, je cherchais à me souvenir du numéro que j'avais composé, pourtant seuls les quatre premiers chiffres et les deux derniers me revenaient ; cela n'allait me mener nulle part.

J'appelai l'opératrice et lui demandai si les quatre premiers chiffres correspondaient à des numéros du Surrey.

— Non, me dit une voix de femme bien polie, ce sont des numéros de téléphones mobiles.

Figé, je lui demandai si elle pouvait me trouver le numéro du téléphone portable de Paul Pannier : il habitait près de Godalming ; les deux derniers numéros étaient soixante-dix-sept. Après un instant de silence qui lui permit de faire les recherches, elle me donna les chiffres que j'avais oubliés. Je les notai et composai immédiatement le numéro complet.

— Oui ? répondit Paul, sèchement.

Je ne répondis pas.

— Qui est à l'appareil ? Que voulez-vous ?

Je gardai le silence.

— Je n'entends rien, dit-il, furieux, avant de couper la communication.

Au temps pour l'alibi, pensai-je, tristement. Mais même Paul, *même Paul,* ne pouvait avoir poignardé sa mère.

Il y avait des fils qui tuaient leur mère...

Mais pas des gros garçons de quarante-cinq ans trop contents d'eux.

Troublé, je pris la direction de l'Oxfordshire et me mis en quête de Jackson Wells.

Avec l'aide des renseignements téléphoniques, une fois de plus, je trouvai son adresse exacte et, en demandant au garagiste et aux passants qui promenaient leurs chiens, j'arrivai à la ferme de Batwillow, au sud d'Abington, dans la banlieue d'Oxford, demeure paisible et endormie en cette fin de dimanche après-midi.

Je cahotai lentement sur un chemin grossier qui se terminait par un terrain en friche devant une maison couverte de lierre. La mauvaise herbe poussait partout. Une pile de vieux pneus pourrissait devant une remise en bois délabrée. Un tas de bois branlant semblait être livré aux caprices du temps. Un vieux paysan bourru appuyé sur le portail me lançait des regards hostiles.

Je descendis de voiture, et, déjà déprimé, lui demandai :

— M. Wells ?

— Hein ?

Il était sourd.

— M. Wells ? criai-je.

— Ah !

— Puis-je vous parler ?

126

Le cas semblait désespéré.

Le vieil homme ne m'avait pas entendu. J'essayai de nouveau. Il me regarda, l'air impavide, puis indiqua la maison.

Sans être certain d'avoir bien compris ses intentions, j'allai vers la porte et appuyai sur une sonnette peu discrète.

Rien à voir avec le gentil ding-dong de la porte de Dorothea : la sonnette de la ferme Batwillow faisait grincer les dents. Une jeune fille blonde au teint de pêche, avec une queue de cheval, vint ouvrir presque aussitôt.

— J'aimerais parler à M. Jackson Wells.

— Attendez un instant, dit-elle.

Elle s'éloigna dans le couloir et tourna à gauche, hors de ma vue. Aussitôt, un homme blond, mince et souple, paraissant moins de la cinquantaine sortit d'une pièce.

— Vous voulez me voir ?

Je me tournai vers le portail et la silhouette du vieux grincheux.

— Mon père, dit le blond, suivant mon regard.

— M. Jackson Wells ?

— C'est moi.

— Ah.

En me voyant si soulagé, il sourit avec une aisance et une légèreté que j'étais à des lieues d'attendre. Sans la moindre gêne, il attendit que je me présente et demanda gentiment :

— Je ne vous aurais pas déjà vu quelque part ?

— Je ne crois pas.

— À la télévision, peut-être ?

— Ah, vous avez regardé le prix Lincoln, à Doncaster, hier ?

— Oui, mais...

Il fronça les sourcils, essayant de se souvenir.

— Je m'appelle Thomas Lyon, j'étais un ami de Valentine Clark.

Un nuage assombrit le paysage ensoleillé de Jackson Wells.

— Pauvre vieux ! Il est mort cette semaine. Thomas

Lyon, dites-vous, enregistrant enfin mon nom. Pas celui du film ?

— En personne.

— Alors, c'est vous que j'ai vu à la télévision, avec Nash Rourke.

En silence, il tenta de me jauger, et, indécis, se frotta l'arête du nez.

— Je n'ai pas envie de vous faire du mal avec ce film. Je suis venu vous demander s'il y avait quelque chose que vous ne vouliez absolument pas qu'on dise. Parce que parfois… on peut inventer des choses, ou penser qu'on invente des choses qui sont dramatiquement vraies.

Il réfléchit et finit par dire :

— Vous feriez mieux d'entrer, je crois.

— Merci.

Il me conduisit dans une petite pièce près de la porte d'entrée ; un salon dans lequel personne ne vivait, meublé d'un piano droit, d'un tabouret, d'une chaise de bois et d'une armoire. Il s'assit sur le tabouret de musique et me fit signe de prendre la chaise.

— Vous jouez du piano ? demandai-je poliment.

— Non, ma fille Lucy, vous l'avez rencontrée.

— Hum hum. En fait, dis-je, prenant ma respiration, je suis venu vous parler d'Yvonne.

— De qui ?

— Yvonne. Votre femme.

— Sonia, dit-il, d'un air las. Elle s'appelait Sonia.

— C'est Yvonne dans le livre d'Howard Tyler.

— Ouais, Yvonne, je l'ai lu, le livre.

Comme il semblait ne ressentir ni peine ni colère, je lui demandai :

— Qu'en pensez-vous ?

Contre toute attente, il se mit à rire.

— Des conneries. Ces amants imaginaires ! Et cette mauviette de petit-bourgeois, qui est censé me représenter.

— Dans le film, vous n'aurez rien d'une mauviette.

— Alors c'est vrai ? Nash Rourke, c'est *moi* ?

— C'est l'homme dont la femme a été retrouvée pendue.

— Vous savez quoi ? (Le sourire dans ses yeux, et la chaleur de ses manières ne pouvaient sûrement pas être contrefaites.) Ça fait si longtemps ! Je me moque complètement de ce que vous direz dans le film. J'ai du mal à me souvenir de Sonia, c'est un fait. Ce n'était pas la même vie. J'ai tout laissé derrière moi. J'ai fait une coupure, si vous voulez. J'en avais assez. Vous voyez j'avais vingt-deux ans quand je me suis marié avec Sonia, et moins de vingt-cinq quand elle est morte. Je n'étais encore qu'un gosse en fait. Un gosse qui s'amusait à jouer les gros entraîneurs à Newmarket. Après cette affaire, les gens ont commencé à reprendre leurs chevaux. Alors, j'ai fait ma valise et je suis venu m'installer ici. Et cette vie me convient parfaitement, je n'éprouve pas le moindre regret.

Puisqu'il en discutait si aisément, je continuai :

— Euh, pourquoi... Pourquoi votre femme est-elle morte ?

— Appelez-la Sonia. Je ne pense pas à elle comme à ma femme. Ma femme est là, dans cette maison. C'est la mère de Lucy. Voilà vingt-trois ans que nous sommes mariés, et cela ne risque pas de changer.

Un air d'autosatisfaction évident émanait de sa personne. Il avait le teint buriné des hommes qui passent leur vie dehors ; ses sourcils d'une blondeur enfantine se détachaient sur la peau hâlée. Les yeux bleus n'ont point de malice, dit-on. Il avait des dents naturellement belles, blanches et régulières. Aucune tension ne se manifestait dans ses membres longs ou son cou solide. Ce n'était sûrement pas un génie, mais une de ces bonnes natures qui savent se contenter de peu.

— Cela vous ennuie si je vous parle d'elle ?

— De Sonia ? Pas vraiment, mais je ne peux pas vous dire pourquoi elle est morte, parce que je ne le sais pas.

C'était son premier mensonge, pensai-je.

— La police m'avait à l'œil. Je les aidais pour l'enquête, c'est ce qu'ils disaient à la presse. Alors, bien sûr,

129

tout le monde a cru que c'était moi le coupable. Des questions ! Mon Dieu, pendant des jours et des jours ! Je leur disais que je ne savais pas pourquoi elle était morte. Ils ont insisté un bon moment. Ils espéraient finir par me faire avouer, vous voyez ! (Il rit.) Apparemment, parfois, il y a des andouilles qui avouent des crimes qu'ils n'ont pas commis. Je n'arrive pas à comprendre. Si vous n'avez pas fait quelque chose, vous le dites, c'est tout. En Angleterre du moins. Il n'y a pas vraiment de torture. La vraie torture, c'est interdit, non, dit-il en riant de nouveau. Je leur ai dit d'aller se faire foutre et de trouver le véritable assassin, mais ça, ils n'y sont jamais arrivés. Ils ne voyaient qu'une chose : me faire avouer, c'était tout. C'était idiot. Vous, vous avoueriez que vous avez tué quelqu'un si ce n'était pas vrai ?

— Je ne crois pas.

— Bien sûr que non. Pendant des heures et des heures. Je ne les écoutais plus. Je ne voulais pas qu'ils m'influencent. Je restais là comme un gros tas, et je leur disais d'aller se faire foutre de temps en temps.

— Ça a dû les amuser, dis-je.

— Vous me prenez pour un guignol ?

— Pas le moins du monde, je vous trouve très courageux.

— J'étais jeune, dit-il gaiement. Ils me réveillaient en plein milieu de la nuit. Pauvres idiots, ils n'ont jamais compris que je me réveillais toujours au beau milieu de la nuit avec les chevaux malades. Des coliques, ce genre de choses. Je haussais les épaules quand ils me parlaient de Sonia. Ça les énervait à un point !

— Hum hum, dis-je avant de demander un peu hésitant : Vous avez vu… Sonia… Euh…

— Est-ce que je l'ai vue pendue ? Non. Je l'ai vue à la morgue, des heures après qu'on l'ait décrochée. Elle paraissait paisible à ce moment-là.

— Alors, ce n'est pas vous qui l'avez trouvée ?

— Non, là, je dois dire que j'ai eu de la chance. J'étais en route pour les courses de York quand l'un des valets d'écurie l'a trouvée. C'est la police qui m'a ramené, mais ils avaient déjà décidé que c'était moi l'assassin. Elle était dans un box inutilisé à ce moment-là. Le pauvre palefrenier a vomi ses tripes pendant une semaine, après l'avoir vue comme ça.

— Vous croyez qu'elle s'est pendue ?

— Cela ne lui ressemblait pas, dit-il, n'ayant jamais résolu le doute qui le rongeait depuis longtemps. Il y avait des balles de foin dont elle aurait pu se servir. Non, personne n'a jamais su, je ne vous mens pas, mais c'est mieux comme ça. J'ai lu dans ce torchon de *Drumbeat* que vous essayez de découvrir la vérité. Pour être franc, je préférerais que vous ne trouviez jamais. Je n'ai pas envie que ma femme et Lucy soient mêlées à l'affaire. Ce ne serait pas juste pour elles. Vous n'avez qu'à continuer et finir l'histoire comme ça vous chante. Tant que vous ne dites pas que je suis l'assassin, c'est parfait pour moi.

— Dans le film, ce n'est pas vous l'assassin.

— Eh bien, c'est parfait.

— Mais il faut que je dise pourquoi elle est morte.

— Je vous l'ai dit, répondit-il sans s'énerver, je ne sais pas.

— Oui, mais vous avez quand même dû y réfléchir ?

Il m'adressa un sourire d'une insouciance naturelle et soudain, je compris ce que les enquêteurs avaient eu en face d'eux, il y a bien longtemps : un joyeux mur de briques incassable.

— Dans le film d'Howard Tyler, Yvonne rêve que les jockeys sont ses amants. Vous... vous ne sauriez pas où il a pêché cette idée ?

Cette fois, Jackson Wells rit intérieurement.

— Howard Tyler ne m'a jamais parlé de cela.

— Non, je sais. Il n'a jamais essayé de vous voir.

— Effectivement. La première fois que j'ai entendu parler de lui, c'est quand les gens m'ont dit que ce livre, *Temps instables* parlait de moi et de Sonia.

— Et elle avait un tempérament rêveur ?

De nouveau, un amusement intense et secret.

— Oh, je ne sais pas. C'est bien possible. Ce mariage,

131

c'était une sorte de conte de fées. On était des enfants qui jouaient aux adultes. Cet écrivain, il s'est complètement trompé sur nous. Enfin, je ne suis pas du genre à me plaindre.

— Oui, mais les amants imaginaires sont des images si fortes… insistai-je. Où a-t-il pris cette idée ?

Sans inquiétude apparente, Jackson Wells réfléchit.

— Je crois que vous devriez plutôt demander à sa pimbêche de sœur.

— Sa sœur… Vous voulez dire la veuve de Rupert Visborough ?

— Oui, Audrey. La sœur de Sonia. Elle était mariée à un membre du Jockey-Club, et elle s'arrangeait bien pour que je ne l'oublie pas. Vous voyez, je n'étais pas assez bien pour elle. Il sourit, indifférent à cette opinion, et continua :

— Quand j'ai lu le livre, j'entendais la petite voix pointue d'Audrey à chaque page.

Abasourdi par la profondeur et la simplicité de cette vision de la situation, je gardai le silence, réfléchissant aux autres questions à lui poser. Pouvais-je lui demander pourquoi la mort par pendaison d'une obscure belle-sœur avait mis un terme définitif à la carrière politique de Visborough ?

À quel point les morts mystérieuses étaient-elles inacceptables à Westminster ? Une famille à la mauvaise réputation pouvait être très embarrassante, mais si les péchés des fils et des filles sont souvent pardonnés, alors une mort mystérieuse et lointaine ne devait être qu'une simple goutte dans l'océan.

Avant que je trouve les mots, la porte s'ouvrit sur Lucy, aussi radieuse que son père.

— Maman aimerait savoir si vous voulez quelque chose ? Du thé ?

Je compris, à juste titre, que « maman » me congédiait, et je me levai.

Jackson Wells me présenta sa fille.

— Lucy, voici Thomas Lyon, le diable réincarné en réalisateur, selon le *Drumbeat*.

132

Ses yeux s'écarquillèrent et, sur le même ton taquin que son père, elle dit :

— Je vous ai vu à la télé. Vous n'aviez ni cornes ni queue ! Oh, ce doit être super de faire un film avec Nash Rourke !

— Vous voulez y participer ?

— Que voulez-vous dire ?

Je lui expliquai que nous faisions appel aux habitants de Huntingdon, pour faire la « foule » dans notre version d'une réunion hippique.

— Nous avons besoin de gens pour applaudir et crier...

— Et crier « bordel de merde ! », dit-elle en riant.

— Exactement !

— Papa ?

D'instinct, son père avait envie de dire non. Comme il hochait la tête, je précisai :

— Personne n'a besoin de savoir qui vous êtes. Inscrivez-vous comme la famille Batwillow... D'ailleurs, qu'est ce que c'est qu'un batwillow ?

— Un saule dont le bois sert à fabriquer les battes de cricket, dit Lucy, comme si j'avais posé la question la plus stupide qui soit.

— Vous plaisantez ?

— Pas le moins du monde, dit son père. D'où pensez-vous que viennent les battes de cricket ? Elles poussent sur les arbres à battes !

Ils m'observaient.

— Nous avons une plantation de saules blancs dans les marais, près du ruisseau. Cela fait des générations qu'on cultive les saules par ici.

Faire pousser des battes de cricket seyait parfaitement à sa nature : avec ses épaules larges, je l'imaginais aisément envoyer valdinguer les balles hors du terrain pour défendre son précieux guichet contre les coups de l'adversaire.

Curieuse, la mère de Lucy apparut dans l'encadrement de la porte, une femme chaleureuse en pantalon fauve avec un grand pull marron sur un polo crème. Pas la

133

moindre sophistication chez elle, pas plus que chez sa fille.

Jackson Wells lui expliqua ma présence. Sa femme s'en amusa beaucoup.

— Bien sûr que nous viendrons ! dit-elle d'un ton décidé. Si vous promettez qu'on verra Nash Rourke !

— Qu'est-ce que tu peux être intéressée !

— Demain, à deux heures, nous faisons les premières répétitions. Nash sera peut-être là, mais je ne peux rien vous promettre. Mardi et mercredi, on tourne les scènes de foule. On offre le petit déjeuner, le déjeuner, et on paie les frais de tous ceux qui se présentent. Et là, Nash Rourke sera présent.

— Cela fait près de deux heures de route pour aller à Huntingdon, protesta Jackson Wells.

— Ton avis ne compte pas, papa, lui dit Lucy. À quelle heure mardi ? Ça ira quand même si on manque la répétition de demain ?

Je leur donnai une de mes cartes de visite au dos de laquelle j'écrivis : « Entrée prioritaire. Famille Batwillow. »

— À neuf heures du matin, mardi. Suivez la foule, les gens sauront quoi faire. À la pause déjeuner, montrez cette carte et venez me rejoindre.

— Ouaouh ! s'exclama Lucy.

Elle avait des taches de rousseur sur le nez, et des yeux bleus inquisiteurs. Je me demandais où en étaient ses talents de pianiste.

— Vous connaîtriez quelqu'un qui serait capable d'avoir recours à la violence pour empêcher le tournage du film ? demandai-je à son père.

— Ah, ce que j'ai entendu à la radio ? Celui qui a essayé de poignarder votre star ? C'est un cinglé. Votre film ne fait peur à personne, que je sache.

C'était sans doute le deuxième mensonge qu'il proférait, du moins le deuxième que je remarquai.

— Est-ce que le frère de papa peut venir aussi ?

— Il ne voudra pas, répondit le père, en faisant un geste de la main.

134

— Oh, mais si ! Oncle Ridley habite à Newmarket. Il va tout le temps au cinéma, il adorera participer à un film avec Nash Rourke.

— Très bien, dites-lui de venir. Nous avons besoin du plus de monde possible.

Apparemment, ses parents ne partageaient pas son enthousiasme pour oncle Ridley.

— Il aura le temps de passer la journée de mardi ou de mercredi à Huntingdon ? demandai-je.

Lucy répondit naïvement :

— Papa dit qu'oncle Ridley ne fiche jamais rien.

Son père hocha la tête en la voyant ainsi manquer de civilité et expliqua :

— Mon frère Ridley débourre des chevaux, il s'occupe de dressage. Il n'a pas beaucoup d'influence, mais il gagne sa vie.

Je souris, à demi intéressé.

— Je serais très heureux de le rencontrer, dis-je avant de retourner à des préoccupations plus directes. Pourriez-vous me prêter une photo de... Sonia ? Pour qu'on s'assure qu'Yvonne ne lui ressemble pas dans le film.

— Je n'en ai pas, répondit précipitamment Jackson Wells.

— Pas même... excusez-moi, dis-je à Mme Wells, pas même une photo de mariage ?

— Non, elles ont été perdues dans le déménagement, me dit Jackson Wells, les yeux plein d'innocence.

Pour la troisième fois, je ne le crus pas.

8

S UR LE CHEMIN du retour, estimant que, puisque je faisais des heures supplémentaires, je ferais tout aussi
bien de remplir la demi-heure dont je disposais avant ma
réunion de dix heures, je téléphonai au Dr Robbie Gill.
Je me souvenais parfaitement de son numéro noté par
Dorothea, de sa lourde écriture noire, sur le carnet près
du téléphone.

— Que diriez-vous d'aller prendre un verre quelque
part ?

— Quand ?

— Je suis en voiture, j'arriverai à Newmarket vers
neuf heures et demie. Ça vous va ? Il faut que je sois au
Bedford Lodge à dix heures.

— C'est important ?

— Intéressant. Cela concerne l'agression de Dorothea.

— Je vais voir ça avec ma femme, dit-il, un sourire
dans la voix, comme si cela ne posait aucun problème.
Je serai au Bedford Lodge à neuf heures et demie. Je
vous attendrai dans le hall.

— Parfait.

— J'ai appris que Nash Rourke avait été agressé à
l'arme blanche ?

— Presque. C'était sa doublure. Et il n'y a pas de
bobo.

— Ouais, c'est ce que j'ai compris. Bon, neuf heures
et demie.

Il raccrocha. Avec son accent écossais un peu brusque et sa chevelure rousse, il avait des airs de terrier irlandais, tandis qu'il m'attendait patiemment dans le hall de l'hôtel.

— Montez. Qu'est-ce que vous buvez ?

— Du Coca Light.

Je commandai son soda et me servis un cognac de la bouteille que j'avais dans ma chambre. Si le tournage se prolongeait, j'allais devenir à moitié alcoolique, pensai-je vaguement.

— Bon, dis-je en lui indiquant le fauteuil le plus proche dans mon joli salon, je suis allé voir Dorothea à Cambridge cette après-midi, mais notre cher Paul m'a barré le chemin.

Robbie Gill fit la grimace.

— C'est ma patiente, et il m'empêche aussi de la voir, autant qu'il le peut.

— Que pourrais-je faire pour qu'il ne la kidnappe pas dès qu'elle sera capable de supporter un voyage en ambulance ? Elle m'a dit qu'elle ne voulait pas aller dans la maison de retraite qu'il lui avait trouvée, mais il ne veut rien entendre.

— C'est une ordure.

— Pourriez-vous vous arranger pour faire interdire tout transfert ?

— Pour le moment, dit-il dubitatif, personne ne songerait à la déplacer, mais dans quelques jours...

— Par n'importe quel moyen, dis-je.

— À quel point y tenez-vous ?

— Énormément.

— Euh, je veux dire... financièrement.

Je levai les yeux de mon cognac.

— Êtes-vous en train d'insinuer que l'argent pourrait arranger les choses ?

Il répondit franchement, comme le voulait son naturel écossais.

— Je veux dire qu'en tant que médecin de famille je pourrais, avec sa permission bien sûr, la faire transférer dans une clinique privée de mon choix si je pouvais garantir que la facture fût payée.

— Et combien cela me coûtera ?

Il donna un chiffre inquiétant et attendit sans la moindre gêne que je trouve cela trop cher.

— Vous n'avez aucune obligation, fit-il remarquer.

— Je ne suis pas pauvre mais ne lui dites pas qui paie.

— Hum hum. Je dirai que c'est pris en charge par la Sécurité sociale. Elle le croira.

— Alors, allez-y.

— C'est tout ? demanda-t-il en regardant son verre.

— Non, si je vous fais un dessin, vous pourrez me dire ce que vous en pensez ?

Je pris une feuille de papier que je posai sur la table basse et dessinai le couteau trouvé sur la lande. Une poignée solide, et vingt centimètres d'acier tranchant.

Immobile et silencieux, il contempla le dessin.

— Eh bien ?

— Un coup de poing américain transformé en couteau.

— Et les blessures de Dorothea ?

Il me regarda.

— Il n'y a plus deux agresseurs, ni deux armes, dis-je. Celle-là, c'est une masse et une lame à la fois.

— Mon Dieu !

— Qui pourrait posséder ce genre d'objet ?

Il hocha la tête, perplexe.

— Vous connaissez un certain Derry ?

Il paraissait totalement abasourdi.

— Valentine m'a dit qu'il avait confié un couteau à un certain Derry.

— Non, je ne connais aucun Derry, répondit-il en fronçant les sourcils.

Je soupirai. Décidément, personne ne savait rien !

Soudain il demanda :

— Quel âge avez-vous ?

— Trente ans. Et vous ?

— Trente-six. Trop vieux pour conquérir le monde, dit-il en souriant.

— Moi aussi.

— C'est ridicule !

— Steven Spielberg avait vingt-sept ans quand il a sorti *Les Dents de la mer*. Je ne suis pas Spielberg. Ni Visconti, ni Fellini, ni Lucas. Un simple conteur.

— Et Alexandre le Grand est mort à trente-trois ans.

— D'abus de Coca Light ?

— C'est vrai qu'en Amérique, si vous mourez de vieillesse, c'est de votre propre faute ?

— Mais oui, lui répondis-je en hochant la tête gravement. Vous auriez dû faire plus de jogging, arrêter de fumer, surveiller votre cholestérol, ne pas boire d'alcool.

— Et alors ?

— Alors, vous vivez pendant des années et des années avec des tuyaux partout.

En riant, il se leva.

— Cela me gêne un peu, dit-il, mais ma femme voudrait un autographe de Nash Rourke.

— C'est promis. Quand pourrez-vous raisonnablement faire transporter Dorothea ?

Il réfléchit un instant.

— Elle a été agressée hier soir. Elle a dormi toute la journée sous l'effet des anesthésiques. La blessure était sévère... il a fallu pratiquer l'ablation d'une partie de l'intestin avant de suturer la paroi abdominale. Si tout va bien, elle sera parfaitement réveillée demain, et elle pourra commencer à se lever brièvement après-demain. Mais il faudra encore une semaine avant de pouvoir la déplacer.

— J'aimerais la voir. Ce crétin de Paul doit bien dormir de temps en temps.

— Je m'arrangerai. Téléphonez-moi demain.

Le lendemain matin, à quatre heures et demie, Moncrieff, Ziggy Keene et moi prîmes la route de la côte du Norfolk.

Sur les ordres d'O'Hara, Ed m'avait trouvé un chauffeur, un jeune homme silencieux à la conduite souple,

139

qui suivait les instructions que je lui donnais en lisant la carte, sur le siège du passager.

Moncrieff et Ziggy dormaient à l'arrière. La lourde caméra que Moncrieff soulèverait comme un fétu de paille se trouvait dans le coffre avec une boîte isotherme, contenant notre petit déjeuner et du café, et tout un carton de pellicules. Dehors, l'air était froid ; à l'intérieur, la chaleur avait des vertus soporifiques. Finalement, je me réjouissais d'avoir un chauffeur. Nous quittâmes Norwich et prîmes la direction des Basses Terres et de la mer du Nord, en contournant les Broads et en traversant le village encore endormi de Happisburgh. Nous ralentîmes enfin dans un chemin étroit qui finissait en cul-de-sac devant les dunes.

Engourdis, Moncrieff et Ziggy descendirent de voiture, tout frissonnants. Hors des faisceaux des phares, il faisait toujours nuit et la brise côtière soufflait impitoyablement.

— Tu nous as conseillé de prendre des vêtements chauds, ronchonna Moncrieff en fermant sa parka doublée de fourrure, mais tu ne nous as pas dit qu'on allait jouer les Inuits !

Il tira son capuchon sur sa tête et enfila ses gants de textile polaire.

Laissant le chauffeur déjeuner seul dans la voiture, nous marchâmes vers les dunes pour voir la côte, Moncrieff portant la caméra et les bobines vierges, moi, la boîte isotherme, et Ziggy quelques rectangles de polystyrène en guise de sièges, qui nous isoleraient du sable froid et salé.

— Comment as-tu trouvé ce trou perdu ?

— J'y allais quand j'étais enfant.

— Et s'il avait poussé des casinos partout ?

— J'ai vérifié.

Hors de portée des phares, nous marquâmes une pause pour que nos yeux s'habituent à l'obscurité. Plus lentement, nous continuâmes jusqu'à ce que la brise se rafraîchisse encore et que le bruit des vagues évoque une désolation éternelle.

140

— Bon, si vous trouvez un abri, installez-vous.

En grognant, Moncrieff prit un des rectangles de Ziggy et se blottit en jurant dans le creux d'une dune faisant face à la mer. Plus endurci et taciturne, Ziggy trouva une autre cachette.

Ukrainien de naissance, dès la maternelle, il avait déployé de tels talents d'acrobate équestre qu'on l'avait envoyé à l'école du cirque de Moscou à l'âge de huit ans. Loin de son milieu rural, il avait bénéficié d'une bonne éducation et d'un entraînement intensif. Comme tous les élèves de l'école, filles ou garçons, il suivait également des cours de danse classique afin de se mouvoir avec grâce sur la piste. Ziggy aurait pu s'engager dans n'importe quel corps de ballet du monde, mais seul le cheval l'intéressait.

À vingt-deux ans, il avait abandonné la piste, car partout les cirques quittaient les villes. Bien que privilégié, il ne s'était jamais intéressé à la politique, et ce fut son art qui le conduisit en Amérique. C'est là que je l'avais découvert, en le voyant faire des sauts périlleux sur un cheval au galop à Madison Square Garden, lors d'une première bien peu suivie des Ringling Brothers.

Je lui avais immédiatement proposé un rôle dans mon film de rodéo, et, malgré les protestations du syndicat, j'avais réussi à l'embaucher. J'en profitai pour abréger son nom imprononçable en Keene, et il se fit vite une telle réputation dans le monde de la cascade équestre que je devais le supplier pour qu'il travaille encore pour moi.

Mince, léger, noueux, il semblait se fondre dans le vent froid du Norfolk. Un jeu d'enfant, sans doute, après les steppes russes. Alternativement morose ou gai, il se sentait ukrainien jusqu'au bout des ongles et disait souvent qu'il retournerait le plus vite possible à ses racines, menace qui s'éloignait avec le temps, car, comme il le savait, ses racines n'existaient plus.

Lors de la brève réunion de la veille, j'avais vaguement expliqué mes intentions.

— Le lever de soleil ! s'était exclamé Moncrieff, lugubre. Il n'y a pas besoin d'aller faire cent kilomètres pour ça. Qu'est-ce que tu reproches à la lande, là-haut ?

— Tu verras.

— Et les prévisions météo ?

— Froid, venteux, et clair.

Ses objections n'étaient pas à prendre au sérieux. Tous les chefs opérateurs savaient que les réalisateurs se montraient parfois aussi extravagants qu'impitoyables en matière de lieux de tournage. Si j'avais voulu les pentes du K2, il aurait grogné en enfilant ses crampons.

— Comme nous sommes en plein équinoxe de printemps, dis-je, le soleil se lèvera plein est, c'est-à-dire, ajoutai-je en consultant la petite boussole que j'avais prise avec moi, exactement par là. D'où nous sommes, face à la mer, nous regardons un peu plus vers le nord. La côte a une orientation nord-ouest sud-est, si bien que lorsque le soleil se lève, les chevaux qui galoperont sur la plage en venant de la gauche seront éclairés à contre-jour, mais ils auront également un peu de lumière sur la tête.

Moncrieff acquiesça.

— Est-ce que tu pourras prendre le reflet du soleil dans leurs yeux ?

— En gros plan ?

— Tête, encolure et crinière.

— Thomas, dit Ziggy, d'une voix grave qui contrastait avec son corps minuscule, tu veux toujours des chevaux sauvages ?

La veille, je lui avais demandé comment il les imaginait et s'il connaissait un moyen de s'en procurer. L'ennui, avec les visions soudaines, c'est qu'au stade de la préproduction, l'idée ne m'en était pas encore venue et que je n'avais donc pas cherché de troupeaux de chevaux sauvages. Et les chevaux sauvages, cela ne pousse pas sur les arbres à battes !

Des chevaux de cirque, avait proposé Ziggy. Non, trop gros, trop bien bouchonnés. Les poneys Moorland ne valaient rien d'après lui, trop lents et trop stupides.

« Alors, penses-y, et vite. J'ai besoin d'une réponse demain, » lui avais-je dit.

— Thomas, poursuivit-il, il nous faut des chevaux vikings, des chevaux norvégiens.

— Tu savais que les bateaux vikings accostaient régulièrement sur cette côte ?

— Oui.

Des chevaux vikings. Parfait. Mais où les trouver ? En Norvège bien sûr. Facile !

— Tu as déjà travaillé avec des chevaux norvégiens ?

— Non, mais ils ne sont pas réellement sauvages. On ne les monte pas, mais je crois qu'ils sont un peu dressés.

— Tu peux monter à cru ?

— Bien sûr.

Il n'y avait pas un seul cheval au monde qui refusait de lui obéir.

— Tu peux monter en chemise de nuit avec une longue perruque blonde ?

— Bien sûr.

— Pieds nus ?

— Il acquiesça d'un signe de tête.

— La femme rêve qu'elle galope avec un cheval sauvage, ce doit être romantique, évanescent.

— Thomas, elle volera sur son cheval !

Je le crus. Il était le meilleur. Même Moncrieff cessa de se plaindre.

Tandis que le ciel noir virait peu à peu au gris et se teintait vaguement d'une lueur orangée au large, nous avalâmes notre déjeuner sous plastique composé de sandwichs au bacon chaud et de café fumant.

Nos yeux mieux adaptés à la faible lumière, nous commencions à découvrir le monde qui nous entourait. Derrière nous, les dunes de sable irrégulières étaient couvertes de touffes d'oyat hirsutes, et de longues tiges sèches se balançaient dans le vent. Un peu plus bas, le sable poudreux et sec volait vers les dunes pour venir les renfler et, plus près de la rive encore, les bancs de sable mouillé s'étendaient jusqu'aux vagues écumeuses.

Jamais je n'avais vu la marée aussi basse, trop basse en fait pour obtenir un bon effet dramatique. Mais dans une semaine, à l'aube, la marée serait haute et couvrirait tout le sable. Nous devions tourner notre scène lors d'une marée moyenne, si possible en phase descendante, pour éviter que les vagues déferlantes n'engloutissent la caméra. Disons dans une dizaine de jours, à l'aube. Impossible. Trop tôt. Il faudrait donc attendre une quinzaine de jours supplémentaires pour avoir une nouvelle occasion : dans vingt-quatre jours… peut-être.

Je donnai ces indications à Ziggy.

— Nous aurons besoin des chevaux dans vingt-quatre jours. Ou quatorze jours plus tard, dans trente-huit jours. D'accord ?

— Oui, je comprends.

— J'enverrai un agent en Norvège pour s'occuper des chevaux et de leur transport. Tu voudras bien l'accompagner pour t'assurer que les chevaux sont corrects ?

— Ce serait mieux d'en avoir dix. Ou douze.

— Fais pour le mieux.

Moncrieff se leva, abandonnant son déjeuner au profit de l'art. Tandis qu'il réglait la vitesse et la mise au point, de minces fils de nuages rougeoyaient sur le ciel gris, passant vite à l'écarlate, à l'orange et à l'or, se transformant en une symphonie de couleurs, prélude au tourbillon de la vie quotidienne sur terre.

J'avais toujours aimé les levers de soleil, à chaque fois je me sentais régénéré. Toute ma vie, je m'étais senti floué quand je dormais encore à l'aube. Enfant, les rites du solstice d'hiver dans la plaine de Salisbury m'avaient donné la chair de poule bien avant que je comprenne pourquoi, et il m'avait toujours semblé que le culte de l'aube était la plus logique des pratiques primitives.

La boule étincelante commença à apparaître à l'horizon, nous brûlant les yeux. Les nuages chatoyants se fondaient dans le gris. Le soleil, perdant quelque peu de sa magie, dessina néanmoins un chemin étincelant sur les eaux agitées. Sans cacher sa joie, Moncrieff continuait à filmer. Lentement, nous prîmes conscience d'un profond bourdonnement qui oscillait au rythme du vent, formant une mélodie antique et nostalgique. Soudain, nous comprîmes ce qui se passait : Ziggy chantait !

La côte était fort dangereuse autrefois, car bien qu'elle paraisse uniforme, à quelques milles au large, des bancs

144

de sable affleurent, pièges invisibles qui s'attaquent aux innocents. Les villages côtiers sont couverts de tombes de marins noyés à l'époque où l'on ne savait pas encore établir des cartes précises des fonds marins.

Trop de musique, pensai-je, anéantirait l'atmosphère profondément historique de cette côte. Nous n'aurions besoin que du vent, des vagues, du bruit des sabots et peut-être du chant lointain de Ziggy, ou encore d'une triste ballade norvégienne. C'était un rêve : entend-on des orchestres symphoniques en rêve ?

Satisfaits, nous retournâmes à Newmarket où la réalité quotidienne s'incarna dans la personne mal venue de notre auteur, Howard Tyler.

Howard n'était pas contrit, bien au contraire, il fulminait ! Les petites lunettes rondes semblaient projeter des éclairs de colère ; la bouche pincée faisait une moue de dignité offensée. Howard le grand écrivain s'époumonait, comme un enfant de trois ans.

En le voyant, Moncrieff disparut dans un trou de souris. Ziggy, qui ne communiquait qu'avec lui-même, s'en alla rejoindre les chevaux sur la lande. Écarlate, fou de rage, Howard me barra le chemin.

— O'Hara dit que la compagnie va m'intenter un procès pour rupture de contrat ! Ce n'est pas juste !

— Mais vous avez rompu le contrat, dis-je calmement.

— Ce n'est pas vrai !

— Et d'où le *Drumbeat* tire-t-il ses informations ?

Howard ouvrit sa petite bouche de bébé et la referma aussitôt.

— Votre contrat, lui rappelai-je, vous interdit de parler du film à l'extérieur. Je vous avais prévenu.

— Mais O'Hara ne peut pas me poursuivre !

— Vous avez signé un contrat avec une maison de production, pas avec O'Hara en personne. Les studios ont des avocats au cœur de pierre dont le travail consiste à tirer le plus d'argent possible de la moindre anicroche.

Ce ne sont pas de braves types qui vous pardonnent en vous donnant une tape sur l'épaule. Ils peuvent imaginer des dommages qui ne vous seraient jamais venus à l'esprit. Vous avez inconsidérément vidé votre sac auprès d'une oreille curieuse et, que vous ayez ou non provoqué des pertes au box-office, ils feront comme si vous aviez causé la ruine de la maison mère, et ils essayeront de récupérer jusqu'au dernier sou, et même plus, avec un peu de malchance.

Il comprenait enfin que ses médisances allaient lui coûter cher.

— Alors, faites quelque chose ! Dites-leur qu'il n'y a pas eu de dégâts.

— Vous avez failli me faire perdre ma place et me laisser sur le carreau pour le restant de mes jours.

— Tout ce que j'ai dit, c'est...

Sa voix s'étouffa.

— Tout ce que vous avez dit, c'est que j'étais un bouffon tyrannique qui jetait l'argent par les fenêtres.

— Euh, je ne voulais pas...

— C'est encore pire.

— Oui mais... vous trahissez mon livre ! Et en tant qu'auteur, j'ai des droits *moraux*.

Le ton triomphal avec lequel il prononça ce dernier mot donna à ma réponse une brutalité à laquelle j'aurais peut-être renoncé s'il avait manifesté le moindre regret.

— Les droits moraux permettent à un auteur de se plaindre des altérations qui portent atteinte à l'œuvre originale. Mais la plupart du temps, on peut y renoncer, une clause est généralement prévue à cet effet. Souvent le scénariste se réserve le droit de retirer son nom du générique si le film lui déplaît vraiment, mais dans votre cas, Howard, c'est justement votre nom qu'on a acheté. Et ce pauvre petit droit-là aussi, vous y avez renoncé.

— Comment le savez-vous ? demanda-t-il, abasourdi.

— J'ai eu l'occasion de lire votre contrat. Je voulais savoir où nous en étions.

— *Quand* ? Quand l'avez-vous vu ?

— Avant de signer le mien.

146

— Quoi ! Il y a des semaines !

— Trois mois, ou un peu plus.

Il avait l'air ahuri.

— Alors… Qu'est-ce que je peux faire ?

— Prier, dis-je sèchement. Mais pour commencer, vous pourriez nous dire à qui vous avez parlé. Vous pourriez nous dire comment vous êtes entré en contact avec le chroniqueur d'« En direct des stars ». À qui avez-vous parlé ?

— Mais, commença-t-il, au bord des larmes. Je n'ai rien dit. Enfin, je n'ai rien dit au *Drumbeat*. Rien !

— Alors, à qui ?

— Euh, à une amie.

— Une *amie* ? Et l'amie a tout raconté au *Drumbeat*.

— Il semblerait, dit-il l'air malheureux.

Pendant tout ce temps, nous étions restés dans le hall, l'activité du lundi matin tournoyant autour de nous. Je lui indiquai le salon où nous trouvâmes deux fauteuils plus appropriés à notre discussion.

— Je voudrais un café, dit-il en cherchant un garçon des yeux.

— Plus tard, on n'a pas le temps. À qui avez-vous parlé ?

— Je n'ai pas à le dire.

J'avais envie de le secouer comme un prunier.

— Howard, je vais vous jeter en pâture aux loups des studios. Et je vous poursuivrai personnellement pour diffamation.

— Elle a dit que les questions n'étaient pas sujettes à caution !

— Eh bien, qui qu'elle soit, elle s'est trompée. Howard, je n'ai pas envie de perdre mon temps et mon énergie à vous faire un procès, mais si vous ne crachez pas le morceau, vous allez trouver une assignation à comparaître dans le courrier de demain. Alors, comment s'appelle-t-elle ?

Après une longue pause qui, je l'espérais, l'avait mis face à quelques réalités, il répondit enfin :

— Alison Visborough.

147

— Qui ?

— Alison Vis...

— Oui, oui, l'interrompis-je. Je croyais qu'elle s'appelait Audrey.

— Audrey, c'est sa mère.

Je secouai la tête pour m'éclaircir les idées, un peu comme si je rêvais encore sur la plage de Happisburgh.

— Bon, soyons clairs, vous avez confié vos malheurs à Alison Visborough, la fille d'Audrey Visborough, qui est elle-même la veuve de Rupert Visborough, connu sous le nom de Cibber dans votre livre. On est d'accord ?

Il hocha tristement la tête.

— Bien. Quand vous avez lu la nécrologie de Rupert Visborough qui vous a inspiré votre livre, ce n'est pas Jackson Wells, le mari de la femme pendue que vous êtes allé voir, mais sa sœur, Audrey Visborough.

— Euh, oui, je crois.

— Oui ou non ?

— Oui.

— Et c'est elle qui vous a parlé des amants imaginaires de sa sœur ?

— Euh...

— *Howard* !

— Écoutez, dit-il, retrouvant une certaine agressivité, je n'ai pas à vous répondre.

— Et pourquoi pas ?

— Cela ne leur plaira pas.

— À Audrey et Alison ?

— Et Roddy.

— Qui est Roddy ?

— Le frère d'Alison.

Mon Dieu, donnez-moi la force... pensai-je.

— Bon, Rupert Visborough a épousé Audrey, ils ont eu une fille, Alison, et un fils, Roddy ?

— Je ne vois pas pourquoi vous faites tant de difficultés.

— Mais vous n'avez pas parlé d'enfants dans le livre !

148

— Ce ne sont pas des enfants, protesta Howard. Ils sont aussi vieux que moi.

Howard avait quarante-cinq ans.

— Quand vous vous êtes plaint à Alison, pourquoi a-t-elle fait publier vos propos dans le *Drumbeat* ? Et comment ?

— Je ne savais pas qu'elle allait faire ça, dit-il se levant brusquement. Je ne lui ai rien demandé. Et puis, si vous voulez le savoir, j'ai été choqué quand j'ai lu le journal. Je ne pensais pas vraiment ce que je disais.

— Vous lui avez reparlé depuis ?

— Elle voulait m'aider, dit-il, sur la défensive.

Vexé, il s'éloigna et alla se plonger dans le monde extérieur.

À demi irrité, je montai dans ma chambre où mon répondeur clignotait. Apparemment O'Hara serait heureux que je passe le voir dans sa suite.

— Vous saviez qu'Howard était de retour ? dit-il alors que j'avançais sur le tapis de l'entrée.

Nous discutâmes du cas Howard. O'Hara se montrait très loquace.

— Howard m'a raconté, dis-je interrompant difficilement la logorrhée d'O'Hara, qu'il s'était confié à une amie qui a vendu la mèche au *Drumbeat* à son insu.

— Quoi ?

Je lui parlai des Visborough.

— Audrey, Alison et Roddy ? répéta-t-il, incrédule.

— Et Dieu sait qui !

— Howard ne fait plus partie de l'équipe, dit-il d'un ton grave.

— Il est naïf ; cela n'en fait pas un mauvais auteur pour autant.

— Les amants imaginaires aussi sont naïfs, dit O'Hara, tristement. Il faut que je reparle de cette rupture de contrat avec nos grands manitous. Je suppose que vous n'avez jamais rencontré cette Alison de malheur ?

— Non.

— Il va falloir que quelqu'un la mette au courant.

— Vous ?

— Et vous ? Vous auriez le temps ?

— Ah non, vous savez pertinemment ce qu'elle pense de moi !

— Cela ne fait rien, dit O'Hara en souriant, vous êtes un vrai charmeur de serpents.

— Je ne sais pas où elle habite.

— Je trouverai, promit-il, et puis vous pourriez limiter les dégâts.

Soudain, il semblait plus heureux. Un procès avec Howard durerait des années et risquerait de nous priver des lecteurs-spectateurs que son nom était censé nous attirer. « N'attaquez jamais personne sans avoir estimé le coût de la victoire », avait un jour écrit Valentine.

O'Hara me demanda si j'avais trouvé Jackson Wells, mais il sembla déçu par l'amabilité et la gentillesse de sa famille.

— Croyez-vous qu'il a tué sa femme ? demanda-t-il, curieux.

— Personne ne l'a jamais prouvé.

— Mais vous, vous le croyez ?

— Je ne sais pas, dis-je, après un instant de réflexion.

O'Hara haussa les épaules et, comme il voulait voir les rushes de la veille, nous allâmes à l'écurie. Dans la grande maison, on avait installé une petite salle de projection avec un écran et six chaises, mais sans aucun confort. Les fenêtres étaient obstruées par du papier pour dissuader les curieux, et les bobines rangées sur des rayonnages étaient protégées par tous les antivols et systèmes ignifuges imaginables. Là-dessus, les manitous n'avaient pas lésiné. Personne ne pouvait se permettre de recommencer un tournage.

Ce jour-là, j'actionnai le projecteur moi-même. Impassible, O'Hara regardait les chevaux galoper sur la colline, au lever du soleil. Je ne m'étais pas trompé sur la troisième prise, mon envolée de trompettes était superbe. Moncrieff avait coupé juste après. Il ne restait plus que le plan que j'avais fait moi-même : la ligne de chevaux qui se détachaient en contre-jour sur la colline. Dommage que parmi tout ce matériel nous n'ayons pas une image du cavalier qui avait bien failli poignarder Ivan !

O'Hara maudit ce mauvais sort, mais rien ne servait de se lamenter après coup.

Laissant au projectionniste officiel le soin de rembobiner, j'installai la scène suivante, la « première » rencontre entre Nash et Silva.

Comme toujours avec les rushes, la qualité du son était médiocre : la véritable bande-son se fait plus tard, au stade de la postproduction. De toute façon, trois versions ou plus de la même scène ne pouvaient être jugées que par des professionnels, un peu comme seuls des œnologues avertis savent discerner un futur grand cru du jus brut tout juste sorti de la cuve. En voyant Silva qui secouait les rênes pour diriger son cheval, manquant presque de renverser Nash, l'entraîneur qui se tenait près de sa propre monture, O'Hara fit des petits bruits de bouche admiratifs. À l'écran, Silva descendait de cheval, ôtait sa bombe et disait son texte, sa colère initiale se transformant vite en désir naissant. O'Hara admira le sourire dessiné sur la bouche gracieuse qui ne manquerait pas de faire quadrupler les cachets de l'actrice la prochaine fois.

— Chic fille ! dit O'Hara

Nash, tête nue en tenue de cavalier dit son propre texte, avec sa voix d'or parfaite.

Howard, obligé d'écrire cette scène qui ne figurait pas dans le livre, avait néanmoins trouvé des dialogues d'une qualité qui justifiait tout à fait sa présence au générique. Moncrieff avait fourni un éclairage créatif, en laissant légèrement les chevaux dans le flou comme nous l'avions décidé, pour donner plus de présence aux visages dans les gros plans. D'une certaine manière, l'effacement de l'animal soulignait l'intensité des émotions naissantes. Une impression fugitive et flottante, mais qui ajoutait beaucoup. Pas mal, dans l'ensemble.

À la fin de la bobine, j'éteignis le projecteur et allumai la lumière, attendant le verdict d'O'Hara.

— Dites donc, si vous ne faites pas gaffe, vous allez vous retrouver avec un succès sur les bras !

151

— C'est un peu trop tôt pour le dire.

Je me réjouissais malgré tout du compliment.

— Comment vous entendez-vous avec Silva ? demanda O'Hara en s'étirant, prêt à partir.

— Elle est bonne cavalière. Je le lui ai dit.

— J'espère que vous ne lui avez pas dit qu'elle monte aussi bien qu'un homme !

— Je ne suis pas suicidaire !

— Elle passe bien à l'écran.

— Vous aviez raison, elle joue bien. Elle sait où se trouve la caméra. Une vraie professionnelle, elle écoute ce qu'on lui dit. Elle a tourné la scène de nu de la semaine dernière avec un grand naturel. Elle est ambitieuse, elle a la tête sur les épaules, et je m'accommode de son féminisme.

— Vous l'aimez bien ?

— Ce n'est pas une nécessité.

— Non, mais vous l'aimez bien ?

— Si jamais je lui dis que je l'aime bien, elle va me gifler.

— Ce n'est pas une réponse.

— Alors, oui, je l'aime bien. En fait, je l'aime beaucoup. Mais elle ne veut pas être aimée. Elle veut qu'on la trouve bonne actrice. Ce qui est la pure vérité. C'est un bijou, vous ne trouvez pas ?

— Elle couche avec moi, dit O'Hara.

Stupéfait, je restai immobile et contemplai la force rocailleuse du visage et du corps. Je compris soudain le magnétisme et le charme qui en émanaient.

— Est-ce que c'est un moyen de dire bas les pattes ? dis-je sans ressentiment.

— Parfaitement.

Il n'en dit pas plus. Cela ne changeait pas grand-chose. Nous allâmes voir où en était le chef décorateur dans le déménagement de la salle d'enquête, qui devait être remplacée par une réplique de la salle à manger du célèbre club de l'Athenaeum.

Plusieurs murs avaient été déplacés, et le toit ne tenait plus que grâce à une structure d'acier. La plupart des plafonds avaient été ouverts auparavant pour que nous puissions installer les éclairages et les caméras. Grâce au compte en banque bien garni par les studios, la maison du propriétaire se chauffait toute seule et retrouverait ses poutres et ses plâtres plus tard.

La salle à manger de l'Athenaeum Club de Londres, encore à l'état embryonnaire, serait terminée avec tables, chaises, serveur et rosbif dès notre retour de Huntingdon.

— J'ai rencontré Moncrieff à l'hôtel, ce matin, quand vous êtes revenus de la plage. C'est incroyable. Il chantonnait ! Il disait qu'il avait eu une révélation et que vous envoyez Ziggy chercher des chevaux sauvages en Norvège. Dites-moi que ce n'est pas vrai !

— Si, si, c'est vrai, dis-je en riant. Des chevaux vikings. Si on en a une douzaine, on pourra faire croire qu'ils sont quarante ou cinquante. J'envoie Ziggy les chercher, avec un agent. On les fera venir de Bergen par vans et ferry.

— Mais cela ne reviendrait pas moins cher d'en prendre ici ? demanda O'Hara, toujours raisonnable.

— D'abord, dis-je, ici, il n'y en a pas. Et puis, des vrais chevaux vikings, cela vaudra son pesant d'or dans la publicité.

O'Hara se fraya un chemin à travers le dédale des décors et regarda la lande par une fenêtre haute. Finalement, il se détourna et je ne vis plus son visage.

— Je m'arrangerai. J'enverrai Ziggy. Continuez le tournage.

— Bien, dis-je satisfait.

En bons collègues, nous descendîmes dans la cour, signant le registre du garde avant de franchir la porte.

— Vous saviez qu'on pendait les sorcières autrefois ?

O'Hara s'arrêta en plein mouvement et dit après un instant de silence :

— Howard n'a jamais parlé d'une telle chose dans son livre, si ?

— Non, d'ailleurs, cela me surprend. Cela aurait étayé la thèse des amants imaginaires, vous ne croyez pas ?

O'Hara fit un clin d'œil.

— Les dernières sorcières furent pendues en Angleterre en 1685, mais à cette époque, on avait déjà condamné un millier de personnes pour sorcellerie, des femmes, pour la plupart, je me suis renseigné. Après cela, les pratiques de sorcellerie ont subsisté encore longtemps. Goya peignait toujours des sorcières en 1800. Il y a des gens qui observent encore les vieux rites aujourd'hui. Je ne pense pas qu'on ait pendu une sorcière à Newmarket il y a vingt-six ans, mais je ne vois pas d'inconvénient à ce que Howard ajoute une scène ou deux, histoire de semer le doute...

9

D E PLUS EN PLUS HEUREUX d'avoir un chauffeur, je profitai du voyage à Huntingdon pour prendre des notes, en vue de la prochaine répétition, tout en réfléchissant à ma dernière conversation avec Howard. Il était dans sa chambre quand j'étais rentré avec O'Hara et, de mauvaise grâce, avait accepté de me rejoindre dans mon salon.

— Howard, avais-je souligné, il est impossible d'enlever votre nom du générique. Et vous écrivez merveilleusement quand vous voulez. Que vous approuviez ou non notre intrigue, les dialogues sont de vous, et c'est là-dessus qu'on vous jugera.

— Vous en avez écrit certains.

— Je préfère les vôtres. Je n'écris que lorsque vous refusez de le faire.

Il pouvait me faire les gros yeux, mais pas me contredire.

— Bon, dis-je sans m'énerver, voudriez-vous écrire une scène dans laquelle on suggère que la femme aurait été pendue pour sorcellerie ?

— Mais ce n'était pas une sorcière ! s'écria-t-il, scandalisé.

— Qu'en savez-vous ?

— C'était la sœur d'Audrey Visborough !

Son ton disait assez que cela réglait définitivement le problème.

— Réfléchissez-y, Howard. Glissez un mot à l'oreille de quelqu'un. Faites germer l'idée. Parlez-en… Quelques lignes dans un article de magazine suffiraient à jouer le tour, du genre : « La sorcellerie est-elle morte ? » Quelque chose dans ce goût-là. Surtout, ne placez pas votre scène dans la salle d'audience du Jockey-Club, on a déjà démoli le décor.

Howard donnait l'impression de vouloir faire preuve de bonne volonté, voire de s'intéresser à cette nouvelle suggestion.

— Elle s'appelait Sonia de son vrai nom.

— Oui, je sais.

— Les Visborough vous l'ont dit ?

— Et pourquoi pas ? Ils m'ont beaucoup aidé.

M'interdisant de répondre que le *Drumbeat* ne nous avait pas beaucoup aidés, lui, je le quittai sur ces propos.

Mon assistant, Ed, qui avait également son propre assistant, bénéficiait en plus, comme pour toutes les scènes de foule, de quelques aides supplémentaires. Les habitants de Huntingdon, aimablement venus sur l'hippodrome en nombre suffisant, étaient répartis et placés par Ed, qui avait observé et transmis mes consignes : les gens devaient être contents d'être là, contents de revenir le lendemain et le surlendemain. Distribution gratuite de sucres d'orge, et que la fête commence ! Nash, ah, Nash en personne, signerait des autographes ici et là.

Les organisateurs du champ de courses s'étaient gentiment prêtés à l'expérience. Contrats, honoraires, assurances, mesures de sécurité, assistance de la police, tout avait été prévu. À condition que nous ayons terminé et vidé les lieux pour vendredi, ils nous donneraient, dans la mesure du possible, tout ce que nous demanderions. Ainsi, les réparations, si besoin était, pourraient être effectuées avant l'ouverture des portes pour les véritables courses le lundi suivant.

Nos chevaux, nos jockeys, notre foule, notre histoire devaient avoir terminé de jouer leur rôle de façon réaliste pour jeudi soir. Difficile, mais rien d'impossible.

Je priai pour qu'il ne pleuve pas.

Ed plaça des petits groupes de gens qui ressemblaient à des propriétaires ou des entraîneurs dans le rond de présentation. Les autres devaient constituer la foule des turfistes. De véritables jockeys de steeple-chase aux couleurs de leur écurie entrèrent dans le rond de présentation et se répartirent entre les différents groupes. Ce n'étaient pas de très grands jockeys, mais ils connaissaient leur métier et étaient très bien payés. Portant le numéro attribué au cheval, les lads sellèrent les montures, leur mirent leur couverture sur le dos. Cela commençait à ressembler à une vraie course.

L'événement proprement dit serait filmé séparément le lundi suivant, et Ed prendrait des plans généraux des tribunes bondées, les mouvements de foule, les cris des parieurs. Montées avec nos propres scènes, le mélange du réel et de l'imaginaire serait invisible... s'il ne pleuvait pas !

Cibber se trouvait donc dans le rond de présentation avec sa femme, Silva, et la doublure de Nash qui se tenait à distance respectable. Moncrieff installa une caméra sur une dolly pour obtenir un arrière-plan architectural intéressant. Comme d'habitude, tout cela prit beaucoup de temps, mais je renvoyai les figurants chez eux le plus vite possible. L'ennui était mon pire ennemi. Si les gens s'ennuyaient, ils ne reviendraient pas. Avec sourires et plaisanteries, on offrit un ballon gonflé à l'hélium à tous les enfants (*Temps instables* se détachant en bleu sur fond argenté).

Les jockeys, encore dans le rond de présentation pour la petite réunion que nous avions convoquée, m'attendaient dans une attitude raide, figée et méfiante.

Ne comprenant pas très bien cette hostilité, je pris malgré tout la parole :

— Conduisez-vous comme s'il s'agissait d'une course ordinaire. Ne changez pas vos habitudes, préparez-vous normalement au départ.

L'un d'eux m'interrompit d'un ton presque belliqueux :

— C'est vrai que vous avez été jockey amateur ?

157

— Oui, pendant trois saisons.

— Pourquoi avez-vous arrêté ?

Je fronçai les sourcils. Cela ne les regardait pas, je n'avais pas à subir d'interrogatoire, mais comme j'avais besoin de leur coopération je répondis gentiment :

— Je suis allé à Hollywood faire des films sur les chevaux à la place.

Silence.

— Quel est le problème ?

Après un nouveau silence, l'un d'eux me répondit :

— Dans le *Drumbeat,* on dit que vous...

— Ah ! dis-je, comprenant enfin.

Je regardai les visages froids et cyniques. Il fallait que ces jockeys donnent le meilleur d'eux-mêmes le lendemain, et visiblement, ils n'en n'avaient pas la moindre intention.

Comme c'était étrange ! J'avais craint de perdre mon autorité sur l'équipe alors que je n'avais pas eu grand mal à la rétablir, mais je la perdais sur les hommes que je croyais comprendre ! Je leur demandai s'ils avaient regardé le prix Lincoln et l'interview que j'avais accordée à Greg Compass. Non, bien sûr, ils étaient occupés, ils couraient !

— Si certains d'entre vous ont peur de ne pas pouvoir faire un bon travail pour moi demain, je suis prêt à les prendre à la course ici, tout de suite.

Ils me regardèrent, ébahis.

— Je ne suis ni un incompétent, ni un bouffon, ni un tyran. Les journaux ne disent pas toujours la vérité. Ce n'est tout de même pas à moi de vous l'apprendre, si ?

Ils se détendirent un peu et quelques-uns commencèrent à baisser les yeux vers le bout de leur bottes au lieu de me lancer des regards assassins. Pourtant l'un d'eux avança silencieusement et déboutonna lentement sa casaque rayée verte et blanche. Il l'ôta et me la tendit. En dessous, il portait un T-shirt bleu, ainsi qu'une cravate de chasse

Je détachais le talkie-walkie de ma ceinture et appelai Ed.

— Ed ? Où es-tu passé ?

— Dans les stalles.

— Bon, envoie-moi deux ou trois chevaux, sellés et harnachés, avec leurs lads.

— Oui, lesquels ?

— Les trois plus rapides. Et puis trouve-moi le toubib, et demande-lui de venir au rond de présentation.

— Ce n'est pas la peine de jouer les héros, dit l'un des jockeys, on a compris.

J'ôtai ma veste coupe-vent, et la laissai tomber à terre. J'ôtai également mon pull-over et ma chemise, qui suivirent le même chemin. Je n'avais pas de T-shirt en dessous, mais la morsure du froid sur ma peau nue ne me dérangeait pas : j'avais d'autres préoccupations. J'enfilai la casaque verte et blanche et montrai la cravate du doigt. On me la passa silencieusement, et je la nouai soigneusement, en bénissant le ciel de me souvenir comment.

Nous n'avions fait qu'une répétition l'après-midi, à pied, donc personne n'avait de cravache, et les jockeys ne portaient pas les gilets rembourrés qui les protègent généralement des sabots des chevaux en cas de chute. Personne ne le signala. Je boutonnai la casaque, enfilai les pans dans mon pantalon, et on me passa une bombe rouge.

Au loin, Ed approchait avec les chevaux.

— Mais qu'est-ce que tu fabriques ! s'exclama Moncrieff qui apparut soudain près de moi.

— Je vais faire une petite balade, dis-je en mettant la bombe dont je laissai la jugulaire pendre dans le vide.

— Tu n'as pas le droit !

— Sois chic, ne filme pas, au cas où je tombe.

Moncrieff leva les bras au ciel, et, implorant les jockeys, il lança :

— Vous n'allez tout de même pas le laisser faire ! Dites-lui d'arrêter !

— Ils ont lu le *Drumbeat*, dis-je pour résumer la situation, et nous voulons une belle course demain, oui ou non ?

Moncrieff comprenait parfaitement, mais il grommela,

parlant d'assurances, des studios, d'O'Hara, et de ce qui arriverait au film si je me rompais le cou.

— Mais enfin, tais-toi !

— Thomas !

Je lui souris.

— Il y en a peut-être un ou deux qui accepteraient de courir avec moi ? Désolé de ne pouvoir vous prendre tous, mais nous aurons besoin de la troupe au grand complet demain et il faut que les chevaux restent frais. Alors, deux, ça suffira. Des volontaires ? On se contentera du circuit des haies, on laissera les autres obstacles, mais je tiens à ce que personne ne traîne sur la piste là où il n'y a rien à y faire.

Silence.

M'amusant intérieurement, j'attendis qu'Ed s'approche avec les chevaux, et se remette de son émotion après avoir vu ma tenue trop explicite.

— Ed, prends une voiture, et suis-nous par la route qui longe le circuit extérieur, dis-je en lui indiquant l'endroit. Prends le médecin avec toi, au cas où il y aurait une chute. Justement, le voilà, il arrive.

Ed paraissait effaré. Je lui confiai mon téléphone mobile et mon talkie-walkie.

— Dites-moi que je rêve ! s'exclama Moncrieff.

— Nous pourrions perdre nos licences, à faire la course avec vous.

— Non, pas du tout. Vous êtes employés par les studios, et nous sommes en répétition. Nous avons l'autorisation de vous faire sauter. Vous le ferez simplement un jour plus tôt que prévu. Il y a un médecin avec nous, comme le stipulent vos contrats. Qui vient avec moi ?

Ils avaient perdu l'essentiel de leur agressivité, mais je leur avais lancé un défi, ils devaient le relever. Deux d'entre eux s'approchèrent des chevaux.

— O'Hara va t'étrangler !

Ils m'avaient laissé le cheval que Silva avait monté la veille, le plus rapide, indubitablement. J'avais souvent galopé avec lui, et son passé laissait supposer qu'il était bon sauteur.

160

— Tu n'as ni culotte ni bottes ! s'exclama Ed, en regardant mon pantalon et mes chaussures.

— Le cheval ne dira rien ! dis-je, pensant qu'un peu de bonne humeur ne serait pas malvenue dans les circonstances.

Le lad me fit la courte échelle, comme il le faisait souvent. Je resserrai la sangle, allongeai les étrivières et bouclai la lanière de ma bombe.

Les deux jockeys qui m'avaient pris au mot se préparaient. Je ris intérieurement en regardant le cercle des visages dont l'expression paraissait soudain plus gaie.

— Vous faites une sacrée bande d'enfoirés, dis-je, recevant quelques sourires en échange.

Comme aucune barrière n'était fermée, nous arrivâmes sur la piste sans encombre. Le circuit de quatre mille mètres avec ses neuf obstacles se trouvait sur notre droite. Je n'avais pas couru depuis onze ans. J'étais fou. Mais c'était fantastique.

De longs et vilains mots, tels qu'irresponsabilité, se faufilaient comme des vers de terre dans les régions les plus saines de mon esprit. J'avais effectivement un film avec un budget de plusieurs millions sur les épaules. Arrogance mise à part, je savais que le soufflé que je mettais au four s'écroulerait comme un rien à la moindre défaillance du cuisinier.

Peu importait, j'avais l'impression d'être vieux depuis trop longtemps et d'avoir eu une jeunesse trop courte. Pendant quelques minutes, je retrouverais mon adolescence.

Ed, la voiture et le médecin nous suivaient.

Un de mes adversaires me demanda :

— Combien pesez-vous ?

— Assez pour me donner une bonne excuse si je perds.

— Tu parles ! dit-il en orientant sa monture vers le circuit et en lui donnant un coup de talon dans le flanc.

Je suivis immédiatement. Je n'aurais pas de seconde chance, et je sentais ma vieille témérité m'envahir, comme si elle ne m'avait jamais quitté.

Intérieurement, je désignais le cavalier qui me précédait sous le nom de Bleu, à cause de ses couleurs, et celui qui me suivait, sous celui de Rouge. Nous portions tous les casaques chatoyantes fabriquées spécialement pour le film, facilement reconnaissables et attrayantes.

Plus jeunes que moi, Bleu et Rouge n'avaient même pas commencé leur carrière au moment où je terminais la mienne. Ils n'avaient pas l'intention de me faire de cadeaux, de toute façon cela aurait été stupide. Je recherchai dans ma mémoire ce qui me venait autrefois naturellement, et évaluai la foulée du cheval avant le passage de la première haie avec une aisance de professionnel que je pensais avoir perdue depuis longtemps.

Il n'y avait que la vitesse et le silence. Pas de bannière, pas de cri. Rien que le martèlement des sabots et le bruissement des feuilles sombres des haies. Rien qu'une détermination dévorante et l'exaltation.

Mon Dieu, pensais-je à demi suspendu dans les airs, pourquoi ai-je abandonné ? Mais je connaissais la réponse. À dix-neuf ans, j'étais trop grand et trop lourd, et les régimes nécessaires pour conserver la ligne de jockey ne me réussissaient pas.

Huit cents mètres et deux haies plus loin, je sentis les premiers tremblements dus au manque de préparation et me souvins que Bleu et Rouge étaient au sommet de leur forme depuis plusieurs mois. Ils imposaient un rythme qui avait raison de ma force. Nous avions déjà passé le premier virage et entamions la grande ligne droite de front quand je me rendis compte que j'avais été bien bête — du moins bêtement téméraire — de m'être lancé dans ce manège infernal. Je passai les quatre haies suivantes assez rapprochées en ne pensant qu'à maintenir mon poids aussi en avant que possible.

Monter avec le centre de gravité au-dessus des épaules du cheval donne une position plus aérodynamique et favorise donc la vitesse, mais c'est aussi la position idéale pour se faire éjecter si la monture heurte l'obstacle. Une autre solution consiste à ralentir avant le saut, à se placer plus en arrière sur la selle, à laisser glisser les rênes entre ses doigts et, éventuellement, à lever un bras légèrement en arrière pour maintenir l'équilibre à la fin du saut. Un bras levé, c'était le signe indubitable de l'amateurisme. Le faire une fois, c'était presque inévitable, mais cinq ou six bras levés auraient suscité la pitié, et ce n'était pas du tout l'effet recherché. Je sauterais les obstacles de Huntingdon poids du corps en avant, même si je devais me rompre le cou...

Ce qui n'avait rien d'impossible.

Avec cette dernière pensée en tête, mes crampes musculaires et mes poumons brûlants, j'atteignis enfin le dernier virage avant la ligne droite et le poteau d'arrivée.

En jockeys expérimentés, Bleu et Rouge avaient attendu ce moment avant de pousser leurs chevaux à fond. J'accélérai l'allure en même temps qu'eux, bien déterminé à ne pas me laisser honteusement devancer, et mon cheval répondit, comme la plupart des pur-sang, avec son envie irrésistible d'être toujours en tête.

Je ne sais pas ce que ressentaient les autres, mais je passai les deux dernières haies comme si je courais le Grand National. Pourtant, cela ne suffit pas. Nous passâmes le poteau dans l'ordre Rouge, Vert, Bleu, avec une demi-longueur entre le premier et le second et une demi-longueur entre le deuxième et le troisième.

Je me sentais si faible que j'avais peur de tomber. Ayant trop souvent dit à mes acteurs que respirer par la bouche était le signe le plus manifeste de l'épuisement, je m'efforçais d'inspirer par le nez.

Bleu et Rouge menant la marche, nous rejoignîmes les autres. Personne ne dit grand-chose. Nous descendîmes de cheval et donnâmes les rênes aux lads. Les doigts tremblants, je détachai la jugulaire de la bombe en espérant que les autres ne s'apercevraient de rien. Je la rendis à celui qui me l'avais prêtée et essuyai la sueur de mon front d'un revers de la main. Il n'y avait toujours aucun son, à part des murmures à demi inaudibles. Je défis la casaque rayée, et eus beaucoup de mal à me débarrasser de la cravate. La respiration toujours haletante, je rendis les vêtements à leur propriétaire et repris les miens des mains de quelqu'un qui les avait ramassés pour moi. N'ayant pas la force de les remettre, je les tenais simplement sur le bras.

Soudain je compris que le sentiment général, que je partageais aussi, était en fait de la gêne, si bien que j'essayai de détendre l'atmosphère.

— Bon, alors, demain, vous me la faites, cette course ?

— Oui, dit Bleu, et les autres hochèrent la tête.

— Alors à demain.

J'esquissai un sourire tout à fait sincère mais manquant dramatiquement d'énergie, et me tournai vers Moncrieff qui feignait de ne pas avoir tenu une caméra vidéo pendant tout ce temps. Derrière moi, une voix m'appela.

— Monsieur Lyon ?

Je me retournai. Oui, c'était bien moi, M. Lyon. Une surprise m'attendait.

— Vous avez gagné la partie, dit le jockey à la casaque verte et blanche.

Je réussis à lui adresser un sourire un peu plus énergique et une tape sur l'épaule avant de rejoindre Moncrieff.

— Merde alors ! s'exclama-t-il.

— On aura peut-être une course correcte demain. Ils n'oseront pas faire pire qu'un vieil amateur essoufflé !

— Remets ta chemise, tu vas mourir de froid.

Peut-être, mais pas le cou brisé ! pensai-je, me sentant réchauffé, épuisé, et merveilleusement heureux.

Ed me rendit mon téléphone mobile en me disant qu'O'Hara avait appelé pendant notre petite course et avait demandé où j'étais.

— Qu'est-ce que tu lui as répondu ?

— Que tu étais à cheval. Il veut que tu le rappelles.

— Bon.

En allant rejoindre mon chauffeur et ma voiture, j'appelai O'Hara. Il avait passé un moment avec Howard qui semblait s'être enthousiasmé pour le nouvel angle de la sorcellerie et voulait en rajouter. Les scènes coulaient littéralement de sa plume.

— Bien, mais freinez-le un peu, les sorcières ne se pendent pas, et nous avons toujours besoin d'un meurtrier.

— Ah, décidément, dit O'Hara sèchement, vous avez l'art de mettre le doigt là où le bât blesse ! Au fait, Howard m'a dit où habite Alison Visborough, ajouta-t-il après une pause.

— Vous avez trouvé un arrangement ?

— Finalement, il se pourrait que l'on ne lui extirpe pas jusqu'au dernier sou, répondit O'Hara, toujours rigide.

Je souris.

— De toute façon, vous irez la voir ? Quelque part dans le Leicestershire ?

— Quand ? À partir de demain, on tourne tous les jours.

— Euh... maintenant. Howard lui a téléphoné. Elle vous attend.

— *Maintenant* ! Personne d'autre ne pourrait y aller ?

J'étais debout depuis quatre heures du matin, et il était près de cinq heures et demie du soir. J'avais besoin d'une douche et j'étais claqué, pour parler poliment. Et le Leiscestershire, c'était au bout du monde !

— Je pensais que cela vous intéresserait de la rencontrer. Sa mère vit avec elle.

— Audrey ?

— Hum hum. Le personnage de Silva.

— Euh, oui, ça m'intéresse. Bon, j'y vais. Vous avez l'adresse ?

Il me la donna, avec le numéro de téléphone.

— Howard se met en quatre pour nous aider.

— Rien d'étonnant.

— Ed m'a dit que vous faisiez une promenade à cheval ?

Amusé par cette question insidieuse, je répondis :

— J'ai fait le tour du circuit, avec deux jockeys, pour qu'ils me disent de quoi on aura besoin demain.

— Faites attention.

— Bien sûr. Comme toujours.

Nous nous dîmes au revoir et je passai un autre coup de téléphone, à Robbie Gill, cette fois.

— Thomas Lyon. Comment va ma petite protégée ?

— Toujours en réanimation. J'ai parlé avec le chirurgien. Il a interdit qu'on la déplace. Cela tiendra facilement tant qu'elle sera sous perfusion. Au moins deux ou trois jours encore. Oh, je ne supporte pas son fils. Quel prétentieux !

— Qu'a-t-il fait ?

— Les infirmières menacent de se mutiner. Il se prend pour Dieu le Père !

— Dorothea a repris conscience ?

— Oui, elle a parlé brièvement à la police. Apparemment, la dernière chose dont elle se souvient, c'est d'être rentrée chez elle après avoir dîné avec une amie veuve qui vit à quelques centaines de mètres. Elles regardent la télévision ensemble parfois, et elle avait besoin de compagnie après la mort de Valentine. Heureusement qu'elle n'est pas rentrée plus tôt.

— Oui, peut-être.

— Peut-être.

— Rien d'autre ?

— Non, j'ai parlé aux policiers. Ils ont haussé les épaules, l'air de dire qu'ils ne savaient rien.

— J'aimerais la voir.

— Je lui ai dit que vous étiez passé. Cela lui a fait plaisir. Demain soir, peut-être, ou après demain.

— Je vous téléphonerai.

Arrivé à la voiture, j'informai le chauffeur du changement de programme et je consultai la carte. Il fallait prendre l'A 14, vers le nord-ouest, contourner Kettering et continuer tout droit. Une soixantaine de kilomètres pour Market Harborough. Je lui demandai de me réveiller une fois que l'on serait à destination et m'allongeai sur la banquette arrière.

Du portail, la demeure d'Alison Visborough en disait déjà long sur la personnalité de la propriétaire. Une vieille allée goudronnée menait à une maison de briques de deux étages, datant sans doute du XVIIIe siècle, mais sans aucun cachet. À côté, les champs étaient divisés en de nombreux paddocks, fermés par des palissades de bois vermoulues, occupés pour certains par des chevaux musclés mais fort ordinaires. Une panoplie d'obstacles à la peinture écaillée se dressaient dans un champ plus vaste. Plus loin, un homme en veste de tweed et bombe d'équitation faisait le tour du manège au petit galop, concentrant toute son attention sur la patte avant directrice, étape normale du dressage. Un enfant qui le regardait tenait un poney par la bride. Apparemment, il venait de prendre sa leçon.

Tout paraissait bien rangé, efficace, mais trahissait un manque de fonds évident.

Tenant à s'assurer que nous étions bien à la bonne adresse, mon chauffeur alla jusqu'à la porte peu engageante, mais ses efforts furent inutiles. La porte s'ouvrit avant même qu'il y parvienne, révélant une femme d'âge mûr vêtue d'une culotte de cheval et d'un pull vert terne, accompagnée de deux labradors pas encore adultes.

— Monsieur Lyon ? dit-elle d'une voix forte, impérieuse, grincheuse.

Mon chauffeur indiqua la voiture dont je sortis sans grand enthousiasme.

— C'est moi, dis-je en m'approchant.

Elle me serra la main, obligation sociale visiblement peu agréable pour elle, et m'invita à entrer, laissant mon chauffeur se débrouiller seul.

— Je suis Alison Visborough. Howard m'avait annoncé votre visite, déclara-t-elle en me conduisant dans une petite pièce froide meublée de fauteuils bleu-vert et de divans trop rembourrés qui paraissaient fort confortables tout en dissuadant les invités de s'y installer. Je me perchai sur le bord de l'un d'eux, et elle sur un autre. Les chiens avaient été abandonnés sans cérémonie dans le vestibule.

— Vous êtes plus jeune que je ne le pensais, dit-elle, prononçant ses voyelles avec une rondeur aisée. Vous êtes bien celui que vous dites ?

167

— La plupart du temps.

Elle me regarda.

— Je ne suis pas l'ogre que vous avez décrit dans le *Drumbeat*.

— Vous poussiez Howard au désespoir ! dit-elle sèchement. Il fallait intervenir. Je ne m'attendais pas à tout ce cinéma. Et je n'avais pas l'intention de lui attirer des ennuis. Il m'a expliqué que les studios étaient furieux contre moi, mais quand je me rends compte d'une injustice, je ne peux m'empêcher d'agir.

— Systématiquement ? demandai-je fort intéressé.

— Bien sûr.

— Et cela vous attire souvent des ennemis ?

— Je n'ai pas peur de l'adversité.

— Pour le bien d'Howard, pourriez-vous écrire une sorte d'excuse à la maison de production ?

Indignée, elle hocha la tête, mais réfléchit un instant et parut indécise, état peu habituel pour elle sans doute.

Avec des cheveux noirs et courts qui blanchissaient rapidement, le teint buriné, sans maquillage, elle avait un regard intrépide. Aucune bague n'ornait ses mains noueuses de travailleuse. Une femme dure envers elle-même comme envers autrui mais qu'Howard admirait.

— À quel journaliste du *Drumbeat* avez-vous parlé ?

L'air mécontent, elle hésita un instant.

— Je n'ai pas dit... exactement ce qu'elle a écrit, dit-elle à contrecœur.

— Elle ?

— C'est une vieille connaissance. Nous sommes allées à l'école ensemble. Elle travaille pour la rubrique « En direct des stars », et je pensais que cela aiderait Howard à se défendre contre vous. Ce n'est pas elle qui a rédigé l'article. Elle a transmis les informations à un rédacteur, comme d'habitude. Elle rassemble le matériel, et ensuite, quelqu'un dont c'est le travail le « dramatise », comme elle me l'a expliqué.

Ah oui, on « dramatise ». Quelle bonne idée ! Et pourtant, sans cette opération, je suppose, les jérémiades d'Howard n'auraient pas valu la peine qu'on y consacre une ligne.

— Depuis combien de temps connaissez-vous Howard ?

— En quoi cela vous intéresse-t-il ?

— Je me demandais seulement depuis quand vous vous intéressiez à lui.

Avec la touche d'agressivité à laquelle je m'attendais, elle répondit :

— Si c'est une bonne cause, je peux m'y intéresser en quelques minutes.

— Je n'en doute pas.

— En fait, je connais Howard depuis qu'il est venu nous rendre visite à la mort de papa.

Le mot papa lui était venu naturellement : c'était moi qui le trouvait incongru dans la bouche d'une personne de son âge.

— Il était venu voir votre mère.

— Oui, en principe.

— À cause de la nécrologie ?

— Howard l'avait trouvée intéressante.

— Hum hum… Sauriez-vous qui l'a écrite ?

— Pourquoi voulez-vous le savoir ?

— Pure curiosité. (Elle me semblait exprimer des sentiments personnels.)

— Je vois. (Elle attendit quelques secondes.) Je l'ai écrite moi-même. Le journal l'a publiée, mais le texte était de moi pour l'essentiel.

— Ah bon, dis-je d'une voix neutre. Vous y parliez de la carrière de votre père qui avait été anéantie par la mort de Sonia.

— Oui.

— On dirait que cela vous affectait beaucoup.

— Bien sûr que cela m'affectait ! dit-elle, véhémente. Papa n'en parlait jamais, mais je savais qu'il était plein d'amertume.

— Oh, mais pourquoi la mort de Sonia l'a-t-elle obligé à renoncer à la politique ?

— Le scandale, bien sûr, répondit-elle, exaspérée,

comme s'il s'agissait d'une évidence. Il refusait d'en parler, mais je suis sûre qu'il n'aurait jamais autorisé ce film. Rodbury et moi, nous étions contre aussi, mais nous n'y pouvions rien. C'était le livre d'Howard, pas le nôtre. Notre nom, le nom de papa n'y apparaît pas. Howard dit que c'est vous qui avez imposé toutes ces contre-vérités ridicules, alors il me semblait qu'il fallait y mettre le holà. Pour le bien d'Howard, et surtout par respect pour la mémoire de mon père.

Et cela avait bien failli marcher.

— Pardonnez-moi, mais qui est Rodbury ? demandai-je sans chercher d'excuses ni en mon nom, ni en celui des studios.

— Mon frère, Roddy.

Ah, Roddy, bien sûr.

— Pourrais-je rencontrer votre mère ?

— Pour quoi faire ?

— Lui présenter mes hommages.

La question restait en suspens, mais ce ne fut pas à Alison de décider de la réponse. La porte à demi fermée fut ouverte par la canne d'une dame de soixante-dix ans qui boitait un peu. Elle avança lentement d'un air menaçant et m'annonça immédiatement que j'étais un monstre.

— C'est vous, non, dit-elle les lèvres pincées, qui avez prétendu que je trompais mon mari avec Jackson Wells ? *Jackson Wells* ! (Il y avait toute une classe sociale outragée dans sa petite voix.) Un homme épouvantable ! J'avais prévenu ma sœur, mais cette forte tête n'a rien voulu entendre. Il n'était pas assez bien pour elle. Et vous vous imaginez… (Les mots lui manquaient !) J'arrivais à peine à me montrer polie avec lui et il avait presque vingt ans *de moins* que moi !

Elle en tremblait de colère. Sa fille se leva, lui prit la main et l'aida à s'installer dans l'un des fauteuils dont le rembourrage excessif et raide prenait enfin sa raison d'être.

Les pommettes hautes, elle avait des cheveux blancs frisés et avait dû être jolie, mais le chagrin ou une désap-

170

probation générale de la vie avait imprimé une méchante moue pincée sur sa bouche. Pensant à Silva et sa beauté éblouissante, je me dis que les deux femmes ne tiendraient pas à se rencontrer.

— Les studios ont discuté des modifications qu'ils désiraient avec Howard Tyler, dis-je sans emphase. Ce n'est pas moi qui en suis responsable. J'ai été engagé une fois que le plus gros était fait. Mais j'estime néanmoins qu'ils étaient nécessaires, et qu'ils donneront plus de force au film, même si je comprends vos réticences.

— *Réticences* !

— Votre désapprobation, alors. Mais comme votre nom n'est jamais mentionné et que le film est de la fiction, rares seront ceux qui feront le lien avec vous.

— Ne soyez pas grotesque ! Nous sommes la risée de Newmarket.

— Je ne crois pas. Tout cela s'est passé il y a si longtemps. Mais j'aimerais vous poser une question et j'espère que vous me répondrez, car cela pourrait sans doute atténuer le préjudice que vous estimez subir. Est-ce que votre sœur Sonia avait une vie fantasmatique aussi riche que dans le livre d'Howard ? Était-ce une grande rêveuse ?

La mère hésita, Alison répondit.

— Je n'ai jamais rencontré son mari, et je ne me souviens pas bien d'elle. Je n'avais que quatorze ans.

— Seize, corrigea sévèrement sa mère.

Alison lança un regard irrité à sa mère qui ne sembla que peu compréhensive. Il y avait des frictions dans cette relation mère-fille, que les bonnes manières dissimulaient à peine. Alison, si étrange que cela pût paraître pour quelqu'un dans son style, était suffisamment féminine pour vouloir se rajeunir à mes yeux.

— Elle rêvait beaucoup ?

— Ma sœur, dit Audrey Visborough d'un ton réprobateur, tombait amoureuse dès qu'elle voyait une culotte de cheval. Elle s'amourachait d'hommes inaccessibles. Quelle bêtise ! Je dois dire que j'en avais parlé à Howard la première fois qu'il est venu. Jackson Wells avait belle

171

allure en tenue de cavalier, et il a été très flatté que Sonia lui fasse les yeux doux. Ce n'était pas une raison pour l'épouser.

— Euh… dis-je, n'ayant guère d'opinion sur le sujet.

— Enfin, du moins aurais-je empêché ma fille de commettre la même erreur !

Alison, la vieille fille, lui adressa un regard plein d'amertume et de ressentiment.

Diplomate, je m'éclaircis la gorge et demandai :

— Auriez-vous une photographie de votre sœur ?

— Je ne crois pas.

— De votre jeunesse ?

— La naissance de Sonia a été tardive et inattendue, dit Audrey sévèrement. J'étais déjà adulte. La petite était assez gentille au début, il me semble. Je ne la voyais pas beaucoup. Ensuite, j'ai épousé Rupert et… Sonia est devenue vraiment insupportable ! Elle n'écoutait jamais rien !

— Mais… sa mort… ? dis-je, laissant la question non formulée en suspens, ouverte à toute réponse.

— Horrible, dit Audrey en haussant les épaules.

Le geste comme la voix étaient machinaux, l'émotion s'était éteinte avec le temps.

— Savez-vous pourquoi elle est morte ?

— Nous n'avons cessé de répéter que nous n'en avions aucune idée.

— Et c'est odieux, ajouta Alison sur le même ton, que vous vous mêliez de notre vie.

Audrey hocha la tête. Sur ce point au moins, mère et fille étaient d'accord.

— Pour le bien d'Howard, demandai-je à Alison, écrirez-vous un petit mot d'explication aux studios ?

— Vous vous moquez complètement d'Howard, dit-elle, arrogante. Vous ne vous intéressez qu'à vous.

Patiemment, je lui dis toute la vérité.

— Howard écrit un bon scénario. Son nom figure au générique. S'il tremble de peur à l'idée que les studios vont lui faire un procès, il ne donnera pas toute sa mesure dans les scènes qui ont besoin d'être développées. Il vous admire beaucoup, mademoiselle Visborough. Donnez-lui la chance de faire du bon travail.

Elle fronça les sourcils, se leva et quitta la pièce, fermant la porte derrière elle.

Implacable, sa mère ,toussota pour manifester sa méfiance.

— Puis-je vous demander pourquoi vous voulez une photographie de ma sœur ?

— Ainsi je pourrais m'assurer que l'actrice qui tient son rôle dans le film ne lui ressemble pas. Si votre sœur était rousse, nous lui mettrions une perruque brune.

Toutes ses réponses semblaient lui être arrachées contre sa volonté.

— Ma sœur avait des cheveux châtain terne. Cela ne lui plaisait pas et elle les teignait dans toutes les couleurs imaginables. Mon mari s'est même disputé avec elle un jour qu'elle est revenue avec des cheveux verts.

— Oui, c'est pénible, dis-je en essayant de ne pas sourire.

— Je me moque complètement de ce que vous dites de Sonia, mais cela m'affecte énormément que vous discréditiez mon mari. Le traiter de fou ! Il n'a jamais été fou. C'était un homme plein de raison et de sagesse, qui jouissait d'une excellente réputation.

Et je n'avais pas à me demander à quoi il ressemblait, parce qu'il y avait des photographies de Rupert Visborough à divers âges de sa vie dans des cadres d'argent sur toutes les surfaces disponibles. De haute stature, il était beau, mais dépourvu d'humour : pas la moindre étincelle de gaieté n'illuminait le regard. Avec un petit pincement de culpabilité, je me dis que j'allais faire de Cibber quelqu'un que Visborough n'avait jamais été : un taureau furieux qui fonçait tête baissée vers sa propre perte.

La porte du salon s'ouvrit pour laisser le passage non à Alison, mais à un homme peu engageant en tenue d'équitation, qui entrait comme s'il était chez lui. Il s'approcha d'un plateau où se trouvaient quelques verres et une bouteille de whisky, se servit, but une gorgée avant de lever les yeux vers moi, et attendit qu'on fasse les présentations.

— Roddy, dit Audrey Visborough, conditionnée par un réflexe social, c'est Thomas Lyon, celui qui fait cet horrible film.

Roddy Visborough tenait le verre devant son visage, si bien que je ne vis pas son expression, mais tout son corps se raidit. C'était sans doute lui qui dressait le cheval tout à l'heure dans l'enclos. Un homme de taille moyenne, ni gros ni maigre, dépourvu de charisme, avec une chevelure grisonnante qui se raréfiait.

— Foutez le camp, dit-il méchamment en baissant son verre.

Audrey Visborough ne fit pas le moindre signe de protestation. Elle prononça ces simples mots :

— M. Lyon s'en va.

Son fils vida son whisky sec et s'en servit un second.

— Que faites-vous ici ? Vous dérangez ma mère.

— Je suis venu éclaircir la situation pour Howard Tyler.

— Ah, celui-là ! s'exclama Roddy Visborough en souriant d'un air méprisant. Il a le béguin pour Alison. Je ne vois pas ce qu'il lui trouve.

Sa mère ne fit pas de commentaire.

En fait, Howard voyait en elle une femme volontaire qui avait une conception peu optimiste mais réaliste du monde. Il y avait eu des amitiés plus mal assorties.

Alison revint avec une enveloppe blanche qu'elle déposa pour moi sur la table. Je la remerciai. Elle me fit un petit signe d'acquiescement sans enthousiasme et se tourna vers son frère.

— Comment s'est passée la leçon ?

— Cette fille est stupide !

— Nous avons besoin de sa clientèle.

— Et je n'ai pas besoin de tes critiques.

Cette tendresse fraternelle avait l'air d'être habituelle !
À ma grande surprise, Alison expliqua à mon bénéfice :

— Nous préparons les chevaux et les cavaliers pour

les épreuves de jumping. Et nous avons des chevaux et des poneys en pension.

— Je vois.

— Moi, je n'habite pas ici, dit Roddy, de mauvaise grâce. J'ai une maison au bout de la rue. Je viens uniquement pour travailler.

— C'est notre instructeur, dit Alison, comme si j'avais déjà dû entendre parler de la situation. C'est lui qui donne les leçons.

— Ah !

— La maison est à moi, précisa Alison. Papa me l'a léguée. Mais maman est mon invitée, bien entendu.

Je regardai attentivement le visage d'Alison. Sous son apparence trop raisonnable, j'aperçus une étincelle de méchanceté, bien dissimulée, mais néanmoins reconnaissable, une étincelle d'extrême satisfaction, à moins qu'il ne s'agisse de la douce revanche suivant des années d'humiliation.

10

L E LENDEMAIN MATIN, je me réveillai en gémissant ; mes muscles courbatus me réprimandaient de ma bravade de la veille. Un peu raide, j'allai rejoindre ma voiture, mais je fus retenu dans le hall par Nash, O'Hara et Moncrieff qui semblaient tenir une réunion.

Sans me dire bonjour, O'Hara m'interpella :

— Non mais vous êtes complètement cinglé !

Je tournai un regard désillusionné vers Moncrieff.

— Tout finit par se savoir, c'est toi-même qui le dis.

— Hier soir, à minuit quand vous étiez parti vous coucher, Moncrieff nous a projeté la vidéo, expliqua Nash.

Je frottai mes yeux endormis et demandai à O'Hara s'il avait faxé la lettre d'Alison à Hollywood, comme prévu. Il acquiesça.

— Si Howard se tient à carreau, il est tranquille.

— Bien. Bon, alors, passons au programme de la journée. Il ne pleut pas. On peut filmer la course, comme prévu. Il n'y aura qu'une seule prise, alors celui qui utilise une pellicule voilée ou qui choisit une mauvaise ouverture est bon pour le peloton d'exécution. Moncrieff, je te jure que je te tue si ton équipe bousille la scène.

— Vous avez téléphoné à ce type de la télé, Greg Compass, hier ? demanda O'Hara.

— Non, d'Huntington, je n'ai pas pu le joindre.

— Il a envoyé un message. La réception m'a dit que vous n'étiez pas passé le prendre.

176

Il me tendit un morceau de papier sur lequel était noté un numéro de téléphone et une heure, neuf heures du matin.

En partant chacun dans nos voitures respectives, à l'heure dite, nous étions à l'hippodrome depuis long-temps. Ponctuel comme son message le laissait entendre, Greg répondit immédiatement.

— Je voulais te remercier pour samedi, lui dis-je.

— Oh, ce n'est rien. Alors, il paraît que tu es toujours en course ?

— En quelque sorte. Je lui expliquai les scènes que nous allions tourner à Huntingdon et l'invitai à venir ajouter sa silhouette familière sur l'image, s'il le voulait.

— Quand ?

— Aujourd'hui, demain ou jeudi. N'importe.

— Pas le temps.

— Tant pis !

— Des petits avantages ?

— Bien sûr.

— Je viendrai demain, dit-il en riant avant de raccro-cher, et je me demandai si cela allait me coûter une autre rangée de sièges.

Je fis le tour de la piste avec Moncrieff pour vérifier les positions des caméras et parfois l'éclairage d'appoint. En plus de nos deux équipes habituelles, nous avions loué trois caméras supplémentaires sur dolly, et deux au-tres caméras fixes commandées à distance, que nous avions placées sur les obstacles pour les gros plans. Mon-crieff serait sur la voiture qui roulerait devant les che-vaux. Le reste du matériel de location se trouvait dans les tribunes d'où l'on suivrait l'action de la ligne de dé-part au poteau d'arrivée. Comme toujours dans les scènes n'autorisant qu'une prise unique, il y aurait des accrocs, mais j'espérais qu'il me resterait assez de pellicule ex-ploitable.

Ed ayant demandé aux jockeys de m'attendre, je les retrouvai au vestiaire, en tenue, comme pour une course ordinaire. Quatorze. Il n'en manquait pas un.

— Bonjour, dis-je d'un ton neutre.

177

— Bonjour.

Personne ne parla de l'incident de la veille.

— Ed vous a déjà tout expliqué, mais nous allons recommencer une fois de plus. Pour vous, ce sera une course comme une autre. Un steeple-chase de trois mille deux cents mètres. Vous vous rendrez au départ, et là, le juge annoncera que les chevaux sont sous les ordres. C'est un acteur. Il a beaucoup répété, mais si jamais il commet une erreur, ne retournez pas au départ, continuez la course. Comme d'habitude, il y a un infirmier et un homme de piste à chaque obstacle. Eux, ce sont des professionnels. L'ambulance est bien réelle, tout comme le médecin et le vétérinaire. Les spectateurs qui se trouveront autour de la piste sont des figurants professionnels. La foule des tribunes, ce sont les gens du coin. C'est compris jusque-là ?

Ils hochèrent la tête.

— Nos quatorze chevaux sont assez en forme, mais comme vous le savez, on les a achetés parce que c'étaient des sauteurs fiables et qu'ils n'étaient pas très chers. Alors, ils ne vont pas briser le mur du son, et les trois qui ont couru hier ne seront peut-être plus dans le coup aujourd'hui. Si vous voulez, vous pouvez tirer vos canassons au sort, de un à quatorze.

Le visage grave, ils acceptèrent la procédure.

— La course ne marchera pas si vous ne faites pas tout pour cela. Et vous aurez sûrement envie de montrer la vidéo à vos amis, et encore plus de voir la scène au cinéma. Vous aurez tous une cassette ou un CD.

— Qui devra gagner ? demanda l'un d'eux.

— Ed ne vous a pas expliqué ?

Ils hochèrent la tête.

— C'est une véritable course. Le vainqueur donnera ses couleurs à l'acteur qui tient le rôle du jockey. Il monte correctement à cheval, et il sait même trotter un peu. Désolé, mais c'est lui qui prendra la place du gagnant et qui recevra les honneurs. Pour compenser, celui qui remportera l'épreuve recevra une prime supplémentaire. À la fin, vous sortirez par la porte habituelle. Il y

178

aura quelques figurants à l'arrivée qui joueront le rôle d'entraîneurs et de propriétaires. Les lads se chargeront des chevaux. Conduisez-vous normalement. Les quatre premiers, vous vous rendrez au paddock des vainqueurs. Des questions ?

— Et si on tombe ? demanda Bleu.

— Pourquoi êtes-vous tous venus ?

Certains se mirent à rire, d'autres jurèrent. Plus de tension ni d'un côté ni de l'autre.

— Amusez-vous bien.

— Et vous, où serez-vous ?

— Je vous regarderai, dis-je, avec des regrets perceptibles. Si vous pouvez l'éviter, essayez ne pas provoquer une enquête. Ce n'est pas prévu au scénario. Alors, pas de triche, d'accord ?

Je sortis par la salle de pesage déserte, qui, un jour de véritable course, aurait été bondée d'officiels et d'entraîneurs, et regardai pendant un instant les habitants de la ville qui arrivaient en nombre impressionnant dans leur tenue de turfistes, munis de jumelles, le plus souvent. Ed avait fait du bon boulot.

Un des membres de l'équipe vint me remettre une enveloppe en me disant que c'était urgent. Je le remerciai négligemment, et il disparut avant même que je lise le message.

Je dépliai la feuille :

Arrête le tournage, ou aujourd'hui le poignard te tuera.

Charmant !

C'était une sortie imprimante anonyme sur papier blanc ordinaire.

O'Hara arriva, sans doute pour discuter d'un détail ou d'un autre et me demanda ce qui se passait.

Je lui tendis la missive.

— Ce n'est pas la première fois que je reçois des menaces de mort.

— Oui, mais d'habitude, on attend la sortie du film. Je crois qu'il faut prendre cela très au sérieux, dit-il en tapant du doigt sur la feuille. Que va-t-on faire ?

— Vous avez une idée ?

— Si vous quittez le plateau, le tournage sera suspendu. Cela nous laissera le temps de trouver ce maboul et de l'enfermer.

— Nous ne pouvons pas arrêter. Après l'article du *Drumbeat* et le couteau sur la lande… Au moindre signe de panique, les studios vont prendre peur et renoncer définitivement au film.

O'Hara, qui se doutait bien que j'avais raison, répondit néanmoins d'un air inquiet.

— Mais ce n'est pas une simple menace de mort dans le vague. C'est pour aujourd'hui !

— Hum hum.

— Thomas, mort, vous ne nous servirez plus à rien.

— Ce qui me frappe, dis-je souriant à demi devant un tel pragmatisme, c'est que celui qui a écrit ce mot ne veut pas vraiment me tuer. Il préférerait qu'on arrête simplement le tournage sans en arriver là. Mais s'il doit, ou si elle doit me tuer alors, pourquoi pas ? C'est du mélodrame. On n'a qu'à continuer sans se soucier de rien.

— Prenez au moins un garde du corps, comme Nash.

Ce jour-là, Nash n'avait non pas un mais deux gardes du corps, et comme je le rappelai à O'Hara, nous les connaissions bien tous les deux.

— Si vous amenez un inconnu ici, vous risquez de provoquer ce que vous redoutez le plus. Dans les cas classiques, ce sont les gardes du corps eux-mêmes qui tuent la victime, dis-je, essayant de faire passer un mensonge pour la vérité. Je ne risque pas grand-chose, je crois. Inutile de s'inquiéter.

— Oui, mais quand même.

Il semblait malgré tout à demi soulagé par ma décision.

— Gardez la lettre et l'enveloppe, lui demandai-je. Et on continue le film.

— Cela ne me plaît guère.

À moi non plus, mais délivrer une menace de mort ne

demandait ni beaucoup de courage ni une grande organisation, alors qu'un meurtre exigeait les deux.

Le couteau destiné à Nash était malencontreusement tombé par terre. Accroche-toi à cette idée. Oublie, mais alors oublie le ventre ouvert de Dorothea.

— Qui vous a remis cette lettre ? demanda O'Hara.

— L'un des machinistes de plateau. Je l'ai vu plusieurs fois, mais je ne connais pas son nom.

On n'a jamais le temps d'apprendre les noms des soixante à cent personnes qui travaillent sur un tournage en extérieur. Je n'avais même pas appris le nom des chevaux, ni leur nom officiel, ni le surnom que leur donnaient leurs lads, ni le nom qu'ils portaient dans le film. Je ne connaissais pas le nom des jockeys, pas plus que celui des acteurs de petits rôles. C'était des visages que je me souvenais, les têtes des chevaux, les têtes des jockeys, de face, de dos... J'avais une mémoire avant tout visuelle.

Pendant un moment, j'oubliai complètement la menace de mort, j'avais trop à faire.

Comme toujours pour les scènes de foule, il nous fallut des heures pour les préparatifs de la course. Je passai tout mon temps au talkie-walkie à vérifier où en étaient les éléments les plus éloignés, mais vers midi, enfin, tout semblait au point. Les lads sortirent les chevaux de leurs boxes et, dans l'ordre établi par le tirage au sort, les jockeys les firent galoper jusqu'au départ.

J'avais décidé de rester dans la voiture avec Moncrieff pour être au cœur de l'action... et pour que rien ne puisse n'arriver derrière mon dos, me disais-je en secret.

Équipé d'un mégaphone, Ed demanda aux habitants de Huntingdon de suivre la course et d'applaudir le vainqueur. Le commentaire, expliqua-t-il, serait inexistant, nous l'enregistrerions plus tard séparément. Peu importait, il fallait acclamer le vainqueur.

Finalement, ce fut lui qui cria « action », ordre qui se dispersa en écho dans les tribunes, et, le cœur battant, j'implorais les dieux de l'enfer pour que tout fût parfait.

Il y eut des accrocs, bien sûr. Une des caméras de location tomba en panne, et une de celles que nous avions fixées à un obstacle fut neutralisée par le sabot d'un cheval, mais la course prit un beau départ, et, dès le début, je vis que mes quasi-collègues jouaient le jeu.

Avant la course, ils m'avaient vu m'installer sur le toit de l'habitacle, pour avoir une meilleure vue. Afin de me rassurer sans doute, ils m'avaient fait un signe de la main auquel j'avais répondu. Il est vrai qu'ils se donnaient à fond.

Pendant la majeure partie de l'épreuve, nous roulions à moins de deux mètres en avant de la course pour avoir les chevaux de tête en gros plan, puis, pour varier les angles, nous jouions sur la vitesse.

Deux des jockeys chutèrent au second passage de l'oxer, mais ils se remirent vite sur pied, et les chevaux qui continuèrent seuls ajoutèrent un peu de naturel non prémédité.

Les autres poussèrent leur monture dans le dernier virage et sautèrent les deux dernières haies en tirant sur tous les muscles, bien déterminés à gagner. Le passage du poteau fut encore plus rapide et plus serré que la veille, mais incontestablement Bleu, Vert et Jaune arrivèrent dans cet ordre. Tandis que nous ralentissions, j'entendais les spectateurs des tribunes hurler comme s'ils avaient parié leur chemise. Ces jockeys avaient couru avec un courage inouï qui me laissait reconnaissant au-delà des mots, incapable d'exprimer mon admiration.

Comme prévu, Moncrieff continua à filmer les chevaux qui rentraient au paddock. Je ne pouvais pas traverser le champ pour remercier les cavaliers et, de plus, les remerciements auraient été malvenus.

— Nom d'une pipe ! s'exclama Moncrieff, impressionné par la vitesse et la proximité des chevaux écumants. Et ils font ça pour gagner leur vie ?

— Oui, plusieurs fois par jour, même.

— C'est dingue !

— C'est formidable.

Nous habillâmes l'acteur-jockey en bleu et le fîmes conduire dans le paddock du vainqueur pour qu'il reçoive les félicitations des figurants et des habitants.

C'était le moment de desseller les chevaux blancs de sueur, piaffant encore sous le coup de l'excitation. Sous l'œil de la caméra, Nash flattait l'encolure du gagnant ; l'acteur-jockey défaisait les sangles et dessellait son cheval bien trop maladroitement à mon goût. Puis les lads mirent leur couverture aux quatre premiers arrivés avant de les ramener à l'écurie. C'était l'heure de la pause déjeuner.

Enjoué, Nash, que ses gardes du corps ne quittaient pas, signa des autographes, essentiellement sur les cartons d'invitation que nous avions généreusement distribués.

— Alors, content ? siffla O'Hara à mon oreille.

— Et vous ?

— Nash et moi, on a regardé la course de la tribune officielle. Nash dit que les trois premiers jockeys ont fait plus que leur devoir.

— Effectivement.

— Il dit que cela donnera un impact incroyable à la victoire de son cheval sur celui de Cibber.

— Cibber va en devenir fou.

— Le coup fatal ?

— Presque. Cibber ne supporte pas que ses meilleurs chevaux soient ainsi battus par l'homme qu'il déteste le plus au monde.

— Quand j'ai relu le scénario révisé, il me semblait qu'Howard avait trop insisté sur la haine. Je ne voyais pas comment une course pouvait induire un tel degré de paranoïa.

— La haine peut ronger l'âme jusqu'à la destruction.

— Peut-être, mais pour le prouver, il fallait une course... exceptionnelle, dit-il, laissant retomber sa voix un instant. Et je crois que vous l'avez eue... à votre manière !

— Bon, si on allait déjeuner, dis-je souriant à demi.

— Nous avons une table dans la salle réservée aux commissaires, pour Nash, vous et moi. Vous vous rendez compte que j'aurais pu arriver derrière vous et vous planter un poignard dans le dos ? Vous vous rendez compte qu'il y a près de trois cents inconnus autour de nous ?

Oh que oui ! Je le suivis et déjeunai dans la tribune officielle panoramique, en toute sécurité.

Quand nous redescendîmes travailler, les assistants d'Ed avaient retrouvé le machiniste qui m'avait remis la lettre. C'était un gosse qui la lui avait donnée. Quel gosse ? Il regarda tout autour de lui, ahuri. Des gosses, il y en avait partout. Il ne se souvenait ni de l'âge, ni du sexe, ni des vêtements. Il était trop occupé à décharger le décor pour la scène du lendemain.

— Merde ! s'exclama O'Hara.

Un autre membre de l'équipe s'approcha timidement et me tendit une carte de visite.

— Une famille Batwillow me dit que vous les attendez, dit-il en m'indiquant le petit groupe.

Jackson Wells, sa femme et Lucy, ainsi qu'un homme que je ne connaissais pas.

Je pris la carte, leur fis signe d'approcher et eus à peine le temps de glisser à l'oreille d'O'Hara : « C'est le véritable mari de la victime » avant de leur serrer la main. Ils s'étaient vêtus pour l'occasion et, en tweed et chapeau melon, Jackson Wells ressemblait plus à un entraîneur qu'à un fermier. Il présenta son frère, Ridley Wells. Je serrai une main tannée.

Moins haut en couleurs, Ridley Wells n'avait pas autant de personnalité que Jackson ; il était beaucoup moins impressionnant, moins intelligent aussi, pensai-je. Clignant sans cesse des yeux, il portait une tenue d'équitation, comme s'il sortait tout juste de son travail que Jackson définit à O'Hara comme « l'apprentissage des bonnes manières aux cabochards ».

Ridley hocha la tête et, avec un accent plus marqué que celui de son frère, commença à s'apitoyer sur son sort.

— Je suis dehors par tous les temps, à galoper sur la lande à Newmarket, mais c'est un travail ingrat. Je monte très bien mais je suis mal payé. Qu'est-ce que vous diriez de m'embaucher dans le film ?

Devant l'agressivité sous-jacente de Ridley, Jackson hocha la tête d'un air résigné. Quand O'Hara répondit simplement désolé, pas de travail, Ridley lui lança un long regard peiné, comme si on venait de le maltraiter, expression sans doute habituelle chez lui. Je comprenais pourquoi Jackson n'avait pas bien accueilli l'idée que son frère participe aux réjouissances.

Jackson n'avait apparemment rien perdu de son œil de professionnel car, après les politesses d'usage et les commentaires sur le temps, il dit :

— Ils vous ont fait une sacrée course, ces jockeys ! Plus impressionnante qu'une vraie !

— Ah, ça ce voit tant que cela ? demanda O'Hara, intéressé.

— Vous n'avez pas entendu les cris ? Vous nous aviez demandé d'acclamer le vainqueur, mais il n'y avait rien de plus facile !

— Ça alors ! dit O'Hara qui ne connaissait rien aux courses.

Il regarda mes invités, et me dit tout d'un coup :

— Gardez la famille Batwillow près de vous, d'accord ?

Ils vous serviront de gardes du corps, voulait-il insinuer, mais il n'avait pas entendu Jackson Wells dire qu'il aurait préféré qu'il n'y ait pas de film. Pourtant, me sentant en sécurité avec sa femme et sa fille, je m'en fis un bouclier en prenant Mme Wells par un bras et Lucy par l'autre pour leur présenter Nash.

Bien que Nash n'eût pas envie de rencontrer l'homme qu'il incarnait, je fis les présentations sans détour.

— Jackson Wells, Nash Rourke.

Ils se serrèrent la main avec des réticences mutuelles.

D'une certaine manière, superficiellement, ils se ressemblaient : même corpulence, même tranche d'âge, mêmes traits bien dessinés. Jackson était blond et très ouvert, alors que Nash était brun et que son statut de superstar l'avait rendu méfiant. Plus à l'aise avec les femmes, Nash signa le carton d'invitation de l'épouse et de la femme et les conquit aisément. Il signa également celui de Ridley, mais le contact ne s'établit pas.

185

Nous devions filmer Nash en train de monter l'escalier des tribunes pour aller regarder la course. À la légère déception d'O'Hara, notre superstar invita ensuite Mme Wells et Lucy à venir s'asseoir près de lui, devant les gardes du corps. Ridley, à qui l'on n'avait rien proposé, suivit, me laissant seul avec Jackson Wells, qui avait l'air de regretter d'être venu.

— Votre épouse n'y a pas songé ?

— À quoi ? demanda-t-il en sachant parfaitement de quoi je parlais.

— Qu'elle se trouve à côté de vous, vingt-six ans plus tôt ?

— Elle n'a pas l'âge, dit-il brusquement. Nous étions des gosses à l'époque. Et puis, vous avez raison, cela ne me dit rien qui vaille.

Pourtant, silencieux, un peu raide, il supporta l'épreuve, tandis que Nash, reprenant la place de sa doublure, tournait la tête à l'endroit exact, pour que son visage soit éclairé selon les désirs de Moncrieff. Nous fîmes trois prises, et j'envoyai la première et la troisième au labo. Pendant tout ce temps, O'Hara resta à côté de moi, l'arme au poing pour ainsi dire.

— Je devrais mettre une armure, lui dis-je en souriant.

— Il n'y a pas de quoi plaisanter.

— Non.

D'une certaine manière, il est impossible de croire à l'imminence de sa propre mort. Ne cessant de travailler, je continuai à tourner des petites scènes toute l'après-midi, et, pendant des éternités d'au moins dix minutes, j'oubliais les couteaux.

À un moment donné, attendant comme d'habitude qu'éclairages et caméras soient prêts, je me trouvai un peu à l'écart du centre d'activités, au côté de Lucy. En regardant ses yeux d'un bleu extraordinaire, je me demandai quel âge elle avait.

— Vous avez demandé une photo de Sonia à papa pour éviter que l'actrice lui ressemble trop dans le film, dit-elle à brûle-pourpoint.

— Il n'en a plus.

— Oui, mais… Euh… Moi, j'en ai une. Je l'ai trouvée un jour au fond d'un tiroir. J'avais l'intention de la donner à papa, mais il ne veut pas entendre parler de Sonia. Il nous interdit même de prononcer son nom. Alors, je l'ai gardée.

Elle ouvrit le petit sac suspendu à son épaule et me tendit une photographie un peu froissée mais nette, représentant une jolie fille, à côté d'un beau jeune homme qui n'était pas Jackson.

— Yvonne ne lui ressemblera pas, dites ?

En hochant la tête, je tournai la photo et lus la mention qui figurait au dos : « Sonia et Pig. »

— Qui est ce Pig ?

— Aucune idée, répondit Lucy. Papa n'en a jamais parlé, mais c'est son écriture, alors je suppose qu'il a dû le connaître, il y a longtemps.

— Longtemps avant votre naissance ?

— J'ai dix-huit ans.

Je me sentis vieux.

— Pourrais-je vous l'emprunter un moment ?

— Je ne voudrais pas la perdre, dit-elle, hésitante.

— Jusqu'à demain ? Si vous revenez demain…

— Oh, je ne pense pas. Papa ne voulait pas vraiment venir. Il a cédé parce que maman avait très envie de rencontrer Nash Rourke.

— Vous pourriez revenir avec votre mère demain ?

— Elle ne viendra pas si papa n'est pas d'accord.

— Et vous ?

— Je n'ai pas de voiture.

— Alors, prêtez-la-moi pour une heure.

Plus détendue, elle accepta, et, à genoux, ou presque, je demandai à Moncrieff de me tirer un négatif dont nous referions un tirage. Il nous faudrait la journée habituelle pour l'envoyer au laboratoire de Londres, mais avec un peu de chance, j'aurais le résultat le lendemain matin.

Demain matin… *Aujourd'hui le poignard te tuera.* Tais-toi, pensai-je.

— Est-ce que vous avez un ordinateur et une imprimante chez vous ? demandai-je un peu plus tard à Lucy.

187

— Bien sûr. On ne peut plus s'en passer pour tenir une ferme de nos jours. Mon père se rend fou avec toute cette paperasse. Pourquoi ?

— Je me posais simplement la question. On en a un ici aussi. Le moindre morceau de pellicule, le moindre objectif, l'ouverture, dis-je, élargissant le sujet... Nous avons quelqu'un qui entre toutes les données. Ainsi on peut retrouver tous les plans, et assurer la continuité si on retourne la même scène quelques jours plus tard.

Comprenant vaguement, elle hocha la tête.

— Et qui sont tous ces gens qu'on voit au générique ? Machinistes, électriciens... Que font-ils ?

— Les machinistes s'occupent de monter les décors. L'électricien est responsable de tout le matériel d'éclairage. En ce moment, le personnage le plus important, c'est le directeur de production. Il s'arrange pour que les véhicules, les accessoires et tout le matériel se trouvent là où on en a besoin.

— Et vous, dit-elle, manifestant des doutes peu flatteurs, vous êtes responsable de l'ensemble ?

— Moi et le producteur, répondis-je en lui indiquant O'Hara. Sans nous, pas de film.

— Oui, c'est ce que papa m'a dit, mais maman pense que vous êtes trop jeune.

— Vous êtes toujours aussi franche ?

— Non, quand j'avais seize ans, c'était l'enfer. Je n'osais rien dire. Cela ne fait pas longtemps que je suis sortie de ma coquille.

— Félicitations.

— Papa dit que je raconte des bêtises.

— C'est l'âge ou jamais. Restez donc, je vous invite à dîner, je vous raccompagnerai plus tard.

— Non, pas seuls, dit-elle, d'un ton mécanique, le regard plein des avertissements de ses parents sur les rendez-vous, viols, etc.

J'eus un sourire amer. Je pensais à me protéger des couteaux, pas à l'attirer dans mon lit ! Je perds la tête, à vouloir qu'une gamine de dix-huit ans à peine sortie du berceau me protège ! Je repris la photo à Moncrieff et la rendis à Lucy.

— Oh, je ne voulais pas…, dit-elle maladroitement, la timidité de ses seize ans surgissant à nouveau. Je ne voulais pas vous blesser.

— Pas de divans profonds ! D'accord.

Rougissante, elle se réfugia près de ses parents, et je me dis que finalement, le lit, ce n'était pas une si mauvaise idée.

L'ennui avec les films, c'est que cela dévore le temps. Pendant les trois mois que dure toute préproduction, il faut travailler comme un fou pour faire les repérages, mettre en place le projet, lui donner un peu de caractère, trouver un ton, affiner le scénario, donner vie aux personnages. Pendant la production, comme en ce moment, c'est sept jours de travail par semaine pratiquement sans sommeil. La postproduction — enregistrement de la musique et de la bande-son, montage, réunions en tout genre et préprojections — doit souvent tenir en trois mois. Et une fois un film terminé, vous en avez déjà un autre sur les bras. Je venais de réaliser trois films en moins de deux ans, mais celui-ci avait incontestablement le plus gros budget. J'aimais mon travail, j'avais la chance d'être souvent demandé, je n'éprouvais pas la moindre étincelle de regret : mais je n'avais vraiment pas le temps de chercher une femme !

Un jour peut-être, cela me tomberait dessus comme un orage. Pourtant, jusqu'à présent, les cieux ne m'avaient accordé que de rares ondées, et Lucy, c'était plutôt le beau fixe !

Quelqu'un me prit brusquement par le coude. Le cœur battant, je me retournai. C'était Moncrieff.

— Nerveux ! dit-il en me voyant essayer de retrouver mon calme. Qu'est-ce que tu attendais ? Un tigre ?

— Toutes griffes dehors, oui.

Rasséréné, je discutai de la scène suivante.

— Tu vas bien ? demanda Moncrieff intrigué. Tu es sûr de ne pas être malade ?

Non, pas malade, simplement terrifié.

— Tout va bien mais… un cinglé veut nous faire arrêter le tournage, alors si tu vois quelqu'un avec une matraque, préviens-moi.

— C'est pour cela qu'O'Hara ne t'a pas lâché d'une semelle ?

— Je crois.

— Plutôt vilain, le couteau, sur la lande. Ivan l'a échappé belle.

— Fais-moi plaisir, parle d'autre chose.

— Et garde les yeux ouverts ?

— Tu as tout compris.

Nous prîmes quelques gros plans des émotions de Nash pendant la course. Derrière nous, la foule composée essentiellement de figurants professionnels, de quelques habitants de la ville, de Mme Wells, de Lucy et de Ridley ainsi que des gardes du corps de Nash répondit fidèlement aux exhortations d'Ed, regardant dans la direction qu'il leur indiquait, criant des « ooooh » et des « aaaah », et acclamant sauvagement au souvenir du passage au poteau d'arrivée.

Grâce au talent de Moncrieff, à part celui de Nash, tous les visages seraient un peu flous. La mise au point de son objectif préféré serait réglée sur la lumière qui se reflétait dans le regard de l'acteur. Tout le reste, cheveux, cou, serait un peu moins net.

— La lumière vire au jaune, me dit finalement Moncrieff, bien que pour un œil normal le changement soit encore imperceptible. C'est fini pour aujourd'hui.

Au mégaphone, Ed remercia les habitants de Huntingdon pour leur travail et les invita à revenir le lendemain. Ils applaudirent, tout sourire. Nash signa encore quelques autographes, toujours protégé par ses gardes du corps.

Radieuse après la bonne journée qu'elle venait de passer, Lucy s'approcha de moi alors que j'examinai déjà le programme du lendemain avec O'Hara et me tendit une boîte blanche de trente centimètres de long fermée par un élastique.

— Qu'est-ce que c'est ?

— Je ne sais pas. C'est un gamin qui me l'a donnée pour vous.

190

— Quel gamin ?

— Oh, un gamin. Il m'a dit que c'était un cadeau. Vous ne l'ouvrez pas ?

O'Hara me prit la boîte des mains, arracha l'élastique et ouvrit précautionneusement la boîte. À l'intérieur, sur un lit de papiers de bureau froissés, reposait un couteau.

J'avalai ma salive. Il avait un manche de bois sombre et poli, avec des rainures permettant une meilleure prise. La garde était assez sommaire, et la lame noire, longue et étroite, mesurait près de quinze centimètres de long : en gros, une arme élégante et efficace.

— Oh, c'est magnifique, s'exclama Lucy.

O'Hara referma la boîte sans toucher le couteau et, après avoir remis l'élastique, il la fourra dans la poche de sa veste. Mieux valait un couteau dans une boîte que dans la poitrine !

— On devrait empêcher les gamins de partir, dit O'Hara, mais, comme moi, il constatait qu'il était déjà trop tard.

La moitié de la foule avait franchi les portes.

— Quelque chose ne va pas ? demanda Lucy qui sentait notre inquiétude.

— Non, dis-je, j'espère que vous avez passé une bonne journée.

— Merveilleuse !

Je l'embrassai sur les joues. En public, elle le permit.

— Il vaudrait mieux que j'y aille. Papa m'attend, dit-elle en s'éloignant et en nous faisant des petits gestes d'adieu.

O'Hara sortit la boîte blanche de sa poche et l'ouvrit de nouveau. Dans le couvercle, il prit une feuille de papier blanc qu'il me tendit.

« *Demain* », avertissait le tirage d'imprimante.

En allant vers les voitures, je parlai de la mésaventure de Dorothea à O'Hara. De nouveau, comme deux jours plus tôt, je décrivis le couteau que j'avais trouvé sur la lande.

Il s'arrêta net au milieu d'un pas.

— Vous croyez que votre amie a été attaquée avec ce couteau ? Celui qu'on a retrouvé sur la lande ?

— Je n'en sais rien.

— Mais, protesta-t-il, sidéré, quel lien pourrait-il y avoir entre elle et notre film ?

— Je n'en sais rien.

— Il ne peut pas s'agir du même ! dit-il en reprenant sa marche, un peu troublé, mais sûr de lui.

— Le seul rapport, lui dis-je, c'est qu'il y a très long-temps, le frère de Dorothea, Valentine, a ferré les chevaux de Jackson Wells.

— C'est bien trop vieux pour avoir une quelconque signification.

— Et Valentine m'a dit un jour qu'il avait donné un couteau à un certain Derry.

— Nom d'un chien, Thomas, vous divaguez !

— Oui, Valentine aussi.

— Quoi ?

— Valentine divaguait, il délirait.

J'ai tué le môme de Cornouailles...

Beaucoup trop de couteaux.

— Vous n'allez pas vous faire poignarder demain, dit O'Hara fermement.

— Tant mieux.

— Ne faites pas le clown !

Il voulait me raccompagner, mais j'appelai Robbie Gill et me rendis compte que je pourrais passer un petit moment avec Dorothea si j'arrivais avant sept heures.

À l'hôpital, Paul s'était installé sur une chaise devant la chambre seule dans laquelle Dorothea avait été trans-portée. Il se leva mais, à ma grande surprise, ne s'opposa pas à ma présence.

— Ma mère veut vous voir, dit-il d'un ton désappro-bateur. Je lui ai dit que je ne voulais pas de vous ici, mais elle ne fait que pleurer.

Il s'était opéré un subtil changement en lui. Son outre-cuidance semblait quelque peu ébranlée : la carapace était la même, mais elle avait perdu la moitié de sa puissance de feu.

— Il ne faut pas la fatiguer. Cinq minutes, pas plus, ordonna-t-il.

Paul ouvrit lui-même la porte et me suivit ostensiblement.

Allongée sur un lit très haut, la tête soutenue par des oreillers, Dorothea semblait presque aussi pâle que le drap, si l'on négligeait les taches sombres des bleus et les fines marques des points de suture. Elle avait des tubes partout : une bouteille lui transfusait du sang, une autre un liquide transparent, et il y avait un appareil qui lui permettait de s'injecter des analgésiques dans les veines à la demande. Immobile, elle avait les yeux fermés. Le lent mouvement de sa respiration semblait trop faible pour soulever les draps.

— Dorothea, dis-je doucement, c'est moi, Thomas. Je suis venu vous voir.

Elle sourit très faiblement.

La voix puissante de Paul brisa sa tranquillité.

— Maman, je lui ai donné cinq minutes. Et bien sûr, je reste là.

Dans un murmure, Dorothea répondit qu'elle voulait me voir seul.

— Mère, ne sois pas stupide !

Deux larmes coulèrent sous ses paupières, faisant trembler les cils.

— Oh, je t'en prie ! dit Paul brusquement. Elle fait cela tout le temps.

Il détourna les talons, et céda aux souhaits de sa mère, se sentant rejeté.

— Cinq minutes, menaça-t-il.

— Paul est sorti, dis-je quand la porte se referma. Comment vous sentez-vous ?

— Je suis fatiguée, Thomas, dit-elle, d'une voix extrêmement faible, mais très claire. Je ne sais pas comment je suis arrivée ici.

— Je sais, Robbie Gill m'a dit.

— Il est très gentil, Robbie Gill.

— Oui.

— Thomas, donnez-moi la main.

J'approchai une chaise et fis ce qu'elle me demandait en me souvenant de la main de Valentine sur mon poignet, il y avait tout juste une semaine à présent. Mais Dorothea n'avait pas de péché à confesser.

— Paul m'a raconté qu'on avait saccagé ma maison, pour chercher quelque chose.

— Oui, c'est vrai. Je l'ai vue.

— Que cherchait-on ?

— Vous ne savez pas ?

— Non. La police m'a déjà demandé. Cela devait être dans les affaires de Valentine. Parfois, je crois savoir. Parfois je crois l'entendre, il me crie de le lui dire. Et puis, tout s'en va.

— Qui est-ce qui crie ?

— C'est Paul qui crie, répondit-elle, dubitative.

— Oh, non !

— Oh, il crie, vous savez. Il n'a pas de mauvaises intentions. C'est mon fils, mon petit bébé. (Des larmes d'épuisement et de regrets coulaient sur ses joues.) Pourquoi faut-il que les enfants grandissent… ?

Sa question, qui n'avait pas de réponse, se termina dans un sanglot.

— Il veut s'occuper de moi.

— Robbie Gill vous a parlé de la maison de repos ?

— Oui, c'est gentil. J'aimerais y aller, mais Paul dit… (Elle s'arrêta, levant une main pâle, en un geste d'épuisement.) Je n'ai pas la force de résister.

— Laissez Robbie Gill s'occuper de tout. Dans un jour ou deux, quand vous serez plus forte.

— Paul dit…

Elle s'arrêta. S'opposer à lui demandait trop d'énergie.

— Reposez-vous. Ne vous inquiétez pas. Reposez-vous et reprenez vos forces.

— Vous êtes tellement gentil… Je suis sûre de savoir ce qu'il cherchait, dit-elle après une longue minute de silence, mais je n'arrive pas à m'en souvenir.

— Ce que Paul cherchait ?

194

— Non, Thomas, pas Paul. Tout s'emmêle. Combien j'avais de couteaux ?

— Combien...

— C'est la police qui m'a demandé. Combien j'avais de couteaux dans la cuisine. Je ne me le rappelle pas.

— Personne ne sait ce genre de choses.

— Non. Ils disent qu'il n'y avait aucun couteau avec des marques de sang.

— Ah, je vois.

— Quand je rentrerai, peut-être, je verrai lequel il manque.

— Oui, peut-être. Vous voulez que je range un peu pour vous ?

— Ce serait trop demander.

— Cela me ferait plaisir.

— Paul veut le faire. Il insiste. Il se met en colère, mais je ne sais pas qui a la clé. C'est bête non ? Je ne peux pas rentrer, si je n'ai pas la clé.

— Je la trouverai. Vous voulez que je vous rapporte quelque chose ?

— Non merci, Thomas. Je voudrais être à la maison avec Valentine. Mais Valentine est mort, dit-elle, pleurant lentement.

Je lui caressai la main.

— L'album de photos, dit-elle soudain, ouvrant les yeux.

— Quoi ?

— C'est ça qu'ils cherchaient.

D'un air inquiet, elle me regarda de ses pâles yeux bleus cernés de noir.

— Quel album de photos ?

— Je ne sais pas. Je n'en ai pas. Juste quelques photographies que je garde dans une boîte. Des photos de Paul quand il était petit. Je n'avais pas d'appareil, mais des amis...

— Où est-elle ?

— Dans ma chambre. Mais ce n'est pas un album. Je n'y avais pas pensé plus tôt. Tout est si confus.

— Hum. Ne vous inquiétez pas. Et puis, Robbie Gill va se fâcher si je vous fatigue, et Paul aussi.

Les yeux las s'éclairèrent d'un sourire.

— Autant que je sois fatiguée, je n'ai rien d'autre à faire que me reposer.

— C'est quand même honteux que Paul ait fini par prendre les livres de Valentine. Il jure que ce n'est pas lui, mais il faut bien qu'il les ait pris, puisqu'ils ont disparu.

— Non, Thomas, dit Dorothea en fronçant les sourcils, ce n'est pas Paul.

— Ah bon ? dis-je incrédule. Il a envoyé quelqu'un d'autre ?

— Non, dit-elle, le front plissé. Valentine voulait vous les donner, et je savais qu'il aurait été furieux si Paul les avait pris, parce qu'il n'aimait pas beaucoup Paul. Il ne s'en accommodait que pour me faire plaisir.

— Alors, qui les a pris ?

— C'est Bill.

— Qui ?

— Bill Robinson, Thomas. Ils sont en sécurité.

— Mais Dorothea, qui est Bill Robinson, et pourquoi a-t-il les livres ?

Elle eut un sourire coupable.

— Vous voyez, Thomas, j'avais peur que Paul revienne et me persuade de les lui donner. Il me fatigue tellement parfois que je finis par céder, c'est mon fils, après tout... Alors, j'ai demandé à Bill Robinson de venir les prendre et de les cacher dans son garage. C'est un ami à moi, alors, il est venu, et ils sont en sécurité. C'est un charmant jeune homme. Il répare des motos.

11

J' ALLAI ME COUCHER après minuit, pensant que, même si je n'étais pas mort aujourd'hui, nous étions déjà demain.

Nash et moi avions dîné ensemble, pour discuter en parfaite harmonie des scènes du lendemain qui se déroulaient dans le rond de présentation, où son jockey serait habillé en bleu, alors que celui de Cibber porterait la casaque verte rayée de blanc.

Après la soirée que nous avions passée dans la salle d'enquête du Jockey-Club, sans l'exprimer si hardiment, Nash me fit comprendre qu'il préférait répéter en privé, si bien qu'il n'y avait que peu d'échanges verbaux nécessaires sur le plateau, puisque tout était déjà clair dans son esprit. Je ne savais pas s'il travaillait de cette façon avec tous les réalisateurs, mais pour nous, c'était très fructueux, car il était toujours prêt. C'était en grande partie grâce à lui que nous gagnions du temps et que nous étions en avance sur le tournage.

Comme d'habitude, j'avais passé les deux dernières heures de la soirée avec Moncrieff, pour mettre au point la disposition des caméras et des éclairages dans le rond de présentation. Nous avions également réglé les scènes de routine : harnachement des chevaux qu'on sellait, couvrait, conduisait au paddock, découvrait... La multiplicité des caméras, même si cela revenait cher, permettait de gagner du temps. Plus tard, j'effectuerais le mon-

197

tage de plusieurs longs plans, je raccorderais les morceaux qui refléteraient l'atmosphère d'agitation et de tension qui précède une course : les étrivières de cuir qu'on serre dans les boucles, les sabots qu'on enduit d'huile pour les faire briller, les gros plans des muscles qui se contractent sous une robe luisante... Il ne faut que deux secondes d'images graphiques pour donner une impression d'urgence et d'intensité, mais il faut parfois dix longues minutes de plan pour les fixer sur la pellicule.

Le rythme est un élément important de la réussite d'un film. Je ne recourrais pas à un montage rapide dans les scènes de rêves et de fantasmes, mais à un lent développement qui soulignerait leur signification.

Du moins... je l'espérais.

Tandis que mon jeune chauffeur silencieux me conduisait vers Huntingdon le lendemain matin, je pensais aux mesures que Dorothea avait prises pour protéger les livres et aux nouvelles incertitudes qui planaient sur l'attitude de Paul. Il n'avait pas tenté d'abréger ma visite : les cinq minutes autorisées s'étaient prolongées en dix avant que je décide moi-même d'y mettre un terme.

Paul m'avait raccompagné jusqu'à la porte de l'hôpital, la respiration haletante, comme s'il voulait dire quelque chose sans pouvoir se résoudre à parler. Je lui avais laissé le temps et l'occasion de le faire, mais contrairement à son oncle, il n'était pas encore assez désespéré pour se confesser.

« Paul crie », avait dit Dorothea. Pour son bien, j'espérais que tout était encore trop confus en elle.

À l'hippodrome de Huntingdon, les portes avaient été ouvertes avant huit heures du matin pour permettre aux habitants d'entrer. Pour le petit déjeuner, offert gratuitement par le traiteur de la compagnie, une camionnette distribuait une quantité incroyable de hot-dogs. Le temps, bien qu'un peu frais, était toujours radieux. Les visages joyeux abondaient. J'avais eu tort de me faire du souci, le bouche-à-bouche avait merveilleusement fonctionné et les turfistes étaient encore plus nombreux que la veille.

Le service publicité nous avait fourni cinq cents T-shirts, qu'on devait offrir à tous les gens de la région qui nous avaient aidés (à mon grand amusement, le slogan TEMPS INSTABLES, écrit en grosses lettres, était complété, si on regardait attentivement, par d'autres petites lettres précisant POUR TOUJOURS, et je commençais à croire que nous n'en aurions pas assez.

Les commissaires de Huntingdon s'étant montrés particulièrement compréhensifs, nous avions accès à toutes les installations. Mais je tenais tant à ne pas abuser de leur générosité que j'avais forcé O'Hara à engager une armée de balayeurs pour tout nettoyer après notre passage.

— Ils ont leur propre personnel, avait-il protesté. Après tout, on paie !

— La bonne volonté n'a pas de prix.

Il avait donc donné ordre au directeur de production de ne pas laisser le moindre grain de poussière.

La salle de pesage et les vestiaires des jockeys étaient déjà ouverts quand j'arrivai, et les habilleuses installaient les casaques chatoyantes des jockeys à côté de leurs culottes et de leurs bottes.

Nous avions tout fait fabriquer spécialement pour le film, pas seulement les couleurs ; tout le matériel, sauf les selles que nous avions louées, appartenait aux studios.

Il y avait vingt tenues en tout, car nous avions prévu des vêtements de réserve en cas d'accrocs ou de déchirures et, au départ, nous ne savions pas de combien de chevaux nous disposerions exactement. Aucun des jockeys n'était encore arrivé (ils avaient été convoqués pour neuf heures) et je n'eus donc aucune difficulté pour me procurer discrètement ce dont j'avais besoin.

J'avais pris deux gilets de protection destinés à épargner aux jockeys les effets les plus néfastes des coups de sabots. En chemise et caleçon, j'enfilai le premier et fermai la fermeture Éclair.

C'était un gilet de coton bleu rembourré par des rectangles de polystyrène de vingt centimètres de long sur douze de large, d'une épaisseur d'un centimètre et demi.

Cousus dans la toile, ils couvraient le tronc du cou à la taille, avec un pan dans le dos pour protéger le coccyx et le bas de la colonne. Une lanière souple passant entre les jambes permettait de fixer le pan arrière à l'avant du gilet, afin de le maintenir en place. Des éléments supplémentaires tels que les épaulettes et les protections de bras s'attachaient à l'ensemble par des bandes Velcro.

J'avais choisi le plus grand, mais il me serrait aux entournures. Avec le second, je ne pus remonter la fermeture sur ma poitrine, problème que je résolus à demi en enfilant mon pantalon sur le tout, et en serrant bien ma ceinture pour maintenir l'ensemble. J'avais l'impression d'être déguisé en joueur de football américain, mais avec mon pull-over habituel et ma veste coupe-vent bleue, dans le miroir, je ne paraissais guère plus gros que d'habitude.

Je ne savais pas du tout ce que donnerait ce rembourrage contre les couteaux, mais, psychologiquement, trois centimètres de polystyrène et quatre couches de coton épais, c'était mieux que rien ! Et je ne pouvais pas me permettre de passer toute la journée à m'inquiéter pour quelque chose qui n'arriverait sans doute pas.

J'avais joyeusement sauté des obstacles sans protection, risquant bêtement ma vie. Je l'aurais refait tout aussi joyeusement. Comme la peur peut revêtir des visages différents, parfois !

Dehors, Moncrieff avait déjà mis la dolly en place pour la première scène de la journée : la sortie des jockeys de la salle de pesage et leur arrivée au rond de présentation. À mi-chemin, un enfant devait se précipiter vers eux pour faire signer un cahier d'autographes à l'acteur-jockey. Pendant que les autres suivaient, Ed, qui dirigeait la deuxième caméra, filmerait les réactions amicales en gros plan : visage, casaque bleue, et sourire aimable.

Nous fîmes deux prises, même si, grâce aux répétitions, tout s'était bien passé la première fois, car deux précautions valent mieux qu'une.

Entre les deux, j'allai discuter avec les jockeys dans

la salle de pesage. Je les remerciai de leur magnifique course de la veille, mais à part quelques plaisanteries, ils ne firent aucun commentaire. Toute aigreur avait disparu. Ils m'appelaient Thomas et plusieurs d'entre eux me dirent qu'ils courraient lors de la réunion du lundi suivant à Huntingdon. Ce serait la vieille routine, fini les joies du pays imaginaire ! Mais la prochaine fois que je faisais un film sur les courses, affirmèrent-ils en riant, s'ils me rencontraient, ils changeraient de trottoir !

Quand on les rappela pour la seconde prise, je sortis devant eux et observai la scène à côté de Moncrieff ; une fois les deux séquences dans la boîte, suivi de toute son équipe, Moncrieff transporta sa caméra dans le rond de présentation et l'installa sur un pied pivotant qui lui permettrait de photographier les chevaux qui tournaient sous un angle de presque 360 degrés. Au centre du cercle, je dirigeais la scène.

Comme d'habitude, ce furent les préparatifs qui nous prirent le plus de temps. Il fallut placer les figurants qui interprétaient les entraîneurs, les propriétaires, les commissaires, les responsables, les spectateurs qui se tenaient sur les marches, et faire répéter les jockeys pour qu'ils se dirigent vers le groupe entraîneur-propriétaire qu'on leur avait attribué. Il fallait s'assurer que les deux ennemis jurés arriveraient ensemble, et que l'acteur-jockey en bleu ainsi que son acolyte en vert et blanc aillent rejoindre respectivement les groupes de Nash et Cibber.

Les deux gardes du corps de Nash, déguisés en propriétaires, avaient des jumelles, mais visiblement, ils auraient préféré des armes. La vieille dame qui complétait le groupe était une championne d'arts martiaux de vingt-huit ans aux instincts de tigresse.

Dans le groupe de Cibber, Silva portait la tenue caractéristique de l'épouse d'un membre du Jockey-Club, manteau de laine bien coupé, bottes hautes et toque de fourrure, des vêtements chauds et élégants pour protéger du vent froid. L'« entraîneur » de Cibber était professeur de judo. O'Hara avait pris toutes les précautions possibles. Mon garde du corps, qui n'avait cessé de me coller sur le dos la veille, se tenait à côté de moi, l'air sombre. Il était censé être ceinture noire, mais je faisais plus confiance au polystyrène.

Plus tard dans la journée, nous tournerions les gros plans : Cibber en furie qui devait supporter la présence de Nash, l'amant de sa femme ; Silva qui faisait les yeux doux à Nash, au désespoir de Cibber, son mari ; Nash ne se départissant pas de ses bonnes manières, neutre envers Cibber, circonspect envers Silva. Des plans brefs mais indispensables, dont l'éclairage prendrait des heures.

Une fois tout le monde en place, avec les chevaux qui tournaient dans le rond de présentation, nous passâmes à la scène de l'arrivée des jockeys. Par miracle, tous se dirigèrent vers le bon groupe, saluèrent leurs propriétaires, engagèrent de fausses conversations, admirèrent les chevaux, en vrais jockeys. Le futur vainqueur en bleu s'approcha de Nash. Casaque verte et blanche alla droit vers Cibber. Personne ne trébucha dans les câbles, personne ne traversa incongrûment le champ, personne ne jura.

— Alléluia ! s'exclama Moncrieff, en sueur près de moi lorsqu'Ed cria « Coupez ! ».

— C'est bon, dis-je, on la refait.

C'était l'heure de la pause. Au centre du rond de présentation, Nash signa des autographes pour les habitants, en file très disciplinée mais apparemment interminable, qu'un des assistants d'Ed ne laissait avancer qu'un par un. O'Hara, les gardes du corps et la tigresse formaient un mur derrière le dos de la superstar.

De nouveau, Nash, O'Hara et moi prîmes notre repas en sécurité dans la salle panoramique des commissaires.

Menaces de mort mises à part, la matinée avait été satisfaisante, toutes les scènes avaient bien marché.

— Howard est revenu, vous le saviez ? dit O'Hara.

— Ah, cet Howard ! s'exclama Nash, avec dégoût.

— Un Howard bien calme, souligna O'Hara avec un sourire nostalgique. Il nous mange dans la main.

202

— Je ne crois pas qu'il ait changé d'opinion, dis-je. Il a peur, il se taira. Mais c'est un volcan en sommeil. Je suis sûr qu'il pensait totalement ce qu'il a dit à Alison Visborough. Il l'a assez bouleversée pour qu'elle passe le relais à son amie du *Drumbeat*. Et je suis certain qu'il le pense toujours.

— Mais, protesta O'Hara, il ne voudrait quand même pas qu'on arrête le tournage, si ?

— Ses honoraires lui sont dus depuis le premier jour du tournage principal, le premier jour à Newmarket. C'est normal, bien sûr, c'est prévu au contrat. Fini ou pas, le film ne lui rapportera pas un sou de plus, à moins qu'il pulvérise tous les records au box-office. Et je crois qu'il cherche toujours à se débarrasser de moi. Il est convaincu que je fais de la boucherie.

— Ce qui est parfaitement exact, dit Nash.

— Oui, pas moyen d'avoir de la bonne viande sans boucher.

— Tiens, ça me plaît, dit O'Hara, je raconterai ça à Howard.

— Vaudrait mieux pas, dis-je résigné, sachant qu'il n'en ferait qu'à sa tête.

Le téléphone mobile d'O'Hara sonna.

— Comment ? Qu'est-ce que vous dites ? Je ne comprends pas. Pas si vite…

Il écouta encore un instant et me passa le poste.

— C'est Ziggy, prenez-le, il parle trop vite pour moi.

— Où est-il ?

O'Hara haussa les épaules.

— Il est en Norvège depuis hier matin. J'ai expliqué ce que vous vous vouliez à un agent, qui l'a fait partir tout de suite.

Au téléphone, la voix de Ziggy était aussi rapide qu'un tir de mitraillette.

— OK, dis-je un peu plus tard, j'ai compris. Tu as trouvé dix chevaux vikings, mais il faut qu'ils viennent tout de suite ?

— Ils ne seront plus libres dans vingt-quatre jours, ni dans trente-huit. Ils ne sont disponibles que la semaine prochaine, pour la bonne marée. On les amènera de Bergen à Immingham par ferry.

— Newcastle, rectifiai-je.

— Non, en général, le ferry de Bergen va à Newcastle, mais pour les chevaux, il faut que cela soit Immingham. C'est mieux pour eux, paraît-il. C'est sur l'Humber. Ils partiront de Bergen dimanche. Ils auront un entraîneur et cinq palefreniers. Ils arriveront tous dans des vans. Ils auront leur nourriture. Ils pourront travailler mercredi et jeudi, mais vendredi, ils doivent retourner à Immingham. Tout est arrangé, Thomas, ça te va ?

— Merveilleux !

Il se mit à rire.

— Ce sont de bons canassons. Ils galoperont sans rênes, mais ils sont dressés. J'en ai monté un à cru, comme tu le voulais. C'est impec !

— Fantastique, Ziggy.

— L'entraîneur veut savoir où on les emmènera après Immingham.

— Euh… Tu voyages avec eux ?

— Oui. Thomas, cette semaine, je travaille avec l'entraîneur. J'apprends ses méthodes. Il faut que les chevaux s'habituent à moi. Je monterai avec une perruque blonde et une chemise de nuit. Tout est arrangé. Comme ça, les chevaux ne s'affoleront pas. C'est bon ?

J'en restai presque muet, tant c'était incroyable.

— Ziggy, tu es génial !

— Oui, je sais, dit-il modestement.

— Je m'occuperai des chevaux. Rappelle-moi samedi.

Excité, il me dit au revoir sans me donner le numéro où je pouvais le contacter, mais je supposai qu'en cas d'urgence, l'agent pourrait nous aider. Je transmis les nouvelles à O'Hara et Nash et annonça qu'il faudrait réorganiser l'emploi du temps de la semaine suivante, mais que cela ne devrait pas poser trop de problèmes.

— Nous aurons l'actrice qui joue la victime la semaine prochaine, me rappela O'Hara. Il faut boucler toutes ses scènes en quinze jours.

Eh bien, je l'emmènerai à la plage, j'aurais la chemise

de nuit diaphane volant au vent, se détachant sur un lever de soleil somptueux. Je la filmerai sur la berge, et je ferai galoper Ziggy à sa place. Immatériel, irréel, tout se passerait dans l'imaginaire...

Pourvu qu'on ait un beau lever de soleil !

— Sonia..., dis-je.

— Yvonne, corrigea O'Hara. Il faut l'appeler Yvonne, c'est son nom dans le livre et dans le film.

— Howard a écrit une scène de pendaison avec le cliché classique des chaussures qui se balancent dans le vide, et les témoins pris de stupeur, mais j'ai d'autres idées, annonçai-je.

O'Hara garda le silence. Nash frémit.

— Ne nous collez pas une interdiction au moins de dix-huit ans ! finit par dire Nash, il faudrait couper la scène !

— Il faut que je fasse dans l'horreur de bon goût ?

Ils se mirent à rire.

— On l'a bel et bien retrouvée pendue.

Au bas de l'escalier, j'aperçus immédiatement Lucy, en grande conversation avec un homme qui lui barrait le chemin.

— Il me dit qu'il a des instructions, qu'il ne doit laisser passer personne !

Sur ordre d'O'Hara, précisa-t-il. Je le rassurai et fis approcher Lucy.

— Je croyais que vous ne veniez pas aujourd'hui.

— Papa a changé d'avis. Il est là avec maman. Oncle Ridley aussi. Ce n'est pas quelques cabochards qui allaient l'empêcher de venir, c'est ce qu'il a dit !

— Je suis content de vous voir.

— Excusez-moi d'avoir été un peu rude.

— Non, vous êtes une petite fille sage, dis-je en souriant à ses yeux bleus.

— Je ne suis plus une petite fille !

— Restez près de moi, je dirai à Moncrieff que c'est d'accord.

— Qui est Moncrieff ?

— Le directeur de la photographie. Un homme très important.

Elle me regarda d'un air dubitatif quand je lui présentai l'homme à la barbe hirsute et aux vêtements tout droits sortis d'un tremblement de terre. Après nous avoir lancé un regard en coin, Moncrieff trouva Lucy à son goût et nous laissa approcher sans protester.

Elle était splendide dans sa longue veste rouge qu'elle portait sur un jean ; son regard curieux et sa bouche calme et ferme dénotaient une grande force mentale. Elle assista aux préparatifs sans bavardages inutiles.

— J'ai parlé du couteau à papa, finit-elle par dire.

— Qu'est-ce qu'il a dit ?

— C'est drôle, il a demandé exactement la même chose !

— Ah bon ? Et qu'avez-vous répondu ?

— Je lui ai dit que le couteau était très beau, dit-elle, le front plissé, mais que vous n'aviez pas dit grand-chose. Et que le producteur, M. O'Hara, n'avait pas l'air content, mais que je ne savais pas pourquoi.

— O'Hara n'aime pas les couteaux, dis-je d'un ton dégagé.

— Oh, je vois. Papa pensait que c'était peut-être parce que quelqu'un avait essayé de poignarder Nash Rourke, d'après ce qu'on a dit à la radio. Mais c'était sa doublure, pas lui.

— C'est exact.

— Papa dit que les réalisateurs n'ont pas de doublure, dit-elle sur le ton de la plaisanterie, sans songer aux implications sous-jacentes, et qu'on ne sait jamais qui c'est avant que quelqu'un vous les montre.

— Ou qu'ils viennent chez vous !

— Ah oui, bien sûr ! La photo de Sonia est bien sortie ?

— Oh, certainement, mais je ne la verrai pas avant de rentrer à Newmarket ce soir.

— Je... je n'en ai pas parlé à papa, dit-elle, hésitante. Je crois qu'il serait fâché.

— Je ne dirai rien. L'actrice qui joue Yvonne, la

femme de Nash dans le film, arrive la semaine prochaine. Je vous promets qu'elle ne ressemblera pas à la photo.

Malgré sa déception, elle sourit pour exprimer ses remerciements. J'espérais qu'il ne lui arriverait aucun mal, mais c'est rarement le cas dans la vie.

Au début de l'après-midi, nous devions filmer la dernière scène de foule autour du rond de présentation, avec les jockeys qui se mettent en selle et le départ vers la piste. Même si l'action serait en fin de compte anecdotique par rapport au drame humain, les scènes de courses devaient être crédibles. De nouveau, nous demandâmes aux groupes d'entraîneurs et de propriétaires de se mettre en place, avec leurs jockeys respectifs. Moncrieff vérifia la caméra pivotante et fit sortir Lucy du champ.

Nash qui arriva, suivi par son nuage d'agents de sécurité, fit un détour pour me signaler qu'un ami me cherchait.

— Qui ?

— Votre copain de la télé.

— Greg Compass ?

— Oui, devant la salle de pesage. Il bavarde avec les jockeys. Il vous attend.

— Parfait.

Nous répétâmes la scène deux fois et fîmes trois prises sous deux angles différents avant que les chevaux ne deviennent rétifs, puis nous demandâmes à la foule d'avancer vers les tribunes et de regarder les cavaliers qui galopaient vers la piste.

Pendant le temps d'attente inévitable avant que les caméras ne soient en place, je laissai Lucy avec Moncrieff et allai rejoindre Greg à la salle de pesage. Dans un magnifique costume gris, avec une douceur infinie, il me laissa entendre que cela ne lui déplairait pas de gagner un petit cachet en interprétant son rôle habituel, c'est-à-dire en allant interviewer l'entraîneur du vainqueur, Nash.

— Cela ne durera pas plus de quelques secondes à l'écran. Juste le temps de voir ta bonne gueule !

— Alors, pourquoi pas ? répondit-il, amusé et très amical.

— Dans une demi-heure ?

— Marché conclu.

— Au fait, et toi, tu ne te souviendrais pas de l'histoire de cette femme d'entraîneur qu'on a retrouvée pendue dont on s'est inspiré pour le film ?

— Jackson Wells ?

— Oui. Il est là aujourd'hui. Sa femme aussi. Ainsi que sa fille, et son frère.

— C'est trop vieux pour moi, mon pote.

— Pas tant que cela. Tu devais avoir seize ans quand Jackson a abandonné les courses. Tu as couru ta première course peu après. Tu n'aurais pas entendu les vieux jockeys t'en parler ?

Il me regarda, intrigué.

— Je ne peux pas dire que je n'y ai pas pensé depuis samedi dernier, cela ne serait pas vrai. Pour moi, le livre, c'est des conneries sentimentales. Les jockeys qui connaissaient ton Yvonne n'avaient rien d'imaginaires. C'était même une sacrée bande d'activistes !

Je souris.

— Tu le savais ? demanda-t-il.

— Oh, cela va de soi. Mais dans le film, cela restera des amants imaginaires. Tu te souviens de certains noms ? Tu ne saurais pas qui, par hasard ?

— Quand je sortais de la douche, plus personne ne disait rien. Ils avaient trop peur d'être mêlés à un meurtre. C'était motus et bouche cousue. (Il marqua une pause.) Mais si Jackson Wells est vraiment ici, j'aimerais le rencontrer.

— Sa fille dit qu'il est là.

Je me retins de lui demander pourquoi il avait envie de rencontrer Jackson Wells mais il me le dit.

— C'est un bon truc pour la télé. Le public va adorer ça, et ça fait de la publicité pour le film !

— Jackson Wells n'est pas très content du tournage.

— C'est encore mieux ! dit Greg en souriant.

Greg à mes talons, je retournai voir Moncrieff et perdis vite l'attention de Lucy au profit du beau journaliste.

Le souffle coupé, elle l'emmena immédiatement voir son père. Moncrieff et moi nous reprîmes le travail.

Nous tournâmes la scène où les chevaux se rendaient sur la piste au petit galop. L'un des chevaux rua. Une des selles glissa, le jockey tomba ! Une des caméras de location nous lâcha. La foule s'impatientait, les jockeys s'énervaient, et Moncrieff jurait.

On y parvint malgré tout.

Vidés de toute énergie, nous retournâmes vers la salle de pesage où O'Hara était en grande discussion avec Howard.

À ma stupéfaction, Howard étaient venu avec ses trois amis, Mme Audrey Visborough, sa fille, Alison, et son fils, Roddy.

O'Hara me lança un regard furieux en disant :

— Mme Visborough veut que nous arrêtions le tournage.

— Non, mais vous êtes fou ! dis-je à Howard, ce qui manquait peut-être de tact, mais traduisait parfaitement mon exaspération.

J'avais peur de me retrouver avec un couteau entre les côtes et Howard avait amené sa bande de clowns ! Pourtant, ils étaient parfaitement vêtus pour l'occasion et ne portaient ni chapeaux pointus ni nez rouges. Appuyée sur sa canne, Audrey Visborough poursuivait sa complainte.

— Thomas Lyon, votre réalisateur, dit-elle à O'Hara en me lançant un regard venimeux, n'a aucune intention de s'en tenir aux faits, pas plus qu'il ne veut stopper cette mascarade. J'exige que vous lui ordonniez d'arrêter ce film !

Passant d'un pied sur l'autre, Howard bredouilla en vain :

— Euh... Audrey...

Faisant preuve d'un sang-froid surprenant, O'Hara lui répondit qu'il n'était pas en son pouvoir de prendre une telle décision (ce qui était sans doute faux) et qu'elle devrait faire part de ses objections directement aux grands pontes des studios, en d'autres termes, directement au sommet.

Elle déclara qu'elle ne s'en priverait pas et demanda des noms et adresses. Obligeamment, O'Hara lui tendit quelques cartes de visites en lui prodiguant des conseils utiles et réconfortants qui glissèrent sur elle sans le moindre effet. Audrey Visborough se sentait personnellement insultée par l'intrigue de ce film, et rien ne la calmerait tant qu'elle n'aurait pas réussi à l'interdire.

Alison hochait la tête à côté d'elle. Roddy semblait vaguement la soutenir, mais d'après les regards qu'il adressait à sa mère, on devinait qu'il n'était guère scandalisé par l'idée qu'elle ait pu un jour ne serait-ce qu'avoir *songé* à coucher avec cet infâme malotru de Jackson Wells.

— Nom d'un chien, pourquoi les avez-vous amenés ici !

— Je n'ai pas pu les empêcher de venir. Et je suis d'accord avec Audrey, de toute façon. Vous la rendez malade, tant ça la dégoûte.

— Vous avez accepté toutes les modifications de l'intrigue. Et c'est vous-même qui avez écrit les scènes d'amour entre Nash et Silva.

— Oui, mais cela se passait gentiment au salon, gémit-il, pas en se roulant dans un lit ! Moi, je voulais faire plaisir aux Visborough !

Avec un petit pincement de culpabilité, je pensais que ses ennuis avec Audrey Visborough étaient loin d'être terminés.

— Aimeriez-vous assister au tournage d'une scène ? proposai-je à sa fille, Alison.

— Moi ? dit-elle, surprise, avant de regarder sa mère. De toute façon, cela ne nous fera pas changer d'avis. Ce film est une infamie.

Pourtant, quand je m'éloignai, irrité, elle me suivit.

— Où vas-tu ? lui demanda sa mère, sévèrement. Reste ici, j'ai besoin de toi.

— Je veux discuter avec M. Lyon, dit-elle en me lançant un regard noir.

Résolue, elle marchait à côté de moi, dans son costume de tweed austère et ses chaussures plates, bien décidée à défendre la bonne cause.

— Papa, dit-elle, était un homme bon.

— J'en suis sûr.

— Il n'était pas facile, continua-t-elle, pleine d'admiration, c'était un homme de principes. Certains le trouvaient ennuyeux, je sais, mais il a été un bon père pour moi. Il estimait que les femmes étaient très mal traitées par le système britannique qui veut qu'on laisse l'héritage aux garçons, c'est pour cela qu'il m'a légué la maison. Rodbury était furieux. Il a trois ans de plus que moi, et il avait toujours cru qu'il hériterait de tout. Papa l'a traité généreusement pendant toute sa vie. C'est lui qui lui a acheté ses sauteurs, mais il insistait pour que Rodbury continue à donner ses leçons. C'était tout à fait raisonnable, il me semble, car papa n'était pas excessivement fortuné. Il a partagé l'argent entre nous trois. Nous ne sommes pas riches, ni l'un ni l'autre. Je suppose que vous vous demandez pourquoi je vous raconte tout cela. C'est simplement pour que vous respectiez la mémoire de mon père.

Je ne pouvais pas, pas comme elle voulait.

— Pensez à ce film comme à une œuvre de fiction, pas comme à l'histoire de votre père et de votre mère. Il ne s'agit pas de vos parents. Ce sont des personnages. Des inventions.

— Maman ne voudra jamais le croire !

Je l'emmenai avec moi dans le rond de présentation, où, comme d'habitude, Moncrieff réglait les éclairages.

— Je vais vous présenter deux personnes, dites-moi ce que vous en pensez.

Elle semblait intriguée, mais elle suivit du regard le couple que je lui indiquai et considéra sans émotion Cibber, homme sobre de la cinquantaine, et la jeune et belle Silva dans son manteau de luxe, avec ses bottes brillantes et sa toque de fourrure ensorcelante.

— Eh bien ? demanda Alison. Ils sont beaux, qui sont-ils ?

— M. et Mme Cibber.

— Quoi ! dit-elle en se tournant vers moi, en furie.

Puis, renonçant à une agression physique directe, elle se retourna et les regarda encore.

211

— Derrière, c'est Nash Rourke. Il interprète le personnage inspiré de Jackson Wells.

Stupéfaite, Alison regardait les épaules larges et le visage dont l'intelligence se voyait même à vingt pas.

— Venez avec moi.

Éberluée, elle me suivit, et je la guidai vers Greg Compass qui semblait, avec l'aide de la fille, avoir trouvé le père de Lucy.

— C'est Greg Compass, qui interviewe les personnalités du monde des courses à la télévision.

Le reconnaissant vaguement, Alison hocha la tête.

— Et il est avec M. et Mme Jackson Wells et leur fille, Lucy.

Alison ouvrit la bouche, mais aucun son ne sortit. Jackson Wells, élégant et souriant, se tenait entre les deux femmes tirées à quatre épingles, et attendait que je termine les présentations.

— Alison Visborough.

Le visage radieux de Jackson Wells s'assombrit.

— Ah, sa *fille*, dit-il, comme dans un crachat.

— Vous voyez, dis-je à Alison, Jackson Wells déteste votre mère tout autant qu'elle le déteste. On voit bien qu'il était impossible qu'ils aient une aventure dans la vie. Les personnages de ce film ne sont pas eux.

Alison restait muette. Je lui pris le bras et l'entraînai plus loin.

— C'est votre mère qui se rend malade toute seule. Persuadez-la de ne plus s'occuper de nous. Arrangez-vous pour qu'elle pense à autre chose, et ne la laissez pas voir le film quand il sortira. Croyez-moi, je n'ai pas l'intention de manquer de respect envers la mémoire de votre père. Je fais un film sur des personnages fictifs. Je comprends les sentiments de votre mère, mais elle ne nous fera pas renoncer au film.

Alison retrouva sa voix.

— Vous êtes intraitable.

— Oui. Cependant, tout comme Howard, je vous admire, mademoiselle Visborough. J'admire votre bon sens et votre loyauté envers votre père. Je regrette que vous soyez fâchée, mais je n'y peux rien. Dans le film, Cibber n'est pas un homme très sympathique, je dois vous en avertir. Tout ce que je peux vous affirmer, c'est qu'il ne faut pas le confondre avec votre père.

— Pour Howard, c'était le même.

— Howard a fait de Cibber un homme gentil, incapable d'émotions puissantes. Il n'y a ni conflit ni drame, dans ce cas. Le conflit, c'est l'essence du drame... c'est la première leçon de cinéma... De toute façon, je vous présente mes excuses, à vous, à votre mère et à votre frère, mais jusqu'à la semaine dernière, j'ignorais jusqu'à votre existence, ou presque.

— Oh, Roddy ! dit-elle sans grande affection. Ne vous inquiétez pas pour lui. Il s'en moque. Il ne s'entendait guère avec papa. Trop différents, je suppose. Rodbury... je l'appelle par son nom entier, parce que Roddy fait penser à un gentil petit garçon... Il ne me laissait jamais jouer avec lui quand nous étions enfants. Qu'est-ce que les filles pouvaient se tromper quand elles me disaient que j'avais de la chance d'avoir un grand frère... (Elle s'arrêta brusquement.) Je ne sais pas pourquoi je vous raconte ça, je ne parle pas facilement. Et surtout pas aux gens que je désapprouve. Enfin, Rodbury se moque pas mal de ce que vous dites de papa tant que cela ne lui fait pas perdre d'argent. Il fait simplement semblant de s'en inquiéter pour maman, parce qu'il est toujours en train de quémander quelque chose.

— Il n'est pas marié ?

— Il se vante de ses aventures féminines, mais je crois qu'il en dit plus qu'il n'en fait.

Je souris devant tant de franchise et pensai à sa vie pleine de frustrations : un frère décevant, un père adoré mais distant, une mère qui l'avait peut-être empêchée de trouver l'âme sœur. Une femme admirable malgré tout.

— Je vous aime bien, mademoiselle Visborough.

— Alors, arrêtez ce film, dit-elle en me regardant droit dans les yeux.

Je pensai à ses blessures morales et je pensai aux couteaux.

— C'est impossible.

Nous terminâmes à temps pour tenir la séance de signatures qui avait été vaguement prévue, afin d'entretenir de bonnes relations avec tous. Nash, Silva et Cibber distribuaient les autographes avec force charme.

Nombre de résidents de Huntingdon portaient déjà leurs T-shirts *Temps incertains*. Une bonne humeur générale régnait. Les chasseurs d'autographes se bousculaient gentiment. O'Hara signa les invitations de ceux qui avaient su reconnaître le producteur, et je fis ma part moi aussi. Modestement, Howard signa les exemplaires de son livre.

Une foule joyeuse s'agitait autour de nous. Les gardes du corps de Nash souriaient. La tigresse essayait d'empêcher les femmes d'embrasser leur idole. Ma ceinture noire se tenait à ma gauche pour que je puisse écrire de la main droite.

Je sentis une secousse comme si on m'était rentré dedans, un coup assez puissant pour que je pose un genou à terre avant de tomber à la renverse. Je m'écroulai sur le côté droit et sentis la première douleur, aiguë, effroyable… Je compris immédiatement que j'avais une lame de couteau dans le corps et que je venais de tomber sur la garde, enfonçant l'arme un peu plus loin.

12

EN RIANT, O'Hara me tendit la main pour m'aider à me relever.

J'acceptai son assistance par pur réflexe, mais quand il me vit grimacer, il cessa immédiatement de rire.

— Vous vous êtes fait mal ?

— Non, dis-je en me redressant sur les genoux. Prêtez-moi votre veste.

Il portait une veste kaki ample, la fermeture Éclair ouverte.

— Votre veste, répétai-je.

— Quoi ? dit-il en se penchant vers moi.

— Prêtez-moi votre veste, dis-je, avalant ma salive pour tenter de me calmer. Donnez-moi votre veste et dites à mon chauffeur d'amener la voiture près de la salle de pesage.

— Thomas ! s'exclama-t-il, un peu inquiet, en penchant la tête pour m'entendre mieux. Que se passe-t-il ?

— J'ai un couteau enfoncé dans les côtes, dis-je distinctement, avec une lucidité anormale. Passez-moi votre veste sur les épaules, pour le cacher. Surtout, pas de panique. Ça ficherait la trouille aux studios. Pas un mot à la presse. Ni à la police. Je ne suis pas mort, le tournage continue.

Il m'entendait, il comprenait, mais il avait du mal à y croire.

— Où est le couteau ? demanda-t-il, abasourdi. Vous avez l'air d'aller bien.

— Quelque part, en dessous du bras, au niveau du coude. Mais prêtez-moi votre veste.

— Je vais chercher le médecin.

— Non ! Votre veste !

Je dus mettre jusqu'à la dernière miette de l'autorité qu'il m'avait conférée dans cette supplique, mi-complainte mi-ordre. Sans autre objection, il ôta sa veste et me la passa autour des épaules.

Des regards curieux se braquaient vers nous. Je posai la main gauche sur le bras d'O'Hara qui me faisait face, et, peu à peu, réussis à me remettre debout.

— Je ne le laisserai pas réussir, ce salaud, dis-je précautionneusement mais visiblement en colère.

— Tant mieux.

Je me détendis de manière infinitésimale, mais en fait la rage est le meilleur anesthésique qui soit, et trop de compassion aurait risqué de m'anéantir plus vite que la douleur.

O'Hara envoya un des assistants d'Ed chercher mon chauffeur et dit aux quelques curieux qui le questionnaient que je m'étais déboîté l'épaule mais que cela n'avait rien de grave.

Dans le panorama confus de visages qui m'entouraient, je ne me souvenais pas avoir vu quelqu'un de précis tout près de moi au moment de l'agression, mais le mouvement de foule était permanent. Tous les gens que je connaissais en Angleterre, tous ceux qu'on aurait pu engager pour ce boulot — les professionnels sachant se rendre invisibles ne manquaient pas pour ce genre de contrat — auraient pu se cacher parmi les chasseurs d'autographes. Plutôt que de me demander quel organe vital pouvait bien se trouver un peu au-dessus du coude, je me concentrai pour ne pas tomber. Pourtant, si j'avais la peau moite à cause du choc et de la blessure, je me rendis compte que je ne saignais pas abondamment.

— Vous avez le front en sueur, me fit remarquer O'Hara.

— Ce n'est rien.

— Laissez-moi appeler un médecin.

— C'est le meilleur moyen d'ameuter Greg Compass et toutes les télévisions.

Il garda le silence.

— Je connais un bon docteur. Où est la voiture ?

Bien qu'il me semblât mettre une éternité, Ed revint très vite avec le chauffeur.

Il fit un bref signe de tête et je me glissai sur la banquette arrière.

O'Hara monta de l'autre côté.

— Vous n'êtes pas obligé.

— Si.

Heureux de sa compagnie, je lui donnai un numéro à composer sur son téléphone mobile et lui pris l'appareil une fois la communication établie.

— Robbie ? dis-je, soulagé de ne pas obtenir le répondeur. C'est Thomas Lyon. Où êtes-vous ?

— À Newmarket.

— Euh, pourriez-vous venir nous voir à l'hôtel dans une heure ? C'est urgent.

— À quel point ?

— Euh, je ne peux pas le dire pour l'instant.

O'Hara sembla surpris, mais je lui indiquai le chauffeur, qui, si avare de mots fût-il, n'était sûrement pas sourd. O'Hara paraissait compréhensif, mais il était rongé d'inquiétude.

— Un des pontes est arrivé à l'hôtel, il doit nous attendre.

— Oh... Robbie, dis-je après avoir hésité un instant, on ne pourrait pas se retrouver chez Dorothea plutôt ? C'est un peu pour le même genre d'ennuis... en moins grave.

— Vous n'êtes pas seul ? Vous ne pouvez pas parler librement ? Et il y a un blessé ?

— Exact, dis-je, me réjouissant qu'il ait si vite compris.

— Qui est le patient ?

— Moi.

— Mon Dieu ! Vous avez les clés de Dorothea ?

217

— Je suis sûr que son amie Betty les a. Elle habite juste en face.

— Je la connais. Bon, dans une heure, chez Dorothea. C'est grave ?

— Je ne connais pas assez bien la géographie interne, mais pas trop je crois.

— À l'abdomen ? demanda-t-il inquiet.

— Non, plus haut, sur le côté droit.

— À tout de suite. Évitez de tousser.

Je rendis le téléphone à O'Hara qui avait bien du mal à ne pas me poser de questions. Je m'assis un peu de travers, résistant autant que possible aux mouvements de la voiture, mais il y avait néanmoins soixante longs kilomètres à supporter de Huntingdon à Newmarket.

J'indiquai le chemin de la maison de Dorothea au chauffeur. Robbie Gill, qui était déjà arrivé, ouvrit la porte de l'intérieur et vint à notre rencontre. Tandis que je m'extirpai de la voiture et que j'essayai de garder l'équilibre en m'appuyant sur le bras de Robbie, O'Hara ordonna au chauffeur de revenir nous chercher une demi-heure plus tard.

— Nous n'avons guère envie de faire de publicité, dis-je à Robbie.

— C'est ce que j'ai cru comprendre. Je n'en ai parlé à personne.

Il regarda O'Hara sortir de la voiture et donner le signal du départ au chauffeur avant que je fasse de brèves présentations dont ils se contentèrent. : « O'Hara... Robbie Gill. »

Lentement, nous remontâmes l'allée et entrâmes dans la maison saccagée. Dorothea avait dit à Robbie Gill que je lui avais proposé de ranger. Nous allâmes dans la cuisine où je m'assis sur une chaise.

— Vous avez vu le couteau ? demanda Robbie Gill. Quelle longueur avait la lame ?

— Il est toujours là.

Il parut choqué.

— Ce garçon est fou, dit O'Hara.

218

— O'Hara est le producteur. Il aimerait qu'on me recouse et que je sois sur le plateau demain matin.

Robbie Gill ôta la veste d'O'Hara de mes épaules et s'agenouilla par terre pour observer le problème de plus près.

— Je n'ai jamais vu de couteau pareil.

— Il ressemble à celui de la lande ?

— Non.

— Enlevez-le, ça fait mal.

À la place, il se leva et parla d'anesthésiques.

— Mais nom d'un chien ! dis-je impatiemment. Enlevez-moi ça !

— Je voudrais voir la blessure que cela a provoqué.

Il ouvrit la fermeture Éclair de mon coupe-vent, découpa mon pull-over avec les ciseaux de cuisine et découvrit mes gilets de protection.

— Qu'est-ce que c'est que ça ?

— Nous avons reçu des menaces de mort, lui expliquai-je, alors, j'ai pensé... J'ai emprunté deux gilets de protection des jockeys. Contre les coups de sabots.

— *Des menaces de mort !*

O'Hara lui expliqua plus en détails avant de demander :

— Qu'est-ce qui vous a fait penser à ces gilets rembourrés ?

— La peur, dis-je franchement.

Ils faillirent éclater de rire.

— Écoutez, le couteau a traversé ma veste coupe-vent, mon pull-over, les deux gilets rembourrés et une chemise. Il a traversé la peau, mais je ne pisse pas le sang, et je ne me sens pas plus mal qu'il y a une heure. Alors, Robbie, un peu de votre fermeté habituelle... Je vous en prie.

— Bon, d'accord.

Il ouvrit les gilets qui cachaient ma chemise rouge de sang. Il écarta les pans pour voir la lame et leva les yeux... L'horreur se lisait dans son regard.

— Qu'est-ce qu'il y a ?

— La lame ! Elle mesure plusieurs centimètres de large. Elle est complètement enfoncée dans les côtes.

— Eh bien, enlevez-la !

Il ouvrit sa sacoche, sortit une seringue à usage unique et me l'enfonça dans le corps en m'expliquant qu'il pratiquait une anesthésie locale. Ensuite, il prit des pansements et des bandages stériles. Même méthode que pour Dorothea, pensai-je. Il regarda sa montre pour laisser à la piqûre le temps d'agir, puis déchira un sachet de compresses qu'il appliqua sur la peau à l'intérieur de ma chemise, tout en tirant sur le manche du couteau de la main droite.

Je ne bougeai pas mais, malgré la piqûre, cela faisait horriblement mal.

— Je n'ai pas assez de levier dans cette position. Vous êtes costaud, dit-il en regardant O'Hara. Vous allez l'enlever.

Le regard horrifié d'O'Hara passait de Robbie à moi.

— Pensez aux grands pontes ! dis-je.

Il eut un sourire en coin et demanda à Robbie :

— Dites-moi quand.

— Maintenant, dit Robbie.

O'Hara saisit le manche et tira jusqu'à ce que la lame se libère.

Robbie appliqua rapidement les compresses. Plongé dans un état de stupeur, O'Hara tenait toujours l'objet qui m'avait causé tant d'ennuis.

— Excusez-moi, me dit Robbie.

La bouche sèche, je hochai la tête.

O'Hara posa le couteau sur la table. Longuement, nous l'observâmes en silence.

Il mesurait vingt centimètres de long, dont le manche prenait la moitié environ. De plus de sept centimètres de large près du manche, la lame s'effilait en pointe, formant un triangle à double tranchant, dont l'un était méchamment denté. Le manche formait une poignée creuse permettant d'enfiler toute une main. Ondulé pour donner une meilleure prise aux doigts, il était décoré de larges incrustations de bois sombre ; le reste était en métal poli.

— C'est lourd, dit O'Hara, livide. Cela aurait pu vous couper en deux.

Une plaque décorative sur le haut de la lame portait le mot « Fury ».

Je pris cette arme effroyable pour l'examiner de plus près. Effectivement, elle était lourde — plus d'une demi-livre, comme nous allions bientôt le constater car Robbie la pesa sur la balance de cuisine de Dorothea — et, selon les indications gravées sur la lame, elle avait été fabriquée au Japon, en acier inoxydable.

— Il nous faut un spécialiste des armes blanches.

— Non, ce qu'il vous faut, dit Robbie d'un ton d'excuse, c'est quelques points de suture pour stopper l'hémorragie.

Nous enlevâmes toutes mes couches protectrices pour qu'il puisse voir ce qu'il faisait, et, d'un ton consolant, il m'annonça que, ayant heurté une côte, la pointe de la lame avait glissé sans perforer la plèvre.

— La côte s'est brisée sous le choc, mais vous avez de la chance, la plèvre est indemne. Vous devriez guérir rapidement.

— Alléluia ! dis-je, déprimé mais néanmoins soulagé. Demain je mettrai peut-être un gilet pare-balles !

Robbie essuya une bonne quantité de sang séché, n'hésitant pas à salir une serviette à thé de Dorothea pour l'occasion, puis m'aida à renfiler mes vêtements à peu près intacts et ma veste coupe-vent.

— Vous voilà comme neuf ! me dit-il en remontant la fermeture Éclair.

— Le grand ponte n'y verra que du feu ! assura O'Hara. Vous croyez que vous êtes en état de lui parler ?

J'acquiesçai. Je n'avais pas le choix. C'était une nécessité si nous voulions le convaincre que l'argent des studios ne risquait rien entre mes mains. Une nécessité absolue pour conjurer le mauvais sort.

— On doit quand même découvrir qui est assez fanatique pour aller jusqu'au meurtre ! Il est possible que le couteau n'ait été là que pour nous faire peur, comme celui d'hier, mais si je n'avais pas porté de gilets rembourrés...

— Pas de gilets et un ou deux centimètres de plus dans un sens ou dans l'autre, et vous seriez de l'histoire ancienne !

— Bon, si on estime que c'est une tentative de meurtre, je dois absolument savoir qui en est à l'origine et pourquoi. Il faut trouver nous-mêmes, si on ne veut pas y mêler la police. Sinon… (J'hésitai un instant avant de poursuivre :) si le mobile de l'agression existe toujours, ce qui est le cas a priori, l'agresseur risque de recommencer.

J'avais l'impression que cette idée leur avait déjà effleuré l'esprit mais qu'ils avaient préféré ne pas en parler pour ne pas m'affoler.

— Aucun film ne mérite qu'on meure pour lui, dit O'Hara.

— Le film a remué une boue vieille de vingt-six ans. Ce qui est fait est fait, nous n'avons rien à regretter. Alors, ou on arrête les frais, et on en reste là, on succombe au désarroi, mais dans ce cas, je ne donne pas cher de mon avenir ! Ou… euh… on continue à remuer la boue jusqu'à ce qu'on découvre la vérité.

— Mais, dit Robbie dubitatif, vous croyez que c'est possible ? Quand les événements étaient encore frais, la police n'a jamais abouti à rien.

— Ce sont des gens comme tout le monde. Pas des surhommes infaillibles. Si on essaie et qu'on échoue aussi, eh bien tant pis.

— Mais par où commencer ?

— Par ce que j'ai dit. On cherche un spécialiste des armes blanches.

La nuit était tombée. Tandis que Robbie allait allumer, la porte du devant s'ouvrit et nous entendîmes de lourds bruits de pas qui s'approchaient dans le couloir.

Paul apparut dans l'encadrement de la porte. Un Paul exaspéré et suspicieux qui me lança des regards furieux et étonnés. Les hésitations de notre dernière rencontre avaient disparu, la hargne était de retour.

— Qu'est-ce que vous fichez ici ? demanda-t-il. Je vous ai dit de rester à l'écart. Nous n'avons pas besoin de vous.

— J'avais promis à Dorothea de ranger un peu.

— C'est moi qui rangerai. Je ne veux pas de vous ici, quant à vous, docteur Gill, nous n'avons plus besoin de vos services. Fichez-moi le camp, tous autant que vous êtes.

C'était la première rencontre d'O'Hara et de Paul Pannier, expérience édifiante, comme à chaque fois.

— Et où avez-vous eu la clé ? hurla-t-il agressif. Vous êtes entrés par effraction ? Et vous, dit-il regardant O'Hara pour la première fois, qui êtes-vous ? Fichez-moi le camp !

— C'est la maison de votre mère, dis-je d'un ton neutre, et je suis là avec sa permission.

Paul n'écoutait plus. Son regard s'était égaré sur la table et il fixait le couteau.

Il n'y avait presque plus de sang car il avait été plus ou moins nettoyé en passant par les couches de polystyrène et les vêtements, si bien que c'est l'arme elle-même, et non son usage, qui rendait Paul si muet.

Il leva les sourcils et croisa mon regard, sans dissimuler son épouvante. Il avait les yeux aussi noirs que son visage bouffi était pâle. Bouche ouverte, il ne trouva rien à dire mais sortit de la cuisine et quitta la maison sans refermer la porte derrière lui.

— Qui était-ce ? demanda O'Hara. Qu'est-ce qui lui prend ?

— Sa mère a été sauvagement poignardée dans cette maison samedi dernier. Il a dû croire que nous avions trouvé l'arme.

— C'est la même ? demanda O'Hara. C'est de cela que vous vouliez me parler hier ? Mais ce n'est pas le poignard que vous avez trouvé sur la lande ?

— Non.

— Je n'y comprends rien, dit-il le front plissé.

Nous étions deux dans le même cas, mais il devait pourtant y avoir une explication. Il y a toujours une explication.

— Connaîtriez-vous un certain Bill Robinson, qui ré-

223

pare des motos ? demandai-je à Robbie Gill qui rangeait sa trousse.

— Vous vous sentez bien ?

— Pas à cent pour cent. Vous le connaissez ?

— Bill Robinson qui répare des motos ? Non.

— Vous êtes du coin, vous devriez le connaître.

— Vous êtes sérieux ?

— Il risque d'avoir ce qu'on cherchait dans cette maison.

— C'est tout ce qui vous intéresse ?

— J'acquiesçai d'un signe de tête.

Robbie tira le téléphone vers lui, consulta un carnet qu'il sortit de sa poche et composa un numéro. De fil en aiguille, on lui communiqua quatre autres numéros avant qu'il repousse enfin l'appareil d'un air satisfait.

— Bill Robinson travaille au garage Wrigley, il habite quelque part à Exning Road. Il rafistole des Harley Davidson pour le plaisir.

— Parfait !

— Mais, protesta O'Hara, quel est le rapport avec notre film ?

— Les couteaux, et le fait que Valentine Clark connaissait Jackson Wells.

— Eh bien, amusez-vous bien à remuer la boue ! dit Robbie Gill.

Le grand ponte était un petit homme d'affaires, de la quarantaine, maigrichon au nez pointu, qui ne s'intéressait même pas à la pile de bobines grandissante. Il n'aimait pas le cinéma, disait-il. Il méprisait les acteurs. Il estimait que l'on devrait passer des menottes financières aux réalisateurs. Lui, son domaine, c'était investir des capitaux, en prenant toutes les garanties. Une autre planète, pensai-je.

Il avait demandé à l'avance un récapitulatif de toutes les dépenses, jusqu'au dernier sou depuis le début du tournage, si bien que l'équipe d'O'Hara avait passé toute la journée à recenser dépenses de nourriture, de transport,

224

de salaires des lads, et à inventorier tubes de rouge à lèvres et ampoules électriques.

Nous dînâmes dans la suite d'O'Hara, mais j'avais fait un détour par ma chambre pour enfiler une chemise propre et un pull. Robbie n'avait fait qu'un petit pansement sur la plaie recousue. Je me sentais toujours un peu faible, mais apparemment, cela ne se voyait pas. Je me concentrai pour justifier les frais du voyage en Norvège de Ziggy devant un verre d'eau minérale, alors que je ne rêvais que de cognac.

— Des chevaux sauvages ! s'exclama le grand ponte, carrément offusqué. Vous n'avez quand même pas accepté qu'on fasse venir des chevaux de Norvège ! Ce n'est même pas dans le scénario !

— Ils font partie des rêves de la femme, répondit O'Hara, d'un ton neutre. Sa vie fantasmatique, c'est ce que les studios préféraient dans l'intrigue. C'est ce qu'on doit voir à l'écran. Les chevaux vikings, c'est une belle image pour la publicité, ils nous rapporteront plus qu'ils n'auront coûté.

O'Hara réussit à le réduire au silence ; le financier était toujours renfrogné, mais il commençait à comprendre que, s'il s'opposait trop ouvertement à ce producteur renommé, il finirait par le perdre et pourrait dire adieu à son investissement. Il modéra donc son agressivité et accepta d'accorder une prime exceptionnelle au vainqueur de la course en se contentant d'une petite grimace.

Les comptes passés en revue, il voulait discuter avec Howard.

Pas moi.

O'Hara non plus.

Par miracle, Howard n'étant pas à l'hôtel, on changea de sujet. Je m'excusai, prétextant ma réunion quotidienne avec Moncrieff. Au moment de nous séparer, le grand ponte dit qu'il espérait qu'il n'y aurait plus d'« incidents fâcheux » et annonça qu'il viendrait assister au tournage le lendemain.

— Oh, bien sûr, dit O'Hara, clignant à peine des yeux. Nous aurons beaucoup de dialogues et des gros plans, ainsi que quelques scènes avec les gens qui entrent et sortent dans la salle de pesage de l'hippodrome de Huntingdon. Pas de scènes de foule, elles sont déjà en boîte. Pas de jockeys, c'est terminé aussi. Grâce au beau temps et à la bonne organisation de Thomas, nous aurons terminé les scènes de courses avec un jour d'avance.

Le grand ponte avait l'air d'avoir avalé une guêpe. Je me demandai si quelque chose arrivait parfois à lui faire plaisir.

La réunion avec Moncrieff se prolongea un peu avec l'arrivée de Nash et de Silva, qui voulaient tous deux faire une répétition en privé. Nash avait apporté un exemplaire du scénario. Sans rouge à lèvres, Silva arborait son expression la plus féministe. Je me demandai ce que cela donnait avec O'Hara au lit, spéculation qui ne faisait guère avancer mon travail mais sur laquelle je ne pouvais m'empêcher de vagabonder.

Moncrieff et Nash discutaient des éclairages ; Silva pointait son menton divin en avant et, à son grand ravissement, Moncrieff ne parlait de son visage qu'en terme de lignes et d'ombres.

J'avalai mes médicaments avec un verre de brandy. Sans doute pas l'idéal sur le plan médical, mais pour éloigner le calvaire, il fallait bien un verre ! Une fois tout le monde parti, je m'installai dans mon lit, où, à demi assis, transpercé par une douleur lancinante, je restais éveillé pendant des heures, à réfléchir et à me dire que, désormais, je m'arrangerais pour toujours garder le dos au mur.

O'Hara me tira d'un sommeil agité en me téléphonant à sept heures et demie. Tard, en fait.

— Comment allez-vous ?

— Patraque.

— Il pleut.

— Ah oui ? Tant mieux, dis-je en bâillant.

— Moncrieff a téléphoné à la météo. Cela devrait s'arranger cette après-midi. Alors nous pourrons regarder les rushes de Huntingdon ce matin, quand la camionnette rentrera de Londres.

— Oui… je croyais que le grand ponte s'en fichait.

— Lui, il va à Londres. Il n'a pas la patience d'attendre pour Huntingdon. Il m'a dit que tout semblait aller bien, et qu'il ferait un rapport en ce sens.

— Wouaouh !

— Il vous a trouvé très « professionnel », dit O'Hara avec un petit rire. C'est le meilleur compliment qu'il puisse faire. Il m'a dit que je pouvais rentrer à Los Angeles.

— Oh, dis-je, surpris par l'intensité de mon désarroi. Vous partez ?

— C'est votre film.

— Restez.

— Si je pars, dit-il après un bref silence, cela prouve que vous êtes parfaitement maître de la situation. Réfléchissez. On décidera après les rushes. Je vous retrouve à onze heures dans la salle de projection. Vous serez en forme ?

— Oui.

— Moi, je ne le serais pas à votre place.

À neuf heures, je décidai de renoncer au déjeuner anglais pantagruélique et j'avais déjà localisé le garage de Wrigley sur le plan de la ville. À neuf heures et quart, mon chauffeur l'avait trouvé. Un auvent abritait les pompes à essence.

Légèrement boutonneux, les cheveux longs, avec un fort accent régional, Bill Robinson portait un blouson de cuir noir couvert de clous dorés et une ceinture pleine de lourds outils autour de ses hanches étroites. Voyant que j'avais un chauffeur, il manifesta un respect de circonstance.

— J'peux faire quelque chose pour vous ? demanda-t-il en mâchonnant son chewing-gum.

— Mme Dorothea Pannier trouve que vous êtes un type formidable.

— Ah ouais ? dit-il en hochant la tête de plaisir. Oh, c'est une brave dame, elle aussi.

— Vous savez qu'elle est à l'hôpital ?

227

— Oui, on m'a dit qu'un salaud l'avait attaquée, dit-il perdant toute bonne humeur.

— Je suis Thomas Lyon, c'est elle qui m'a donné votre nom.

— Ouais, dit-il soudain méfiant. Vous n'êtes pas son imbécile de fils ? Quel crétin, celui-là !

— Non, son frère Valentine m'a laissé ses livres par testament. Elle m'a dit qu'elle vous les avait confiés.

— Ne les donne à personne, voilà ce qu'elle m'a dit.

Il avait des manières franches et directes, et j'estimais que cela aurait été une erreur de lui proposer de l'argent, ce qui lui conférait quasiment un statut de saint dans ce monde moderne.

— Et si vous pouviez lui parler au téléphone ?

Comme il n'y voyait aucun inconvénient, j'appelai l'hôpital et, après bien des standards et des attentes, j'obtins enfin Dorothea en personne.

Elle parla un moment avec ce Bill Robinson vêtu de cuir noir clouté, dont le visage rayonnait de gentillesse et de plaisir.

Il restait encore de l'espoir pour notre vieux monde !

— Elle dit que vous êtes son rayon de soleil et que les livres sont à vous.

— Parfait.

— Mais je les ai pas là. Ils sont au garage, à la maison.

— Quand pourrais-je les prendre ?

— Je pourrais rentrer chez moi à midi, à la pause déjeuner. (Il lança un bref regard à un monstre de métal clinquant, enserré dans de lourdes chaînes destinées à dissuader les voleurs.) D'habitude, je rentre pas, mais je pourrais.

Je suggérai d'acheter une heure de son temps à son patron pour ne pas avoir à attendre le déjeuner.

— Rien que ça ! s'exclama-t-il terrifié, mais, plus réaliste, son patron accepta la proposition et l'argent avec empressement.

Enchanté, Bill Robinson rentra chez lui dans ma voiture.

— Comment connaissez-vous Dorothea ? lui demandai-je en chemin.

— Ma copine habite juste à côté. Parfois, on lui fait ses courses à la petite dame. On porte ses sacs. Elle nous donne des bonbons, comme si on était des gosses.

— Euh… Quel âge avez-vous ?

— Dix-huit ans. Alors, ma bécane, qu'est-ce que vous en dites ?

— Je vous l'envie.

Visiblement fier de lui, il avait un sourire des plus agréables. Quand nous arrivâmes chez lui (« M'man est à son boulot, la clé est dans ce truc, qui ressemble à une pierre. »), il ouvrit le verrou de la porte du garage de briques et révéla sa véritable vocation : la réparation et la construction de motos.

— J'achète des épaves et je les retape, dit-il tandis que je regardais les roues, les guidons et les pots d'échappement étincelants. Je les remets à neuf et je les revends.

— Superbe, dis-je songeur. Vous aimeriez figurer dans un film ?

— Quoi ?

Je lui expliquai que je cherchais toujours des arrière-plans intéressants. S'il voulait, nous sortirions certaines pièces détachées dans l'allée et nous filmerions Nash Rourke, songeur, en train de se promener dans la rue devant chez lui.

— Pas de dialogue, simplement Nash Rourke qui s'arrête un moment pour vous regarder travailler. Son personnage se promènera à Newmarket, pour réfléchir à un grave problème. Je cherche des décors authentiques.

— Nash Rourke ! Vous rigolez !

— Non, vous le rencontrerez.

— Mme Pannier m'a dit que c'était vous qui faisiez le film… Tout le monde en parle, c'était même dans le *Drumbeat*.

— Le cow-boy tyrannique ? Oui, c'est moi.

— Voilà, les livres sont là-dedans, dit-il en montrant

229

une rangée de cartons disparates qui annonçaient : télévision, matériel électroménager, micro-ondes et grille-pain.

— Y'a au moins une tonne de paperasse. Il m'a fallu tout le samedi matin pour tout emballer et transporter ici, mais pour Mme Pannier, qu'est-ce que je ferais pas ?

Je lui dis que je devrais en faire autant, et lui demandai s'il pouvait m'indiquer le contenu des boîtes.

— Pas la moindre chance, dit-il joyeusement. Pourquoi ne pas regarder ?

La tâche était trop lourde pour le temps et l'énergie dont je disposais. Je lui dis que je m'étais déboîté l'épaule et lui demandai de m'aider à charger autant de cartons que possible dans la voiture. Résigné, il regarda la pluie mais pataugea efficacement dans l'allée. Après quelques hésitations, mon chauffeur ferma sa veste et remonta son col pour venir lui prêter main-forte.

On put caser près de la moitié des cartons dans la voiture. Je lui demandai comment il s'y était pris le samedi précédent.

— La petite camionnette de papa. Il m'a fallu trois voyages. Il en a besoin la semaine, je pourrai pas lui emprunter avant ce soir.

Il accepta de m'apporter le reste des cartons et, toujours d'humeur joyeuse, vint jusqu'à l'hôtel pour nous aider à décharger.

— C'était pas une blague quand vous m'avez proposé d'être dans votre film ? demanda-t-il alors que nous le raccompagnions au garage Wrigley. Ce serait quand ?

— Demain, peut-être, je vous enverrai un message. Je m'arrangerai avec votre patron, et vous recevrez un petit cachet.

— Super !

Nash, Silva et Moncrieff vinrent voir les rushes d'Huntingdon avec O'Hara et moi.

Même dépourvues de son, les scènes de courses ressemblaient à une véritable épreuve, et les jockeys étaient tous dignes d'une médaille. La course avait été merveilleusement filmée par cinq des caméras, pas trop mal par une sixième. Il y avait assez de pellicule pour faire un montage qui ferait vibrer les cœurs de ceux qui n'avaient jamais vu de steeple-chase de près. Même Silva en resta bouche bée, et Nash paraissait songeur. Moncrieff grommela que les ombres n'allaient pas mais, à part lui, personne n'avait rien remarqué.

Les gros plans des dialogues montraient une Silva à l'apogée de son talent. Je louai son interprétation, non sa beauté, et eus droit à un bref signe de remerciement. Les deux jours de travail avaient largement valu leur peine.

À la fin des rushes, le type du labo avait ajouté les trente secondes de la photo que m'avait donnée Lucy. Immenses et très nets, les deux visages apparaissaient à l'écran.

— Qui sont-ils ? demanda O'Hara perplexe.

— La fille, à gauche, c'est Yvonne, dis-je, ou plutôt Sonia Wells, celle qu'on a retrouvée pendue. La vraie.

— Mon Dieu !

— Et l'homme ? demanda Nash.

— Il s'appelle Pig. J'ai promis qu'Yvonne et Sonia ne se ressembleraient pas, dis-je après leur avoir expliqué comment j'avais obtenu la photo.

À l'écran, la fille avait des cheveux bruns frisés, et pas une chevelure verte ou autre bizarrerie. Nous ferions porter une perruque blonde à Yvonne en espérant pour le mieux.

L'écran redevint blanc. Lumières allumées, nous discutâmes de ce que nous venions de voir avant de nous remettre au travail.

Plus tard, à Huntingdon, le photographe de plateau, engagé par le département publicité pour avoir une trace de l'avance du travail, apporta à O'Hara une série de photos de 9 cm sur 13 cm. Nous les emportâmes dans la salle de pesage pour les examiner soigneusement à la loupe.

Il n'y avait rien d'utile. Nash terminant sa séance d'autographes ; Howard qui signait son livre en faisant la moue ; Silva toujours aussi charmante ; Greg signant des

231

cartons d'invitation ; O'Hara et moi, l'un à côté de l'autre. À chaque fois, l'objectif avait été réglé sur le sujet principal. Les personnages annexes étaient visibles, mais les détails manquaient dramatiquement.

— Il nous faudrait des gros plans de la foule.

— On ne verra jamais notre Fury !

Morose, il reconnut que j'avais raison, mais commanda malgré tout les agrandissements.

Pas de couteau, ni dans les mains ni dans les corps ! Nous tournâmes les dernières scènes et fîmes repartir les chevaux. Après nous être assurés que nous laissions l'endroit propre comme un sou neuf, nous remerciâmes la direction des courses de son accueil et retournâmes à Newmarket peu après six heures.

Le clignotant de mon répondeur indiquait la présence de messages. Me laissait-il parfois tranquille ?

Robbie Gill voulait que je le rappelle, c'était urgent.

J'obtins son secrétariat téléphonique, il ne serait joignable qu'à sept heures.

Pour passer le temps, j'ouvris quelques-uns des cartons de livres, qui couvraient à présent une bonne partie du sol, car j'avais demandé qu'on ne les empile pas. Bien sûr, j'avais oublié que se baisser fait aussi travailler les muscles du torse. À genoux, donc, je commençai à examiner mon héritage.

Il y en avait beaucoup trop. J'ouvris les trois premiers cartons qui contenaient des biographies et des livres d'histoire des courses, sortis les volumes un par un, les secouai à la recherche d'un éventuel papier avant de les remettre en place, mais je compris que j'aurais besoin d'aide… et qu'il faudrait tout enregistrer sur ordinateur.

Lucy… Si j'avais des fantasmes, je la matérialiserais dans mon salon, comme Yvonne avec ses amants imaginaires. Lucy savait se servir d'un ordinateur !

Sur une impulsion, je téléphonai chez son père.

— Vous m'avez dit que vous aviez quitté l'école et que vous attendiez une place dans une école de commerce ? Cela vous dirait un travail temporaire, d'une quinzaine de jours à Newmarket ? (Je lui expliquai ce dont

232

j'avais besoin.) Je n'essaie pas de vous séduire. Vous pouvez amener un chaperon, habiter où vous voulez, rentrer chez vous tous les soirs, si vous préférez. Je vous paierai bien. Si vous n'en avez pas envie, je trouverai quelqu'un d'autre.

— Est-ce que je reverrai Nash ? demanda-t-elle, le souffle légèrement coupé.

— Tous les jours, lui promis-je cyniquement.

— Il... Il...

— Oui, et il est marié !

— Oh, ce n'est pas cela, dit-elle, offusquée. Il est... si gentil.

— C'est vrai. Et ce travail ?

— Je peux commencer demain.

Les cartons attendraient bien jusque-là.

À sept heures, je téléphonai à Robbie Gill qui répondit immédiatement.

— Par quoi je commence ? La bonne nouvelle, ou la très mauvaise ?

— La bonne, je suis fatigué.

— Cela ne me surprend guère. La bonne nouvelle, c'est que j'ai une liste de spécialistes d'armes blanches. Trois à Londres, deux à Glasgow, quatre à Sheffield, et un à Cambridge.

Il me lut les noms, et me priva du peu de souffle que ma côte cassée m'accordait encore.

— Répétez le nom de celui de Cambridge !

— Professeur Meredith Derry, ancien maître de conférence à Trinity College. En retraite.

Derry.

Confié le couteau...

— Et la très mauvaise ? demanda Robbie.

— Je suppose que je ne peux pas y échapper !

— J'en ai bien peur. Paul Pannier a été assassiné.

13

*A*SSASSINÉ ?
— J'en ai bien peur.
— Où ? Quand ?

Comme si c'était inévitable, la voix à l'accent écossais me répondit :

— Chez Dorothea. Poignardé.

Un soupir. Un grognement.

— Dorothea est au courant ?

— Un policier est allé la prévenir à l'hôpital.

— Pauvre Dorothea !

— Oui, elle n'aura plus l'occasion de le disputer.

— Mais elle l'aimait, protestai-je ! Elle aimait encore l'enfant qu'il avait été. Elle aimait son fils. C'est un désastre !

— Allez la voir. On dirait que vous la comprenez. Je me suis toujours demandé comment elle le supportait.

Dorothea devait avoir besoin de bras réconfortants autour de ses épaules, pour pouvoir pleurer tranquillement.

— Et la femme de Paul, Janet ?

— La police l'a prévenue. Elle doit être en route.

Je regardai ma montre. Sept heures cinq. J'étais affamé, je souffrais horriblement, et je devais discuter des scènes du lendemain avec Nash et Moncrieff, mais…

— Robbie ? Ce professeur Derry, il a une adresse ?

— Un numéro de téléphone. (Il me le donna.) Et Dorothea ?

— Je vais la voir tout de suite. Je serai à l'hôpital dans une demi-heure. Pourriez-vous vous arranger pour qu'on me laisse la voir ?

Il s'en occuperait. Je lui demandai qui avait bien pu découvrir le corps de Paul.

— C'est moi ! Vers trois heures, je voulais récupérer un carnet que j'avais oublié dans la cuisine. Je suis passé prendre les clés chez Betty, comme la veille, mais elle m'a répondu qu'elle les avait données à Paul le matin de bonne heure. Je suis allé chez Dorothea et j'ai sonné, mais comme personne ne répondait, j'ai fait le tour et j'ai essayé la porte de la cuisine. Elle était ouverte. Paul était allongé dans le couloir, à l'endroit où Betty avait trouvé Dorothea, à peu de chose près. Il n'y avait pas de sang. Il a dû mourir sur le coup, mais il était déjà là depuis des heures. Il semblerait qu'on l'a tué avec l'un des grands couteaux de cuisine de Dorothea. L'arme était toujours enfoncée dans le corps, par derrière, un peu au-dessus du coude droit...

— Robbie ! m'écriai-je, abasourdi.

— Oui, presque au même endroit que vous. Le manche dépassait toujours. Un manche de couteau ordinaire, rien d'original. J'ai téléphoné à la police, qui m'a fait poireauter presque toute l'après-midi, mais je ne pouvais pas leur dire pourquoi Paul était venu ici. Je n'en savais rien ! Je ne pouvais rien leur apprendre à part que la lame avait touché le cœur.

— Vous ne... vous ne leur avez pas parlé de moi ?

— Non, vous ne vouliez pas, si ?

— Non, non.

— La situation est différente maintenant ?

— Pas si la police trouve l'assassin de Paul rapidement.

— J'ai comme l'impression qu'ils ne savent pas par où commencer. Ils vont ouvrir une enquête publique malgré tout. Ils poseront des tas de questions. Vous feriez mieux de vous y préparer, parce que vous étiez chez Dorothea après l'agression, ils ont vos empreintes !

— Ah oui. Est-ce contraire à la loi de ne pas signaler qu'on vous a attaqué ? demandai-je soudain.

— Je ne sais pas vraiment, dit Robbie, mais c'est très certainement interdit de se promener avec un engin comme votre Fury dans des lieux publics, ce qui est exactement ce que vous avez fait avec O'Hara hier soir. Cela doit bien valoir une amende et six mois fermes.

— C'est une plaisanterie ?

— Non, il y a des lois très strictes sur les armes offensives. Et comme arme offensive, votre Fury était très efficace.

— Oubliez ça.

— Rien de plus facile.

La veille, nous avions nettoyé la cuisine. Nous avions formé un gros paquet avec mes gilets de protection, ma chemise, mon pull-over et les pansements de Robbie, que nous avions fourré dans un sac-poubelle avant de le déposer négligemment près d'un tas d'ordures similaires dans la cour du Bedford Lodge. Dès le lendemain matin, les éboueurs viendraient enlever la montagne de bouteilles vides et d'ordures en tout genre.

Robbie me dit qu'il passerait la consigne aux infirmières, pour qu'elles me laissent passer et me demanda de le rappeler plus tard.

Je lui dis au revoir et composai aussitôt le numéro du professeur Meredith Derry, qui, à mon grand soulagement, me répondit lui-même qu'il pouvait me consacrer une demi-heure, surtout si j'acceptais de payer la consultation.

— Bien sûr, dis-je joyeusement, et le double si c'est ce soir.

— Alors passez quand vous voulez, dit le professeur avant de me donner son adresse et les indications nécessaires.

Le chagrin de Dorothea était aussi destructeur que je le redoutais. Dès l'instant où elle me vit, elle fondit en larmes, pleurant autant sur le passé que sur le présent.

Je lui passai le bras autour des épaules et lui pris la main. Nous restâmes longuement ainsi, avant qu'elle ne prenne un Kleenex sur sa table de chevet et se mouche faiblement.

— Thomas !

— Oui, je sais, je suis désolé.

— Il voulait ce qu'il y avait de mieux pour moi. C'était un bon fils.

— Oui.

— Je n'ai pas su l'apprécier...

— Ne vous sentez pas coupable.

— Je ne peux pas m'en empêcher. J'aurais dû le laisser m'emmener quand Valentine est mort.

— Non. Arrêtez, ma chère Dorothea. Vous n'avez rien à vous reprocher, rien du tout.

— Mais pourquoi ? Pourquoi tuer Paul ?

— La police le découvrira.

— Je n'en peux plus ! dit-elle avant d'éclater en sanglots.

Je sortis de la chambre pour demander aux infirmières de lui donner un sédatif. Plus rien sans autorisation du médecin, me répondirent-elles.

— Alors, trouvez-en un ! leur dis-je, mécontent. Son fils a été assassiné, elle se sent coupable.

— Coupable ? Pourquoi ?

Trop difficile à expliquer !

— Elle va tomber vraiment malade, si vous ne faites pas quelque chose.

Je retournai près de Dorothea en pensant avoir parlé à un mur mais, dix minutes plus tard, une des infirmières entra joyeusement et lui fit une piqûre qui endormit Dorothea presque aussitôt.

— Vous êtes content ? me demanda-t-elle, un peu sarcastique.

— Je n'en espérais pas tant.

Je quittai l'hôpital et aidai mon chauffeur à trouver la maison du professeur Derry. Comme il était payé cinquante pour cent de plus pour les heures de nuit, il me précisa qu'il n'était pas pressé.

En retraite, le professeur Derry ne roulait pas sur l'or. Il habitait au rez-de-chaussée d'un petit immeuble divisé en appartements, où il possédait un bureau, une chambre, une salle de bains et une kitchenette dans une alcôve. Tout semblait petit et lourd dans ce décor de bois sombre, domaine flétri d'un ancien universitaire vivant frugalement.

Les cheveux blancs, fragile et voûté, il avait pourtant conservé toute sa lucidité. Il m'introduisit dans son bureau, me fit asseoir sur un fauteuil de bois et me demanda ce qu'il pouvait faire pour moi.

— Je voudrais des renseignements sur les couteaux.

— Oui, oui, vous me l'avez dit au téléphone.

Je regardai autour de moi mais ne vis aucun appareil, pourtant, il y en avait un, sur le palier, un téléphone public qu'il partageait avec les autres locataires.

— Si je vous montre un dessin, pourrez-vous me dire de quoi il s'agit ?

— Je peux essayer.

Je sortis le dessin du couteau de la lande de ma poche et le lui tendis. Il déplia la feuille, la lissa et la repoussa plus loin.

— Je dois vous dire, précisa-t-il avec des mouvements de lèvres rapides, qu'on vient de me consulter récemment sur ce même couteau.

— Vous êtes un spécialiste reconnu, monsieur.

— Oui. Mais pourquoi ne me demandez-vous pas qui est venu me voir ? Seriez-vous dépourvu de curiosité ? Je n'aime pas les étudiants qui ne sont pas curieux.

— Je suppose que c'est la police.

La vieille voix se brisa en une sorte de ricanement.

— Bon, il faut que je révise mon jugement.

— Non, monsieur. C'est moi qui ai trouvé ce couteau sur la lande de Newmarket. La police l'a saisi, comme pièce à conviction. Je ne savais pas qu'elle était venue vous consulter. C'est la curiosité pure et simple qui m'a amené ici.

— Qu'étudiez-vous ?

— Je ne suis jamais allé à l'université.

— Dommage.

— Merci, monsieur.

238

— J'allais prendre du café. Vous en voulez ?

— Oui, volontiers, merci.

Il hocha la tête, tira le rideau qui fermait la cuisine, fit chauffer de l'eau dans laquelle il versa du café instantané et me demanda si je voulais du lait et du sucre. Je me levai pour l'aider ; ces petits gestes domestiques témoignaient de sa bonne volonté à mon égard.

— Je n'ai guère apprécié les deux jeunes policiers qui sont venus ici, dit-il à brûle-pourpoint. Ils m'appelaient Papi, les imbéciles !

— C'est stupide.

— Oui, la coquille vieillit, mais pas l'intellect qui l'habite. Les gens ne voient que la coquille et m'appellent Papi. Ou Pépé ! Qu'est-ce que vous en pensez ?

— Je les tuerais.

— Vous auriez raison, dit-il en ricanant encore. Le couteau que la police a apporté est une réplique d'un couteau de tranchées fabriqué pour les soldats américains pendant la Première Guerre mondiale.

— Ouaouh !

— Ah, n'employez pas ces expressions ridicules !

— Non, monsieur.

— Les policiers m'ont demandé pourquoi je pensais que c'était une copie et non un vrai. Je leur ai dit d'ouvrir les yeux. Cela ne leur a pas plu.

— Euh… Comment le saviez-vous ?

— Ah ah… ! C'était gravé « Made in Taiwan », dans le métal. Alors, dites-moi…

— Taiwan ne s'appelait pas Taiwan pendant la Première Guerre mondiale.

— Exact. C'était Formose. Et puis, à l'époque, ce n'était pas un pays industrialisé.

Il s'assit et but une gorgée de son café qui, comme le mien, était très léger.

— La police voulait savoir à qui appartenait le couteau, mais comment voulez-vous que le sache ? Je leur ai dit qu'il était illégal de porter un tel couteau sur soi en Angleterre et leur ai demandé où ils l'avaient trouvé.

— Qu'ont-ils répondu ?

— Rien. Ils m'ont dit : « Cela ne te regarde pas, Papi. »

Je lui racontai en détails comment la police avait obtenu ce trophée et, d'un ton moqueur, il s'extasia :

— Ouaouh !

Je commençais à m'habituer à lui et à la pièce surchargée, où je voyais à présent les murs couverts de livres, comme ceux de Valentine, le bureau de noyer, la lampe de cuivre et l'abat-jour de métal vert qui renvoyait une lumière mal adaptée, les rideaux de velours rouille accrochés à une tringle de bois par des anneaux bruns, un poste de télévision moderne totalement incongru, une vieille machine à écrire, des fleurs fanées dans un vase émaillé, et une horloge de cuivre, avec des chiffres romains, qui scandait la fin de sa vie.

Propre et bien rangée, la pièce sentait le vieux papier, le vieux cuir, le vieux café, la vieille fumée de pipe, le vieil homme. Il n'y avait pas de chauffage malgré la fraîcheur du soir. L'antique appareil électrique noir à trois éléments était froid. Le professeur portait un pull-over, une écharpe, une veste de tweed râpée avec des pièces aux coudes, et des charentaises de laine à carreaux. Des lunettes à double foyer lui permettaient de voir, et il était rasé de près. Il avait beau être vieux et pauvre, il ne se laissait pas aller pour autant.

Sur le bureau, un cadre argenté abritait une photo indistincte du professeur en plus jeune, accompagné d'une jeune femme souriante.

— Ma femme, m'expliqua-t-il. Elle est morte.

— Excusez-moi.

— Cela arrive.

Tandis que je buvais mon piètre café, il évoqua délicatement le sujet de ses honoraires.

— Je n'ai pas oublié, mais il y a un autre couteau sur lequel j'aimerais vous interroger.

— Quel couteau ?

— Deux en fait. L'un a un manche de bois poli et rainuré, cela pourrait être du palissandre, je crois. La garde est noire, ainsi que la lame à double tranchant qui

240

mesure près de trois centimètres de large sur quinze de long.

— Une lame noire ?

— Oui, c'est une arme très solide, faite pour tuer. Vous la reconnaissez d'après cette description ?

Il posa sa tasse vide sur le bureau et me prit la mienne.

— Le couteau à lame noire le plus célèbre, c'est celui des commandos britanniques. Parfait pour tuer les sentinelles par une nuit sombre.

Je faillis dire « ouaouh », non à cause de ce qu'il venait de dire mais parce qu'il confirmait que cette arme était bien faite pour donner la mort.

— En général, ils se présentent dans des étuis en mailles kaki, avec une fente pour l'accrocher à la ceinture et des liens pour l'attacher à la jambe.

— Le mien n'avait pas d'étui.

— Dommage. Il était authentique ou c'était une copie ?

— Je ne sais pas.

— Où l'avez-vous vu ?

— On me l'a donné, dans une boîte. Je ne sais pas qui me l'a offert, mais je sais où il se trouve. Je chercherai un « Made in Taiwan ».

— On en a fabriqué des milliers pendant la Seconde Guerre mondiale, mais à présent, ce sont des pièces de collectionneurs. Et bien sûr, en Angleterre, on n'a plus droit ni de les acheter, ni de les vendre. Il est interdit de faire de la publicité pour de tels couteaux depuis la loi de 1988. On risque même de se faire confisquer des collections. Aujourd'hui, plus personne n'oserait en montrer un.

— Ah bon ?

— Mais d'où sortez-vous, jeune homme ? me demanda-t-il, souriant de me voir si surpris.

— J'habite en Californie.

— Ah, cela explique tout. Les couteaux sont tous légaux aux États-Unis. Là-bas, il y a des clubs de collectionneurs, des magazines, des boutiques, et on peut même en commander par correspondance. Ici, il est interdit de fabriquer ou d'importer des couteaux avec une lame double de plus de huit centimètres de long. Je suppose que le couteau de tranchées que la police m'a montré et le couteau de commando sont venus d'Amérique illégalement.

J'attendis quelques secondes avant d'ajouter :

— Je voudrais vous dessiner un autre couteau, si vous avez une feuille de papier.

Il sortit un bloc-notes et je lui dessinai le Fury, en lui donnant son nom.

Plongé dans une immobilité inquiétante, Derry finit par dire :

— Où l'avez-vous vu ?

— En Angleterre.

— À qui appartient-il ?

— Je ne sais pas. Je comptais sur vous.

— Je ne sais pas non plus. Comme je vous l'ai dit, en Angleterre, ces choses-là, on les garde précieusement à l'abri des regards indiscrets.

Je soupirai. Je lui en demandais trop.

— Ce couteau, on l'appelle l'Armadillo. Fury, c'est la marque du fabricant. C'est un couteau d'acier inoxydable, fabriqué au Japon. Il est très cher, il pèse lourd, il est très pointu et dangereux.

— Hum hum. Professeur, poursuivis-je après un instant de silence, à votre avis, quel genre de personnes aimerait avoir de tels couteaux, même en cachette ? Ou peut-être surtout en cachette ?

— Tout le monde, ou presque. C'est facile d'acheter ce couteau aux États-Unis. Il y a des milliers de cinglés qui collectionnent les couteaux dans le monde, les fusils, les armes. Les gens aiment la sensation de pouvoir...

Sa voix retomba, de peur de se laisser aller à des confidences trop personnelles peut-être, et il regarda le dessin, comme pour éviter que je voie ses yeux.

— Et vous, lui demandai-je, d'une voix aussi neutre que possible, avez-vous une collection ? Que vous auriez gardée, de l'époque où c'était encore légal ?

— Vous ne pouvez pas me demander cela.

242

Silence.

— L'Armadillo, dit-il, se présente dans un lourd étui de cuir noir qui se ferme par un bouton. Normalement, on le porte à la ceinture.

— Celui que j'ai vu n'avait pas d'étui.

— Ce n'est pas légal de le transporter sans étui, et c'est dangereux !

— Je ne crois pas que la sécurité avait une grande importance.

— Vous vous exprimez par énigmes, mon cher.

— Vous aussi, professeur. Nous utilisons des sous-entendus, par méfiance.

— Je ne peux pas savoir que vous n'irez pas à la police.

— Et moi non plus.

Un autre silence.

— Je vais vous dire quelque chose, jeune homme, si vous êtes menacé par quelqu'un qui possède ce genre de couteau, soyez très prudent. Normalement, poursuivit-il en pesant ses mots, ce genre d'arme est bien enfermée en sécurité. Je trouve cela très troublant qu'on en ait utilisé une sur la lande.

— La police a pu remonter jusqu'au propriétaire ?

— Cela m'étonnerait vraiment. Ils ne savaient pas par où commencer, et je ne pouvais rien faire pour eux.

— Mais le propriétaire de l'Armadillo ?

— Non, on en a fabriqué des milliers. L'Armadillo de Fury a un numéro de série, je crois, ce qui permettrait d'identifier un couteau particulier et peut-être de retrouver son premier propriétaire. Mais après il peut être vendu, volé ou donné plusieurs fois. Je ne vois pas comment on pourrait faire la lumière sur ces couteaux, même si on pouvait retrouver une trace.

Déprimant !

— Professeur, j'aimerais voir votre collection.

— Il n'en est pas question.

Un silence.

— Je vous dirai où j'ai vu l'Armadillo.

— Allez-y.

243

Son visage était ferme, il ne cillait pas. Il ne promit rien, mais j'avais absolument besoin d'en savoir plus.

— Un homme que je connaissais a été assassiné aujourd'hui. Il a été tué à Newmarket avec un couteau de cuisine ordinaire, dans la maison de sa mère. Samedi dernier, dans la même maison, la mère a été agressée au couteau, mais on n'a pas retrouvé l'arme. Elle se remet tout doucement de ses blessures à l'hôpital. Sur la lande, comme je vous l'ai dit, nous croyons que la vedette de notre film était la victime présumée. La police mène une enquête sur toutes ces affaires.

Il me fixait toujours.

— À première vue, il ne semble n'y avoir aucun lien entre le meurtre d'aujourd'hui et l'agression sur la lande. Je n'ai aucune preuve, mais moi je suis persuadé du contraire.

— Et pourquoi ?

— Un pressentiment. Cela fait beaucoup trop de couteaux en même temps. Et vous vous souvenez de Valentine Clark ? Il est mort d'un cancer la semaine dernière.

Son regard se faisait de plus en plus intense, mais comme il ne répondait toujours pas, je poursuivis :

— C'est la sœur de Valentine, Dorothea Pannier, qui s'est fait agresser samedi dernier, dans la maison qu'elle partageait avec son frère. Tout a été saccagé. Aujourd'hui, c'est son fils, Paul, le neveu de Valentine, qui a été assassiné chez sa mère. Oui, il y a quelqu'un de très dangereux qui rôde dans les parages, et si la police ne le ou la trouve pas tout de suite...

Des pensées mystérieuses occupèrent l'esprit du professeur pendant de longues minutes, mais il finit par parler.

— Je me suis intéressé aux couteaux quand j'étais encore tout gosse. Quelqu'un m'avait offert un canif suisse, avec plusieurs lames. Je l'adorais. (Il sourit brièvement.) J'étais un enfant solitaire. Avec ce couteau, je me sentais plus fort pour affronter le monde. Et voilà, je crois que c'est comme cela que la plupart des gens se mettent à collectionner des objets, des armes en particulier, pour

244

les avoir à leur disposition, pour leur permettre d'être... plus courageux, peut-être, ou plus méchant. Ce sont des béquilles, un pouvoir secret...

— Oui, je vois.

— Les couteaux me fascinaient. C'étaient mes compagnons. Je les emportais toujours avec moi. Je les attachais à ma jambe ou à mon bras, sous la manche. Je les portais à la ceinture. Je me sentais bien avec eux, ils me donnaient confiance en moi. Bien sûr, j'étais encore adolescent, mais plus je vieillissais, plus je les collectionnais. Je rationalisais mes sentiments. J'étais étudiant, je faisais des recherches sérieuses, du moins, c'est ce que je croyais. Cela a continué pendant des années. Je suis devenu un spécialiste. On vient me consulter.

— Oui.

— Lentement, il y a quelques années, mon besoin de couteaux s'est dissipé. Vous pouvez dire qu'à soixante-cinq ans, j'étais enfin devenu adulte. Mais je continue à entretenir mes connaissances, parce que les expertises, bien qu'un peu trop rares, sont toujours les bienvenues.

— Hum.

— J'ai toujours ma collection, comme vous vous en doutez. Mais je la regarde rarement. Je l'ai léguée à un musée par testament. Si ces jeunes policiers avaient soupçonné son existence, ils auraient pu me la prendre.

— C'est incroyable !

Avec le sourire résigné d'un maître face à un élève obtus, il ouvrit un tiroir, fouilla un instant et sortit une photocopie d'un papier finement imprimé qu'il me tendit.

PRÉVENTION DE LA CRIMINALITÉ. LOI DE 1953. ARMES OFFENSIVES.

— Prenez, et lisez-le plus tard. J'en donne un à tous ceux qui viennent me poser des questions.

« Et maintenant, jeune homme, dites-moi où vous avez trouvé l'Armadillo.

Je payai mon dû.

— On me l'a enfoncé dans le corps. Je l'ai vu quand on l'a retiré.

245

Il en resta bouche bée. J'avais réussi à le surprendre.

— C'était un jeu ? demanda-t-il, un peu remis de ses émotions.

— Je crois qu'on voulait ma mort. Le couteau a heurté une côte, et je suis encore là.

— Grands dieux ! Alors, c'est la police qui a l'Armadillo ?

— Non. J'ai de bonnes raisons pour ne pas aller la voir. Je compte sur votre discrétion, professeur.

— Quelles raisons ?

Je lui expliquai l'histoire de mes grands manitous et leur horreur des complications. Comme je voulais terminer le film, je ne pouvais pas me permettre de laisser la police intervenir.

— Vous êtes aussi obsédé que les autres, déclara Derry.

— Sans aucun doute.

Il voulait savoir comment j'avais fait connaissance avec ce couteau avant de le voir au grand jour, et je le lui racontai. Je lui parlai des gilets de protection, et de l'intervention de Robbie Gill, sans citer le nom du médecin, bien sûr.

Mon discours terminé, je dus attendre une longue minute avant qu'il réponde. Ses yeux m'observaient toujours.

— Venez avec moi, dit-il en se levant.

Il me conduisit derrière une porte brune vers une autre pièce, qui se révéla être sa chambre, une cellule monastique au plancher de bois avec un vieux lit métallique et une courtepointe blanche. Elle était meublée d'une armoire de bois brun, d'une lourde commode et d'une chaise à dos droit qui se détachaient sur le mur blanc. L'ambiance idéale pour un médiéviste, pensai-je.

Il s'agenouilla près du lit, comme pour dire ses prières, glissa la main sous le dessus-de-lit.

Il en sortit une grande boîte à roulettes au couvercle poussiéreux. D'un mètre vingt de long et quatre-vingt-dix centimètres de large, elle mesurait près de trente centimètres d'épaisseur et paraissait terriblement lourde.

Le professeur alla chercher un trousseau de quatre clés, ouvrit le verrou et releva le couvercle qui vint s'appuyer contre le lit. À l'intérieur se trouvait un tapis vert qui protégeait des rangées de petites boîtes en carton, portant toutes une étiquette blanche identifiant leur contenu, tapé à la machine. Il fouilla encore, grommelant qu'il ne les avait pas regardées depuis des mois et en choisit une, sans la moindre intervention du hasard.

— Voilà, c'est un vrai couteau de commando, pas une copie.

Celui du professeur était sagement emballé dans du papier bulle, mais, une fois déballé, il était tout à fait identique à celui qu'on m'avait envoyé en signe d'avertissement, avec l'étui en plus.

— Je ne les montre plus jamais, poursuivit le professeur. Je les ai tous emballés à la mort de ma femme, avant de venir ici. Elle partageait ma passion. Elle avait fini par s'y intéresser. Elle me manque beaucoup.

— Je n'en doute pas.

Il rangea le couteau de commando et me montra d'autres trésors.

— Ce sont deux couteaux perses, ils ont une lame incurvée, avec un manche et une garde en argent gravé, incrustés de lapis lazuli. Ceux-ci sont japonais... Ceux-là viennent d'Amérique, avec un manche d'ivoire taillé en forme de tête d'animal. Entièrement fabriqués à la main, bien sûr. Des spécimens magnifiques. Et mortels !... C'est une pièce russe splendide de la fin du XIXe siècle. Fermé, on dirait un œuf de Fabergé, mais en fait il possède cinq lames.

Il les ouvrit, formant une corolle de feuilles pointues qui s'échappaient de leur manche d'émail bleu orné d'or en forme d'œuf.

— Euh... Votre collection doit avoir une très grande valeur. Pourquoi ne pas la vendre ?

— Jeune homme, lisez le papier que je vous ai donné. C'est illégal de la vendre. On ne peut qu'en faire don à des musées, et encore, à condition qu'ils ne tirent pas de profits de leur exposition.

— C'est stupéfiant !

— Cela suffit à dissuader les honnêtes gens, mais les criminels s'en moquent. Le monde est plus médiéval que jamais. Vous ne le saviez pas ?

— Je m'en doutais.

Il ricana encore.

— Aidez-moi à mettre le plateau supérieur sur le lit. Je vais vous montrer une curiosité.

Le plateau était doté d'une poignée de corde à chaque extrémité. Il en prit une, et moi l'autre, et nous soulevâmes ensemble. C'était lourd… pas très bon pour moi..

— Qu'est-ce qu'il y a ? Vous vous êtes fait mal ?

— Un souvenir de l'Armadillo.

— Vous voulez vous asseoir ?

— Non, je veux voir vos couteaux.

Agenouillé sur le sol, il ouvrait de nouvelles boîtes, dépliait le papier bulle et me posait les trophées dans la main, pour que je les « sente mieux ».

Ses curiosités devenaient de plus en plus terrifiantes. Il y avait plusieurs armes dans le style du couteau des soldats américains de la Première Guerre mondiale (authentiques), et tout un tas de petits cousins de l'Armadillo, avec de gros manches, des lames incurvées et des lames dentées, destinées à réduire l'ennemi en lambeaux.

Quand je le les lui rendais, il les emballait méthodiquement et les rangeait dans leur boîte, à leur place.

Il me montra également un grand crucifix en émail rouge sombre, suspendu à une élégante chaîne d'or, qui dissimulait un poignard dans son cœur. Il sortit une ceinture, tout à fait ordinaire, avec laquelle j'aurais pu attacher mon pantalon, mais la boucle qui glissait aisément dans la main n'était en fait que le manche d'une lame triangulaire pointue.

— Thomas, me dit le professeur Derry sur un ton dramatique (Il avait renoncé au « jeune homme » en faveur de mon prénom.) Thomas, si un homme… ou une femme est obsédé par les couteaux, il faut penser que tout ce qu'il ou elle possède peut en dissimuler un. On trouve des porte-clés, des porte-monnaie, des peignes même qui cachent des lames. On peut glisser un couteau sous le revers d'un veston, dans un étui spécial, qui colle aux vêtements. Un fanatique se nourrit de ce pouvoir secret, vous comprenez ?

— Je commence, oui.

Il hocha la tête et me demanda si je pouvais l'aider à replacer le plateau supérieur.

— Oui, mais avant, voudriez-vous m'en montrer un de plus ?

— Oui, bien sûr, dit-il en regardant vaguement la multitude de boîtes. Quel genre ?

— Puis-je voir le couteau que Valentine Clark vous a donné un jour ?

Après un de ses longs silences révélateurs, il répondit :

— Je ne sais pas de quoi vous parlez.

— Vous connaissiez Valentine, pourtant ?

Il se leva et retourna dans son bureau, éteignant la lumière de la chambre au passage : pour économiser l'électricité, sans doute.

Je le suivis et nous reprîmes nos positions initiales dans les fauteuils. Il me demanda quels étaient mes liens avec Valentine ; je lui parlai donc de mon enfance, et des livres que Valentine m'avait laissés en héritage.

— Je lui faisais la lecture depuis qu'il ne voyait plus bien. J'étais près de lui peu avant sa mort.

Rassuré par mon récit, Derry osa enfin parler.

— À une époque, je connaissais très bien Valentine. Nous nous sommes rencontrés à une de ces ridicules kermesses de charité, pour une bonne cause ou une autre, où les gens se retrouvent devant une tasse de thé ou de mauvais vin, à se faire des politesses tout en ne pensant qu'à rentrer chez eux. J'avais horreur de ce genre de choses. Mais ma femme avait un cœur en or, elle voulait toujours que je l'y emmène, et je ne pouvais pas le lui refuser. Cela fait si longtemps… si longtemps…

Incapable de le consoler de cette nostalgie, j'attendis que la vague de regrets et de solitude s'apaise.

— Cela fait trente ans que je connais Valentine. Nous avions organisé une kermesse pour demander l'arrêt des exportations de chevaux vers le continent, où ils en font de la viande de boucherie. Valentine faisait partie des orateurs. Nous nous aimions bien... et nous venions de milieux si différents. Je me suis mis à lire ses articles de journaux, pourtant je ne m'intéressais guère aux courses. Mais Valentine était si intelligent... et il était toujours maréchal-ferrant, à l'époque ! C'était une bouffée d'air frais après l'ambiance claustrophobe de l'université. Ma femme aussi l'aimait bien, et nous nous sommes rencontrés plusieurs fois, avec nos épouses, mais c'étaient Valentine et moi qui étions liés. Il venait d'un monde et moi d'un autre, c'était peut-être pour cela que nous pouvions aborder des sujets dont nous n'aurions jamais parlé à nos collègues.

— Quel genre de sujets ? demandai-je, sans le bousculer.

— Oh, médical, parfois. La vieillesse. Autrefois, je ne vous l'aurais jamais dit, mais depuis que j'ai fêté mes quatre-vingts ans, j'ai perdu la plupart de mes inhibitions. Je ne me fais plus autant de soucis qu'avant. J'ai raconté à Valentine que j'avais des problèmes d'impuissance, et j'avais à peine soixante ans. Vous riez ?

— Non monsieur, dis-je sincèrement.

— C'était facile de demander conseil à Valentine. Il inspirait confiance.

— Oui.

— Nous avions le même âge. Je lui ai demandé s'il avait le même genre de problèmes, mais il m'a répondu que pour lui, c'était le contraire. Il était émoustillé par les jeunes femmes, et il avait du mal à maîtriser ses pulsions.

— *Valentine* ? m'exclamai-je, surpris.

— Les gens ne disent pas tout, répondit simplement Derry. Ma femme n'était pas très affectée que je ne puisse plus lui faire l'amour, mais elle disait partout que j'étais sexy : quel mot idiot ! Elle voulait que les gens m'admirent, disait-elle. (Il hocha la tête, repensant à son amour et à son chagrin.) Valentine m'a donné le nom d'un médecin. Valentine, lui, il connaissait des tas de trucs pour venir à bout de l'impuissance. Il avait tout

250

appris dans les haras : il me disait que je devais prendre la chose moins à cœur et ne pas y penser comme à une gêne ou une tragédie. Il me disait que ce n'était pas la fin du monde. Grâce à Valentine, j'ai appris à me satisfaire de ce que j'avais.

— C'était un ami précieux.

— Il m'a parlé d'une chose que je n'ai jamais pu vérifier. Il m'a juré que c'était vrai. Je me suis toujours demandé... Si je vous pose la question, Thomas, vous me répondrez sincèrement ?

— Bien sûr.

— Vous êtes sans doute trop jeune.

— Essayez toujours.

— Sous le sceau du secret ?

— Oui.

Rien de ce que je disais à Moncrieff n'était jamais secret, mais les confessions ?

— Valentine m'a dit que réduire le flot d'oxygène qui arrive au cerveau peut provoquer une érection.

Il attendait un commentaire que je mis un moment à formuler.

— Euh, c'est ce que j'ai entendu dire.

— Alors, dites-moi ce que vous en savez.

— Je crois que c'est une perversion, liée à l'auto-érotisme. Une sorte de semi-asphyxie volontaire.

— Valentine m'a déjà dit cela il y a trente ans ! Ce que je vous demande, c'est si ça marche ?

— Personnellement, je n'ai pas d'information.

— Vous n'avez jamais éprouvé le besoin de vérifier ?

— Euh, pas encore.

— Alors..., quelqu'un vous en a parlé ?

— Pas directement.

— Bah, je n'arriverai jamais à m'y résoudre, dit-il en soupirant. Encore une chose que je ne saurai jamais !

— Il y en a d'autres ?

— Ne soyez pas stupide, Thomas. Je suis un médiéviste. Je ne connais les faits que par les écrits. J'essaie de retrouver mon chemin dans un monde oublié. Je ne peux pas sentir l'odeur de ce monde, ni l'entendre, ni y vivre. Je ne connais pas ses peurs secrètes et ses espoirs. J'ai passé ma vie à apprendre et à enseigner par voie indirecte. Si je m'endormais maintenant et que je me réveillais en 1400, je ne comprendrais pas la langue, je ne saurais pas préparer un repas. Vous connaissez le dicton qui raconte que si Jésus retournait au mont des Oliviers pour y faire son sermon, plus personne ne le comprendrait, car il parlerait l'hébreu ancien avec l'accent d'un charpentier de Nazareth. Eh bien, j'ai passé ma vie à décrypter un passé inintelligible.

— Non, professeur.

— Si, dit-il résigné. Je crois que je m'en moque à présent. Et je n'ai plus personne à qui en parler. Je ne peux pas en discuter avec les deux assistantes sociales qui sont persuadées que j'ai besoin de quelqu'un qui s'occupe de moi et qui m'appellent « Papi ». Mais à vous, Thomas, je vous parle, pourtant, je suis une vieille bique qui devrait savoir tenir sa langue.

— Surtout, continuez. S'il vous plaît, parlez-moi de Valentine.

— Ces dernières années, je ne le voyais presque plus. Sa femme est morte. La mienne aussi. Vous pourriez penser que cela nous aurait rapprochés, mais non. Je suppose que c'étaient nos femmes qui organisaient nos rencontres. Valentine et moi, nous nous sommes perdus de vue.

— Mais, dis-je, il a toujours su que vous vous intéressiez aux armes blanches ?

— Oh, oui, bien sûr. Il se passionnait pour ma collection. Il venait ici, et pendant que les femmes bavardaient, nous regardions les armes.

— Il m'a dit qu'il vous avait donné un couteau.

— *Il vous a dit... !*

— Oui.

— Je me souviens qu'il avait insisté pour que je n'en parle à personne. Il m'a demandé de le garder, au cas où il en ait besoin... mais il ne me l'a jamais redemandé. Je l'avais oublié. Pourquoi voulez-vous le voir ?

— Par curiosité... et par amitié pour mon vieil ami.

Le professeur réfléchit un instant.

— Puisqu'il vous en a parlé, je suppose qu'il n'y verrait pas d'inconvénient.

Il se leva et retourna dans la chambre. Une faible lumière s'alluma, une veilleuse.

— J'ai peur qu'il y ait trois couches de couteaux dans la boîte et qu'il faille soulever le deuxième plateau. Vous vous sentez la force de le mettre sur le sol ? Inutile de le poser sur le lit.

Je lui assurai que j'en étais capable et m'exécutai de la main gauche : cela limitait les dégâts. La troisième couche ne contenait plus des boîtes de carton, mais des instruments plus longs, emballés dans du papier bulle et étiquetés.

— Ce sont des épées, pour l'essentiel, et un ou deux parapluies, avec des épées à l'intérieur. On pouvait se défendre, il y a cent ou deux cents ans ! À présent, bien sûr, c'est illégal. Il faut laisser entrer les cambrioleurs. Il ne faudrait pas leur faire de mal, à ces pauvres voleurs, dit-il avec son petit rire saccadé.

Il passa les étiquettes en revue.

— C'est ça. Offert par V.C.

Il souleva un paquet, décolla le scotch et déroula le plastique.

— Voilà, c'est le couteau de Valentine.

Je n'avais jamais rien vu de pareil. Il mesurait au moins trente-cinq ou quarante centimètres de long. La lame à double tranchant visiblement très aiguisée prenait à peine le tiers de la longueur totale et s'effilait comme une épée en un bout pointu. Le long manche étroit était tordu en spirale sur toute la longueur. L'extrémité se terminait en un ornement circulaire perforé de petits trous.

— Ce n'est pas un couteau, c'est une lance !

— Non, ce n'est pas une arme de jet, répondit Derry.

— À quoi servait-elle ?

— Je ne sais pas. Valentine m'a simplement demandé si je voulais la mettre dans ma collection. En métal ouvré. Modèle unique.

— Où a-t-il pu se procurer une arme pareille ?

— Se procurer ? (Le rire éclata dans toute sa force.) Auriez-vous oublié que Valentine était forgeron ? Il ne l'a pas achetée, il l'a fabriquée.

14

VENDREDI MATIN, de quatre heures à six heures trente, je travaillai tranquillement au montage dans la salle de projection. Cela me permettait entre autres de m'apercevoir si le scénario n'avait pas omis quelques plans indispensables. Un gros plan de cinq secondes ici ou là pourrait éventuellement remplacer un dialogue hésitant. Je prenais des notes en chantonnant, heureux d'y voir plus clair dans la situation.

À six heures trente, Moncrieff installa les caméras dans la cour ; à sept heures, les chevaux, revenant de Huntingdon, partirent sur la lande ; à sept heures et demie, habilleuses et maquilleuses se mirent au travail dans les loges. À huit heures et demie, O'Hara arriva dans la cour, en klaxonnant comme un fou.

Les lads déjà de retour qui bouchonnaient et nourrissaient les chevaux sortirent immédiatement des boxes. Tout le personnel du maquillage et des costumes descendit, les techniciens abandonnèrent leur matériel. Figurants et acteurs accoururent.

Satisfait, O'Hara emprunta le mégaphone d'Ed et annonça que, puisque les studios étaient très contents de la manière dont se déroulait le tournage, il rentrait à Los Angeles. Thomas Lyon serait le seul responsable de la production.

Il rendit le mégaphone à Ed, fit signe à tout le monde de reprendre le travail et me lança un regard de défi.

— Alors ?

— J'aurais préféré que vous restiez.

— C'est votre film. Mais je vous interdis d'aller où que ce soit sans votre chauffeur et votre garde du corps. À propos, où sont-ils ?

— Je suis en sécurité ici.

— Vous n'avez pas à décider que vous êtes en sécurité, Thomas ! (Il me tendit une clé.) Vous pouvez utiliser ma suite si vous en avez besoin. Les couteaux sont dans le coffre. La combinaison, c'est quatre, cinq, quatre, cinq. Compris ?

— Oui, mais comment pourrai-je vous joindre ?

— Appelez ma secrétaire à Los Angeles. Elle saura.

— Ne partez pas !

Il sourit.

— Mon avion décolle à midi. À bientôt, mon gars.

Il monta dans sa voiture et s'éloigna. Inquiet, à demi sûr de moi, toutes mes émotions mises à nu, je me sentais dans la peau d'un jeune général qu'on abandonne seul sur le champ de bataille.

Nous avions prévu de tourner la toute première scène du film, l'arrivée de la police qui commençait son enquête. Moncrieff se mit à éclairer les acteurs — avec ou sans uniformes —, et leur expliqua où ils devaient s'arrêter et se tourner vers la caméra. Il travaillait à partir des plans et des schémas que nous avions établis la veille, à mon retour de Cambridge.

Laissant Ed superviser les opérations, j'allai prendre mon déjeuner au Bedford Lodge, où je trouvai mon chauffeur et ma ceinture noire en train de faire les cent pas dans le hall, s'attendant à se faire renvoyer.

— Calmez-vous. Votre journée ne commence que dans une heure.

— M. O'Hara a dit...

— Dans une heure, répétai-je, avant de monter en me disant que puisqu'ils avaient été incapables de me protéger contre l'Armadillo, je m'en tirerais aussi bien tout seul.

On m'apporta mon déjeuner et on fit entrer un visiteur : Robbie Gill.

— Dire que je devrais ausculter mes malades et prescrire du sirop pour la toux. Ma réceptionniste doit affronter une salle d'attente pleine de patients mécontents. Déshabillez-vous.

— Quoi ?

— Enlevez votre pull et votre chemise. Le pantalon aussi. Je suis venu sauver votre misérable vie.

Il s'affaira pour déballer son matériel, écartant mon croissant et mon café et mangeant mon bacon avec les doigts.

— J'espère que vous n'avez pas faim.

— Je suis affamé.

— Tant pis. Déshabillez-vous.

— Et pourquoi ?

— D'abord, un pansement neuf. Ensuite, un gilet protecteur. J'ai essayé de trouver un vrai gilet pare-balles et anti-arme blanche, mais ni la police ni l'armée ne voulait m'en prêter sans faire d'histoire. Alors, j'ai eu recours à la fabrication maison.

J'ôtai mon pull et ma chemise. Il enleva le pansement en levant les sourcils, mais l'air plutôt satisfait.

— Ça cicatrise bien. Ça fait mal ?

— La côte cassée, oui.

— Il fallait s'y attendre, dit-il en remettant un nouveau pansement. Bon, vous vous y connaissez en résine ?

— Non.

— Cela remplace les anciens plâtres pour les membres fracturés. C'est rigide. C'est un polymère léger et poreux, cela ne vous irritera pas. Et une lame de couteau ne passera pas à travers.

— Et une balle ?

— C'est une autre histoire.

Pendant une demi-heure, tandis qu'il s'affairait, nous parlâmes de Dorothea et de Paul sans aboutir à aucune conclusion utile, même si je lui expliquai que, grâce à Bill Robinson, j'étais en possession des cartons de livres de Valentine.

257

Une fois les soins terminés, j'étais enfermé du menton à la taille dans un gilet sans manches, rigide, que je pouvais ôter comme une coquille et fermer avec des bandes Velcro. Comme je protestai qu'il me montait trop haut sur le cou, Robbie se contenta de répondre :

— Vous voulez vous faire trancher la gorge ? Mettez un pull à col roulé. Je vous en ai apporté un blanc au cas où vous n'en n'auriez pas.

Il me le tendit comme si c'était une bagatelle.

— Merci, Robbie, dis-je du plus profond du cœur.

Il hocha brièvement la tête.

— Bon, j'ai intérêt à retrouver mon bataillon d'enrhumés, sinon, ils vont me lyncher. Vous croyez que votre femme pendue a été lynchée ?

— Non, je ne crois pas.

— Vous avez remué de la boue utile avec le professeur Derry ?

— Le couteau qui a failli me transpercer la cage thoracique est un Armadillo. Celui de la lande, avec les anneaux pour les doigts, c'est une copie d'un couteau de la Première Guerre mondiale. La police avait déjà interrogé Derry à leur sujet.

— Ouaouh !

— Le professeur a près de quatre-vingts ans. Il m'a interdit d'utiliser de telles onomatopées.

— Il a pas l'air commode.

— Nous nous sommes bien entendus, mais il ne sait pas à qui appartient l'Armadillo.

— Bon, soignez-vous bien, surtout, si vous avez besoin de moi, n'hésitez pas.

Je mangeai ce qu'il m'avait laissé, m'habillai lentement, me rasai par petits bouts, m'habituant peu à peu à vivre comme une tortue dans sa carapace.

Au moment de partir, la réception m'appela pour m'annoncer qu'une jeune femme me demandait. Une certaine Lucy Wells prétendait que je l'attendais.

— Ah oui, je l'avais oubliée. Faites-la monter.

Les cheveux retenus en queue de cheval, Lucy portait un jean et un pull-over et se conduisait comme une jeune fille de dix-huit ans responsable, mais qui sombrait parfois dans un mutisme adolescent. Éberluée, elle regarda la multitude de cartons et me demanda par où commencer.

Je lui donnai un ordinateur portable, un carnet de notes, un stylo et un gros marqueur.

— Numérotez les cartons, dis-je en écrivant « I » sur un emballage de micro-ondes. Videz-les un par un. Notez la liste de leur contenu sur le carnet avant de l'entrer dans l'ordinateur, puis rangez tout en affichant la liste sur le haut de la boîte. Sur une autre page, faites-moi une liste générale, avec par exemple « I », livres, biographies de propriétaires et d'entraîneurs. D'accord ?

— Oui.

— Secouez-bien les livres, au cas où il y aurait des papiers à l'intérieur, et surtout, ne jetez rien, pas même les gribouillis absurdes.

— D'accord.

Elle semblait intriguée, mais je n'en dis pas plus.

— Commandez votre déjeunez, faites-vous servir dans la chambre, mais ne laissez aucun papier traîner quand le personnel sera là, d'accord ?

— Oui, mais pourquoi ?

— Faites votre travail, Lucy. Voici la clé de la chambre. Si vous sortez, n'oubliez pas de fermer. À mon retour, j'inviterai Nash Rourke à venir prendre un verre.

Ses yeux bleus s'écarquillèrent. Elle n'était pas idiote. Elle regarda les cartons et se dirigea vers le matériel que je lui avais préparé.

Je retournai à mon travail en faisant plus confiance à mon plâtre de résine qu'à mon chauffeur et à ma ceinture noire. Nous passâmes toute la matinée dans la cour de l'écurie, où, patiemment, dans la peau de son personnage ou non, Nash essayait de s'entendre avec les acteurs qui jouaient les policiers.

Nous passâmes un temps fou à mettre en scène les premiers doutes qui s'infiltraient dans leur esprit.

— Je ne veux pas que les policiers aient l'air obtus,

dis-je, mais c'étaient en fait les acteurs qui étaient très lents à comprendre.

Je n'avais aucune influence sur le choix des acteurs de rôles mineurs, l'astuce consistait un peu à faire faire des acrobaties périlleuses au plus idiot des caniches.

Moncrieff n'arrêtait pas de lancer des jurons épouvantables. Nash, lui, savait tourner son visage vers la caméra à chaque fois qu'on le lui demandait mais, comme je dus le rappeler à mon directeur de la photographie fulminant, il n'était pas une superstar pour rien.

Les choses ne s'arrangèrent pas du tout avec l'arrivée de la véritable police qui me demandait pourquoi j'avais laissé de nouvelles empreintes toutes fraîches dans la maison de Dorothea. Apparemment, j'avais un alibi pour l'heure de la mort de Paul (on ne voulut pas me dire à quelle heure il était mort), mais l'interrogatoire m'avait privé de déjeuner.

De retour sur le tournage, nous finîmes par avancer jusqu'à l'arrivée de Cibber qui semait les premiers sous-entendus sur la culpabilité de Nash dans l'esprit des policiers. Cibber était bon acteur, mais il avait tendance à se disperser en plaisanteries inutiles qui nous faisaient perdre un temps fou.

— Excusez-moi, désolé, bredouillait-il sans le moindre remords.

Bien décidé à ne pas me départir de mon calme olympien, j'allai deux ou trois fois dehors, pour respirer à pleins poumons malgré ma côte cassée, pendant que l'équipe de Moncrieff rechargeait les caméras avant la huitième prise d'une séquence relativement simple. Je téléphonai au garage Wrigley et demandai si Bill Robinson pouvait disposer de son après-midi. Je remerciai ensuite Bill pour la livraison de la deuxième partie des cartons et lui demandai d'ouvrir son garage personnel et de sortir certains éléments dans l'allée de son jardin.

— On a décidé de faire une scène nocturne. Vous pouvez nous consacrer la soirée ? Vous aurez votre grosse moto avec vous ?

— Nash sera là ? Génial ! Super !

Fatigué, un peu déprimé, je décidai d'en terminer là à cinq heures et demie et invitai Nash dans ma suite pour prendre un petit remontant.

— Volontiers, dit-il.

Il salua Lucy avec assez de chaleur pour qu'elle baisse les yeux en silence.

— Comment vous en êtes-vous sortie ? demandai-je, expliquant brièvement à Nash de quoi il s'agissait.

Elle s'excusa d'avoir été lente, car elle n'avait dépouillé que cinq cartons. L'un d'eux contenait des coupures de journaux concernant la mort de Sonia. N'était-ce pas étrange ? Le carton numéro six. Elle n'avait pas fini de l'examiner.

— C'est bien, revenez demain, si cela ne vous dérange pas. Vous rentrez chez vous le soir ? À moins que vous ne restiez chez votre oncle Ridley ?

Elle fit la grimace.

— Non, non, pas chez lui. En fait…, dit-elle en rougissant, je suis à l'hôtel. Il y avait une chambre et papa est d'accord. J'espère que cela vous convient ?

— C'est formidable, dis-je d'un ton modéré, pour ne pas l'effrayer avec mon enthousiasme. Que diriez-vous de dimanche, après-demain ?

— Je peux rester jusqu'à ce que j'ai terminé mon travail. C'est bizarre, dit-elle après une pause, de vous imaginer comme mon père, monsieur Rourke.

Nash lui sourit et cligna des paupières. Malgré sa femme qui attendait un bébé, il ne ressemblait pas à un papa, et surtout pas au papa de Lucy.

Nous bûmes un verre rapidement avant de nous séparer. Nash bâilla en se plaignant que l'esclavagiste (T. Lyon) voulait le faire retravailler dans quelques heures ; sans formalités, Lucy profita de l'occasion pour s'éclipser. Pour elle, l'hôtel n'était qu'une solution pratique.

Après son départ, je consultai la liste générale qu'elle avait dressée. Comme tout avait été mélangé au cours des différents voyages et qu'elle avait commencé méthodiquement par une extrémité de la rangée, les six cartons révélaient des contenus disparates.

Carton I. Registres — Courses de plat

Carton II. Biographies — Entraîneurs, propriétaires, et jockeys

Carton III. Registres — Courses d'obstacles

Carton IV. Magazines — Journaux hippiques

Carton V. Livres — Annales — Histoire des courses

Avec une curiosité insatiable, je mis genou à terre, ouvris la boîte III, et pris le registre des courses d'obstacles, qui par chance couvrait deux de mes saisons.

Un registre de courses britannique, élaboré semaine après semaine au cours de la saison, avec ses feuilles volantes glissées dans la couverture de cuir souple contient absolument tout ce qu'il faut savoir sur la course : nom des partants, jockeys, entraîneurs, poids en charge, âge, sexe, et commentaire exhaustif de l'épreuve.

Pas moyen de contredire le registre. S'il disait que M. T. Lyon (le M. dénotant le statut d'amateur) était arrivé cinquième, loin derrière la tête, inutile de prétendre que, d'après ses souvenirs, M. T. Lyon avait fait une course très serrée pour être coiffé d'une encolure sur le poteau. M. T. Lyon, lus-je avec nostalgie, avait remporté un steeple-chase de quatre mille huit cents mètres avec deux longueurs d'avance à Newbury, malgré un poids de soixante-six kilos. Ce jour-là, le terrain était lourd, et sa cote de départ était de 15 contre 1. M. T. Lyon avait miraculeusement battu le grand favori (qui portait 2,5 kg de plus, selon le pesage après la course). M. T. Lyon, je me le rappelais parfaitement, exultait littéralement. Les turfistes, qui, pour la plupart avaient perdu leur pari, étaient restés plongés dans un silence peu enthousiaste.

Je souris. Douze ans plus tard, dans un étau de plâtre, essayant de ne pas me faire tuer, je repensais à cette lointaine après-midi glaciale, qui avait incontestablement été le plus beau jour de ma vie.

Valentine avait porté un point d'exclamation à côté du nom de mon cheval, ce qui signifiait qu'il l'avait ferré pour la course, le matin même sans doute.

Pour les épreuves, les chevaux portent des fers d'aluminium très fins, plus légers que les fers d'acier dont ils

262

ont besoin dans les écuries et à l'entraînement. Il était courant de ferrer les chevaux avant et après la course.

Par pur hasard, les registres du carton III ne remontaient qu'à mon dix-septième anniversaire. Pour les débuts de M. T. Lyon à seize ans, il faudrait attendre Lucy.

J'ouvris le carton I, contenant les registres des courses de plat, et découvris des livres plus anciens. En fait, ils couvraient la brève période où Jackson Wells avait été entraîneur à Newmarket ; l'un deux correspondait même à l'année de la mort de Sonia.

Fasciné, je regardais les points rouges (les partants) et les points d'exclamation (les gagnants) et trouvai le nom de mon grand-père partout. Il y avait vingt-six ans ! Alors que je n'en avais que quatre. Toute une génération me séparait de ces événements. Tant de choses avaient disparu ; tant de chevaux, tant de courses oubliées…

Jackson Wells n'avait que peu de chevaux et de très rares vainqueurs, d'après ce que je voyais. Il n'avait pas de jockey régulier non plus. Seules les grandes écuries peuvent s'offrir de très grands jockeys. Plusieurs des chevaux de Wells avaient été montés par P. Falmouth, et quelques autres par D. Carsington, que je ne connaissais ni l'un ni l'autre, mais cela n'avait rien de surprenant.

Le jour de la mort de sa femme, Jackson Wells était allé aux courses à York, où l'un de ses chevaux était engagé. En consultant la page correspondante, je m'aperçus que son cheval était inscrit comme non-partant. L'entraîneur était déjà reparti vers Newmarket et la course s'était déroulée sans lui.

Je feuilletai rapidement les pages. Les marques de Valentine près du nom de Jackson Wells était dispersées et de plus en plus rares. Il n'y avait qu'un point d'exclamation devant une course mineure, se déroulant sur un hippodrome mineur, avec un cheval monté par un jockey mineur, D. Carsington.

— Une victoire est une victoire, disait toujours mon grand-père, il ne faut pas mépriser les plus petites.

Je rangeai les registres dans leur carton, allai consciencieusement chercher mon ange gardien dans le hall et me rendis chez Betty pour lui demander si elle avait récupéré les clés de Dorothea. Elle hocha la tête. Pauvre Dorothea. Et pauvre Paul !

Le mari de Betty ne s'attendrissait pas sur la mort de Paul. Si je voulais ranger la maison de Dorothea, il pouvait m'ouvrir quand je voulais. C'était une sorte d'homme à tout faire. Un peu de jugeote et bon coup d'épaule avaient raison de la plupart des portes, d'après lui, si bien que, peu de temps après, nous allions de pièce en pièce, essayant de réparer les dégâts de notre mieux. La police avait pris la photo et les empreintes du couple avant de partir. Sans notre intervention, Dorothea devrait rentrer dans une maison dévastée, hantée par les mauvais souvenirs.

Je passai la plupart du temps dans sa chambre à la recherche des photographies dont elle m'avait parlé, mais en vain. J'expliquai au mari de Betty ce que je voulais : « des souvenirs de Paul jeune », mais il n'eut pas plus de succès que moi.

— Pauvre chou, dit le mari de Betty. Son fils n'était qu'un abruti, mais elle ne le critiquait jamais. Entre nous, ce n'est pas une grosse perte.

— Non, mais qui l'a tué ?

— Ouais, je comprends ce qui vous inquiète. Ah, ça donne la chair de poule de savoir qu'un maboul traîne dans les parages avec un couteau.

— Oui, effectivement.

Mon ombre ceinture noire à mes talons, je me retrouvai devant le garage de Bill Robinson, face à la foule de curieux qui s'était inévitablement rassemblée.

Dans le garage inondé de la lumière des projecteurs, Bill Robinson, vêtu de cuir et de clous comme à l'accoutumée, paraissait un peu gauche à côté de sa monstrueuse Harley Davidson. Celle qu'il réparait gisait en pièces détachées dans l'allée. Moncrieff installait des lampes à arc et des spots pour avoir des effets d'ombres et de lumière, tandis que la doublure de Nash allait à l'endroit désigné en regardant vers le garage. Moncrieff éclaira d'abord son profil puis les trois quarts du visage, laissant le reste dans l'ombre pour qu'on ne perçoive que l'éclat fluide de l'œil.

Nash s'approcha de moi pour observer les préparatifs.

— Vous marquez un temps d'arrêt. Vous vous demandez comment vous allez vous sortir de ce guêpier. Vous analysez vos réactions. D'accord ?

Il hocha la tête et me montra le décor.

— C'est assez étonnant, mais pourquoi une moto ?

— C'est le sujet du film.

— Qu'est-ce que vous voulez dire ? Il n'y a pas de motos.

— Des fantasmes. Notre film parle de la nécessité des fantasmes.

— Des amants imaginaires ?

— Les fantasmes fournissent ce que la vie ne nous donne pas. Ce gosse, avec sa moto, il a dix-huit ans, un cœur en or, un bon boulot, il fait les courses pour sa vieille voisine, mais en rêve, il s'imagine être un voyou, avec un énorme moteur entre les jambes, et tout le tra la la. Il revêt la peau d'un personnage qu'il n'aimerait pas vraiment être, mais cela le satisfait de se voir ainsi.

— On dirait que vous approuvez cette attitude ?

— Oui, tout à fait. Une bonne vie imaginaire sauve des tas de gens de l'ennui et de la dépression. Cela donne une identité. Les gens s'inventent une autre personnalité. Vous le savez parfaitement. Vous êtes un fantasme pour la plupart des gens.

— Et les tueurs psychopathes ? Ils n'ont pas de fantasmes ?

— Il y a toujours un revers à la médaille !

— Je suis prêt, Thomas, m'annonça Moncrieff.

Sans commentaire, Nash alla se mettre en position pour entrer dans le champ, s'arrêter, tourner la tête et regarder Bill Robinson plongé dans son pays des rêves.

Ed alla expliquer aux curieux qu'ils devaient garder le silence.

— Moteur ! cria-t-il. Action.

Nash avança, s'arrêta, tourna la tête. Parfait. Nerveux,

Bill Robinson laissa tomber une clé à pipe et murmura « Désolé » !

— Coupez ! dit Ed exaspéré.

— Ne t'excuse pas, dis-je à Bill Robinson que j'étais allé retrouver au garage. Ça ne fait rien si tu laisses tomber quelque chose, cela ne fait rien si tu pousses un juron, c'est normal. Mais ne t'excuse pas.

Il sourit. Nous recommençâmes la scène et, cette fois, il fixa deux pièces ensemble sans se soucier des cinquante personnes qui le regardaient.

— Coupez ! dit Ed, approbateur, et tous les voisins applaudirent.

Nash serra la main de Bill Robinson et signa des autographes. Nous vendîmes des tas de places pour le film à venir et personne ne me planta de couteau dans les côtes. Une assez bonne soirée en somme.

En rentrant au Bedford Lodge, Nash et moi dînâmes ensemble.

— Expliquez-moi... Pourquoi les fantasmes seraient-ils une nécessité ?

— Oh... euh...

J'hésitai, j'avais peur de passer pour un imbécile.

— Allez-y. En fait les gens disent... *Je* me dis qu'être acteur, ce n'est pas un métier sérieux pour un homme. Alors dites-moi pourquoi vous estimez le contraire.

— Vous n'avez pas besoin que je vous le dise.

— Alors, expliquez-moi pourquoi vous fabriquez des fantasmes.

— Vous voulez un peu de vin ?

— N'éludez pas la question, mon vieux.

— Bien, dis-je en le servant généreusement. Je voulais être jockey, mais j'étais trop grand. De toute façon, un jour, je suis allé voir un médecin parce que je m'étais blessé à l'épaule au cours d'une chute, et elle m'a demandé ce que je voulais faire de ma vie. Quand je lui ai répondu, elle m'a fait tout un sermon en me disant que je perdais mon temps de manière frivole. Je lui ai demandé ce qu'elle proposait, et elle m'a dit que la seule profession qui en valait la peine, c'était la médecine.

— Quelle idiotie !

— Elle me méprisait parce que je n'avais envie que de distraire les gens.

Nash hocha la tête.

— Alors, je crois que j'ai rationalisé. Je consacre ma vie au divertissement, et je continuerai sans doute long-temps, et je me suis persuadé que je faisais au moins autant de bien que les tranquillisants. Tout le monde peut aller là où son esprit l'entraîne. On est transporté dans des lieux imaginaires sans éprouver de véritable terreur ni de véritable souffrance. Je fabrique des images. J'ou-vre une porte. Je peux enthousiasmer... soigner... récon-forter... et faire comprendre des choses aux gens. Mais par pitié, oubliez tout ça, je viens de tout inventer pour vous amuser !

Il but son vin pensivement.

— Et dans ce film, les amants imaginaires rendent l'existence de la femme plus heureuse ? C'est le moyen qu'elle a trouvé pour supporter que son mari entretienne une liaison avec sa propre sœur ! C'est son refuge... et sa revanche. Mon personnage est un salaud, non ?

— Il est humain.

— Et vous allez réussir à vendre votre idée de suicide à Howard ?

— Je suis persuadé qu'elle ne s'est pas suicidée. Mais ne vous inquiétez pas, votre personnage vengera sa mort et sortira de là couvert de roses.

— Howard a déjà écrit ces nouvelles scènes ?

— Pas encore.

— Thomas, tu es un vrai sorcier, tu le sais ?

Ce tutoiement marquant un nouveau pas dans notre amitié, nous finîmes de dîner tranquillement et je mis au point les scènes du lendemain avec Moncrieff. Elles se déroulaient dans la salle à manger reconstituée du club Athenaeum, qu'on venait de finir de construire.

La dernière réunion terminée, j'ôtai mon gilet de ré-sine avec soulagement et me lavai en évitant de tremper mon pansement. En caleçon, je me dis que je ferais aussi bien de regarder les coupures de presse concernant la mort de Sonia avant de m'endormir. Deux heures plus tard, après avoir enfilé une robe de chambre pour avoir plus chaud, j'étais toujours dans mon fauteuil, et, alternativement amusé et effaré, je commençais à comprendre pourquoi Paul voulait désespérément les livres que Valentine refusait absolument de lui donner. En me léguant les livres, à moi, un relatif étranger, Valentine avait cru protéger leur secret car je n'aurais pas pu saisir la signification de ces veilles coupures que j'aurais sans doute jetées. Tâche qu'il aurait lui-même accomplie s'il n'avait trop tardé, la progression de sa maladie lui rendant tout effort impossible.

Paul voulait les livres et les notes de Valentine, et Paul en était mort. En voyant ma carapace vide sur la table, j'eus soudain une envie furieuse de la remettre, même à deux heures du matin.

Valentine m'avait décrit Sonia comme timide et dépourvue d'intérêt, mais il ne l'aurait pas évoquée dans ces termes du vivant de la jeune femme. Le classeur contenait deux photographies représentant une très belle jeune fille, à l'esprit ouvert, et, dirais-je, dotée d'une connaissance charnelle approfondie.

Tirage d'un professionnel de 18 sur 24 cm, en noir et blanc sur papier brillant, l'une d'elle était une autre version de la photo couleur que Lucy m'avait prêtée, « Sonia et Pig ». Mais sur l'image de Valentine, la présence du jeune homme avait été supprimée. Sonia souriait seule.

La deuxième représentait Sonia en robe de mariée, de nouveau seule, toujours sans rien de virginal. Ma mère m'avait un jour expliqué la différence : une fois qu'une femme a couché avec un homme, disait-elle, il se forme des petites poches sous la paupière inférieure qui se voient quand elle sourit. Sonia souriait sur les deux photos, et les petites poches étaient là, bien reconnaissables.

Valentine prétendait que le livre en faisait une pauvre petite garce, mais il voulait m'induire en erreur. Le classeur contenait des coupures venant d'une myriade de journaux et magazines et, sur les récits les plus péjoratifs, sur ceux qui faisaient des allusions ouvertes à l'infidélité de Mme Wells, quelqu'un — et ce ne pouvait être que Valentine ! — avait griffonné au stylo rouge « Non, non, non ! », comme en proie aux affres de la douleur.

Je sortis tout le contenu du classeur et m'aperçus qu'en plus des photos et des coupures de journaux, il y avait deux fragiles roses séchées, un petit mot à propos de ferrage qui commençait par « Mon cher Valentine » et un petit bout de dentelle ivoire.

Valentine avait avoué être facilement ému par les jeunes femmes, m'avait dit le professeur Derry. Si l'on se fiait à la collection de souvenirs de Valentine, l'une d'elles devait être Sonia Wells.

Pauvre bougre ! Il avait près de soixante ans à la mort de Sonia. J'étais encore assez jeune pour croire que cet âge se situait au-delà de la frontière de l'obsession sexuelle. Même dans la tombe, Valentine m'en apprenait encore.

La charge émotionnelle dégagée par l'épais dossier Sonia m'empêcha longtemps de voir la mince chemise perdue au fond du carton. Mais quand je la découvris enfin, je compris que j'étais tombé sur des documents explosifs qui n'attendaient qu'un détonateur.

Le détonateur, c'était moi.

Après cinq petites heures de sommeil, je renfilai ma carapace pour aller au travail. Samedi matin. Soudain je me rendis compte que nous en étions au dix-neuvième jour de production, soit presque au tiers du temps qui m'était alloué.

Il plut toute la journée, ce qui ne revêtait guère d'importance car nous étions enfermés dans la salle à manger de l'Athenaeum, où les soupçons de Cibber sur l'infidélité de sa femme se transformaient peu à peu en certitudes. Cibber et Silva remerciaient indéfiniment les acteurs-serveurs, mâchonnaient des bouchées de nourriture qu'ils recrachaient dès que je disais « Coupez ! » (dans le cas de Silva, du moins), buvaient de l'eau couleur de vin, faisaient des signes amicaux à des inconnus de l'autre côté de la table (dans le cas de Cibber), et, les lèvres serrées, tenaient des conversations pleines d'un mépris contenu, en se gardant néanmoins de heurter les conventions sociales. Pour Cibber, être membre du Jockey-Club, cela signifiait avant tout ne pas gifler sa femme en public dans la salle à manger du club le plus conservateur de tout Londres.

Howard, me disai-je en les observant, s'était surpassé et avait à merveille reproduit les effets des contraintes de classes.

Silva adressait à Cibber des regards méprisants et des sourires mauvais. Elle lui dit qu'elle ne supportait pas ses mains sur ses seins. Rongé de dépit, Cibber regarda autour de lui pour s'assurer que les serveurs n'avaient pas entendu. Les deux acteurs ajoutèrent au film une excellente valeur commerciale.

À la pause déjeuner, avant les gros plans de l'après-midi, je retournai me reposer au Bedford Lodge, où je trouvai Nash Rourke affalé dans un de mes fauteuils, qui bavardait avec Lucy. En conséquence, elle n'avait dépouillé qu'un carton et demi.

— Oh, bonjour, me dit-elle, à genoux. Que voulez-vous que je fasse de ces trois cartons pleins de vieilles encyclopédies ?

— Qui remontent à quand ?

— Elle sortit un gros volume et chercha.

— Oh, quarante ans ! s'exclama-t-elle, comme si cela datait de l'antiquité.

Geste réflexe, Nash sursauta.

— Étiquetez-les et ne vous en occupez plus.

— Bien… Oh, je n'ai pas trouvé l'album de photos que vous cherchiez, mais il y a des photographies dans une vieille boîte de chocolats. Qu'est-ce que j'en fais ?

— Une boîte de chocolats ?

— Oui, il y a des fleurs sur le couvercle. Une très vieille boîte.

— Euh… Où est-elle ?

Elle ouvrit un carton qui avait autrefois contenu un fax, et en sortit plusieurs boîtes pleines d'invitations pour les courses et de coupures de journaux consacrées aux champions que Valentine ferrait régulièrement.

— La voilà, dit Lucy en me tendant une vieille boîte cabossée, avec des dahlias passés sur le couvercle.

— Je n'ai pas établi la liste des photos, vous voulez que je m'en charge ?

— Non, dis-je l'esprit ailleurs en soulevant déjà le couvercle.

À l'intérieur, les photographies très anciennes et passées étaient presque toutes cornées. Des photos de Valentine et de sa femme, de Dorothea et de son mari, quelques photos de Meredith Derry et de son épouse, et plusieurs de Dorothea avec son fils, un charmant bambin du nom de Paul. Des images rappelant une époque où la vie était belle, avant que les événements ne viennent tout gâcher.

— Si nous commandions à déjeuner ?

— Thomas, qu'est-ce que tu bois ? me demanda Nash.

— De l'eau de Léthé.

— Qu'est-ce que c'est ? demanda Lucy.

— Un fleuve des enfers. Si on boit son eau, on s'endort et on oublie la vie.

— Oh !

— Pour toujours, ajouta Nash. Mais ce n'est pas ce que voulait dire Thomas.

N'ayant pas très bien compris, tentant de dissimuler sa gêne en se réfugiant dans le travail, Lucy se rua sur son marqueur.

Au fond de la boîte de chocolats, je découvris une grande photo dont les couleurs, sans être très vives, semblaient dans un meilleur état de conservation. Elle montrait un groupe de jeunes gens d'une vingtaine d'années. Derrière, on lisait simplement : « La Bande ».

La Bande.

La Bande était formée de cinq jeunes hommes et d'une fille.

Je la regardai assez longtemps pour que mes compagnons le remarquent.

— Qu'est-ce que c'est ? demanda Nash.

Je tendis la photo à Lucy qui la regarda à deux fois avant de s'exclamer :

— Mais c'est papa ! Comme il paraît jeune ! La Bande ? On dirait son écriture, non ?

— Vous la connaissez mieux que moi.

— Oui, c'est la sienne.

— Qui sont les autres ? Et la Bande ?

Elle observait la photo.

— C'est Sonia, non ? Cela ne peut être qu'elle.

Nash prit la photo des mains de Lucy.

— Hum hum, dit-il, hochant la tête, c'est bien votre père, et la fille ressemble à celle de la photo que vous nous avez prêtée. Et lui, à côté d'elle, c'est le garçon, c'est sûrement Pig !

— Oui, sans doute, dit Lucy peu convaincue malgré tout. Et celui-là, il ressemble à...

Troublée, elle s'arrêta.

— À qui ?

— Il n'est plus comme ça maintenant. Il a un peu... gonflé. C'est oncle Ridley. Il a l'air charmant ici. Mon Dieu, c'est horrible ce que le temps peut faire aux gens.

— Oui, répondîmes Nash et moi à l'unisson.

À Hollywood, les vieux acteurs méconnaissables et fripés, à qui il ne reste plus que le souvenir de leur passé glorieux, sont sans cesse confrontés aux images impitoyables de leur jeunesse diffusées sur les écrans de cinéma et de télévision.

— Et les autres ? demandai-je.

— Je ne les connais pas, dit Lucy en me rendant la photographie.

— On dirait des gens de votre âge.

— Effectivement, dit-elle sans y prêter attention. Vous voulez que je range tout cela ?

— Oui, s'il vous plaît, mais laissez la boîte de chocolats.

— D'accord.

Le déjeuner arriva. Ziggy appela de Norvège.

— Je n'arrive pas à joindre O'Hara.

— Il est rentré à Los Angeles. Et les chevaux ?

— Ils travaillent bien.

— Parfait. Le service production a trouvé une écurie vide où on pourra les héberger, à quinze kilomètres de la plage, à peine.

Je sortis un morceau de papier d'une poche intérieure et lui épelai patiemment l'adresse.

— Téléphone-moi dès que tu auras débarqué à Immingham lundi, si tu as des problèmes.

— D'accord.

— Beau travail, Ziggy.

Il rit, enchanté, et raccrocha.

Je laissai Nash et Lucy devant un café et, prenant la photo de la « Bande » et le dossier du fond du carton que j'avais découvert la veille, je me rendis dans la suite d'O'Hara, où je rangeai les notes de Valentine dans le coffre-fort avec les couteaux. J'osai à peine m'avouer qu'une méfiance instinctive m'avait poussé à utiliser celui d'O'Hara plutôt que le mien, mais pourtant...

Toujours chez O'Hara, je consultai l'annuaire pour trouver le numéro de téléphone de Ridley, que j'appelai immédiatement, mais sans succès.

Lorsque je retournai dans ma chambre, sur le point de partir, Nash m'annonça qu'il allait passer l'après-midi à regarder les courses à la télévision en donnant ses paris par téléphone à un bookmaker avec lequel je l'avais mis en relation.

— Cela marche toujours pour ce soir ? demanda-t-il sur le pas de la porte.

— Oui, s'il arrête de pleuvoir, comme le prévoit la météo.

— Comment veux-tu que je monte à cheval dans la nuit noire ?

— Il y aura un clair de lune. Moncrieff s'en charge.

— Et les terriers de lapin ?

— Il n'y en a aucun sur la lande de Newmarket.

— Et si je tombe ?

— Eh bien on te ramassera et on te remettra en selle.

— Parfois, je te hais, Thomas, dit-il en souriant.

Je quittai Lucy, enfouie jusqu'au cou dans des décennies de registres, et pris mes anges gardiens au passage, qui m'accompagnèrent aux écuries.

Avant de retourner à l'Athenaeum, je passai dans le bureau du bas, dont se servait surtout Ed, où nous avions téléphones, fax et photocopieur ultra-puissant. Je demandai à la jeune secrétaire d'essayer le numéro de Ridley Wells et de me le passer dès qu'il répondrait.

— Mais vous m'avez interdit de vous passer les communications, au cas où cela sonne pendant une scène.

— On peut toujours la refaire. Je veux lui parler, compris ?

Rassurée, elle hocha la tête, et je montai pour aider Cibber et Silva à trouver leurs expressions les plus caustiques.

Ridley Wells répondit à trois heures et demie. Il paraissait ivre.

— Vous vous souvenez, vous avez demandé à O'Hara, le producteur, s'il n'avait pas un travail pour vous ?

— Il m'a dit non.

— Oui, mais maintenant, nous en avons un. Cela vous intéresse toujours ?

Pour sa matinée de travail, je lui proposai une somme assez coquette pour attraper un bien plus gros poisson que lui et il ne demanda même pas en quoi consisterait sa tâche.

— Une voiture viendra vous chercher demain matin à sept heures. Elle vous amènera à l'écurie où nous avons nos chevaux. Vous n'avez besoin de rien. On vous fournira des vêtements. On vous donnera un cheval. Vous n'aurez rien à faire d'extraordinaire ou de dangereux. Il nous manque simplement un cavalier pour la scène de demain.

— Compris, dit-il, magnanime.

— N'oubliez pas.

— Je n'ai qu'une parole, mon vieux.

— Ce n'est pas cela. Si vous n'êtes pas à jeun demain matin, pas de boulot, et pas de cachet !

— Compris, dit-il de nouveau, après une pause, et j'espérais bien qu'il tiendrait sa promesse.

Les gros plans terminés et les bobines de la journée en route pour le labo, je projetai les rushes de la veille. Je me réjouis pour Bill Robinson que de sa monstrueuse moto se dégage une puissance telle que le personnage de Nash semblait littéralement en tirer toute la détermination dont il avait besoin pour prendre sa décision.

Tirer son courage de ses fantasmes. Je voulais que le film illustre cette vieille idée, mais sans que personne ne le dise ouvertement. Je voulais que les gens voient ce qu'ils avaient toujours su. Je voulais ouvrir une porte. Ouvrir des portes, c'était mon métier.

Il cessa de pleuvoir plus ou moins à l'heure prévue — un miracle — et Moncrieff était déjà dans les écuries à superviser l'installation des caméras, bobines et projecteurs dans les camions pour les scènes du « clair de lune » sur la lande.

Nash arriva à l'heure précise, comme d'habitude, et, une demi-heure plus tard, en tenue de cavalier et maquillage de nuit, avec sa bombe sous le bras, il sortit de la maison et demanda un cheval tranquille.

— Ah, si tes fans t'entendaient, lui dis-je sèchement.

— Et, toi, tu peux aller te prendre six G dans un virage à gauche à basse altitude !

Je hochai la tête. Nash pilotait des petits jets (quand il n'était pas sous l'effet d'un contrat restrictif au beau milieu d'un tournage), et moi pas. Dans un curriculum qui suffisait déjà à vous couper le souffle, la superstar Nash avait été pilote de chasse, ce qui avait largement contribué à établir son mythe.

— Cela se passe un jour ou deux avant la scène de la moto. Tu es accusé de meurtre. Tu es inquiet. D'accord ?

Il hocha la tête. Depuis le début, cette scène de chevauchée nocturne était prévue au scénario. Il s'y attendait.

Lentement, la voiture portant la caméra monta la route

qui menait sur la colline, avec Nash en selle à côté de nous (éclairé par un doux clair de lune) qui paraissait effectivement soucieux et songeur. Ensuite, on le prit assis par terre, le dos appuyé contre un arbre, avec son cheval qui broutait à côté de lui. Nous avions presque terminé quand les épais nuages se déchirèrent soudain en formes fantastiques. Moncrieff tourna sa caméra vers le ciel pendant plus de soixante secondes, et me regarda d'un air triomphant derrière sa barbe hirsute.

Enfin, la journée se termina. Au Bedford Lodge, Lucy avait trié trois nouveaux cartons. Elle m'avait laissé un mot, disant qu'elle espérait que cela ne me dérangerait pas, mais que ses parents voulaient qu'elle rentre dimanche. Elle reviendrait lundi.

Carton VIII	Registres — Courses de plat
Carton IX	Fers à cheval
Carton X	Encyclopédies, A-F

Le carton Fers à cheval contenait bel et bien des fers, soigneusement rangés dans un sachet en plastique, étiquetés au nom du cheval qui les avait portés, avec le nom de la course, et la date de la victoire. Valentine était un véritable écureuil, qui collectionnait précieusement tout ce qui avait trait à ses succès.

Sortant la première des encyclopédies sans idée précise en tête, je trouvai une sorte de signet et ouvris à la page correspondante. Autocrate : despote. D'autres entrées suivaient.

Je fermai le livre, reposai ma tête sur le dos du fauteuil, et décidai qu'il était temps d'ôter ma carapace et de plonger dans le sommeil.

L'idée qui me turlupinait semblait sortie de nulle part, mais en fait, c'était un mot, que j'avais aperçu à la périphérie de mon champ de vision, sans y prêter garde.

Autocrate.

Un peu plus loin, on trouvait autoérotisme.

Je repris le volume et lus la longue entrée. J'en appris plus que je ne voulais sur les diverses formes de mastur-

276

bation, mais rien ne semblait avoir de signification précise. Un peu déçu, je voulus remettre le signet en place, mais je m'arrêtai soudain. Dans la marge, Valentine avait écrit un mot : « Érotomanie ».

Sous cette rubrique, on trouvait la description de diverses manifestations d'amour pervers, telle que l'asphyxie autoérotique, par exemple, la limitation de l'oxygène arrivant au cerveau pour stimuler l'érection.

Les connaissances dont Valentine avait fait part au professeur Derry venaient de ce livre.

« En 1791, à Londres, à l'époque de Haydn, un musicien très connu est mort de ses pratiques d'asphyxie autoérotique. Un vendredi après-midi, il avait engagé une prostituée pour qu'elle lui serre une lanière autour du cou, jusqu'à ce qu'il obtienne satisfaction. Malheureusement, il était allé trop loin et s'était étranglé. La prostituée qui avait signalé sa mort fut jugée, mais acquittée, car la perversion du musicien était bien connue. Le juge interdit la publication du jugement, au nom de la décence. »

On en apprenait tous les jours, pensai-je, tolérant, en remettant l'encyclopédie à sa place. Pauvre professeur Derry. Il avait peut-être eu raison de ne pas tenir compte des informations de Valentine.

Avant de le jeter, je regardai le deuxième signet de Valentine. Sur une bande de papier blanc, il avait noté : « En parler à Derry » et, plus bas : « Je l'ai fait lire à Pig. »

Dans la chambre d'O'Hara, je retirai le classeur et la photographie de la « Bande » du coffre et les regardai longuement, installé dans son fauteuil, en réfléchissant intensément.

Finalement, je dormis dans son lit. C'était plus sûr.

15

L E LENDEMAIN MATIN, la voiture des studios nous
amena un Ridley Wells sobre et ponctuel. Je le confiai aux habilleuses et profitai d'un moment libre pour
appeler Robbie Gill.

Je pensais obtenir sa messagerie, mais comme il était
déjà réveillé, il me répondit en personne.

— Toujours vivant ?

— Oui, toujours, merci.

— Que désirez-vous ?

C'était toujours comme ça avec Robbie Gill, droit au
but.

— D'abord, je voudrais savoir qui vous a communiqué la liste des spécialistes d'armes blanches.

— Mon collègue de la police, le médecin auquel on
fait appel dans la région. C'est un joyeux luron, ancien
joueur de rugby, qui aime bien rigoler devant une bière
au pub. C'est à lui que je me suis adressé. Il m'a dit
que la police venait juste d'établir une liste de détenteurs
potentiels et je lui ai demandé s'il avait des noms à ajouter. Mais hélas, les types armés de couteaux qu'il connaît
ont tendance à se trouver derrière les barreaux.

— C'est lui qui s'est occupé de Dorothea ?

— Non, il était absent. Autre chose ?

— Comment va-t-elle ?

— Dorothea ? Toujours sous sédatifs. Maintenant que
Paul est mort, vous êtes toujours d'accord pour payer la
maison de repos ?

— Oui, et je voudrais la voir bientôt. Cette après-midi, par exemple.

— Pas de problème. Allez-y. Elle est toujours en soins intensifs, à cause de Paul, mais physiquement, elle se remet bien. Nous pourrons la déplacer mardi, je crois.

— Bien.

— Faites attention à vous.

— Comptez sur moi ! dis-je avec un sourire amer.

Dans la cour, les lads, qui se préparaient à la séance d'entraînement matinal, sellaient et harnachaient les chevaux. Comme nous étions dimanche, nous aurions plus ou moins la lande pour nous seuls, mais nous ne filmerions pas exactement les mêmes scènes que la semaine précédente.

— On vous a demandé de porter les vêtements de la semaine dernière, vous avez tous vérifié avec la scripte ?

Ils hochèrent la tête.

— Bien. Bon, alors, vous allez galoper jusqu'au sommet de la colline, et vous vous arrêterez au même endroit que la dernière fois. D'accord ?

— Vous vous souvenez du cavalier sorti de nulle part qui a failli poignarder Ivan ?

Ils rirent. Ils ne risquaient pas d'oublier !

— Bon, aujourd'hui, Ivan ne sera pas là, mais nous allons mettre en scène l'agression et l'intégrer dans le film. Aujourd'hui, ce sera de la fiction. Le couteau n'est qu'une reproduction en bois réalisée par le service production. Je veux que vous refassiez la même chose que dimanche dernier. Vous tournez en rond, vous bavardez sans prêter attention à l'intrus. D'accord ?

Ils comprirent facilement. Notre jeune maître palefrenier demanda :

— Qui remplacera Ivan ?

— Moi. Je ne suis pas aussi large d'épaules que lui ou que Nash, mais je porterai la tenue d'entraîneur et je monterai le cheval d'Ivan. Quand les caméras seront en place, l'homme qui joue le rôle de l'agresseur montera le vieux bai qui a fini dernier à Huntingdon. Son lad habituel attendra derrière les caméras, hors du champ. Des questions ?

— Vous le poursuivrez en voiture, comme la dernière fois ?

— Non, il galopera en bas de la colline. La caméra le filmera.

Je repassai les commandes au maître palefrenier qui organisa le départ de la file. Ed et Moncrieff étaient déjà sur la lande. J'allai enfiler les vêtements de Nash et, comme Ridley était prêt, je le conduisis jusqu'à la crête. Nous descendîmes de voiture pour aller rejoindre le cercle des chevaux, en nous arrêtant un instant près de la voiture-travelling.

— Je voudrais que vous alliez vous mêler au groupe, par là, dis-je en lui indiquant l'endroit. Au trot. Ensuite, vous sortez un couteau inoffensif de l'étui attaché à votre ceinture et vous poignardez un cavalier comme si vous vouliez sérieusement le blesser. Vous profitez du moment de panique pour vous enfuir vers la crête avant de filer vers la ville au grand galop. C'est compris ?

Ridley me fixait d'un regard sombre et intense.

— C'est moi que vous agressez, d'accord ? Je remplace Nash.

Ridley ne répondit pas.

— Bien sûr, lui dis-je d'un ton léger, quand elle apparaîtra à l'écran dans la version finale, cette scène ne sera pas si paisible. Il y aura des gros plans du couteau, des chevaux qui ruent, des mouvements confus. On verra une blessure et du sang. On réalisera les truquages plus tard.

Ed vint m'apporter divers accessoires que je tendis à Ridley un par un.

— Un couteau dans son étui qui doit s'accrocher à la ceinture, clama Ed, comme s'il lisait un inventaire. Mettez-le.

Comme hypnotisé, Ridley obéit.

— Entraînez-vous à le sortir de son étui.

Ridley sortit le couteau et le regarda, horrifié.

La production avait fidèlement imité le couteau de

tranchées américain que je lui avais dessiné. Même si l'objet que tenait Ridley était en bois peint léger, à trois pas, on aurait dit un lourd coup de poing américain, se terminant en une longue lame qui jaillissait des doigts.

— Bien, rangez-le.

En tremblant, Ridley s'exécuta.

— Bombe, dit Ed, en la lui tendant.

Ridley attacha la lanière.

— Lunettes, proposa Ed.

Ridley les chaussa lentement.

— Gants.

Ridley hésita.

— Il y a un problème ? demandai-je.

— Non, répondit Ridley d'une voix rauque alors qu'on l'aidait à monter sur le plus lent de nos canassons.

— Parfait. Bon, allez-y. Quand Ed criera « Action », venez droit vers moi au trot, sortez le couteau, portez-moi un coup violent, et filez au grand galop vers Newmarket. Vous voulez répéter ou vous pensez y arriver du premier coup ?

La silhouette casquée, abritée sous les lunettes et les gants ne réagit pas.

— Je suis sûr que vous y arriverez.

Ridley semblait figé sur place. Je demandai au lad dont il montait le cheval de l'accompagner au point de départ puis de disparaître et de sortir du champ. Obéissant intelligemment aux ordres, le lad du cheval de Nash descendit de sa monture et m'aida à me mettre en selle. Ma côte brisée me fit douloureusement souffrir. J'allongeai les étrivières. Moncrieff alluma ses projecteurs pour inonder la scène d'une lumière du jour additionnelle.

Ed cria : « Action. »

Ridley Wells mit son cheval directement au galop, et non au trot. Il libéra le couteau de la main droite en tenant les rênes de la gauche. En cavalier émérite, il serra les jambes autour du flanc de l'animal et fonça droit sur moi… d'un air aussi meurtrier qu'on aurait pu l'espérer.

Le « couteau » heurta ma veste et la carapace de plâtre, mais la lame de bois n'ayant aucun pouvoir de pénétration, il tomba des mains de Ridley.

— Je l'ai laissé tombé ! s'exclama-t-il.

— Peu importe, au galop ! criai-je en tendant le bras vers la crête.

Au grand galop, très bas sur sa selle, il avait l'air de s'enfuir réellement.

Toujours à cheval, les lads se rassemblèrent au sommet pour observer la scène comme la semaine précédente, et je me lançai à la poursuite du fugitif, à cheval cette fois.

La voiture descendait la route, avec la caméra qui tournait.

La séquence montée du film montrait « Nash » poursuivant son agresseur, Nash ensanglanté, Nash laissant échapper sa proie... Nash couvert de sang, souffrant le martyre...

— Superbe ! s'exclama O'Hara quand il vit la scène. Mon Dieu ! Thomas...

Ce dimanche matin, pourtant, il n'y eut pas une goutte de sang. Comme j'avais le cheval le plus rapide, je rattrapai Ridley avant qu'il se fonde dans la ville.

Il s'arrêta d'un grand coup de rênes. Il ôta brusquement ses gants, ses lunettes et son casque, et les jeta à terre. Il se débarrassa de l'anorak que nous lui avions prêté et le lança loin de lui.

— Je vous tuerai, cria-t-il.

— Je vous enverrai votre cachet.

Son visage gonflé tremblait comme s'il se demandait s'il n'allait pas se jeter sur moi sur-le-champ, mais le bon sens ou la lâcheté prévalurent et il descendit habilement, face à moi, en passant la jambe droite sur l'encolure de l'animal. Il lâcha les rênes. Il me tourna le dos et tituba vers Newmarket, comme s'il ne sentait plus ses pieds sur le sol.

Je me penchai pour prendre les rênes et ramenai les deux chevaux à l'écurie.

Les lads revenaient de la lande en bavardant comme des étourneaux, les yeux écarquillés.

— Ce type, on aurait dit celui de la semaine dernière !

— C'était lui !

— Ils se ressemblaient comme deux gouttes d'eau !

— Exact, leur dis-je.

Après m'être débarrassé de la veste et de la bombe de Nash, je me rendis à l'étage où on poussait le décor de l'Athenaeum sur le côté pour le remplacer par la reproduction d'un des boxes donnant sur la cour.

Un véritable box est bien trop petit pour accueillir caméra, projecteurs et techniciens, sans compter les acteurs ; nous fabriquions donc le nôtre. C'était un peu comme s'il avait été divisé en trois parties distinctes, laissant une large zone au centre permettant les manœuvres de la caméra. Le premier tiers comprenait la porte battante donnant sur le monde extérieur (une rétroprojection de la cour de l'écurie), avec mangeoire et seau d'eau. C'était dans la troisième partie, la plus vaste, que se tenait le cheval.

Les murs étaient construits en parpaings blanchis à la chaux avec un plafond ouvert aux lourds chevrons. Les bottes de foin, bien rangées pour le moment, seraient disposées sur une plate-forme au-dessus des chevrons pendant le tournage. On installait dans les trois sections un sol de ciment couvert de foin. Des marques de sabots artistiques dans la litière et d'autres signes manifestes prouvaient que ce box était souvent utilisé.

— Comment ça va ? demandai-je, regardant autour de moi d'un air approbateur.

— Tout sera prêt demain matin, m'assura-t-on. Ce sera solide comme du roc. C'est ce que vous avez demandé ?

— Parfait.

Gros progrès, Dorothea avait un peu de roseur aux joues.

Nous avions bien eu quelques larmes à mon arrivée, mais rien de comparable à la détresse de l'avant-veille.

Avec sa force physique, sa force spirituelle refaisait surface. Elle me remercia pour les fleurs que je lui avais apportées, et me dit qu'elle en avait assez de ne manger que de la soupe à la tomate.

— Ils disent que c'est bon pour la santé, mais je commence à en avoir assez. Je ne peux manger ni viande ni salade… Vous avez déjà goûté à de la salade d'hôpital ? Mais pourquoi pas un potage aux champignons ou au poulet ? Et rien n'est fait maison, bien sûr.

Elle était impatiente d'aller à la maison de repos dont lui avait parlé Robbie Gill et espérait que sa belle-fille Janet retournerait bientôt dans le Surrey.

— C'est dommage que nous nous entendions si mal, avoua Dorothea en soupirant.

— Hum hum. Quand vous serez rétablie, vous retournerez chez vous ?

Des larmes perlèrent à ses paupières.

— Paul y est mort.

Valentine aussi, pensai-je.

— Thomas… Il m'est revenu des choses, dit-elle, angoissée. La nuit où on m'a attaquée…

— Oui ? De quoi vous souvenez-vous ?

— Paul criait.

— Oui, vous me l'avez dit.

— Il y avait un autre homme.

J'approchai la chaise du lit et m'installai paisiblement à côté d'elle en lui tenant la main, cherchant à la rassurer et tentant de calmer ma propre impatience.

— Vous savez à quoi il ressemblait ?

— Je ne le connaissais pas. Il était là avec Paul quand je suis revenue de chez Mona. Je regardais la télévision avec elle, mais comme le programme ne nous plaisait pas, je suis rentrée de bonne heure… Je suis passée par la porte de la cuisine, comme d'habitude et… j'étais contente de voir Paul. Mais il était si bizarre… Il paraissait terrifié. Il ne pouvait pas avoir peur. De quoi aurait-il eu peur ?

— Peut-être qu'il a eu peur de vous voir revenir pendant qu'il était en train de saccager la maison avec son acolyte ?

— Oui, peut-être. Paul criait. Il me demandait où était l'album de photos de Valentine, et je suis certaine de lui avoir dit qu'il n'en avait pas, qu'il n'avait que quelques vieilles photos dans une boîte de chocolats, comme moi. Paul ne voulait pas me croire. Il n'arrêtait pas de parler de cet album.

— Mais Valentine, il en avait un ?

— Non, Thomas, j'en suis sûre. Nous n'étions pas très forts pour les photos, pas comme certaines familles où il ne se passe jamais rien sans qu'on prenne des photos. Valentine avait des dizaines de photos de chevaux. C'était sa vie. Il n'y avait que les chevaux qui comptaient. Il n'avait pas d'enfants, sa Cathy ne pouvait pas en avoir. Il aurait peut-être fait plus attention aux photos s'il avait eu des enfants. J'en ai beaucoup, moi, dans une boîte, dans ma chambre. Des photos de nous tous, il y a longtemps. Des photos de Paul...

De nouveau, il lui vint des larmes aux yeux et je n'osai pas lui dire que tous ses souvenirs avaient disparu. Je lui donnerais la boîte de Valentine pour compenser.

— Paul vous a dit pourquoi il voulait cet album ?

— Je ne crois pas, Thomas. Tout arrivait si vite. Et l'autre homme était tellement en colère ! Il criait lui aussi. Et Paul m'a dit : « Dis-lui où est l'album, il a un couteau. »

— Vous en êtes sûre ? demandai-je d'une voix calme.

— Je croyais que c'était un rêve.

— Et maintenant ?

— Maintenant ? Je crois que c'est peut-être vrai. J'entends la voix de mon Paul. Oh, mon chéri, mon petit Paul chéri...

Je la pris dans mes bras car elle sanglotait.

— C'est l'autre homme qui m'a frappée, dit-elle, avalant sa salive. Il m'a frappée sur la tête... et Paul criait « Dis-lui, dis-lui ! » Et j'ai vraiment vu... le couteau... ou quelque chose de brillant. Ce n'était pas un vrai couteau. Il passait la main dans le manche... Il avait les

285

ongles sales… C'était horrible. Paul criait : « Arrête !
Arrête ! » Quand je me suis réveillée à l'hôpital, je ne
savais plus ce qui s'était passé, mais cette nuit… Oh,
mon Dieu… je me suis réveillée, et j'ai pensé à Paul. Et
tout m'est revenu…

— Oui. (Je gardai le silence, mais mes impressions
antérieures se renforçaient.) Dorothea, ma chère Dorothea, je crois que Paul vous a sauvé la vie.

— Oh… oh…

Elle pleurait toujours, mais ce fut bientôt de joie et
non de chagrin.

— Je crois que Paul a été si horrifié qu'il a empêché
un coup fatal. Robbie Gill pense que cela ressemblait à
un meurtre interrompu. Il dit que les gens qui infligent
de telles blessures sont dans un état second et qu'ils n'arrivent pas à s'arrêter. C'est Paul qui l'a retenu.

— Oh, Thomas !

— Mais cela signifie que Paul connaissait l'homme
qui vous a attaquée et qu'il n'a rien dit à la police. En
fait, Paul a affirmé être dans le Surrey au moment des
faits.

— Oh, mon Dieu !

— Et Paul a essayé de vous empêcher de nous parler,
à moi et à Robbie, jusqu'à ce qu'il soit sûr que vous ne
vous souveniez de rien.

La joie de Dorothea s'estompa légèrement, mais sans
disparaître.

— Il a changé un peu. Je crois qu'à un moment, il a
même failli me dire quelque chose, mais je ne sais pas
quoi. Il devait éprouver des remords à cause de ce qui
vous était arrivé.

— Oh, Thomas, je serais si contente !

— J'en suis certain, dis-je d'un ton plus déterminé
que cela ne le méritait.

Elle réfléchit un instant avant de dire :

— Parfois, Paul disait n'importe quoi, comme s'il ne
pouvait pas se retenir.

— Ah bon ?

— Il… J'ai du mal à vous en parler, Thomas, mais

286

l'autre jour, quand il est venu me voir, soudain, il a explosé. « Mais pourquoi fait-il ce maudit film ! » Il semblait amer. Il disait que personne ne s'en serait jamais pris à moi, si vous n'aviez pas réveillé cette vieille histoire. Je lui ai demandé quelle histoire et il m'a répondu que tout était dans le *Drumbeat*, mais que je devais oublier ce qu'il venait de me raconter, à part que s'il m'arrivait quelque chose, ce serait de votre faute. Oh, Thomas, je suis désolée... mais il a dit qu'il serait content si on vous découpait en morceaux... Cela ne lui ressemblait pas... vraiment pas.

— Je l'ai chassé de chez vous, il n'a guère apprécié.

— Je sais, mais... il était inquiet..., j'en suis sûre.

Je me levai et m'approchai de la fenêtre, regardant vaguement les formes régulières des fenêtres du bâtiment d'en face et les jardins mal tenus en contrebas. Deux personnes en blouse blanche marchaient le long d'une allée, en bavardant. Des figurants jouant les médecins, pensai-je machinalement, et je m'aperçus que je voyais souvent la vie en termes de cinéma.

Je me tournai vers Dorothea.

— Ici, à l'hôpital, Paul vous a encore posé des questions sur cet album ?

— Je ne crois pas. Mais tout est si confus. Il m'a dit que vous aviez pris les livres de Valentine, et je ne l'ai pas contredit. Je n'avais pas envie de discuter. Vous savez, Thomas, je suis si fatiguée.

Je lui dis que j'avais trouvé une photo dans les affaires de Valentine que j'étais allé chercher chez son jeune ami, l'adorable Bill Robinson, mais que je ne croyais pas que cela valait la peine de saccager sa maison pour cela.

— Si je vous la montre, vous me direz si vous reconnaissez quelqu'un ?

— Bien sûr.

Je sortis la photo de la « Bande » de ma poche et la lui mis dans la main.

— Il me faut mes lunettes, dit-elle. L'étui rouge, sur la table de chevet.

Je les lui donnai et elle regarda la photo sans grande réaction.

287

— Est-ce que l'une de ces personnes vous a atta-quée ?

— Oh, non. Il était beaucoup plus vieux. Ils sont si jeunes ! Mais, c'est Paul ! s'exclama-t-elle. Là, sur la gauche, c'est Paul, non ? Comme il était jeune ! Et beau garçon ! Les autres, non, je ne les connais pas, dit-elle en reposant la main qui tenait la photo sur le drap. Ah, si seulement Paul était là !

En soupirant, je repris ma photo et la rangeai dans ma poche. Je sortis le petit carnet dont je ne me séparais jamais.

— Je ne voudrais pas vous perturber, mais si je des-sine un couteau, vous pourrez me dire si c'est celui dont on s'est servi ?

— Je n'ai pas envie de le voir.

— Dorothea, s'il vous plaît.

— Paul a été poignardé, gémit-elle en pleurant de nouveau sur son fils.

— Ma chère Dorothea, si cela permet de retrouver l'assassin de Paul, vous voudrez bien regarder mon dessin ?

Elle hocha la tête.

Je lui mis le dessin près de la main, et, au bout d'une longue minute, elle finit par le prendre.

— Quelle horreur ! Mais je n'ai jamais vu de couteau pareil, dit-elle soulagée. Non, il ne ressemblait pas à ça.

Je lui avais dessiné le couteau de tranchée retrouvé sur la lande. Je retournai la feuille de papier et dessinai le méchant Armadillo, avec sa lame dentelée.

Dorothea le regarda et pâlit sans mot dire.

— Je suis désolé. Mais vous n'êtes pas morte. Paul vous a sauvé la vie…

Je repensai au visage ravagé de Paul quand il avait vu l'Armadillo sur la table… Quand il m'avait vu, *vivant*.

Il avait filé, et maintenant rien ne servait de se dire que si nous l'avions arrêté, si nous l'avions fait parler, peut-être serait-il encore en vie. Un jour, Paul avait failli se confier. Au bord de l'effondrement, au bord de l'aveu, Paul était devenu dangereux. Paul, prétentieux, autori-

288

taire et haïssable, avait craqué et était mort pour avoir éprouvé quelques regrets.

La ceinture noire à son côté, mon chauffeur me conduisit vers l'Oxfordshire en consultant de temps à autre les indications écrites que je lui avais données, tandis qu'à l'arrière je regardais la photo de la Bande en me souvenant des paroles de Dorothea et Lucy : « Ils sont si jeunes ! »

Jeunes.

Jackson Wells, Ridley Wells, Paul Pannier avaient au moins vingt-six ans de moins que les hommes que je connaissais. Sonia était morte vingt-six ans plus tôt, et Sonia était toujours vivante sur la photo.

En supposant qu'elle avait été prise disons, vingt-sept ans plus tôt, cela donnait vingt-trois ans à Jackson Wells, et moins encore aux autres. Dix-huit, dix-neuf, vingt, pas plus. Sonia était morte à vingt et un ans.

J'avais quatre ans à l'époque, et je n'avais jamais entendu parler d'elle. Je revenais sur les lieux à trente ans et voulais tout savoir sur les raisons de sa mort. J'avais même affirmé que j'essayerais de les découvrir, déclenchant par là même une série de réactions en chaîne qui avaient conduit Dorothea à l'hôpital et Paul à la tombe et m'avaient valu une belle estafilade dans les côtes... sans compter ce qui pouvait encore venir.

Je ne savais pas qu'il y avait un mauvais génie dans la lampe ; une fois libérés, on ne peut plus remettre les mauvais génies dans leur bocal.

Mon chauffeur me laissa à la ferme Batwillow, devant la porte de Jackson Wells.

Lucy répondit à la sonnette stridente, les yeux écarquillés de surprise.

— Oh, cela ne vous dérangeait pas que je rentre à la maison aujourd'hui ? Vous n'êtes tout de même pas venu me remettre au travail en me tirant par les cheveux ?

— Non, en fait, je voulais parler à votre père.

— Oui, bien sûr, entrez.

289

— Je me demandais s'il ne voudrait pas sortir un peu ?

— Oh, je vais lui poser la question.

Intriguée, elle disparut à l'intérieur de la maison, pour revenir bientôt suivie de son père blond au visage hâlé, qui ressemblait toujours à celui que j'avais rencontré une semaine plus tôt.

— Entrez, dit-il, en me faisant un geste de bienvenue très chaleureux.

— Je préférerais qu'on fasse une petite promenade.

— Comme vous voulez.

Il sortit et, ne sachant trop que faire, Lucy resta à l'intérieur. Jackson regarda les deux hommes installés dans ma voiture et demanda :

— Des amis ?

— Un chauffeur et un garde du corps. Ordre des studios.

— Oh !

Nous traversâmes la cour pour nous arrêter près du portail sur lequel une semaine plus tôt s'appuyait le vieux Wells, dur d'oreille.

— Lucy a fait du bon travail. Elle vous en a parlé ?

— Elle aime beaucoup discuter avec Nash Rourke.

— Ils s'entendent bien.

— Je lui ai dit de faire attention.

— Vous avez bien fait. (Trop bien, même, pensai-je.) Vous a-t-elle parlé d'une photographie ?

Sans trop savoir s'il fallait dire oui ou non, il finit par demander :

— Quelle photo ?

— Celle-ci.

Je la sortis de ma poche et la lui donnai.

Il la regarda rapidement des deux côtés et se tourna vers moi, les yeux vides d'expression.

— Lucy dit que c'est votre écriture, dis-je en la reprenant.

— Qu'est-ce que cela signifie ?

— Je ne suis pas de la police et je n'ai pas apporté mes instruments de torture.

Il se mit à rire, mais l'insouciance de la semaine précédente semblait entachée de méfiance.

— La semaine dernière, vous m'avez dit ignorer les raisons de la mort de Sonia.

— C'est vrai, dit-il, ses yeux bleus brillant d'innocence, comme toujours.

— Tous ceux qui sont sur cette photo, répondis-je en hochant la tête, savent pertinemment pourquoi Sonia est morte.

Il resta plongé dans un silence absolu jusqu'à ce qu'il parvienne enfin à simuler le sourire méprisant de rigueur.

— Sonia est sur la photo. Vous dites des âneries.

— Sonia aussi le sait.

— Vous insinuez qu'elle s'est suicidée ? dit-il, paraissant presque plein d'espoir.

— Non, pas vraiment. Elle n'avait pas l'intention de mourir. C'est un accident.

— Vous n'en savez strictement rien.

J'en savais beaucoup trop. Je ne voulais pas provoquer plus de souffrance, je ne voulais pas me faire tuer, mais on ne pouvait pas se contenter d'ignorer la mort de Paul Pannier. Et, toutes considérations morales mises à part, tant que son meurtrier ne serait pas sous les verrous, je porterais ma carapace.

— Vous paraissez tous si jeunes sur cette photo. Des jeunes gens souriants qui ont l'avenir devant eux. Vous n'étiez que des gosses, comme vous dites. La vie n'était qu'un jeu, tout n'était qu'un jeu. Il y avait vous, Sonia, votre jeune frère Ridley. Et Paul Pannier, le neveu du maréchal-ferrant. Et Roddy Visborough aussi, le fils de la sœur de Sonia, ce qui signifie que Sonia était sa tante. Là, c'est votre jockey, P. Falmouth, connu sous le surnom de Pig. Vous étiez l'aîné, vous aviez vingt-deux ou vingt-trois ans. Ridley, Paul, Roddy et Pig avaient dix-huit ou dix-neuf ans à la mort de Sonia, et elle, vingt et un, tout juste.

— Comment savez-vous tout cela ?

— Les journaux. J'ai fait les comptes. Ça n'a guère d'importance. L'essentiel, c'est que vous étiez tous immatures.... et que vous aviez l'impression, comme beaucoup à cet âge-là, que la jeunesse est éternelle, que la prudence est bonne pour les vieux et que le sens des responsabilités est un mot obscène. Vous, vous êtes allé à York, et les autres se sont amusés... et je crois qu'à part vous, toute la bande était présente quand votre femme est morte.

— Non, ce n'était pas une histoire de bande. Si vous faites allusion à un viol collectif, ce n'est pas ce qui c'est passé.

— Je sais. L'autopsie a prouvé qu'il n'y avait pas eu de rapport sexuel. Les journaux l'ont tous signalé.

— Eh bien ?

— Je pense qu'un de ces garçons l'a étranglée, d'une façon ou d'une autre, sans vouloir lui faire de mal, et ils ont eu si peur qu'ils ont essayé de maquiller la chose en suicide, pour faire croire qu'elle s'était pendue. Et ensuite, ils se sont simplement sauvés...

— Non, dit Jackson, hébété.

— Je crois qu'au début vous ne saviez vraiment pas ce qui s'était passé. Vous avez parlé avec la police, et quand on vous a interrogé, vous pouviez facilement répondre aux questions, car vous n'étiez pas coupable. Vous aussi, vous vous demandiez si elle s'était pendue ou non. Pendant longtemps, c'est resté un mystère pour vous, mais il était évident que vous n'étiez pas terrassé par le drame. Aucun journal ne parle du jeune veuf éploré...

— Euh...

— À l'époque, vous saviez déjà qu'elle avait des amants. Pas des amants imaginaires. Des vrais. La Bande. Pour rire. Un jeu, une plaisanterie. Pour elle, la sexualité n'était guère qu'un plaisir comme un autre, une petite gâterie. Il y a beaucoup de gens comme ça, et pourtant, ce ne sont pas eux qui font vendre les journaux à scandales, mais les passionnés et les jaloux. À la mort de Sonia, votre jeu du mariage était déjà terminé. Vous me l'avez dit. Vous étiez peut-être un peu choqué et chagriné par son décès, mais vous étiez jeune, en bonne santé et doté d'une solide nature. Votre chagrin aura été de courte durée.

— Vous n'en savez strictement rien !

— J'ai raison jusque-là ?

— Euh...

— Dites-moi ce qui s'est passé ensuite. Si vous me dites la vérité, je promets de ne rien dévoiler dans le film. Nous resterons loin de la réalité. Mais ce serait beaucoup mieux si je connaissais la vérité, car, comme je vous l'ai déjà dit, je risquerais bien de trahir vos secrets les plus intimes sans le vouloir, à jouer ainsi aux devinettes. Alors..., dites-moi tout... et vous n'aurez plus besoin d'avoir peur de ce que vous risquez de découvrir à l'écran.

Jackson Wells regarda sa maison couverte de lierre et son jardin mal soigné. Sans l'ombre d'un doute, il songea à l'existence paisible qu'il menait avec sa seconde épouse et sa fille Lucy dont il était si fier.

— Vous avez raison, ils étaient tous là. J'ai mis des semaines à le comprendre.

Je lui laissai prendre son temps. Il avait accompli le premier pas, le reste suivrait.

— Au bout de quelques semaines, ils ont commencé à craquer. Ils s'étaient juré de ne rien dire. Pas un mot. Mais c'était trop difficile pour eux. Pig a fichu le camp en Australie et m'a laissé tout seul avec Derek Carsington pour monter mes canassons. Oh, cela n'avait plus tellement d'importance, les propriétaires me fuyaient comme si j'avais la peste, et Ridley... Ridley s'est saoulé un jour, ce qui n'était pas rare, même à l'époque, et là, il a tout déballé... Ridley me dégoûte, mais Lucy le trouve amusant. Pourtant, cela risque de ne pas durer. Il y a bien longtemps qu'il lui aurait passé la main sous les jupes si je n'obligeais pas ma fille à toujours porter des jeans. Ce n'est pas drôle d'être une femme de nos jours. Sonia, elle, elle aimait les jupes qui descendaient jusqu'aux chevilles, et la plupart du temps, elle ne portait pas de soutien-gorge. Elle se faisait teindre les cheveux en vert. Mais pourquoi je vous raconte tout cela ?

293

Il pleurait peut-être Sonia avec vingt-six ans de retard, mais après tout, il n'est jamais trop tard !

— Elle était drôle. Toujours prête à s'amuser.

— Oui.

— Ridley m'a raconté ce qu'ils avaient fait. (La douleur de cette révélation s'imprimait encore sur son visage ouvert.) J'ai failli le tuer. Je l'ai frappé, battu, je lui ai donné des coups de cravache. Je l'ai roué de coups avec tout ce qui me tombait sous la main. Il en a perdu connaissance.

— Normal, c'était le chagrin.

— La colère.

— C'est pareil.

Jackson semblait perdu dans le passé.

— Je suis allé voir Valentine, pour lui demander conseil. C'était comme un père pour nous. Il était meilleur père que les nôtres. Valentine aimait Sonia comme sa fille.

Je ne dis rien. Mais l'amour que Valentine portait à Sonia n'avait rien de paternel.

— Qu'a-t-il dit ?

— Il était au courant. Paul lui avait déjà tout raconté. Il était effondré, comme Ridley, et s'était confié à son oncle. Valentine a dit qu'ils devaient vivre en gardant leur secret sur la conscience, ou se rendre à la police, mais que ce n'était pas à lui de prendre la décision à leur place.

— Valentine savait-il que Roddy Visborough était présent ?

— C'est moi qui le lui ai appris, répondit franchement Jackson. Sonia était la tante de Roddy. Et je ne sais pas quelle orgie… Non, ce n'était pas ça, oubliez ce que je viens de dire… Ils ont décidé que Roddy ne pouvait pas être compromis là-dedans, c'était sa *tante* !

— Vous connaissiez tous bien Valentine ?

— Oui, bien sûr. La forge était juste en bas de ma rue. Il était toujours dans le coin avec les chevaux, et nous passions souvent le voir, tous. C'était une sorte de père pour nous, mieux même. Mais tout a été brisé. Pour moi, les chevaux, c'était terminé. Paul a quitté Newmarket avec son père et sa mère. Et Roddy est parti en tournée sur le circuit de jumping... Il aurait voulu être assistant-entraîneur dans une écurie de courses, mais il ne trouvait pas de travail. Et Pig, comme je vous l'ai dit, il avait filé en Australie. Valentine partait lui aussi... Le toit de la vieille forge avait besoin de grosses réparations, alors, il l'a fait démolir et il a vendu le terrain pour pouvoir reconstruire ailleurs. Le jour où j'ai vu les maçons jeter les restes de ce qui avait constitué toute une vie pour reboucher un vieux puits qui risquait d'être dangereux pour les enfants, j'ai pensé que plus rien ne serait jamais comme avant. Et bien sûr, j'avais raison.

— Mais pour vous, cela s'est bien passé ?

— Oui, oui. (Il ne put se retenir de sourire bien long-temps.) Valentine est devenu le grand monsieur des courses, et Roddy Visborough a remporté assez de trophées pour remplir toute une pièce. Ridley s'en tire tant bien que mal, et je lui donne un coup de main de temps en temps. Paul s'est marié...

Il s'arrêta.

— Paul a été assassiné, dis-je hardiment.

Il garda le silence.

— Vous savez qui l'a tué ?

— Non. Et vous ?

Je ne répondis pas directement.

— Est-ce que quelqu'un a dit à Valentine qui avait étranglé Sonia ?

— C'était un accident.

— Provoqué par qui ?

— Elle les a laissés serrer les mains autour de son cou. Elle riait, tout le monde était d'accord. Ils étaient dans un état second, mais ils n'avaient pas bu.

— Excités, dis-je.

— Ils devaient tous... C'est ça qui les a brisés, ils devaient tous prendre leur tour et elle voulait que... Elle avait parié qu'ils n'y arriveraient pas tous, pas après leur deuxième séance d'entraînement de la matinée, pas sans avoir pris au moins une heure de repos, pas avec toute la bande qui les regardait et qui chahutait, pas dans un box, sur la paille... Ils étaient tous fous, elle aussi... Pig lui a passé les mains autour du cou, il l'a embrassée, et il a serré... Elle est devenue toute noire, et quand ils s'en sont aperçus, ils n'ont pas réussi à la ranimer... (Il baissa la voix avant d'ajouter :) Cela n'a pas l'air de vous surprendre ?

— Je n'en parlerai pas dans le film.

— J'étais furieux ! Comment avait-elle pu les laisser faire ? Elle n'était même pas ivre !

— Vous savez que ce sont surtout les hommes qui meurent asphyxiés ainsi ?

— Oh, mon Dieu, ils voulaient voir si cela marchait aussi pour les filles ?

La bêtise absolue de cette idée nous réduisit au silence. Je pris mon inspiration.

— Le *Drumbeat* a dit que je n'arriverais pas à résoudre le mystère de la mort de Sonia, et j'y suis parvenu, mais maintenant, je veux savoir qui a tué Paul Pannier.

Il s'écarta brusquement de la palissade en me criant :

— Et comment ? Laissez-nous tranquilles ! Laissez tomber cette connerie de film !

En l'entendant crier, mon judoka se rua hors de la voiture, tel une anguille qui se déplie. Jackson parut aussi surpris qu'affolé, malgré mes signes d'apaisement destinés à modérer les ardeurs de mon ange gardien.

— Mon garde du corps est comme un chien qui aboie. Ne faites pas attention. Les studios insistent pour que j'en aie un car vous êtes plusieurs à vouloir empêcher le tournage.

— Cette garce d'Audrey, la sœur de Sonia, je suis sûr qu'elle en fait partie.

— Oui, elle plus que d'autres.

Lucy apparut à la porte et appela son père.

— Papa, oncle Ridley te demande au téléphone.

— Dis-lui que j'arrive dans un instant.

— Votre frère a galopé sur la lande ce matin, il ne doit pas être content de moi.

— Pourquoi ?

— Il vous le dira.

— J'aurais préféré que vous ne veniez jamais, dit-il amèrement en allant vers sa maison, son havre de paix, où vivaient ses deux gentilles femmes.

Je passais le reste de la journée à Newmarket, sachant que j'avais été dur, mais sans le regretter réellement. Je croyais connaître l'assassin de Paul, mais le prouver était une autre affaire. C'était à la police de s'en charger, pourtant, je pouvais peut-être orienter leurs recherches.

Je repensais à l'une des coupures que j'avais trouvées dans le dossier de la veille, et qui reposait à présent en sécurité dans le coffre d'O'Hara.

Valentine avait écrit l'article pour l'une de ses rubriques habituelles. Le journal datait de six semaines après la mort de Sonia mais n'y faisait aucune allusion.

D'après des sources sûres de Newmarket, le jockey J.P. Falmouth, âgé de dix-neuf ans, plus connu sous le surnom de « Pig » est parti tenter sa chance en Australie. Né en Cornouailles, où il a grandi dans la ville de son patronyme, Pig Falmouth est arrivé il y a deux ans à Newmarket, où sa personnalité et son désir de vaincre lui ont bientôt attiré de nombreux amis. Avec un peu d'expérience, il aurait sans doute réussi en Angleterre, mais nous lui souhaitons néanmoins bonne chance pour sa nouvelle aventure outre-mer.

Cet article était accompagné d'une photo représentant un beau jeune homme avec sa bombe et ses couleurs de jockey, mais c'était surtout le titre qui avait commencé à m'ouvrir les yeux, et je fus parcouru de frissons glacés.

« Exit du môme de Cornouailles », disait ce titre.

16

Nous tournâmes la scène de la pendaison le lende-main lundi, dans le box reconstitué en trois parties.

Moncrieff fit passer une corde sur les chevrons et s'y suspendit lui-même pour s'assurer de sa solidité. Au grand soulagement du département production, grâce aux murs de parpaings et aux armatures métalliques qui an-craient les nouveaux murs dans le sol, on ne décelait pas le moindre tremblement dans le décor. Le ciment couvert de paille atténuait tous les bruits de pas parasites qui détruisaient trop souvent l'illusion de réalité des demeu-res « made in Hollywood ».

— Où es-tu passé après notre petite réunion d'hier soir ? me demanda Moncrieff. Howard te cherchait partout.

— Ah bon ?

— Ta voiture t'a ramené, tu as mangé un sandwich en vitesse dans ta chambre pendant qu'on mettait au point la scène d'aujourd'hui, et tu as disparu.

— Ah bon ? Eh bien, je suis là maintenant.

— J'ai dit à Howard que tu serais sûrement là ce matin.

— Merci beaucoup.

— Howard était inquiet, dit Moncrieff en souriant.

— Hum. Et notre Yvonne, elle est arrivée ?

— Au maquillage, dit Moncrieff en hochant la tête d'un air lascif. Elle est ravissante.

— En perruque blonde ?

— Celle que tu as demandée. Alors, où avais-tu disparu ?

— J'étais dans les parages, répondis-je vaguement.

Échappant à la vigilance de mon ange gardien, j'étais allé me promener sur la lande et dans les écuries. J'avais signé le registre du garde, mais je lui avais demandé de dire qu'il ne m'avait pas vu si on me cherchait, car je voulais travailler seul.

— Bien sûr, monsieur Lyon, m'avait-il promis, habitué à mes caprices.

Dans le petit bureau du bas, j'avais appelé Robbie Gill.

— Excusez-moi de vous déranger un dimanche soir.

— Ce n'est rien, je regardais la télévision, que puis-je pour vous ?

— Est-ce que Dorothea serait capable de supporter le voyage demain à la place de mardi ?

— Vous l'avez vue aujourd'hui ? Qu'en pensez-vous ?

— Elle est impatiente de partir en maison de repos, et elle a retrouvé une bonne part de sa vigueur d'esprit. Mais physiquement ? Elle le supporterait ?

— Hum…

— Elle commence à se souvenir de l'agression. Elle a vu le visage de l'homme, mais elle ne le connaît pas. Elle a également vu le couteau.

— Mon Dieu ! Cette espèce de coup de poing américain ?

— Non. Celui qu'on m'a planté dans les côtes.

— Jésus Marie !

— Alors, si vous pouviez la déplacer demain… Donnez un faux nom à la maison de repos. Elle est en danger.

— Grands dieux !

— Elle se souvient que Paul est intervenu et lui a sauvé la vie. Cela lui met un peu de baume au cœur. Elle est étonnante, elle vient de vivre trois drames successifs, mais elle va bien. Enfin, je crois.

— Oui, drôle de vieille dame. Ne vous inquiétez pas. Je m'occuperai d'elle.

— Formidable. Vous vous souvenez que la police a relevé vos empreintes dans la maison de Dorothea ?

— Bien sûr. Ils ont pris celles de Dorothea, celles de Betty et de son mari, et ont reconstitué celles de Valentine grâce à son rasoir.

— Oui, et il y en avait d'autres, qu'ils n'ont pas réussi à identifier ?

— Oui, plusieurs sans doute. Je demanderai à mon ami de la police comment avance l'enquête. Au point mort, je suppose.

— Il doit y avoir celles d'O'Hara, qu'ils ne connaissent pas, et celles de Bill Robinson. (J'expliquai qui était ce garçon.) Mais il y en a forcément d'autres... L'agresseur de Dorothea ne portait pas de gants.

— Vous en êtes sûr ? demanda Robbie, le souffle coupé.

— Oui. Elle m'a dit avoir vu la main qui tenait le couteau. L'homme avait les ongles noirs.

— Bon sang !

— Il ne s'attendait pas à la trouver chez elle. Il n'avait pas prévu de l'agresser. Il était simplement venu avec Paul chercher quelque chose que Valentine aurait pu avoir, et je crois qu'ils ont tout saccagé de colère, tant ils étaient furieux de n'avoir rien trouvé. De toute façon, il a dû laisser ses empreintes partout.

— Qui est-ce ?

— Je vous le dirai quand j'en serai sûr.

— Ne vous faites pas tuer.

— Bien sûr que non.

Yvonne monta à l'heure prévue, incarnation de la jeune femme-enfant californienne à demi anorexique, concept qui se trouvait à des lieux de la pétulante et joyeuse Sonia.

À sa mort, Sonia portait, selon les journaux les plus conservateurs, un slip de satin rose rouge, et, selon les plus provocateurs, en caractère gras, une guêpière écarlate, avec de fines bretelles, et des sandales de cuir noir à talons haut incrustées de strass. Pas étonnant qu'on n'ait guère cru au suicide.

L'Yvonne des amants imaginaires portait une robe blanche, que, dans les milieux de la mode américaine, on aurait qualifiée de floue : c'est-à-dire soulignant légèrement les contours que le tissu effleurait. Elle portait également, à ma demande, des boucles d'oreilles en or avec un pendentif en goutte d'eau, et un sautoir de perles qui lui tombait jusqu'à la taille.

Elle était belle et éthérée, mais parlait avec l'accent du Texas !

— Ce matin, on tourne les scènes dans l'ordre chronologique. Tu entres d'abord par cette porte battante, tu seras éclairée à contre-jour. Quand Moncrieff sera prêt, je voudrais que tu te places dans l'encadrement de la porte et que tu tournes légèrement la tête jusqu'à ce qu'on te demande d'arrêter. Si, par chance, tu te souviens de cette position quand les caméras tourneront, on obtiendra un effet très dramatique. En arrivant, tu regardes légèrement en arrière. D'accord ? J'espère que tu connais ton texte.

De ses grands yeux limpides, elle m'adressa un regard vide dépourvu d'intelligence : idéal pour le film, mais pas très pratique pour la rapidité nécessaire aux étapes techniques.

— Il paraît que cela vous rend fou si on doit tourner une scène plus de trois fois. C'est vrai ?

— Parfaitement exact.

— Alors, je ferais mieux de me concentrer.

— Ma petite, dis-je en imitant son accent, tu fais ce qu'on te demande, et on te verra dans toutes les émissions de télévision.

— Même à *Today* ?

— Rien n'est impossible.

Un voile terne vint assombrir les yeux mauves sans pareil, plongés dans un calcul intéressé, et Yvonne alla tranquillement dans un coin étudier le scénario.

Une fois les grandes lignes de bataille dessinées, nous commençâmes le travail. Moncrieff enfin satisfait de la

position de ses éclairages, Yvonne se plaça dans l'encadrement de la porte et se déplaça centimètre par centimètre jusqu'à ce que les lumières du contre-jour éclairent
sa robe floue et fassent deviner son corps mince. Un peu
trop maigre à mon goût, mais évoquant l'évanescence de
l'au-delà que je désirais.

— Doux Jésus ! murmura Moncrieff, l'œil collé à son
viseur.

— Pourrait-on mettre un peu d'éclat dans les boucles
d'oreilles ?

— Et puis quoi encore ?

Il ajouta un mini-mini-projecteur à incandescence, afin
d'obtenir un rayon qui tombait sur le pendentif.

— Superbe ! Tout le monde est prêt ? On répète.
Yvonne, n'oublie pas, tu es poursuivie par un homme
très terre à terre qui n'a rien à voir avec tes amants imaginaires. Tu te moques déjà de lui, intérieurement, même
si tu ne dis rien pour l'instant, car il pourrait rendre la
vie impossible à Nash, ton mari dans le film. Imagine
simplement que tu es suivie par un homme que tu mépri-
ses, mais avec lequel tu ne peux pas te montrer trop méchante…

Yvonne ricana.

— Pas difficile… Des comme ça, j'en rencontre tous
les jours !

— Je n'en doute pas, murmura Moncrieff dans sa
barbe.

— Bon, très bien, dis-je essayant de réprimer un rire,
on répète la scène en entier. Prêt ? C'est parti.

Yvonne réussit tout à la perfection dès la deuxième
répétition, et les deux prises suivantes étaient toutes deux
exploitables.

— Tu es un amour, lui dis-je.

Yvonne se sentit flattée, alors que Silva aurait parlé de
machisme ou de harcèlement sexuel. J'aimais les femmes, toutes les femmes ; j'avais simplement découvert,
que, comme avec les acteurs hommes, on gagnait du
temps à accepter l'image qu'elles se faisaient d'elles-
mêmes au lieu de la combattre.

Dans notre scène, s'adressant à un homme hors champ, Yvonne disait qu'elle avait promis de préparer un box libre pour un nouveau pensionnaire qui allait bientôt arriver. Tâche qu'elle n'avait cessé de remettre, mais qu'elle accomplissait à présent avant de rejoindre son mari à un cocktail auquel il devait se rendre en revenant de l'hippodrome.

Quel dommage pour ses sandales, disait-elle, de marcher ainsi sur la paille. Pourrait-il l'aider à déplacer les bottes de foin, lui qui était — battement des paupières — beaucoup plus fort et plus costaud que la petite Yvonne ?

— Mon Dieu, je mourrais pour elle, murmura Moncrieff.

— C'est plus ou moins ce qui est arrivé.

— Quel cynique tu fais, répondit-il en déplaçant les projecteurs sur les rampes du haut.

Je fis répéter à Yvonne la scène où elle comprenait que l'homme voulait passer aux choses sérieuses, contre sa volonté. Je la fis aller de la surprise au malaise, puis à la révulsion, et, dangereusement, à l'ironie. Je m'assurai qu'elle comprenait, et pourrait reproduire chaque étape.

— La plupart des réalisateurs se seraient déjà mis à crier, dit-elle, alors qu'elle avait bégayé pendant la répétition pour la cinquième ou sixième fois.

— Tu es éblouissante, dis-je. Alors, joue de manière éblouissante. Et ensuite, tu lui ris au nez. Certains hommes ne supportent pas que les femmes se moquent d'eux. Il est fou de désir, et tu le trouves drôle ! Tu te fiches de lui à lui en faire perdre la raison. Il va te tuer.

Soudain, un éclair d'illumination vint embellir son doux visage.

— Sortez la camisole de force !

— Yvonne, je t'adore !

Nous prîmes des gros plans de son visage, émotion par émotion, ainsi que des expressions du langage corporel ; la montée de la peur, la panique, le désespoir, l'incrédulité : assez pour monter la scène de terreur devant la mort imminente et impromptue.

Yvonne eut droit à une pause déjeuner, tandis que

Moncrieff et moi filmions les membres de l'équipe qui passaient de lourdes cordes par dessus les chevrons, faisaient des nœuds terrifiants, afin d'obtenir des images traduisant la violence, la vitesse et la fureur impitoyable que je voulais. Bien sûr, chaque malheureux segment nous prit un temps fou à mettre en scène et à éclairer, mais plus tard, dans les salles, l'horreur de la pendaison paralyserait les mâchoires des mangeurs de pop-corn.

Je m'assis près d'Yvonne sur une botte de foin.

— Cet après-midi, on va t'attacher les poignets avec cette corde, suspendue aux chevrons.

Elle le prit bien.

— Tu as si peur de cet homme que tu es presque soulagée de voir qu'il ne t'attache que les mains.

Elle hocha la tête.

— Mais soudain, il donne du mou à la corde qui pend au plafond, et il l'entoure autour de ton cou, une fois, puis deux, il serre la corde jusqu'à en briser ton collier : les perles tombent dans ton décolleté. De tout son poids il tire sur l'extrémité libre qui pend, et il soulève... Il te pend.

— Qu'est-ce que je dis ? demanda-t-elle, les yeux écarquillés. Je le supplie ? Il n'y a rien de précisé.

— Surtout, tu ne dis rien ! Tu cries.

— Je crie ?

— Oui, tu sais crier ?

Elle ouvrit la bouche et poussa un hurlement à en briser les vitres, rameutant toute l'équipe à son secours.

Elle se mit à rire.

— Personne n'est venu sauver Yvonne, dis-je à regret, mais personne n'oubliera ce cri.

Nous tournâmes la scène de pendaison. Pourtant, par crainte d'une interdiction au moins de seize ou dix-huit ans, nous ne montrâmes aucun visage noir nécrosé et enflé. Je demandai à Yvonne de gigoter comme un ver pendant qu'on la suspendait par les poignets, mais je ne la filmai que du cou aux pieds tandis qu'elle tentait désespérément de poser les pieds au sol. Nous fîmes tomber une de ses sandales blanches. Nous braquâmes la caméra vers la chaussure, alors que l'ombre de ses derniers sursauts se projetait sur le mur blanchi à la chaux. On ne voyait que les perles du sautoir brisé dans la paille, et le pied nu qui se balançait juste au-dessus.

Ensuite, je la décrochai et la serrai dans mes bras, reconnaissant. Je lui dis qu'elle était merveilleuse, époustouflante, émouvante, ensorcelante, qu'elle pourrait jouer Ophélie endormie, et serait certainement invitée à *Today* (ce qui fut, heureusement, effectivement le cas).

Dès le début, j'avais prévu de filmer les scènes de la pendaison champ contre champ avec celles du meurtrier, au cas où nous aurions dû procéder à un changement radical d'intrigue au dernier moment. En filmant séparément meurtre et meurtrier, on pouvait mettre n'importe qui derrière la corde. Cette après-midi-là, pourtant, j'avais invité Cibber à apprendre le texte de l'assassin, et il se présenta sur le plateau avec une vague idée du dialogue à l'esprit, tout en fumant un énorme cigare et en exerçant son larynx sur ses mauvaises blagues habituelles.

Il mit la main aux fesses d'Yvonne. Vieux bouffon, pensai-je, me demandant si je n'allais pas le transformer en personnage lubrique.

Je lui fis prendre place dans la section de la mangeoire et lui donnai un cendrier pour qu'il ne mette pas le feu à la paille. Yvonne se tenait au bord du cadre pour que sa robe blanche — dans une zone de flou car trop proche de la caméra — atteste néanmoins de sa présence.

Moncrieff, concentré sur ses lumières, ajouta un filtre de gélatine bleu sur un des projecteurs. Il regarda à travers l'objectif et sourit. Moi aussi, j'observais le plateau. Ça recommençait, l'acteur s'ennuyait en attendant que nous ayons terminé notre petit jeu, mais cette dernière astuce d'éclairage soulignait une possible culpabilité.

Cibber, dans la conception originale, était un pilier du Jockey-Club, un homme intègre, malheureuse victime des événements. À contrecœur, se pliant aux désirs des studios, Howard avec accepté d'introduire une (vague) liaison entre la femme de Cibber (Silva) et Nash Rourke.

En lui forçant la main, il avait écrit de nouvelles scènes où Cibber persécutait Nash, l'accusant d'avoir pendu sa propre épouse, Yvonne. Howard ignorait toujours que j'avais fait de Cibber le meurtrier. J'aurais des ennuis avec lui, mais sur le plateau, personne n'en savait rien.

Pour moi, le personnage de Cibber était au centre de la dynamique du film. Tel que je l'imaginais, c'était un homme qui subissait les contraintes de sa position sociale, un homme que sa naissance, sa richesse et les attentes de ses pairs obligeaient à se forger une image de puritain rigoureux, difficilement aimable, incapable d'aimer. Cibber ne pouvait donc accepter le ridicule, ne pouvait souffrir que sa femme lui ait préféré un amant, ni tolérer que les serveurs l'entendent se moquer de lui. Cibber s'attendait à avoir le monde à ses pieds ; il était avant tout habitué à la déférence.

Pourtant, sous la surface, il avait un tempérament fougueux et passionné. Il avait pendu Yvonne dans un accès de rage incontrôlable, parce qu'elle s'était moquée de lui quand il avait voulu la violer. Horrifié, incapable de faire face à sa culpabilité, Cibber avait persécuté Nash, bien au-delà de la folie. Mais il finirait par être totalement détruit quand Nash, après bien des tentatives, comprendrait enfin que le seul moyen de se défaire de son bourreau, c'était de lui attirer des sourires méprisants. À la fin, Cibber tomberait dans un état de catatonie schizophrénique.

Je regardai Cibber, l'acteur, et me demandai comment j'allais pouvoir en tirer Cibber, le personnage.

Je commençai cette après-midi-là par anéantir sa confiance en lui, en lui jetant à la figure qu'il ne comprenait rien au désir.

— Bien sûr que si !

— Le désir que je veux est indomptable. Il est frénétique, rageur, hystérique. Il est meurtrier.

— Et vous espérez que je montre tout cela ?

— Non, pas du tout. Je ne vous en crois pas capable. Je ne pense pas que vous maîtrisiez la technique. Je ne vous estime pas assez bon acteur pour cela.

Cibber se figea. Il écrasa son cigare, et, devant la caméra, il montra une conception du désir qui forçait le spectateur à le comprendre et à le plaindre, jusque dans sa folie meurtrière, car on avait osé se moquer de ses pulsions irrépressibles.

Plus jamais on ne lui confierait de rôle de jeune premier au grand cœur !

— Je vous hais, s'exclama-t-il.

Quand je rentrai à l'hôtel, laissant la porte de mon salon entrouverte derrière moi, Lucy était toujours à ses cartons.

À genoux, elle leva les yeux, et rougit légèrement, comme si elle se sentait coupable.

— Excusez-moi du désordre, je ne vous attendais pas avant six heures, comme les autres jours, je vais ranger. Est-ce que je dois fermer la porte ?

— Non, laissez-la ouverte.

Livres et papiers jonchaient toute la pièce, et nombre d'entre eux, remarquai-je, sortaient de cartons que Lucy avait déjà dépouillés. Le dossier contenant les coupures de journaux sur la mort de Sonia était ouvert sur la table, les coupures inoffensives seulement, car les souvenirs intimes de Valentine reposaient bien à l'abri dans le coffre d'O'Hara.

— Vous avez des messages, dit Lucy nerveusement en ramassant un carnet. Howard Tyler veut vous voir. Un certain Ziggy, je crois, voulait vous prévenir que les chevaux étaient bien arrivés à Immingham et qu'ils avaient rejoint leur écurie. Cela signifie quelque chose ? Robbie… il n'a pas voulu donner d'autres précisions, vous dit que le transfert a été effectué. Et la seconde équipe que vous avez envoyée à Huntingdon dit qu'elle a de beaux plans de foule et des parieurs.

— Merci.

Je regardai le désordre qui s'amoncelait sur la moquette et demandai gentiment :

— Qu'est-ce que vous cherchez ?

— Oh, dit-elle, rougissant plus profondément. Papa a dit... Enfin, j'espère que cela ne vous ennuie pas, mais oncle Ridley est passé me voir.

— Ici ?

— Oui. Je ne savais pas qu'il allait venir. Il a frappé, et il est entré quand j'ai ouvert. Je lui ai dit que vous ne seriez peut-être pas content, mais il m'a répondu qu'il s'en fou..., qu'il s'en moquait complètement.

— C'est votre père qui l'a envoyé ?

— Je ne sais pas s'il l'a envoyé. Il lui a dit où j'étais et ce que je faisais.

Je dissimulai ma satisfaction intérieure. J'espérais bien pousser Ridley à l'action, et j'avais compté sur Jackson pour passer le relais.

— Que voulait-il ?

— Il ne veut pas que je vous le dise, dit-elle en se levant, le regard troublé. Cela ne me plaît pas... Je ne sais pas quoi faire.

— Asseyez-vous quelque part, et détendez-vous.

Je m'installai dans un fauteuil et essayai de détendre mon cou bloqué.

— J'ai mal au dos, dis-je, rien de grave. Que voulait Ridley ?

Elle s'assit au bord de la table, laissant balancer une jambe dans le vide. Ce jour-là, l'éternel jean était accompagné d'un large pull bleu où gambadaient des agneaux blancs : rien n'aurait pu être plus rassurant.

— Il voulait la photo de la Bande que vous avez montrée à papa hier. Et tout ce que Valentine avait pu écrire sur la mort de Sonia. Il a tout vidé ! Et, ajouta-t-elle en plissant le front, il voulait les couteaux.

— Quels couteaux ?

— Je ne sais pas. Je lui ai demandé s'il parlait de celui qu'un garçon m'avait demandé de vous remettre à Huntingdon, il m'a répondu oui, mais il voulait les autres aussi.

— Que lui avez-vous répondu ?

— Que je n'en connaissais pas d'autres, et que de toute façon, si vous en aviez, vous les mettriez sûrement dans le coffre. Alors, il m'a demandé de vous... extorquer la combinaison. Il a essayé de l'ouvrir... (Elle s'arrêta, malheureuse.) Oh, je sais, je n'aurais jamais dû le laisser entrer... Mais qu'est-ce que c'est que toute cette histoire ?

— Voyons, détendez-vous, pendant que je réfléchis.

— Je peux ranger les boîtes ?

— Oui, allez-y.

D'abord, lancer l'hameçon...

— Lucy, pourquoi m'avez-vous dit ce que Ridley cherchait ?

— Euh, dit-elle, mal à l'aise. Vous voulez savoir pourquoi je ne suis pas loyale envers mon oncle ?

— Oui, c'est bien ça.

— Je n'ai pas aimé qu'il me demande de vous *extorquer* la... Et il n'est plus aussi gentil qu'avant.

— Bon, si je vous donne la combinaison du coffre, vous voudrez bien la transmettre à Ridley ? Et surtout, insistez, racontez-lui comment vous me l'avez *extorquée*... Et dites que les couteaux sont bien là.

Elle hésita.

— Choisissez votre clan, mais ne changez pas sans arrêt.

— Je suis avec vous.

— Eh bien la combinaison est sept, trois, cinq, deux.

— Maintenant ? demanda-t-elle en s'approchant du téléphone.

— Maintenant.

Elle parla à son oncle. Elle rougit intensément, mais comme ses mensonges auraient largement suffi à me convaincre, j'estimais que Ridley avait dû mordre à l'hameçon...

— Quand j'aurai terminé ce film, dans quatre mois et demi à peu près, cela vous dirait de passer des vacances en Californie ? Sans conditions, je ne demande rien, ajoutai-je hâtivement. Vous pouvez venir avec votre mère si vous voulez. Je crois que cela pourrait vous intéresser, c'est tout.

Elle nageait dans l'incertitude. C'était exactement ce

dont on lui avait dit de se méfier : un jeune homme, dans une position de pouvoir, à la recherche de conquêtes féminines...

— Je n'essayerai pas de vous séduire, promis-je d'un cœur léger.

Mais je finirai peut-être par l'épouser, pensai-je de manière inattendue, quand elle serait un peu plus grande. Depuis longtemps, je n'étais entouré que d'actrices. La fille d'un fermier de l'Oxfordshire, avec des taches de rousseur sur le nez et de grands yeux bleus, qui jouait du piano et retournait parfois à la timidité de ses seize ans représentait un avenir peu réaliste et improbable.

Je ne ressentais aucun éclair d'illumination, simplement une sorte de ravissement qui n'arrivait pas à s'estomper.

Sa première réaction fut brutale et typique.

— Je n'ai pas les moyens.

— Bon, tant pis, n'y songez plus.

— Euh... si...

— Eh bien Lucy ?

La rougeur persistait.

— Ce n'est pas en prince charmant que vous allez vous changer, mais en crapaud !

— Oh, Kermit n'est pas si antipathique, dis-je d'un ton neutre.

Elle eut un petit rire.

— Que dois-je faire avec les cartons ?

Son travail m'avait ouvert une voie pour aller jusqu'à son père. Je n'avais peut-être plus besoin qu'elle continue, mais je trouvais sa présence dans ma chambre très agréable.

— J'espère que vous continuerez à établir la liste demain.

— Bien.

— Mais ce soir, je dois travailler sur le film. Euh, seul.

Elle semblait à la fois un peu déçue et soulagée. Un pas audacieux en avant, un demi-pas prudent en arrière...

Mais nous y arriverons un jour, pensai-je, et je me réjouissais même de cette attente.

Nous sortîmes par la porte entrouverte et je l'accompagnai dans le couloir avant de lui faire un petit signe en bas de l'escalier. En revenant, j'allai parler à mon garde du corps qu'O'Hara avait installé dans la chambre qui faisait face à la mienne.

À demi asiatique, il avait des cheveux noirs, des petits yeux sombres et brillants, et un visage totalement inexpressif. Il avait beau être jeune, agile, bien entraîné et rapide, il manquait totalement d'imagination et n'avait rien pu faire contre l'Armadillo.

Quand je poussai la porte ouverte, je le trouvai assis sur une chaise à dos droit, face à moi.

— Votre porte est restée ouverte tout le temps, monsieur Lyon.

Je hochai la tête. S'il voyait ma porte fermée, il devait entrer immédiatement avec ma clé. Je ne voyais pas comment solliciter son aide plus simplement et plus rapidement.

— Vous avez mangé ?

— Oui, monsieur Lyon.

Je tentai un sourire. Pas de réponse.

— Ne vous endormez pas.

— Non, monsieur Lyon.

O'Hara avait dû me le dénicher au service de la distribution ! Mauvais choix, visiblement.

Je retournai me réfugier dans mon salon, laissant la porte largement entrouverte, et bus un petit verre de brandy avant de répondre au coup de fil d'Howard.

Comme on pouvait s'y attendre, il était furieux.

— Cibber dit que vous aviez fait de lui l'assassin ! C'est impossible ! Je ne le permettrai jamais. Que vont dire les Visborough ?

Je lui fis remarquer que nous pouvions toujours changer d'assassin si nous le voulions.

— Cibber m'a dit que vous l'aviez réduit en lambeaux !

— Il a réalisé la performance de sa vie. Effective-

311

ment, parmi les quatre nominations aux Oscars, Cibber remporta l'Oscar du meilleur second rôle et me pardonna généreusement un an plus tard. Je continuai.

— Nous tiendrons une réunion générale demain. Pour discuter du scénario. Vous, moi, Nash et Moncrieff.

— Je veux que vous arrêtiez le tournage.

— Vous n'avez aucune autorité sur ce point.

— Et si vous étiez mort ? me demanda-t-il.

— Les studios termineraient le film avec un autre réalisateur. Tuez-moi, Howard, et vous ferez une publicité inouïe au film, mais vous ne l'arrêterez pas.

— C'est pas juste, dit-il, comme s'il n'avait toujours rien appris.

— Bon, on se voit demain, répondis-je, et je raccrochai, désespéré.

Mon coffre-fort, tout comme celui de la suite d'O'Hara, était caché dans un meuble qui comprenait également un grand poste de télévision et un mini-bar. Dans mon coffre, il n'y avait rien. Je réglai sa combinaison sur sept, trois, cinq, deux, y rangeai la photo de la bande et le refermai.

Ensuite, je m'installai dans le fauteuil de ma chambre et attendis longtemps, réfléchissant aux obligations du confessionnal et me demandant à quel point j'étais ou non lié par les paroles que m'avait confiées Valentine sur son lit de mort.

La prêtrise, que tant de véritables prêtres prennent à la légère, car leur rôle les dégage de toute responsabilité réelle, même lorsqu'ils distribuent des indulgences, pesait de tout son poids sur mes épaules. Je n'avais pas le droit d'entendre la confession de Valentine, pas plus de lui accorder l'absolution, et j'avais fait les deux. *In nomine Patris... ego te absolvo.*

Je ne pouvais m'empêcher de ressentir une obligation absolue envers l'esprit de ces mots. Je ne devais pas, je ne pouvais pas m'esquiver en me disant qu'il m'avait confondu avec un prêtre. Pourtant, en bonne conscience, je ne pouvais pas non plus me servir de ce qu'il m'avait laissé dans son testament.

Dans ses livres et ses documents, je n'avais découvert aucune révélation qu'on n'aurait pu trouver en fouillant sa maison. Les éléments étaient là, mais obscurs et confus. C'était surtout la chance qui m'avait permis de comprendre. J'aurais préféré avoir une preuve plus concluante que la photo de la Bande pour piéger le coffre-fort, mais j'avais dû me rendre à l'évidence : je n'avais rien de mieux. Valentine avait éliminé tout vestige de son péché suprême ; il l'avait avoué dans son dernier souffle, mais il n'avait aucune intention de le laisser vivre après lui. Il n'y avait aucune trace écrite de son secret vieux de vingt-six ans.

Mon visiteur arriva deux heures et demie après ma conversation avec Howard. À la porte du salon, il m'appela par mon nom, et, n'obtenant pas de réponse, entra hardiment, refermant la porte derrière lui. J'entendis le bruit du verrou. Immédiatement, il ouvrit le meuble et composa le numéro de la combinaison.

J'entrai dans ma chambre et le saluai.

— Bonsoir, Roddy.

En blazer bleu, chemise et cravate, il avait tout de la rigidité du cavalier de jumping. Il tenait la photo de la « Bande » à la main.

— Vous cherchez quelque chose ?

— Euh…, répondit Roddy Visborough poliment. Oui effectivement. C'est un peu embarrassant, mais l'un des petits élèves m'a supplié de lui obtenir un autographe de Nash Rourke. Howard m'a promis que vous le demanderiez pour moi.

Il posa la photo sur la table et s'approcha de moi en me tendant un album d'autographes et un stylo.

Je m'attendais si peu à cette réaction que j'en oubliai l'avertissement du professeur Derry — « Tout ce qu'il possède peut dissimuler un couteau » — et que je le laissai approcher trop près.

Il laissa tomber l'album à mes pieds, et, lorsque je baissai les yeux machinalement, d'un mouvement trop rapide pour que je puisse le percevoir, il tira le capuchon de son stylo en or et me l'enfonça dans la poitrine.

La pointe du stylet traversa mon pull de laine et ma chemise et se heurta au dur polymère.

N'en croyant pas ses yeux, Roddy laissa tomber son stylo et mit la main à sa cravate. Il en sortit un couteau beaucoup plus large, une arme mortelle à lame triangulaire, ressemblant à une truelle plate fixée à une barre, qui, du côté opposé aux doigts, se rattachait à un manche qu'on serrait dans le creux de la main, comme je le vis plus tard.

Sur l'instant, je n'aperçus que la lame d'au moins dix centimètres qui semblait faire corps avec le poing, la partie large du côté des articulations, la pointe dépassant de plus de huit centimètres.

Il se rua à ma gorge, mais là aussi, la carapace maison se joua de lui, si bien que, d'un mouvement rapide, il chercha plus haut et me lacéra le visage du menton à l'oreille.

Je n'avais pas pensé avoir à me battre, je n'avais aucun talent pour le combat. Et comment lutter contre un adversaire ainsi armé quand on n'a que ses poings pour se défendre ?

Il voulait me tuer. Cela se lisait dans son regard. Il allait tacher de sang ses beaux vêtements. On pense toujours à de telles inepties face au danger le plus fou ! Il se rendit compte que je portais un gilet de protection de la taille au cou et chercha donc des parties plus vulnérables. À plusieurs reprises, il m'atteignit au bras gauche alors que je me protégeais les yeux et essayais vainement de le prendre à la gorge avec mon bras droit.

Je tentai d'esquiver les coups. Nous fîmes le tour de la chambre mais il s'interposait toujours entre moi et la porte.

Il y avait des taches rouges partout, un filet écarlate coulait de mon bras gauche. Avec le peu de souffle qui me restait, je hurlai pour que mon garde du corps vienne à mon secours, mais rien ne se passait et je craignais, quoi qu'il puisse arriver à Roddy à présent, de ne plus être là pour le voir.

Je m'emparai du couvre-lit et le jetai sur Roddy. Par

chance, il retomba juste sur sa main droite. Je me jetai sur lui. Je lui emballai le bras droit aussi serré que possible. J'étais plus lourd que lui : je passai une jambe derrière la sienne et le soulevai en arrière, tombant avec lui sur le sol, l'enroulant toujours plus dans le couvre-lit, jusqu'à ce qu'il se retrouve enfermé, comme dans un cocon. Enfin je pus m'allonger sur lui, tout sanguinolent, alors qu'il tentait désespérément de se dégager.

Je ne sais pas ce qui se serait passé ensuite, car mon garde du corps arriva enfin.

— Monsieur Lyon ? demanda-t-il.

J'avais perdu tout bon sens depuis longtemps.

— Allez chercher du secours.

Ce n'était guère un discours héroïque à la Nash Rourke.

Pourtant, il me prit au mot. Je l'entendis vaguement parler au téléphone et bientôt ma chambre ressembla à un hall de gare. Moncrieff et Nash en personne s'étaient déplacés ; des hommes imposants qui travaillaient dans les cuisines du Bedford Lodge s'étaient assis sur la courtepointe emmêlée qui se tortillait par terre ; d'autres prétendaient être des policiers ou des infirmiers, etc.

Je m'excusai auprès du directeur pour toutes ces taches de sang. Oh, tant pis !

— Mais où étiez-vous passé ? demandai-je à mon garde du corps. Vous n'aviez pas vu que ma porte était fermée ?

— Si, monsieur Lyon.

— Eh bien, alors ?

— Mais monsieur Lyon, dit-il pour se justifier, il m'arrive d'aller aux toilettes.

17

L E JEUDI matin, dès l'aube, assis sur les dunes venteu-ses de la plage de Happisburgh, j'attendais le lever du soleil.

O'Hara, revenu de Los Angeles de toute urgence, tremblait de froid à côté de moi. Une quarantaine de personnes aux fonctions diverses faisaient des allées et venues entre les véhicules garés derrière les dunes et les vastes étendues de sable ferme et vierge que la marée descendante avait lavées de toute impureté. Moncrieff s'occupait des caméras, des lumières et du portique que nous avions amené sur un monstre orange muni d'énormes chenilles et capable de déplacer des épaves, si nécessaire.

Loin de nous, à gauche, Ziggy surveillait les chevaux vikings. Entre les deux groupes, Ed dirigeait la deuxième équipe, qui prendrait les vues de profil.

Nous avions fait une répétition à marée descendante la veille au soir, et nous savions, d'après l'état du sable labouré par les sabots, que la première prise devrait être la bonne. Ziggy était confiant, Moncrieff était confiant, O'Hara était confiant. Je tremblais de peur.

Il nous fallait un lever de soleil exceptionnel. Nous pourrions toujours l'enrichir de quelques images du ciel merveilleux de la semaine précédente ; nous pourrions allumer quelques projecteurs pour mettre un peu de lumière dans le regard des chevaux, mais pour obtenir l'effet que je désirais, il nous fallait pas mal de chance et un ciel époustouflant.

Je repensais aux événements des jours précédents. Le spécialiste de microchirurgie qui m'avait recousu le visage avec une centaine de points de suture m'avait juré que je n'aurais pratiquement aucune cicatrice, mais pour l'instant, on aurait cru qu'un mille-pattes me grimpait sur le visage du menton à la racine des cheveux. Les blessures du bras gauche lui avaient posé plus de problèmes, mais au moins, elles étaient hors de vue. Il pensait que tout s'arrangerait en une semaine.

Robbie Gill était passé me voir rapidement à l'hôpital mardi matin, emportant avec lui le gilet de résine qui avait tant intrigué les infirmières de nuit la veille au soir. Pour toute explication, il précisa que c'était « une expérience sur la porosité... très intéressante ». Il avait signalé à son collègue de la police que Dorothea était à présent en état de reconnaître son agresseur et, comme il était peu probable que deux maniaques du couteau sévissent en même temps à Newmarket, il lui avait également suggéré de lui montrer une photo.

J'avais passé toute l'après-midi du mardi avec la police, mais à ce moment-là, après la longue nuit du lundi, je savais exactement ce que je devais leur dire ou non.

J'appris plus tard qu'on avait ordonné une perquisition immédiate au cottage de Roddy Visborough où l'on avait trouvé des tas de couteaux étranges. Les policiers me demandèrent pourquoi, à mon avis, Roddy s'en était pris à moi.

— Il voulait faire cesser le tournage. Il croit que le film porte atteinte à la réputation de sa famille.

Ils estimèrent que ce n'était pas un mobile suffisant pour une tentative de meurtre, et, soupirant sur les bizarreries du monde, je m'étais montré d'accord avec eux. Pourrait-il y avoir d'autres motifs ? Non, pas que je sache.

Roddy Visborough, j'en étais certain, ne leur offrirait aucune autre explication. Il ne leur avouerait jamais : « J'avais peur que Thomas Lyon ne découvre que nous avions simulé la pendaison de ma tante pour couvrir une partouse. »

Roddy, « le » spécialiste du jumping, avait trop à perdre. Roddy, Paul et Ridley avaient dû être épouvantés de voir leur crime revenir les hanter. Ils avaient essayé de me dissuader avec des menaces, puis, comme cela n'avait pas suffi, avec des actions de force.

Avec des couteaux.

La police me demanda si je savais qu'on avait relevé les empreintes de M. Visborough partout dans la maison de Mme Pannier, avec les miennes. Non, comme c'est étrange ! Je n'avais jamais vu M. Visborough chez elle.

Ils me confièrent que, sur le conseil d'un informateur, ils avaient interrogé Mme Pannier, qui avait identifié M. Visborough comme son agresseur.

— Sidérant !

Ils me demandèrent également si je savais pourquoi M. Visborough avait attaqué Mme Pannier. Désolé, aucune idée.

Quels liens y avait-il entre elle et moi ?

— Je faisais la lecture à son frère aveugle. Il est mort d'un cancer...

Ils savaient déjà.

Ils se demandaient aussi si le couteau que j'avais découvert sur la lande et qui se trouvait à présent en leur possession avait un lien avec la suite des événements.

— Nous pensons que c'était une première tentative pour arrêter le tournage. C'est tout.

Je croyais également, bien que je n'y fisse pas la moindre allusion, que Roddy avait confié à Ridley le couteau de tranchées et lui avait demandé de flanquer une peur bleue à Nash, pour s'attaquer au film, à travers l'acteur.

Roddy avait très certainement poussé Paul à saccager la maison de Dorothea avec lui, afin de retrouver les notes que Valentine aurait pu laisser sur la mort de Sonia.

Physiquement, Roddy était le plus fort des trois... et le plus terrifié.

Par l'intermédiaire de Lucy, Ridley avait gentiment

communiqué la combinaison du coffre à Roddy, et lui avait signalé que j'en savais déjà beaucoup trop.

Comme je l'avais espéré, Roddy avait mordu à l'hameçon. Je l'avais attiré dans ma chambre en espérant qu'il apporterait un autre de ses étranges couteaux. Je n'avais pas songé que je risquais d'être aussi grièvement blessé.

Les policiers restaient sur leur faim, mais en partant, ils disposaient d'au moins deux accusations de coups et blessures, et si malgré toutes les techniques modernes, ils n'arrivaient pas à prouver que Roddy Visborough était également l'assassin de Paul Pannier, tant pis pour eux. Quant au mobile, ils pourraient conclure que, pris de remords, Paul avait menacé Roddy de le dénoncer pour l'agression contre sa mère... et tenter de s'en convaincre. Du moins d'en convaincre Dorothea qui y trouverait un peu de réconfort.

Le mercredi matin, après avoir signé une décharge pour sortir de l'hôpital, je retournai à Newmarket où je dus affronter un Howard furieux et une Alison Visborough fort perturbée.

— Je vous avais dit de ne rien changer à mon livre ! fulminait Howard. Regardez ce que vous avez fait ! Roddy est en prison !

Effarée, Alison regardait le mille-pattes qui me grimpait sur le visage.

— Rodbury n'aurait jamais fait ça !

— C'est pourtant bien lui, dis-je sèchement. Il a toujours eu des couteaux ?

Elle hésita. Malgré sa peine, elle restait très juste.

— Euh... je suppose... peut-être. Il était très secret.

— Et il ne vous laissait jamais jouer avec lui.

— Oh, dit-elle, d'un ton neutre, mais elle se mit à réévaluer le psychisme de son frère.

Sur les dunes du Norfolk, je repensais à leur père, Rupert, et à sa carrière politique avortée. Le scandale qui avait provoqué sa perte n'était pas la pendaison mystérieuse de sa belle-sœur. Mais par Valentine ou peut-être Jackson Wells, il avait appris que son propre fils était présent lors de la mascarade destinée à couvrir une orgie à laquelle il avait participé avec sa propre tante. Rupert, homme rigoureux, avait donné quelques sauteurs à son fils pour qu'il puisse se racheter, mais là s'était limité son pardon, et il avait légué sa maison à sa fille. Pauvre Rupert Visborough... il n'avait pas mérité de devenir Cibber, mais au moins, il n'en saurait jamais rien.

Blotti dans sa vieille veste de l'armée, O'Hara me dit que pendant notre répétition de la veille sur la plage, il avait demandé au projectionniste de lui montrer les rushes de la pendaison.

— Alors, qu'est-ce qu'on récoltera ? Une interdiction aux moins de douze ans ? Ce serait l'idéal.

— Ça dépendra du montage. Qu'est-ce qui vous a donné cette conception de sa mort ?

— Howard insiste sur le pouvoir de catharsis du cri primal.

— Voyons, Thomas ! Cette mort n'a rien de thérapeutique ! Ça vous retourne les tripes.

— Parfait.

O'Hara souffla sur ses doigts.

— J'espère que ces satanés chevaux valent la peine de se geler à ce point !

À l'orient, le ciel passait lentement du noir au gris. Je pris mon talkie-walkie pour appeler Ed et Ziggy. Tout était en place. Je n'avais pas à m'en faire. Tout marcherait comme sur des roulettes.

Je repensais aux muscles puissants de Valentine, il y avait bien des années...

J'avais gardé le secret de sa confession. Personne n'apprendrait la vérité de ma bouche.

J'ai confié le couteau à Derry...

Ces muscles puissants, qui avaient forgé pour son grand ami le professeur Derry un couteau unique qui viendrait enrichir sa collection : un couteau d'acier avec une lame de lance et un manche en forme de sucre d'orge... qui ne ressemblait à aucune arme ordinaire.

J'ai tué le môme de Cornouailles...

Un des gosses de la bande, Pig Falmouth lui-même,

peut-être, avait raconté à Valentine comment Sonia était morte, et, dans une vague de colère, de culpabilité et de chagrin insurmontable, Valentine avait saisi la lance et l'avait plongée dans le corps du jockey.

Oui, cela avait dû se passer comme ça. Valentine aimait Sonia en secret. Pour résoudre les problèmes d'impuissance de Derry, il s'était renseigné sur certaines pratiques sexuelles et, d'un cœur léger, sans aucun doute, il avait montré l'article à Pig. « Pig ! Regarde-moi ça ! »... Et Pig en avait parlé à ses amis.

J'ai détruit toute leur vie... En leur donnant l'idée de ce jeu fatal, sans doute. C'étaient eux qui avaient détruit leur propre vie, mais la culpabilité manque parfois de logique.

Valentine avait tué Pig Falmouth dans le même accès de rage que celui qui avait poussé Jackson Wells à battre son frère. Et c'était Valentine en personne qui avait écrit l'article parlant du départ de Pig en Australie, auquel tout le monde avait cru.

Depuis vingt-six ans, Pig Falmouth gisait sans doute au fond du puits que Valentine avait fait reboucher, sous prétexte qu'il présentait un danger pour les enfants. En compagnie de Jackson Wells, il avait regardé les ouvriers jeter les débris de toute une vie dans ce trou qui dissimulait le garçon au cœur volage qui avait embrassé et tué la belle et bien-aimée Sonia.

Valentine avait libéré son âme du fardeau du crime.

Que les morts reposent en paix.

Peu à peu, à l'est, le gris morose du ciel se teinta d'un rouge pâle.

Cellule photométrique à la main, Moncrieff mesurait les changements d'intensité de la lumière de minute en minute avec toute l'ardeur qui valut à *Temps instables* son deuxième Oscar, pour la photographie. Howard, nominé pour la meilleure adaptation romanesque, rata le sien d'un cheveu, tout comme notre quatrième nominé, le chef décorateur. O'Hara et les grands pontes furent néanmoins très contents, et on me confia la réalisation d'une épopée à gros budget, avec pour vedette masculine notre superstar, Nash.

Sur la plage d'Happisburgh, le ciel rosâtre s'empourpra, colorant les vagues d'une lueur rose. Il y avait moins de traînées de nuages que la semaine précédente, moins de halos d'or se détachant sur le vermillon. Nous devrions fondre les deux couchers de soleil, pensai-je.

À notre droite, loin de Moncrieff et de ses caméras, l'entraîneur des chevaux vikings avait répandu sur le sable de grands seaux d'avoine : à notre signal, les chevaux galoperaient vers leur petit déjeuner convoité, comme ils y avaient été entraînés.

Moncrieff leva sa cellule, semblant saluer l'aube, tel un prophète antique. Quand il baisserait le bras, je devais déclencher l'action.

Un soleil aveuglant se leva, le bras de Moncrieff s'abaissa.

« Action », criai-je à Ed dans mon talkie-walkie. Vas-y Ziggy ! et soudain les chevaux galopèrent sur la plage.

Ziggy portait un collant intégral de Lycra gris. Au-dessus, flottait une ample chemise de nuit de mousseline de soie blanche, et sa perruque blonde volait au vent. Les maquilleuses avaient rendu diaphane son teint mat, et, comme promis, il montait à cru, sans chaussures ni rênes.

Les chevaux accélérèrent l'allure, explosant dans le silence du paysage marin désertique, où l'on n'entendait plus que le grondement des sabots sur le sable humide.

Ziggy s'agenouilla sur le garrot du cheval, la tête penchée sur l'encolure tendue de l'animal. La mousseline de soie et les cheveux s'envolaient, captant toute la lumière ; l'homme vêtu de gris n'était plus qu'une ombre vaporeuse, presque invisible.

Moncrieff opérait avec deux caméras de front, l'une réglée sur une vitesse de trente-six images seconde, l'autre pour le ralenti.

Les crinières scintillaient ; le soleil levant étincelait dans le regard des chevaux. Obéissant chacun à un instinct primitif les poussant à toujours être le premier, à prendre la tête du troupeau, ils s'élançaient dans une course impérieuse. Corps tendus, serrés les uns contre les autres, libres et sauvages, les chevaux vikings s'engouffraient de chaque côté de la caméra de Moncrieff.

Ziggy galopait entre Moncrieff et le soleil, pour capter un maximum de luminosité. Sur le film terminé, on aurait dit que la silhouette qui volait littéralement sur sa monture s'évaporait, engloutie dans la lumière, se dissolvait intégralement dans le ciel et le soleil.

— Bon Dieu ! s'était écrié O'Hara en voyant les images.

J'avais inséré quelques plans de la pendaison dans la scène des chevaux sauvages pour la séquence finale du film.

Le cri d'Yvonne se fondait dans le lointain chant d'une mouette.

Au bout de la corde meurtrière, la jeune femme aux amants imaginaires rêvait de chevaux sauvages.

*Cet ouvrage a été réalisé
pour le compte de Québec-Livres
le 20-03-1996*

N° d'impression : 6236N-5